Jay Kay

AF187536

Ich, Santa

»Manchen ist es vergönnt, zahllose Jahre im Licht ihrer Jugend zu verbringen. Andere müssen schneller erwachsen werden.«

Ein Buch über die Macht der Erinnerung und die Zeit, die uns bindet.

Ich war 16 und hatte ein Idol. Sein Name war Jules. Ein hagerer Mann mit weißen, zurückgekämmten Haaren, in schwarzer Lederhose und ebensolchen Stiefeln. Er konnte Motorrad fahren wie kein anderer; an einer Steilwand, gegen die Gesetze der Schwerkraft. Damit tingelte er durch die Lande und erfreute das Publikum mit seiner Show jeden Abend aufs Neue. Aber auch er erfreute sich an etwas. Denn in Wirklichkeit hatte Jules noch einen ganz anderen Job. Das erfuhr ich, als er verschwand. Und mit ihm die Kinder der Erde. Jetzt ist es an mir, ihn zu retten. Nicht nur sein Schicksal liegt in meinen Händen.
Die Geschichte von einem Jungen und seinem magischen Erbe.
Ein Abenteuer um den Zauber der Jahreszeiten, den Mythos von Santa und die Realität, wenn man zu retten versucht, was von der Vergangenheit noch zu retten ist.

Der Autor
Jay Kay war als Journalist für Computer- und Games-Zeitschriften und ebenso als Pressesprecher eines internationalen Herstellers für Gamesoftware tätig. Er kam schon in früher Jugend mit Science Fiction und Fantasy in Kontakt. Besonders Tolkien und der Herr der Ringe hat es ihm seitdem angetan. Er ist Mitglied der Deutschen Tolkien Gesellschaft und publiziert unter seinem Schriftstellernamen in eigener Regie Bücher im Bereich Fantasy & Science Fiction. Zurzeit ist er als Dozent im Bereich Film, Story und Screenwriting an einer privaten Lehreinrichtung tätig. Ansonsten widmet er sich vorwiegend der Schriftstellerei.

Ebenfalls von Jay Kay

Fantasy:
Ich, Santa (Roman)
Iikitt (Vignette)
Engel der Frequenzen(Vignette)
Der Dachs, der Wind und
das Webermädchen (Novelle)
Kinder der Erde (Stories)
Das Lied des Nordens (Roman)

Magischer Realismus:
Native American Girl (Roman)
Die Mäusekönigin (Roman)

Science Fiction:
Filona am Ende der Zeit (Roman)

Jay Kay

Ich, Santa

Even Terms Press

Ich, Santa
Copyright Jay Kay 2019

3. Auflage
Taschenbuch 2025
Even Terms Press
Unt. Waldweg 10, 30974 Wennigsen
Korrektorat: EMB
Lektorat: H.P. Roentgen / Textkraft
Copyright Poem 'Santa'
by Jay Kay 2018
Lektorat: Edwin Miles / Modern Nomads

Alle Rechte vorbehalten, insbesondere das
des öffentlichen Vortrags sowie der Übertragung
durch Rundfunk und Fernsehen, auch einzelner Teile.
Kein Teil des Werkes darf in irgendeiner Form
(durch Fotografie, Mikrofilm oder andere Verfahren)
ohne schriftliche Genehmigung des Verlages reproduziert
oder unter Verwendung elektronischer Systeme
verarbeitet, vervielfältigt oder verbreitet werden.

Titeldesign & Layout: jk
unter Verwendung von Motiven von Shutterstock
Satz: DTP Service Durchschuss, 62291 Versatz
Verlag: BoD · Books on Demand GmbH, Überseering 33,
22297 Hamburg, bod@bod.de
Druck: Libri Plureos GmbH, Friedensallee 273,
22763 Hamburg
ISBN: 978-3-7494-3462-6

Inhalt

Lasst mich erzählen
von Liebe und Hass,
von Hoffen und Irren
aus Schicksal gemacht.

Schnee gibt es auch
und zarten Glitzer,
wenn auch beizeiten
wird es hart und bitter.

Wie die kalt klarste Nacht
mit viel Wind und Hallo,
rausch ich dahin,
ruf nur Ho, Ho, Ho!

Intro

Grabesunruh, Waldesrund, Schattenschrift

Manchen ist es vergönnt, zahllose Jahre im Licht ihrer Jugend zu verbringen. Andere müssen schneller erwachsen werden. Das hängt davon ab, wie man sich entscheidet. Da kann es so oder so gehen. Aber an einer Entscheidung hängt es doch meistens. Für oder gegen die Vergangenheit. Für oder gegen die Geschichte.

Wäre ich ein braver Junge gewesen?

Es steht mir nicht zu, auf diese Frage eine Antwort zu geben. Ebenso frage ich mich, ob ich ein böser Junge hätte werden können. Vielleicht war ich dafür nicht lange genug Junge.

Dies ist mein Moment und ich glaube, das Schicksal hält etwas für mich bereit. Ich weiß nicht, was es ist, aber dass es gerade auf mich zurast, das spüre ich sehr genau.

Ich stehe auf einer Lichtung, und sie ist von grünem Gras bedeckt. Rund ist sie, mit einer leichten Erhöhung in der Mitte. Das Gras steht nicht hoch, eine wilde Wiese sieht anders aus. Aber es ist auch nicht kurz, als ob es jemand einmal in der Woche auf Format stutzt.

Ringsherum steht ein Wald aus hohen Tannen. Dicht an dicht blockieren sie den Blick in die Ferne. Auf der Borke der Bäume wächst Moos. Hinter den Stämmen unergründliches Dunkel.

Ich schaue zurück. Dort sehe ich einen Pfad. Festgetretene Erde und hier und da ein Hauch von Schotter markieren seinen Verlauf. Mitten durch die Wiese läuft er mit sanftem Schwung den Hügel herunter. Dort öffnet sich die Bewaldung mit einer breiten Bresche und dort unten kreuzt ein breiter Weg. Das kann ich selbst von hier oben sehen.

Doch der Grund, warum ich hier stehe, scheint vor mir zu liegen. Es ist ein großer Stein. Wie ein gefallener Monolith liegt er am höchsten Punkt des Hügels. An der Front sehe ich einen rechteckigen Bereich. Er sieht aus wie gemeißelt und glattgeschmirgelt. Die kunstvoll gearbeitete Umrandung macht daraus eine Plakette. Dort wäre Platz für eine Inschrift. Aber es ist nichts zu sehen. Der Raum inmitten der Rahmung ist blank und leer wie ein Silbertablett.

Für mich fühlt es sich an, als wäre dies ein Grab. Jemand liegt dort unten, das ahne ich. Doch so sehr ich auch in meinen Erinnerungen krame, es fällt mir nicht ein, wer es sein könnte.

Wie bin ich an diesen Platz gelangt?

Meine Kleidung fühlt sich an, als hätte ich sie schon ein paar Tage auf der Haut.

Ruhig ist es im Rund. Wie ein Ort außerhalb der Zeit. Der Himmel über der Waldwiese strahlt blau. Fern und weiß ziehen ein paar Wolken Streifen über seinen Rücken. Die Sonne ist noch über den Spitzen der Tannen zu sehen, aber sie hat ihren Zenit überschritten. So als wolle sie sich bald zur Ruhe begeben. Die Wiese ist nur zur Hälfte erleuchtet. Noch stehe ich neben dem massigen Stein im Licht, die andere Hälfte liegt im Schatten. Der Geruch von Holz und Moos und Beeren zieht von dort herüber.

Ein ungutes Gefühl macht sich in meinem Magen breit, als ich versuche, mich zu erinnern.

Gräber? Warum müssen es immer Gräber sein?

Was ist so besonders an Plätzen, die Vergangenes verwahren? Ist es das Gleichgewicht, das wir suchen? Der Ausgleich zu all dem Neuen, das uns jeden Tag umströmt und mitreißt? Etwas, das uns zeigt, wer vor uns kam, wo wir herkommen, wer wir sind?

Ich würde gerne jemanden fragen, warum ich hier stehe. Doch niemand ist zu sehen. Niemand, der mir mit Rat und Tat zur Seite steht, der meine Hand nimmt, um mich aus meinen Gedanken zu reißen.

Als ich auf den Stein starre, zieht ein Schatten über die Front. Eine flüchtige Ahnung in schwach flackerndem Grau tanzt über die die polierte Tafel. In ihrem Inneren erscheinen Schriftzeichen. So als würde ein unsichtbarer Geist mit einem ebenso unsichtbaren Werkzeug die Lettern windschnell in den Granit meißeln.

Auf einmal kann ich entziffern, was dort steht.

Es ist ein Name.

Jetzt fällt mir ein, warum ich gekommen bin. Alles hat mit dem Anfang zu tun.

Ein Mädchen irrlichtert durch meinen Geist. Und nicht nur eines, da sind noch ein paar. Eine von ihnen ist etwas Besonderes. Ich meine, das sind sie alle, aber eine ist etwas ganz Besonderes. Ihr Lächeln blitzt vor meinen Augen, als stünde sie vor mir. Es ist nicht die mit dem Licht. Obwohl die auch etwas damit zu tun hat, aber da fühle ich nur Chaos.

Ich muss meine Gedanken ordnen.

Ich muss mich erinnern.

Vielleicht ist es am besten, wenn ich da beginne, wo für mich alles begonnen hat.

Ganz am Anfang.

Und wie sollte es anders sein, da steht ebenfalls ein Grab.

Kapitel I

Friedhof, Pinguin, Lächeln

Er war ein seltsamer Mann. Schon damals, bei unserer ersten Begegnung, hatte ich ihn nicht berührt und kaum näher betrachtet, aber er hatte mich bemerkt. Und das hatte ihm ganz sicher gereicht.

Wenn meine Erinnerung nicht trügt, traf ich ihn das erste Mal auf einem Friedhof. Ganz und gar unpassend könnte man meinen. Noch dazu befand ich mich in einer ganz und gar unpassenden Situation. Ich stand am Grab meiner Mutter und hatte nichts. Nichts zu geben, nichts zu sagen und auch kein Zuhause. Alles, was sich am Horizont abzeichnete, war nicht gut, bestenfalls unangenehm und meistenteils bedrohlich.

Der Rest meiner Verwandtschaft und ein paar Mitarbeiter des Jugendamtes standen um mich herum. Ich starrte in die Grube, in die der Sarg gleich einfahren würde.

Ich wollte etwas geben. Etwas, das mit ihr hinunterfährt und dort für alle Zeiten verbleibt. Eine Blume vielleicht, oder ein Licht; eine Seite aus meinem Schulheft mit der besten Note der letzten Klassenarbeit, oder auch eines von meinen Lieblingsspielzeugen aus alter Zeit. Hätte ich doch etwas dabei gehabt, aber tatsächlich hatte ich nichts.

Mir war nichts erlaubt gewesen und mein Geist hatte sich in den letzten Tagen dermaßen auf Tauchstation begeben, dass ich nicht daran gedacht hatte, etwas in meine Taschen zu schmuggeln.

Doch ich wollte etwas haben und wenn ich es suchen musste mit aller Macht, die ein Junge mit sechzehn Jahren aufbringen kann.

Ich schaute mich unauffällig um. Trocken und steinkalt lag die Luft an diesem Tag über der Erde. Es war Ende Februar und der Morgen hatte verschlafen. Er wollte partout nicht hell werden.

Was für ein Brimborium wurde veranstaltet, nur um jemanden unter die Erde zu betten. Der Glaube an irgendetwas oder irgendjemand konnte sie jetzt auch nicht mehr retten. Der Glaube an ein gutes Ende war mir gerade abhandengekommen.

So fühlte ich mich verlassen, als Letzter der Familie. Meine einzige Bezugsperson war vor nicht einmal einer Woche unwiderruflich gegangen. Überraschend und nach kurzer Krankheit, wie es ebenso mitleidslos wie knapp im Fachjargon heißt. Für mich stellte sich das eher leidvoll und einprägsam dar.

Meinen Vater hatte ich nie kennengelernt. Wenn meine Mutter von ihm sprach, dann nur das Nötigste. Ich hatte immer das Gefühl, sie wollte nicht über ihn sprechen. Kaum mehr wusste ich, als dass er gegangen war, kurz nachdem ich das Licht der Welt erblickt hatte. Es war einfach so passiert. Damals scheinbar nichts Ungewöhnliches. Er war schlicht verschwunden. Hatte sie allein gelassen. Etwas, das sie ihm nie vergeben konnte.

Heute stand ihre letzte Reise an, und auf ähnliche Weise hatte sie mich verlassen. Einfach so. Als ich am Endpunkt ihres Weges durchs Leben stand, fühlte es sich für mich zumindest so an.

Wahrscheinlich war es mein Verlangen, dem Endgültigen nicht ins Auge zu sehen. Konnte man es mir verdenken? Sicher nicht, wenn die richtigen Leute um mich herum gestanden hätten. Aber das war nicht der Fall. In der zweiten Reihe lauerten zwei Beamte des Jugendamtes, denn auf ihr Geheiß musste ich hier erscheinen. Obwohl ich noch heute der Ansicht bin, dass auch bei dieser Sache mein Onkel seine Finger im Spiel hatte. Aber wer kann das jetzt noch wissen.

Als ich ein kleiner Junge war, hatte meine Mutter mich zum ersten Mal alleine gelassen. Sie war zum Einkaufen gegangen und der Meinung, ich wäre schon soweit. Ich saß vor dem Fernseher und wie es der Zufall wollte, lief eine Dokumentation über Pinguine. Einer der Kleinen war noch nicht lange aus dem Ei geschlüpft, da passierte es, dass seine Mutter auf Nahrungssuche ging. Er wartete und wartete, doch sie kehrte nicht zurück. Er saß verlassen auf seinem Felsen, umringt von all den anderen Pinguinen, aber keiner wollte ihm helfen. Seine Mutter würde nicht zurückkehren. Sie war im Meer verschollen. Sie würde nie wieder aus den Fluten auftauchen. Am Ende war klar, auch er würde es nicht überstehen.

Als meine Mutter nach Hause kam, war ich kaum zu trösten und für Wochen traumatisiert. Das mit dem Trauma und den unangenehmen Erinnerungen legte sich erst nach ein paar Monaten. Dann konnte ich nur noch den Kopf darüber schütteln. Bald hatte ich es völlig verdrängt.

Nun stand dieser Pinguin am Rand der Grube. Meine Mutter würde aus dem Meer der Zeit nie wieder auftauchen.

Der Pfaffe trat gegen einen kleinen Hebel und der Sarg glitt nach unten. Er schwebte in Richtung Erdmittelpunkt, so als würde ein Magier ihn verschwinden lassen. Mir war gar nicht magisch zumute, als die schwarzgelackte Holzkiste über den Rand der Grube aus dem Blickfeld geriet.

Ich nahm all meinen Mut zusammen, drehte mich um und rannte. Ich rannte, so schnell ich konnte und ich konnte schon immer verdammt schnell rennen. Zudem war niemand darauf gefasst. Die schwarzen Schuhe taten meinen Füssen weh. Die schwarze Hose flatterte bei jedem Schritt um meine Beine und das Jackett war weit, aber nicht zu weit, als dass es mich behindert hätte. Alles von

Onkel Frank für diesen Anlass gekauft. Damit ich seiner Vorstellung von einer weihevollen Beerdigung entspräche.

Jetzt kam mir der Friedhof entgegen. San Michele war sein Name. Wie passend. Es war der einzige Friedhof der Stadt, auf dem vorwiegend Einwanderer aus dem Süden ihre Verwandten, ihre Clans, ihre Zweige und ihre Ableger beisetzten. Auf diesem Platz hatte meine Mutter bestanden. Ihre Familie ruhte dort. Auch wenn ich keinen von ihnen jemals zu Gesicht bekommen hatte. Außer meinen Onkel Frank, aber der war zu allem Unglück der Einzige, den das Leben noch nicht verlassen hatte.

San Michele war nicht groß, von einer hohen Mauer umrahmt. Im Innern über und über gefüllt mit einer Landschaft aus Stein, als hätte ein unsichtbarer Gott seine phänomenale Sammlung marmorner Bauklötze in einen viel zu kleinen Sandkasten gekippt. Zwischen den unzähligen Gräbern und Steinen, Altären und Mausoleen, Grabplatten und Grabwänden breitete sich ein labyrinthisches Gangsystem aus, in dem man sich leicht verlieren konnte.

Ich würde meinen Weg schon finden und etwas, das ich nehmen und wieder geben konnte. Der Begriff Stehlen kam mir damals weder in den Sinn, noch hätte ich in meinem Zustand einen Pfifferling darauf gegeben.

Sie riefen meinen Namen. Überrascht selbstverständlich, das waren die Beamten. Unverhohlen spöttisch, das waren meine Cousins. Unverzeihlich erbost, das war mein Onkel.

Ich hörte ihre Echos, als ich einen Gang nach dem anderen durchmaß, eine Ecke nach der anderen nahm. Bald hörte ich kaum noch ihre Stimmen, bald hörten sie nicht mal mehr meine Schritte. Bald senkte sich die Stille der Totenstadt auf meine Ohren.

Zuerst wollt ich nichts weiter als Abstand gewinnen. Dann begann ich zu suchen. Manch mickriger Altar war vergittert, die Kerzen brannten in einem Gefängnis aus Stein und Eisen. Mächtige Mausoleen waren mit Türen verschlossen. Viele Gräber bestanden aus tonnenschweren

Platten und imposanten Skulpturen. Doch als ich um eine Ecke bog, sah ich am Ende eines schmalen Pfades zwischen hochaufragenden Kolumbarien einen Mann stehen. Er war unscheinbar gekleidet, und hätten nicht auf dem Grab vor ihm ein paar Lichter gebrannt, ich hätte ihn womöglich übersehen. So aber schlich ich langsam voran, meine Hände an die kalten Wände in den grauen Schatten gepresst. Er hielt etwas in der Hand. Es war eine Blume. Als ich näher kam, erkannte ich eine langstielige Rose.

Still stand er, in Gedanken versunken. In einiger Entfernung blieb ich stehen und hoffte, er würde gehen und mehr noch hoffte ich, er würde die Blume dort lassen. Zu meiner Überraschung tat er das auch. Er murmelte etwas, ich konnte jedoch nicht verstehen, was er sagte. Dann fuchtelte er kurz in der Luft, wies hierhin und dorthin und gestikulierte auf eine wunderliche Art, als würde er mit jemandem sprechen. Erst war ich ungehalten, er sollte lieber verschwinden. Dann musste ich lächeln. Wahrscheinlich hat mich das Lächeln damals offenbart. Er hat es mir nie verraten. Mir schien es, als würde er mit den Geistern reden oder mit den Toten, die dort begraben lagen, was ich ziemlich absurd fand.

Meine Mutter hatte mich so wenig gläubig erzogen, wie es ihr möglich war. Und ich war nicht mehr in dem Alter, an Geister, Feen oder womöglich den Weihnachtsmann zu glauben. Über nichts in meinem Leben sollte ich mich mehr täuschen.

Schließlich schwang der Mann seinen Arm, so als wollte er das Universum einladen. Dann legte er die Blume auf das Grab und ging seines Weges.

Ich wartete keine Sekunde länger, huschte zu dem Grab hinüber und griff nach der Blume. Die Rose war weiß. Ich war in Eile, das möge man mir verzeihen. Ich kann mich erinnern, dass ich für einen winzigen Moment auf die Inschrift auf dem Grabstein schaute, aber schon Sekunden später hatte ich sie wieder vergessen. Heute wünschte ich mir, ich würde noch wissen, was dort geschrieben stand. Dann könnte ich die Stelle wiederfinden. Vielleicht noch einmal die Historie aufarbeiten, die Namen auflösen, die Geschichten nachverfolgen. Doch ich bin mir sicher, selbst heute würde ich dieses spezielle Grab nicht wiederfinden, so schnell hastete ich zurück in die Richtung, aus der ich fern und verloren meine Verwandtschaft rufen hörte.

An diesem Tage war das alles, was ich wollte. Ich würde die Blume zurückbringen und mir war ein letzter Gruß vergönnt. Alles unter den Anschuldigungen und strafenden Blicken von Frank und meinen Cousins. Ein ganz und gar unrühmliches Ende eines unrühmlichen Tages. Unter seine Obhut würde ich kommen. Er war mein letzter Verwandter, mein verbliebener Onkel Frank Ward. Meine Nemesis für eine unabsehbare Zeit.

Eines bleibt mir von diesem Tage unklar. Soll ich sagen, vielleicht hätte alles so kommen müssen und ich hätte genau diese Rose nehmen müssen. Oder sollte ich besser sagen, sicherlich musste alles so kommen und eben dieser Mann musste mir dort zwischen den Gräbern begegnen. Eines weiß ich ganz sicher, er hatte meine Witterung aufgenommen. Nicht nur meine Tat hatte mich verraten. Es war mein Lächeln gewesen.

Kapitel II

Winter, Villa, Artefakte

Es fiel noch in die Zeit des Winters, da ich zum ersten Mal seit langen Jahren das Haus meines Onkels betrat. Eine kalte Zeit, schneelos und frostig, war fast vorüber und schon bald würde der Frühling kommen. So wie er das jedes Jahr tat. Doch das konnte meine Stimmung nicht heben. Das Haus meines Onkels lag am anderen Ende der Stadt auf einem Hügel. Eine Seite des Grundstücks gehörte zum Stadtgebiet, die andere Seite bereits zu den umliegenden Feldern. Auch die angrenzenden Villen standen auf großen Grundstücken mit altem Baumbestand. Offenbar gab es einmal eine Zeit, da man es sich leisten konnte, so zu bauen.

Die Villa hatte mein Onkel geerbt. Es war ein verschachtelter Klinkerbau, der so gar nicht zu den anderen Bauten in der Umgebung passen wollte. Spitzgiebel und Türmchen, Gauben und Dachreiter erinnerten an hochherrschaftlichen, wenn nicht gar ritterlichen Einfluss. Der über Jahrzehnte verrankte Efeu hatte die Fassade derart überwuchert, dass der abweisende Eindruck des mächtigen Bauwerks sanft gemildert wurde. Die Ranken auf der Fassade erinnerten an ein Märchen, für mich sah es aus wie die Zweitwohnung von Dornröschen.

An wenige Besuche konnte ich mich erinnern. Der Letzte lag Jahre zurück. Meine Mutter hatte sich nie besonders mit meinem Onkel verstanden und ihn gemieden, wo und wann es nur ging. Als ich die Fassade der Villa vor mir sah, wurde mir bewusst, dass sie mir nie erzählt hatte, warum sie Onkel Frank so gerne links liegen ließ. Es sollte nicht lange dauern, bis ich es herausfand.

Mit nichts als zwei Koffern stand ich eines kühlen Märzmorgens vor seiner Tür. Die Fahrt mit dem Bus quer durch die Stadt war mir ewig vorgekommen; wie eine Reise in ein fernes Land. Ich betätigte den massiven Türklopfer aus Messing; eine löwenähnliche Maske mit schwerem Ring, denn eine Klingel gab es nicht. Das metallene Klacken verhallte gedämpft hinter der Tür.

Tito hörte ich Sekunden darauf. Er war zwar schon alt, aber seine Stimme war noch mit der furchteinflößenden Kraft und rotzigen Belligkeit ausgestattet, die die Kehle eines Rottweilers nun einmal prägt. Das war mir schon als Kind bei den Besuchen aufgefallen. Es kam mir vor wie aus ewig vergangenen Zeiten. Manchmal zum Geburtstag meines Onkels im Sommer und selten genug zum Weihnachtsfest. Aber nur, wenn es sich nicht vermeiden ließ. Soweit ich wusste, hatten wir von Frank durchaus weitere Einladungen erhalten. Immer und immer wieder. Die meisten davon hatte meine Mutter abgelehnt. Gründe zu finden und so manches Mal zu erfinden, war ihr nicht schwergefallen. Deswegen waren mir nicht nur das Gebäude, vor dem ich jetzt stand, sondern auch seine Bewohner zwar bekannt, aber nicht vertraut. Onkel Frank und seine Söhne Tobias und Sebastian, nicht zu vergessen Tito, der Rottweiler.

Als mir der Jüngste von allen die Tür öffnete, erkannte ich neben Bastian den massigen Kopf des Rüden. Mein Cousin hielt ihn vorsorglich am Halsband. Ich vermute, sonst wäre ich möglicherweise einiger Finger verlustig gegangen. Oder vielleicht gleich meiner Haut im Gesicht. Wer weiß, wohin er gebissen hätte, wäre er nicht zurückgehalten worden. Er war hässlicher, als ich ihn in Erinnerung hatte. Das Alter hatte seiner Fratze nichts Gutes getan. Hängende Augen und ebensolche Lefzen. Viel zu verfressen und entsprechend bullig kam er daher. Die Zähne leider spitz wie eh und je.

»Ho, ho, langsam, langsam«, rief ich, als die Tür aufschwang und sich das ruppige Biest am liebsten auf mich geworfen hätte. Vielleicht war es der Meinung, ich wäre der Postbote (was musste der hier draußen für ein schweres Leben haben). Ich vermutete, Tito würde jeden Brief, der durch den Türschlitz hereingesteckt wurde, in kleine Schnipsel zerlegen. So viel zum Thema Reißwolf.

»Keine Panik! Hab ihn!«, rief mir Bastian entgegen.

Ich war mir nicht so sicher, denn er musste sich dem bulligen Köter vehement entgegenstemmen. Ich schätzte meinen Cousin auf kaum mehr als das Doppelte des Gewichts des Hundes an seiner Seite.

»Komm rein«, sagte Bastian. »Tito wird's schon schnallen, dass du ab jetzt dazugehörst.«

»Ach ja?« Ich nahm meine Koffer auf und folgte den beiden in den Hausflur.

»Na klar. Sobald du deine Vorstellung bei Frank hinter dir hast, gehörst du zur Familie.«

Und mit gedämpfter Stimme flüsterte er: »Du solltest heute vorsichtig mit deinen Kommentaren sein. Frank ist nicht so gut drauf.«

»So, so«, flüsterte ich zurück und wunderte mich, wieso Bastian meinen Onkel nicht mit Vater, Paps oder Daddy anredete. Ich konnte in meiner Erinnerung nichts darüber finden, dass er und sein Bruder Tobias das jemals getan hatten.

»Wieso sagst du eigentlich Frank und nicht…?«

Weiter kam ich nicht.

»Ich sag's dir nur, damit du Bescheid weißt«, sagte Bastian und beugte sich herüber, da er seine Stimme noch weiter gedämpft hatte. »Das mit *Onkel* kannst du dir schenken. Auf solche Anreden fährt Frank gar nicht ab. Hat er noch nie, auch als du ihn früher so genannt hast. Hat er nur deswegen durchgehen lassen, weil deine Mom dabei war.«

Inzwischen hatte Tito kapiert, dass ich kein Fremder war und auch nicht der Postbote. Vielleicht hatte er sich an meine früheren Besuche in der Villa erinnert. Wie weit mag ein Hundegedächtnis zurückreichen? Meiner Einschätzung nach war er so brülldumm wie ein Streichholz, aber eines, das nicht entzündet war. Obwohl ich mir sicher bin, dass er an sich nichts gegen Menschen hatte und schon gar nicht gegen den Postboten. Er war nur böse, weil er nie Post bekam. Mein Cousin konnte ihn loslassen und er begann, an mir zu schnüffeln. Das endete mit einem lauten Schnaufer, so als wäre ich ein ungenießbares Stück Bitterbrot.

Fast hätte ich laut *Gesundheit* gerufen, aber ich nahm Bastians Ratschlag zu Herzen und fing schon mal bei Tito an, meine Klappe zu halten. Mal sehen, wie lange ich durchhalten würde.

»Frank ist hinten im Arbeitszimmer. Stell deine Koffer erst mal hier ab. Ich zeig dir nachher dein Zimmer im zweiten Stock. Jetzt meldest du dich am besten an. Das Arbeitszimmer ist da drüben.« Und er wies auf eine mächtige Doppeltür am Ende des Flurs.

»Danke«, antwortete ich knapp und wollte mich schon den Türen zuwenden, da nahm mich Bastian am Arm.

»Hey, du scheinst ja wirklich ein Netter zu sein«, sagte er von dem Danke sichtlich überrascht. »Tu mir den Gefallen und sag nichts darüber, was ich dir geraten habe. Dann kann ich dir in Zukunft vielleicht mit ein paar Tipps aushelfen. Wenn du verstehst, was ich meine.«

Mir war nicht klar, ob ich verstehen wollte, aber ich stimmte ihm zu, auch wenn sich meine Augenbrauen unwillkürlich zusammenzogen.

Er folgte mir mit Tito im Schlepptau, als ich die letzten Schritte durch den zunehmend dunkler werdenden Flur zurücklegte. Enger wurde es auch, da die Treppe ins obere Stockwerk hier an der Wand verlief. Die Vertäfelung aus dunklem Holz und die grüne Tapete, die sich ebenso ergraut wie flächendeckend an den Wänden ausbreitete, machten die letzte Strecke zu einem düsteren Tunnel.

Dann konnte ich meine Klappe doch nicht halten.

»Hier gibt's aber nicht noch mehr Monster wie Tito?«, warf ich meinem Cousin über die Schulter zu.

»Und wenn schon«, flüsterte er hinter mir. »Vor Monstern brauchst du keine Angst zu haben. Ich hab jedenfalls keine Angst vor Monstern.«

Das fand ich mutig von einem Jungen, der ein paar Jahre jünger war als ich. Trotzdem musste ich stocken, als ich nach dem Türknauf griff.

Das lag daran, dass ich ihn murmeln hörte: »Höchstens vor den Träumen, in denen die Monster auftauchen.«

Ich entschied mich, zweimal vehement anzuklopfen, bevor ich die Tür öffnete. Wahrscheinlich eine meiner besseren Entscheidungen an diesem Tag.

Nach einem kernigen Herein meines Onkels öffnete ich und trat ein.

Zu meiner Überraschung war nicht nur mein Onkel, sondern auch Tobias anwesend. Ich konnte mich des Gefühls nicht erwehren, dass sie nicht nur auf mich gewartet hatten, sondern dass ich das Thema ihrer Gespräche gewesen war.

Tobias lümmelte mit seiner spindeldürren Statur auf einem Sessel gegenüber dem riesigen Schreibtisch herum. Er war zwei Jahre älter als ich. Nicht der Schreibtisch selbstverständlich, sondern mein Cousin. Mein Onkel saß ihm auf einem ledergepolsterten Chefsessel gegenüber und erhob sich, als ich eintrat. Ähnlich wie Tobias hatte Frank eine schlanke, ja fast dürre Figur. Ein hagerer Mann unbestimmbaren Alters mit einem ebensolchen Gesicht und einer schneidend dünnen Nase.

Das Arbeitszimmer hatte ich noch nie von innen gesehen. Bei all den früheren Besuchen hatte Frank uns nie hierher gebeten. Die wenigen Besuche und Feiern hatten entweder im vorderen Wohnzimmer oder in der Küche stattgefunden.

Im Zimmer roch es nach Rauch, so als hätte jemand vor Kurzem eine Zigarette ausgedrückt. Die beiden großflächigen Fenster waren auf kipp gestellt. Ein verschließbarer Aschenbecher stand auf der lederüberzogenen Platte des mächtigen Schreibtisches.

»Setz dich«, wies Frank mich statt einer Begrüßung an, obwohl ich mir ein freundliches Hallo abgezwungen hatte.

Er bot mir den zweiten Ledersessel vor seinem Tisch an und ich setzte mich. Tito war mit mir hereingetrottet und beobachtete mich argwöhnisch. Hatte ich ihm gerade seinen Platz streitig gemacht? Zu meiner Überraschung setzte er sich neben den Schreibtisch, behielt mich aber im Auge.

Frank wartete, bis ich in dem Sessel neben meinem Cousin eingesunken war. Bastian blieb im Türrahmen stehen.

Ich konnte in diesem und auch in den folgenden Momenten nicht beurteilen, was mich mehr ablenkte oder faszinierte. War es mein Onkel und das, was er tat und sagte, oder die Wand hinter seinem Rücken und, wie ich bald bemerkte, auch die restlichen Wände um uns herum.

Gegenüber dem Schreibtisch befand sich ein imposanter Kamin mit offener Feuerstelle und schmiedeeisernem Funkenfang. Allerdings war kein Feuer zu sehen und es sah auch nicht so aus, als wäre Frank ein Freund dieser altmodischen Art der Heizmethode, so sauber erschien mir die Feuerstelle. Ansonsten war der Raum über und über zugestellt mit Vitrinen und Regalen voller Waffen und Reliquien, die aus allen Zeitaltern der Weltgeschichte zu stammen schienen. Ich wusste gar nicht, wo ich zuerst hinschauen sollte. Wie ein typisches Arbeitszimmer sah es hier jedenfalls nicht aus. Und wenn, dann musste mein Onkel einen sehr seltsamen Job ausüben. Mir kam es eher wie in einem Museum vor.

Wie ich bald herausfand, hatte Frank eigentlich gar keinen Job, außer dass er ab und zu mit den Antiquitäten handelte, die sich hier stapelten. Neue kaufte und alte gegen noch ältere und vor allem wichtigere eintauschte. Woher er das Geld dafür nahm, war mir ein Rätsel.

»Freut mich, dass wir dich endlich unter unsere Fittiche nehmen können«, sagte Frank in eher unerfreulichem Tonfall. Das fixierte meine umherirrenden Augen ganz automatisch auf seinem Gesicht.

»Wir werden schon miteinander klarkommen«, setzte er nach.

Ich fand schon damals verwunderlich, dass Erwachsene, immer wenn sie *wir* sagen, ihr Gegenüber mit unauffälliger Unverschämtheit vereinnahmen. Bevor ich mit jemandem klarkomme, wollte ich mir doch lieber selbst ein Bild machen.

»Halte dich an die Regeln ...«, ergänzte er mit lapidarem Unterton, was für mich so gar nicht zu dem Inhalt passen wollte, »... und wir werden eine prima Zeit haben.«

Mein Gesichtsausdruck muss daraufhin wohl eine animierende Mischung aus überrascht und fragend gehabt haben, obwohl mir mit den angesprochenen Regeln etwas schwante. Frank jedenfalls fuhr unmittelbar fort.

»Ich weiß, du bist Regeln aus dem Haus deiner Mutter nicht gewohnt. Verzeih', dass ich sie so kurz nach den Ereignissen ansprechen muss, aber sie war schon immer solch eine schwache Person. Sie hätte meine Hilfe annehmen sollen, wann immer ich sie ihr angeboten habe. Und das war wahrlich nicht selten gewesen in all den Jahren, seit du auf die Welt kamst. Sie hatte es schließlich nicht einfach, nachdem dein Vater euch so schmählich verlassen hat. Was ich meiner kleinen Schwester im Übrigen prophezeit hatte. Ich habe ihr so vieles geraten und war immer für sie da, auch wenn sie das nie verstanden und viel zu selten genutzt hat. Du musst wissen, Junge, ich habe sie immer geschätzt, über die Maßen. Auch wenn sie das zu meinem Leidwesen selten erwidert hat. Aber nun kann ich meinen Teil doch noch erfüllen. Wir werden schon auf dich aufpassen.«

Das klang so ganz anders, als das, was mein Onkel hatte verlauten lassen, wenn ich an die früheren Besuche in diesem Haus zurückdachte. Da war er überaus freundlich und bemüht gewesen. Ich konnte mich bestenfalls an nichtssagende Floskeln und eifrige Bedienung während der Geburtstagsfeiern und Weihnachtstage erinnern.

»Nun zu den Regeln«, sagte er mit einem Unterton, der auch zu einem Bankberater hätte passen können, der gerade die ach so unwichtigen Passagen im Kleingedruckten mit ein paar komprimierten Floskeln erklärt.

»Alles halb so wichtig wie es sich anhört. Unterschreiben Sie hier, Sie wollen doch in den Genuss der Zinsen kommen?«

Soweit ich mich erinnere, sagte er aber: »An drei Sachen haben sich alle Mitglieder dieses Haushaltes zu halten. Pünktlichkeit, Sauberkeit, Verschwiegenheit.«

Er ließ eine Pause. Nicht, um Luft zu holen, sondern wohl um der Wirkung willen.

Im ersten Moment war mein Hirn mit der Verarbeitung der Begriffe beschäftigt. Mit dem, was sie bedeuten könnten und wie ich in dieses Konzept hineinpassen würde. Deswegen fiel mir erst nach einigen Gedanken auf, dass da ein Begriff nicht so ganz zu den anderen passen wollte.

Ich war nie als der schlampigste und unpünktlichste Schüler bekannt und durchaus an einen gewissen wiederkehrenden Tagesablauf gewöhnt. Sprich, mein Zimmer in der kleinen Mietwohnung, die ich mit meiner Mutter bewohnt hatte, war von vornherein zu winzig gewesen, um es mit Müll zu überladen. Aufräumen, Instandhalten, Ausmisten waren demnach Begriffe, die mir keineswegs Probleme bereiteten. Nebenbei hatte ich mir in der Schule eine gewisse Überpünktlichkeit angewöhnt. Einfach weil ich vorzog, jede Lage im Voraus zu sichten.

Ich atmete auf und freute mich schon darauf, etwas über die Zinsen zu hören, die sich bei Erfüllung dieser Tugenden im Hause Ward hoffentlich einstellen würden. Da prallte mein Geist vor den dritten Begriff, der sich wie eine imaginäre Schranke vor weiterem Verständnis und besonders vor Hoffnung auf glückselige Tage in der neuen Familie herabsenkte.

Mein Onkel lächelte mir wohlwollend zu. Das machte mir Mut.

»Ein gewisses Maß an Ordnung, Bemühen und Befolgen der Regeln wirst du schnell erlernen«, fuhr er fort. »Schließlich bist du ein Ward.«

Das war ich zwar nicht. Zumindest nicht dem Namen nach, denn meine Mutter hatte den Namen meines Vaters angenommen. Aber natürlich hatten wir dieselben Vorfahren.

Dann kam er auf die von mir sehnsüchtig erwarteten Zinsen zu sprechen.

»Wenn ihr Jungs euch an die Regeln haltet, ist mir ansonsten egal, für was ihr euch interessiert. Solange ihr aus der Schule passable Noten mitbringt, könnt ihr euch die Zeit vertreiben, mit was auch immer euch Spaß macht.«

Das klang ja geradezu verführerisch. Wo war der Vertrag, den ich unterschreiben konnte?

»Wie hört sich das für dich an?«, fragte er mich.

Ich nickte vorsichtshalber etwas bedächtiger, als ich im ersten Moment vorgehabt hatte und sagte: »Ziemlich Okay.«

»Ziemlich Okay?«, fragte er mich und zog die Augenbrauen nach oben, während er meinen Tonfall nachahmte. »Wie wäre es mit *Großartig*, Junge. *Ziemlich* ist vielleicht etwas, das du aus dem Haus deiner Mutter kennst oder vielleicht aus der Schule, oder aus dem Fernsehen. Das, was jeder da draußen blubbert, wenn er nicht erkennt, was wirklich gut ist, was noch Gehalt hat, was uns alle zusammenhält.«

Zu meinem Unbehagen über diese Äußerungen ging er bei seinen Worten um den Schreibtisch herum und blieb neben meinem Sessel stehen. Er beugte die Knie und hockte sich neben mich, so dass sein Kopf auf Höhe des meinen war. Sein Gesicht kaum mehr als eine halbe Armlänge entfernt.

Ich verriet meine Aufregung dadurch, dass sich meine Arme für einen Moment mit einem unbedachten Zucken verselbständigten. Vielleicht hatten sie gedacht, sie müssten sich in Abwehrstellung begeben. Das mag für manche im Raum vielleicht lustig ausgesehen haben. Für einen der Anwesenden jedoch war es das Signal, ein tiefkehliges Knurren zu starten. Tito war offenbar der Meinung, ich wollte sein Herrchen von mir schubsen oder schlimmeres. Er blieb auf seinem Platz neben dem Schreibtisch sitzen, aber das Knurren und ungefällige nach vorne Schnappen mit dem Kopf sollten mir Warnung genug sein.

Ich hielt inne, während Frank mit einem Wischer seiner Hand sowie einem bösen Blick den Rüden zur Ruhe brachte.

»Entschuldige«, sagte er zu meinem Erstaunen. »Tito ist sicher noch verwirrt darüber, dass du jetzt Teil unserer Familie bist. Er wird sich bald daran gewöhnen und dann wird er auf dich genauso aufpassen wie auf uns. So wie er es schon immer getan hat. Und nicht nur auf uns, sondern auf dieses Haus und ganz besonders alles, was sich darin befindet.«

Er schaute sich um und wies mit einer knappen Geste an die Wände ringsum.

»Ganz besonders auf das, was du in diesem Raum siehst. Tito hier,« und er tätschelte dabei den bulligen Kopf des Rottweilers, »bewacht uns und meine Sammlung zuverlässig und treu. Viel treuer, als je ein Mensch es könnte.«

Da war ich mir ganz sicher. Tito war für derartige Aufgaben wie gemacht.

Frank wandte sich wieder mir zu. Als er begann, in meine Richtung zu reden, fiel mir sein Atem auf, vor dem sich meine Nase nicht verstecken konnte. Ich wusste, sie hätte es gerne getan, denn was sie mir mitteilte, kam der Beschreibung eines Aschenbechers, der sich gerade geöffnet hat, unliebsam nahe.

»Ich möchte dir etwas darüber erzählen, was mir so wichtig ist, wie die Regeln für unser Beisammensein unter diesem Dach«, fuhr Frank fort und ließ sich durch meine Nase ebenso wenig aus der Ruhe bringen, wie durch meine Arme zuvor.

So so, dachte ich, *jetzt kommt der Teil mit dem Vertrag und der verkauften Seele.*

»Alles, was du hier siehst, ist unendlich wertvoll«, sagte er in ruhigem Tonfall, schaute mich aber dabei verschwörerisch über ein Auge an. »Nicht nur für mich, sondern auch für eine Menge Leute da draußen. Und deshalb ist Verschwiegenheit unsere oberste Pflicht. Wir wollen doch nicht, dass uns etwas abhandenkommt. Oder schlimmer noch, gestohlen wird.«

Aha, da war er also. Der letzte Punkt.

»Wie du siehst, bin ich ein Sammler.« Er machte erneut eine Pause und ließ mir einige Sekunden Zeit, mich umzuschauen.

Die Wand hinter seinem Schreibtisch bestand zur Gänze aus eingelassenen Schränkchen und Regalen. Sie glänzten mattschwarz wie das Holz der Türen und die Vertäfelung an der Zimmerdecke. Alles war vollgestellt mit Gegenständen jeglicher Couleur. Einige Meter Bücher waren auch darunter. In den Vitrinen längs der Seitenwände und sogar neben den Fenstern waren die auffälligsten und größten Objekte untergebracht.

»Ich bin mir sicher, das alles hier sieht sehr wertvoll aus«, sagte ich vorsichtig. »Was ist das genau?«

Ich befürchtete schon, ich wäre vielleicht für seinen Geschmack zu vorlaut gewesen, aber genau das Gegenteil trat ein. Mein Interesse schien ihm zu gefallen und seine Haltung entspannte sich merklich.

»Ich jage besondere Objekte«, fuhr er fort. »Objekte, die nicht nur eine außerordentliche Historie und einen gewissen Ruf haben, sondern sich durch etwas anderes auszeichnen.« Während er sich aufrichtete, wedelte er mit seinen dünnen Armen, so als wollte er etwas herbeirufen.

»Magie!«, rief er. »Allen Gegenständen hier wohnt eine ganz besondere Magie inne.«

Er ging zu einer der Vitrinen neben seinem Schreibtisch und wies auf den Inhalt.

»Siehst du das hier?«

Er zeigte auf eine kleine Nachbildung einer Kanone, die auf einem blauen Brokattuch stand, das auf einem Glasboden in Augenhöhe vor ihm zu schweben schien. Sie sah aus wie eine kleine Tischkanone für Silvester. Das Original hätte vielleicht aus der Französischen Revolution oder ebenso aus dem amerikanischen Bürgerkrieg stammen können. Das Metall war poliertes Gold und die Lafette aus Holz.

Ich nickte meinem Onkel auffordernd zu, damit er weiter erzählen konnte.

»Genau diese Kanone war alles, was Napoleon geblieben war, als er aus Russland zurückkam. Mit nur mehr seinem Pferd, ein paar Getreuen und nichts weiter in den Satteltaschen als dieser Kanone musste er am Abend des sechzehnten Dezember 1812 nach seinem missglückten Feldzug und dem Untergang seiner Armee eine Ruhepause einlegen. Einer der schwersten Winter der damaligen Jahre. Er kam von Dresden und wollte nach Paris weiterreisen. Doch im kleinen Gasthaus Laub im Pfinztal kehrte er ein, um sich zu erholen. Bezahlt hat er mit dieser goldenen Kanone, zweifelsohne ein Raubstück aus dem fernen Moskau.«

Für einen Moment schien es mir, als wehte plötzlich ein ganz anderer Wind durch das Zimmer. Es klang unglaublich und ich erinnere mich noch, dass mein Blick für einen Moment aus den großflächigen Zimmerfenstern auf den Garten fiel, der sich hinter dem Haus in sanftem Schwung den Feldern zuneigte. Ich stellte mir vor, wie die Landschaft unter einer eisigen Schneedecke versank und wie schwer es gewesen sein mochte, bei solchen Verhältnissen zu Pferd quer über einen Kontinent zu reiten.

Mir war so, als wäre die Temperatur im Raum tatsächlich um ein paar Grade abgesackt. Vielleicht war es aber nur meine Gänsehaut. Ob ich davon überzeugt war oder nicht, Frank hatte es so vorgetragen, als hätte er alle Beweise für die Richtigkeit seiner Angaben und würde felsenfest daran glauben.

»Oder das hier«, sagte er und wies auf ein anderes Objekt. Es war ein Revolver, der an der Wand neben dem Fenster hing. Er sah aus wie ein Colt aus der guten alten Zeit des Wilden Westens. Ein blankgewienerter, ziemlich langer Silberlauf; ein abgegriffener, dunkel gebeizter Holzgriff. Er hing auf einer Platte an der Wand, die mit blauem Samt beschlagen war.

»Das ist General Custers Armeerevolver, den er an jenem schicksalhaften Tag des fünfundzwanzigsten Juni 1876 trug. Du weißt vielleicht, dass er selbst für die Entscheidung verantwortlich war, sich einer Übermacht der verbündeten Indianerstämme zu stellen, ohne vernünftige Aufklärung zu betreiben oder auf Verstärkung zu warten. Auf einem Hügel am Little Bighorn River in Montana hat er die letzten Schüsse mit diesem Colt Cavalry Single Action abgegeben, bevor er und sein gesamtes Regiment überrannt wurden.«

Ich musste schlucken. Wenn das wirklich stimmte, war einiges aus dem Arbeitszimmer und womöglich auch aus dem Keller meines Onkels eine Menge wert. Jetzt verstand ich seine Bedenken, was die Aufbewahrung und damit verbundene Verschwiegenheit anging. Wer weiß, wer sonst gerne diese historischen Objekte sein eigen genannt hätte.

Doch jetzt war Frank in seinem Element. Er ging durch den Raum und zeigt hierhin und dorthin.

»Siehst du diesen Dolch hier.«

Ich schaute auf ein großes, plumpes Messer mit ledergewickeltem Kurzgriff und sehr breiter, bauchiger Klinge.

»Es ist ein Pugio und dazu noch ein besonderer. Er hat Brutus gehört und der hat ihn am fünfzehnten März des Jahres 44 als letzter in Caesars Körper versenkt, um den römischen Imperator zu beseitigen. Mit seiner hinterlistigen Bande an Senatoren, die im Übrigen alle zugestochen haben, nachdem sie Caesar auf eine Versammlung gelockt hatten. Wusstest du, dass er nur ein Ziehsohn des Kaisers und kein leibliches Kind war.«

Ich schüttelte den Kopf.

»Oder hier. Dieser Bogen hat einmal Marco Polo gehört. Und du weißt ja, dem wird nachgesagt, er hätte seine Reisen nicht wirklich vollendet und China nur aus Erzählungen gekannt. Aber er war dort und er hat mit diesem Bogen den letzten chinesischen Drachen erlegt. Auch wenn das nur ein sehr kleiner Brunnenwurm war.«

Ich wollte mich mehr und mehr schütteln ob der kaum zu glaubenden Geschichten, die mein Onkel da über die Objekte verlauten ließ. Ich musste mich zusammenreißen.

»Und sieh hier.«

Er zeigte auf ein Arrangement von steinern aussehenden Pfeilspitzen, die kunstvoll auf einer Wandplatte drapiert waren.

»Das sind die Pfeilspitzen von Nimrod, dem königlichen Herrscher von Babylon. Du erinnerst dich? Der meinte, er könne einen ganz besonders hohen Turm bauen, um den Himmel zu erreichen. Leider kam ihm eine lancierte Sprachverwirrung in die Quere.«

So ging es weiter. Ein Eckzahn des Beowulf aus Norwegen, das Drachenglas des Qi Wu, legendärer Zauberer am Hof von Xanadu, das Hufeisen eines Zentauren, ein Irrlicht in einem Kristall gefangen, die Haarlocke eines Sasquatch und immer wieder viele berühmt-berüchtigte Waffen. Eine BAR Maschinenpistole aus dem Arsenal von Bonny & Clyde, eine Elefantenbüchse von Hemingway, ein Säbel von Mussolini, und eine Hacke für Bergsteiger. Zu der sagte er jedoch nichts. Sie fiel mir nur deswegen auf, da sie direkt über seinem Lehnstuhl an der Wand aufgehängt war. Sah aus wie ein Eispickel. Ich war mir sicher, das Ding hatte eine ebenso fragwürdige wie unheilvolle Geschichte. Nicht viel anders, als die anderen Antiquitäten im Zimmer.

Ich war beeindruckt, aber vor allen Dingen sprachlos. Das lag nicht nur an den Objekten und Beschreibungen. Ich wusste nicht, ob ich auch nur das Geringste glauben konnte von dem, was mein Onkel da so voller Überzeugung von sich gab. Insofern war es besser, dass mir im ersten Moment die Stimme den Dienst versagte.

Zuletzt wandte er sich einem seltsam aussehenden Gegenstand zu, der sogar in der verschlossenen Vitrine noch unter einer gläsernen Haube gesichert war. Es sah aus wie ein zusammengebundenes Säckchen, nicht größer als eine Faust, mit allerlei Schnüren, bunten Perlen und winzigen Knochenfragmenten bestickt. Ich wollte glauben, die Knochen würden von Vögeln stammen.

»Was du hier siehst, ist etwas Besonderes. Es ist ein Mojo. Ein abgrundtief böser, widerlicher Zaubersack. Den hat der Häuptling der Taíno auf dem ehemaligen Santiago angefertigt. Das ist die Insel, die heute Jamaika heißt. Die hat Kolumbus auf seiner letzten Reise entdeckt und nebenbei einige Seuchen auf die Insel eingeschleppt. Nachdem die Tochter des Häuptlings eines der Opfer war, hat der mit diesem verfluchten Objekt eine Krankheit auf Kolumbus übertragen, obwohl der bereits wieder in Spanien weilte. Es scheint gewirkt zu haben. Der große Entdecker ist mit unbekannten Symptomen und völlig alleine verstorben.«

Das ist nicht nur widerlich, sondern völlig irre.

Laut sagte ich jedoch: »Das ist ja phantastisch. Woher kommen all diese Dinge? Und woher weißt du, ob all diese Geschichten stimmen?«

»Ich habe Verbindungen in die ganze Welt, mein Sohn«, sagte er mit verschwörerischem Unterton. Das Erste verwirrte mich, das Letztere ließ mich innerlich zusammenzucken. Ich wollte ganz sicher eine Menge im Leben sein, aber bestimmt nicht sein Sohn. Trotzdem sagte ich nichts, ich wollte ihn nicht unterbrechen.

»Meine Lieferanten sind handverlesen und ich habe sie mir über die Jahre aufgebaut. Wer schon so lange sammelt wie ich, kennt seine Lieferanten bereits aus einer Zeit, da wart ihr Jungs nichts weiter als Quark im Schaufenster.«

Ich musste nicht alles verstehen, was Frank so von sich gab, aber in meinen Ohren klang das irgendwie abwertend.

»Nun ja«, fuhr er fort. »Zu dem zweiten Teil deiner Frage kann ich nur sagen, dass ich weiß, dass es außergewöhnliche Objekte sind.« Er betonte das *ich* in seinem Satz ganz besonders und schaute mir dabei in die Augen.

»Ich spüre es. Ich weiß es, wenn ich es in Händen halte. Manchmal sogar schon, wenn ich die Dinge angeboten bekomme und nur auf Bildern sehe. Es ist etwas tief in mir, dass mir sagt: Dieses Ding ist nicht nur echt. Es ist einzigartig und ganz sicher das Original. Ich habe mich noch nie geirrt.«

Von dieser Art des Irrens hatte ich in diesem Moment eine etwas andere Meinung, aber ich behielt sie vorsichtshalber für mich. Ich wollte nur wissen, auf was man sich im Hause Ward einstellen musste und das wurde mir gerade sehr plastisch vor Augen geführt.

»Du musst verzeihen«, sagte Frank plötzlich freundlich und zuvorkommend, »wenn ich euch jetzt entlasse. Aber ich erwarte eine Lieferung. Leider ist der Termin überfällig und von Unpünktlichkeit halte ich gar nichts. Aber macht euch auf etwas Besonderes gefasst. Etwas, das euch Jungs sicher ebenso begeistern wird wie mich. Ich kann euch versichern, ihr dürft es auch anfassen.«

Er schmunzelte, ja lächelte fast ein bisschen bei diesen Worten.

»Denn ihr wisst ja, dreimal im Jahr steht ein großer Hausputz an und alles muss gereinigt, überprüft und gewienert werden.«

Auch das noch.

Ich war mir sicher, den alten Zaubersack wollte ich garantiert nicht anfassen.

»Aber keine Angst«, sagte er und wandte sich mir zu. »Wir werden dir beibringen, wie das geht und was zu tun ist.«

Das war mir klar.

Ich nickte und fragte: »Wo soll ich denn wohnen und was ist sonst zu erledigen?«

»Das werden dir die Jungs erzählen. Ihr werdet euch vortrefflich verstehen.«

Er deutete dabei in Richtung Tobias und wartete kaum auf eine Reaktion.

»Hast du sonst noch Fragen?«

Ich schüttelte den Kopf.

Nach allem, was ich gesehen und gehört hatte, wollte ich nichts weiter als das Arbeitszimmer von Frank verlassen. In mir warteten einige Dinge darauf, verdaut zu werden.

Ich stand auf und wollte mich gerade dem Ausgang zuwenden, da sagte Frank mit leiser Stimme: »Hast du nicht etwas vergessen?«

Ich zuckte zusammen und schaute ihn über die Schulter an.

»Keine Fragen zu dem, was ich dir eben erklärt habe?«

Da war etwas. Sonst hätte er wohl kaum seine Augenbrauen hochgezogen. Ich dachte fieberhaft nach.

»Ich weiß nicht«, sagte ich. »Schätze, das ist alles noch sehr neu für mich.«

»Nun, ich hatte erwartet, dass du deutlich schlauer bist«, sagte er und sein Blick verdüsterte sich.

»Dass dir eine Frage auf den Lippen brennt. Oder sollte ich sagen, ich hatte gehofft, dass du so schlau bist, um von selber drauf zu kommen. Aber ich habe dich wohl überschätzt. Vielleicht hat dich das lange Zusammenleben mit deiner Mutter ...«, er stockte und überlegte einen Moment.

»Wahrscheinlich hat es dir den Biss genommen.«

Ich musste schlucken.

»An deiner Stelle würde mich interessieren, was denn die Folgen sind, wenn man die Regeln im Hause Ward nicht einhält. Oder etwa nicht, junger Mann. Das wäre doch einer Frage wert?«

Da hatte er zweifelsohne Recht. Vielleicht hatte ich unbewusst dieser Frage ausweichen wollen, oder ich wollte meine Cousins in Ruhe befragen. Doch er kam mir zuvor.

»Fassen wir es so zusammen«, sagte Frank. »Du solltest besser deine Cousins in Ruhe befragen. Sie haben schließlich, ebenso wie ich, über viele Jahre alles geheim gehalten. Nur eines möchte ich dir mit auf den Weg geben. Sollte jemals etwas von den Dingen in diesem Haus nach außen dringen und ich davon erfahren, dann werden die Folgen gravierend sein.«

In diesem Moment konnte ich nicht anders, als ihm in die Augen zu schauen, und dort sah ich, dass er es sehr ernst meinte.

»Nun denn«, wandte er sich an uns alle. »Geht und zeigt unserem neuen Familienmitglied sein Zimmer und weist ihn in alles andere ein. Und sollte demnächst ein Lieferant, welcher Couleur auch immer, an unsere Tür klopfen, unterrichtet mich umgehend.«

Mit diesen Worten setzte sich Frank wieder hinter seinen Schreibtisch, klappte sein Notizbuch auf und entließ uns mit einem Wink seiner Hand.

Kapitel III

Heim, Kobaltblau, Necessaire

Als ich mit Tobias und Bastian vor der Tür stand, atmete ich auf. Tito war bei seinem Herrchen geblieben, was ich begrüßte. Der größere meiner beiden Cousins ging durch den Flur voran. Bastian zog mich am Arm.

»Das ist besser gelaufen, als ich erwartet habe«, flüsterte er mit einem Grinsen. »Frank war heute schon den ganzen Tag so angespannt. Jetzt weißt du warum.«

»Ja, und wenn heute nichts ankommt, wird seine Stimmung morgen garantiert nicht viel besser sein.«

Das war Tobias, er stand bereits auf der Treppe und hatte sich umgedreht.

»Ansonsten können wir nur hoffen, dass du...« und er schaute mir tief in die Augen, »... clever genug bist und verstanden hast, um was es hier geht?«

»Ich bin nicht zurückgeblieben!«, bellte ich in seine Richtung. Es war mir so rausgerutscht, lauter als ich es wollte. Wahrscheinlich hatte sich doch einiger Dampf unter der Haube angesammelt.

»Ach ja!«, bellte er zurück. »Das hoffe ich nicht nur! Beweis es!«

Ich wollte nicht wirklich Angst vor ihm haben. Mit seinen dünnen Ärmchen, die aus dem schlabberigen T-Shirt herauslugten, machte er keinen besonders bedrohlichen Eindruck.

»Ihr könnt euch auf mich verlassen. Ich will keinen Ärger, Okay?«

»Kannst Du nicht wissen! Willst Du nicht wissen!«, entgegnete er.

Ich war verwirrt. Offensichtlich einer seiner Standardsprüche. Vielleicht meinte er, dass ich selber nicht dafür garantieren könnte. Ich musste mit den Schultern zucken.

Das schien ihm zu genügen, er sagte: »Komm jetzt«, und begann, die Treppe hinauf zu sprinten.

Ich nahm meine Koffer und wollte ihm folgen, da sagte Bastian: »Lass dich nicht kirre machen. Toby meint es nicht so. Er ist nur besorgt. Auf geht's! Dein Zimmer ist im zweiten Stock.«

Ich klemmte mir die Koffer unter die Arme und folgte den Brüdern über die breite Holztreppe nach oben. Ein Teppichläufer war in der Mitte angebracht, aber jeder Schritt knarzte trotzdem durch die massiven Bohlen. Auf dem Absatz im ersten Stock führten kurze Flure nach beiden Seiten und einige Türen zweigten ab. In die zentrale Doppeltür im Treppenhaus waren gläserne, jedoch undurchsichtige Fenster eingelassen.

»Was ist hier?«, fragte ich Bastian im Vorbeigehen.

»Das sind die Wohnräume im ersten Stock. Da hat mal unsere Mutter gewohnt. Hat man mir zumindest erzählt. Jetzt stehen da noch alte Möbel, verhängt und zugedeckt. Frank benutzt nur noch sein Schlafzimmer am Ende des Ganges. Der Rest der Zimmer hier und auch die im obersten Stock werden kaum noch genutzt.«

Die Milchglasscheiben und die verschlossene Doppeltür verbreiteten im ersten Stock eine geheimnisvolle Atmosphäre. Wenn es so etwas wie die geographische Mitte des Gebäudes geben sollte, dann war sie sicher hinter diesen Türen. Für mich fühlte sich das an wie das Herz des Hauses, das ganz sicher jenseits der milchig schimmernden Scheiben schlagen musste; wenn auch kaum wahrnehmbar.

»Was war denn mit ihr; ich meine eurer Mutter?«, fragte ich neugierig.

»Darüber weiß ich nicht viel«, sagte er. »Ich war zu klein. Kann mich kaum noch an sie erinnern. Soviel Frank uns erzählt hat, hat sie ihn und uns verlassen. Ist angeblich mit so einem Heini aus Amerika durchgebrannt. Frank sagt immer, das hätte sie sowieso vorgehabt, schon als sie ihn getroffen hat. Sie wollte uns Jungs nur bei ihm abladen.«

»Versteh ich nicht?« Da musste ich nachhaken.

»Wieso abladen?«

»Na, Frank ist nicht unser richtiger Vater. Unsere Mom hat uns sozusagen mitgebracht. Ihr war auch jemand abhanden gekommen.«

»Dann hat Frank euch adoptiert und ist gar nicht euer echter Vater?«

»Ganz genau. Aber er ist schon für uns verantwortlich, er brauchte uns nicht adoptieren, er hatte ja geheiratet.«

Jetzt wurde mir einiges klar. Aber was für ein unglaublicher Zufall. Oder sollte ich sagen Parallelität der Ereignisse. Das zog sich ja wie ein roter Faden durch die Familie. Allerdings warf das ebenso die Frage auf, warum mir meine Mutter nie davon berichtet hatte. Wahrscheinlich wollte sie nicht riskieren, dass ich während unserer Besuche darauf herumhackte. Plötzlich waren mir Tobias und Bastian sympathischer als je zuvor.

Als wir im zweiten Stock ankamen, wandte sich Bastian nach rechts den Gang hinunter.

»Hier drüben sind unsere Zimmer«, sagte er und zeigte auf die Türen zur Vorderfront des Gebäudes.

»Du bekommt das hier.« Damit ging er auf eine gegenüberliegende Tür zu. Im Zimmer dahinter stand Tobias und wartete auf uns.

Der Raum war nicht besonders groß, aber größer als das Zimmer in meinem alten Zuhause. Eine Dachschräge nahm die hintere Seite ein. An der Außenfront befand sich auch eine geräumige Gaube, dessen Fenster einen Blick auf den Garten hinter dem Haus freigab.

Ein Schrank, ein kleiner Schreibtisch, ein Bett. Viel mehr war nicht zu sehen.

»Dein Bettzeug ist in dem Schrank da«, sagte Tobias zur Begrüßung. »Du schaffst es doch, das Bett selbst zu beziehen, oder sollen wir dir helfen?«

»Ich werd's schon schaffen«, antwortete ich knapp.

»Wenn dir sonst was unklar ist, frag uns lieber, bevor du irgendeinen Unsinn veranstaltest.«

»Schon klar!«

»Und übrigens, ich hab sehr gute Ohren. Ich hab gehört, was ihr da eben auf der Treppe gequatscht habt.« Seine Miene verzog sich zu einem zerknirschten Ausdruck.

»Na und?«, rief Bastian dazwischen. »Er gehört jetzt zu uns. Er kann ruhig alles wissen.«

»Kannst Du nicht wissen! Willst Du nicht wissen!«, sagte Tobias und seufzte. »Aber wenn ihr zwei euch da so sicher seid?«

Er wandte sich an mich: »Vergiss nicht! Wir sitzen alle in einem Boot.«

Meine Augen zogen sich unwillkürlich für einen Moment zusammen. Ich wollte etwas erwidern, aber Bastian kam mir zuvor.

»Hey! Wie hast du das geschafft, alleine zu leben, nachdem deine Mom gegangen war. Ich meine, wie haben die vom Jugendamt das spitz gekriegt?«

Offensichtlich wollte er die Situation entspannen. Bastian war für sein Alter cleverer, als ich gedacht hatte.

»Das hatte der Amtsarzt bereits an die zuständigen Stellen gemeldet, nachdem meine Mutter ...« Mir versagte für einen Augenblick die Stimme.

»... naja, ihr wisst schon.«

Ich atmete ungewollt tief ein.

»Ich hatte ein paar Tage zuhause gesessen. Während der Krankenhauszeit, wisst ihr. Und dann haben auf einmal die Hansel vom Jugendamt geklingelt. Hatte keine Chance, mich zu verstecken.«

»Hättest du es gerne gemacht?«, fragte Tobias. Sein Unterton verriet echtes Interesse und vielleicht sogar ein bisschen Mitgefühl. Vielleicht war er doch nicht so ruppig, wie er in den ersten Minuten rübergekommen war.

»Ich denke schon«, sagte ich. »Zur Schule gehen und auch den Alltag hätte ich mit Sicherheit alleine hinbekommen. Nur mit dem Geld wäre es wahrscheinlich irgendwann knapp geworden.«

»Das machen wir hier schon lange so«, sagte Bastian. »Wenn es nicht um Franks Sammlung geht, können wir veranstalten, nach was uns der Sinn steht.«

Das klang irgendwie aufbauend.

»Dann pack mal aus. Das Bad ist am Ende des Flurs.«

Mit diesen Worten schien die Einweisung für Tobias erledigt und er verließ das Zimmer.

Bastian blieb stehen, wartete eine Minute, bis die Schritte seines Bruders auf dem Flur verklungen waren und schaute mich mit großen Augen an.

»Was?«, fragte ich neugierig. »Kann ich jetzt auspacken?«

Er nickte.

Ich warf meine Koffer aufs Bett und öffnete den ersten. Als ich zu ihm hinüberblickte, sah ich, dass ihm offenbar eine Frage auf der Seele brannte.

»Wie war deine Mom so?«, sagte er nach einer Weile. »Ich meine, was hat sie so gemacht?«

Eigentlich waren meine Gedanken mit der neuen Umgebung beschäftigt und erst recht mit all dem, was ich am heutigen Tag erfahren hatte. Genaugenommen war da ein ziemliches Durcheinander in meinem Kopf. Aber Bastian blickte so aufmerksam drein, dass ich nicht anders konnte, als ihm zu antworten. Ich setzte mich auf das Bett und er setzte sich neben mich.

»Sie hat mit mir zusammen Muffins gebacken. Das waren die besten Muffins, die du dir vorstellen kannst. Sie hat mir oft vorgelesen und sie war immer da, wenn's mir mal nicht so toll ging.«

Er nickte erneut.

Nach meinen Worten wunderte ich mich, wie ruhig ich das zusammengefasst hatte. Und vor allen Dingen so kurz. War das wirklich alles, was mir einfiel? Da war doch so viel mehr. Heute weiß ich, dass es manchmal genau so einfach ist. Das Leben kocht sich auf nichts weiter als ein paar Muffins zusammen.

Bastian schaute mich mit großen Augen an. Als hätte ich ihm gerade erzählt, ich wäre in Wirklichkeit ein Unsterblicher, der vor fünftausend Jahren von Aliens auf diesem Planeten vergessen worden war.

»Vermisst du sie?«, fragte er.

Ich musste die Lippen schürzen. Ich wollte vermeiden, dass sich Flüssigkeit in meinen Augen sammelte. Ich ließ etwas Zeit vergehen, bevor ich antwortete.

»Nicht nur zuletzt, sondern solange ich zurückdenken kann, hat sie mir erzählt, sie würde über mich wachen.«

»Wie denn wachen?«, fragte Bastian leise.

»Sie hat mir immer gesagt, egal was passiert. Sie wird zurückkommen und am Ende meines Bettes sitzen und über mich wachen.«

»Du meinst, als Geist, oder so?« Bastians Stimme war jetzt kaum mehr als ein Flüstern. »Ist sie vielleicht schon da, dort am Fußende? Kannst du sie sehen?«

Ich schüttelte den Kopf. Ich sah nur das Licht aus dem Fenster hereinscheinen.

»Schade«, sagte Bastian und erhob sich. »Vielleicht kommt sie ja noch.«

Worauf ich ihn ebenso erstaunt wie ungläubig ansah. Das schien ihn aber nicht im Geringsten zu stören.

»Hör mal,«, sagte er zum Abschluss. »Ich find's toll, dass du hier bist. Jetzt sind wir einer mehr.« Er ließ eine Pause und ich fragte mich, wie er das *wir* meinte. Hatte er an die Familie Ward gedacht oder nur an uns Jungs?

»Auf jeden Fall solltest du dir über Toby nicht so viele Gedanken machen. Der ist echt in Ordnung. Wenn er nen bisschen rummault, dann nur, weil er es gut meint. Gib ihm ne Chance.«

Diesmal war es an mir, zu nicken.

Mit diesen Worten verabschiedete er sich. Ich blieb allein in meinem Zimmer zurück und starrte vor mich hin. Der Boden aus dunklen Holzbohlen, die vergilbte Tapete mit Blümchenmuster, das metallene Bettgestell starrten zurück.

Nach ein paar Minuten, in denen ich mich kaum rühren konnte, raffte ich mich auf und ging zum Fenster. Aus der Gaube eröffnete sich nicht nur ein Blick über den ausgedehnten Garten hinter dem Haus, sondern auch auf die angrenzenden Felder und Wiesen. Ich konnte weit schauen. Der Himmel zog sich klar, kobaltblau und endlos dahin. Nur wenige Parzellen hatten die Bauern bestellt. Wiesen voller Wildwuchs wechselten mit kleinen Eichenhainen und an einem fernen Bach standen riesige Trauerweiden. Es sah geradezu malerisch aus. Aber auch einsam. So einsam, wie ich mich trotz der anderen Personen im Haushalt fühlte.

Ich musste ab sofort alleine groß werden. Das war mein Eindruck. Ganz zu schweigen von der unglaublichen Einweisung, die ich zwei Stockwerke tiefer erfahren hatte. Mein Onkel hatte einen Schlag weg. Da war ich mir sicher. Ich machte mir Gedanken über meine Zukunft.

Was sollte aus mir werden? Wohin würde mein Weg führen?

Es fühlte sich an, als hätte eine unbekannte Macht den festen Boden unter meinen Füssen weggezogen und durch einen sumpfigen Pfad ersetzt. Überall lauerte die Gefahr, stecken zu bleiben oder schlimmer noch, zu versinken.

Du musst lernen!, schwor ich mir.

Lerne! Je mehr, desto besser! Desto eher schaffst du es hier wieder raus.

Zum Glück hatte mich Frank auf meiner alten Schule gelassen. Die lag zwar am anderen Ende der Stadt und der

Schulweg würde entsprechend lang ausfallen, aber so konnte ich wenigstens etwas von meinem alten Umfeld behalten.

Nur früher aufstehen; das musst du dir ab jetzt angewöhnen.

Damit würde ich schon klar kommen.

Ich wand mich vom Fenster ab und schloss die Zimmertür. Dann öffnete ich den zweiten Koffer, den ich aufs Bett gelegt hatte. Darin hatte ich eine kleine Tasche untergebracht, nicht größer als ein Necessaire. Ich nahm sie heraus und legte mich auf die Matratze.

Ich zog den Reißverschluss auf und berührte die Dinge, die sich in dem Täschchen befanden. Einige Schminkutensilien, ein paar ihrer Halstücher und ein kleiner Stofflöwe. Den hatte sie immer besonders geliebt. Er war nur ein Anhänger, wahrscheinlich für einen Schlüssel gedacht, obwohl er handtellergroß war. Ich hatte ihn vor ein paar Jahren auf einem Jahrmarkt für sie geschossen. Sie hatte seine flauschige Mähne gestreichelt, noch als sie im Krankenhaus war.

Ich drückte meine Nase ganz nah heran. In dem Täschchen roch alles nach ihr, so wie ich es in Erinnerung hatte. Ihre Haare, die Creme, sie selbst.

Mehr war nicht geblieben.

Kapitel IV

Tempus, Kinderpappe, Schar

ie Zeit ist ein seltsames Ding. Auch wenn allgemein behauptet wird, sie verrinnt konstant, ist das in Wirklichkeit gar nicht der Fall. Jeder, der die Mitte seines Lebens überschritten hat, weiß, dass Tage wie Blitze im Gewitter der Monate vergehen. Schon ist wieder ein Jahr vorüber und nichts bleibt, woran man sich festhalten kann. Wie in einem Strudel kreist man schneller und schneller. Je näher man dem Zentrum kommt, desto rasanter wird die Fahrt. Die Fliehkraft steigt ständig an, keine Erinnerung kann sich halten. Alles fliegt davon. Am Ende wird aus Tempus nichts weiter als Orkus.

Doch wie anders fühlt sich das an, wenn man ein Kind ist. Da sind Minuten endlose Stunden. Und die Stunden schleppen sich tagelang dahin. Selbst eine Sekunde dehnt sich klebrig wie Kaugummi. Man möchte alles haben, nur keine Langeweile.

Die hatte ich in meiner ersten Zeit im Hause Ward nicht. Ich versuchte mein Bestes, mich an meine Mitbewohner und die Gegebenheiten anzupassen. Es gab eine Menge zu lernen und einige Umstellungen zu bewältigen. Auch wenn meine Schule dieselbe blieb, so war doch der Weg dorthin ein anderer. Die langen Stunden im Bus wollte ich in den ersten Tagen noch mit Lesen verbringen. Studieren vielleicht und mich vorbereiten auf die kommenden Lehrstunden. Doch zu viel lenkte mich auf den Fahrten ab. Schüler stiegen ein und aus. Die Stadt zog an den Fenstern vorbei und wandelte sich unter dem Einfluss des aufkommenden Frühjahres. Bald gab ich das Lesen auf. Bald starrte ich nur noch gedankenversunken aus dem Fenster.

Wobei mich nicht nur der Lehrstoff aus der Schule beschäftigte. Viel mehr dachte ich über all die außergewöhnlichen und vor allem unheimlichen Gegenstände nach, die Frank in seiner Villa versammelt hatte. Nur einige Stockwerke unter den Zimmern der Jungs lagerten sie. Ich stellte mir vor, wie ihre unselige Aura strahlte und wie das Pech, das an ihnen klebte, in feinen Rinnsalen auf den Boden troff. Für mich war das nicht magisch, sondern giftig, grün und ätzend wie frisch gepresstes Missgeschick. So tauchte es zumindest in meinen Träumen auf in der ersten Zeit, als ich in meinem Zimmer übernachtete.

Ich wusste, in all den Dingen war eine Menge Schicksal verwoben, und ich ahnte, es war noch etwas anderes darin gefangen. Was es war, konnte ich nicht bestimmen, denn jede böse Vorahnung ist letztlich auch nur ein Gefühl.

Was vom Tage übrig blieb, ließ sich mit den Jungs vortrefflich verbringen. Ich verbrachte mehr und mehr Zeit mit ihnen, denn meine alten Freunde lebten nun alle am anderen Ende der Stadt. Es war zu umständlich, sie zu besuchen, und ich verlor mehr und mehr den Kontakt. Ich bemerkte, wie mich einige inzwischen wie einen Fremdkörper anstarrten, wenn ich zum Unterricht erschien.

Ich hatte ihnen nicht viel zu erzählen und vieles von dem, was ich im Hause Ward sah, durfte ich nicht berichten. Was auch immer die Strafe für Plappern sein würde, ich hatte eine Heidenangst davor.

Das hatte Frank hervorragend arrangiert. Ich erfuhr einiges, wusste nichts und hatte Angst vor wer-weiß-was. Seine sehnsüchtig erwartete Sendung hatte er noch am Tag meiner Ankunft tatsächlich bekommen. Eine längliche, große Kiste voller Aufdrucke, Label und rot leuchtender Aufkleber war von einem Sonderkurier vor unserer Tür abgeladen worden. Er war damit in seinem Zimmer verschwunden und nach seiner Stimmung während der nächsten Tage zu urteilen, war es wohl genau das Richtige gewesen. Auch wenn er uns Jungs noch nicht erklären wollte, was denn nun der aktuelle Zuwachs seiner Sammlung war. Er verwies uns auf einen besonderen Termin.

»Ihr werdet früh genug erfahren, was ich diesmal aus den Tiefen der Zeit gerettet habe.« Das war alles, mit dem er uns Jungs vertröstete.

Mit Tobias kam ich zunehmend besser klar. Er ließ wenig an sich herankommen und versuchte ständig, besonders cool zu sein. Nur seine Sprüche und besonders sein »Kannst du nicht wissen ...«, gingen mir schon nach einigen Wochen auf den Keks. Ich hatte das Gefühl, er war von den Dingen, die Frank tat und besonders von dem, was er sammelte, mindestens ebenso gebannt und gleichzeitig abgeschreckt, wie ich es war.

Bastian war tatsächlich so hilfreich und nett, wie ich ihn kennengelernt hatte. Er bat mich sogar eines Abends, ich möge ihm aus einem seiner Lieblingsbücher vorlesen. Es war zur Schlafenszeit, er lag schon im Bett. Ich ging an seinem Zimmer vorbei und wollte ihm eine gute Nacht wünschen, da bat er mich hinein.

»Komm und schließ die Tür.«, sagte er zu meiner Überraschung. »Kannst du mir was vorlesen?«

Ich war verwirrt, aber nicht wegen des Wunsches an sich, sondern wegen der Tür.

»Wäre toll«, sagte er, »aber ich will nicht, dass Tobias was davon mitkriegt.«

»Schon klar«, antwortete ich und überlegte, warum er wohl auf Tobias verzichten wollte.

Ich schloss die Tür und stellte mich innerlich auf *Peter Pan* ein, oder vielleicht auf die *Schatzinsel* oder sogar auf den *Herrn der Ringe*. Alles, was er gerne hören wollte, aber ihm zu beschwerlich zu lesen war. Doch er sagte nur: »Hab ich alles schon gelesen. Viel zu lang. Jetzt brauch ich was zum Schlafen.« Und er zeigte auf ein schmales, hohes Bändchen auf seinem Bücherregal.

Ich zog es hervor und las den Titel: *Die Wurzelkinder*. Ich kannte das Buch. Da war eigentlich nicht viel zu lesen. Es war für sehr, sehr junge Kinder gedacht. Es bestand nur aus ein paar Reimen und großformatigen Bildern. Auch ich hatte daraus vorgelesen bekommen und war ebenfalls noch sehr klein gewesen.

»Das geht aber schnell«, sagte ich, nachdem ich das Buch zum Bett gebracht hatte. »Da sind fast nur Bilder und wenige Seiten.«

»Ist doch Okay, oder?«, flüsterte Bastian und zog die Decke unters Kinn. »Ich will das. Wenn du fertig bist, mach einfach das Licht aus.«

Und tatsächlich, es dauerte nicht lang. Die abgegriffenen Buchseiten aus dicker Kinderpappe waren schnell durchblättert. Für die Bilder interessierte sich Bastian kaum, die kannte er zur Genüge. Die Reime entfalteten die Geschichte der Kinder der Erde vor seinen Augen. Wie sie unter der Oberfläche die Jahreszeiten vorbereiteten. Im Frühjahr aus dem Boden krochen, den Sommer verspielten und im Herbst wieder heimgerufen wurden, um den Winter zu verschlafen. An einer Seite blieb ich beim Vorlesen für einen Moment hängen. Mutter Erde saß dort mit Kopftuch und einer Tasse Tee am Tisch und begutachtete die Werke ihrer Kinder. Sie zog ihre Lesebrille skeptisch von der Nase und schaute über den Brillenrand. Doch als auf der letzten Seite das Ende des Jahres nahte, mussten sich die Kinder an ihre Schürze klammern. Der Herbstwind hatte die Blätter durcheinandergewirbelt und die Haare der Schar zerzaust. Kalt und regnerisch sah es aus. Gar nicht so wie der Herbst, den ich mochte; golden, voller Licht und Wärme.

Plötzlich wurde mir bewusst, wie lange ich das Buch nicht gesehen hatte. Ein seltsames Gefühl beschlich mich. Wir sind alle Zeitreisende. Das Dumme ist, dass wir immer nur in eine Richtung reisen können, voran und das Tempo können wir auch nicht bestimmen. Aber manchmal, nur im Geiste, gelingt es uns, alles umzudrehen und zurückzureisen.

Ich weiß nicht, ob es während meiner langen Gedanken geschah, oder schon im Herbst passierte. Bastian war jedenfalls eingeschlafen. Ich legte das Buch beiseite, so leise ich konnte. Dann löschte ich das Licht und schlich mich hinaus.

Kapitel V

Reinemachen, Doppelläufig, Nachtversunken

Wenn ich mich recht entsinne, muss der April des Jahres schon bald dem Ende zugegangen sein, als Frank sich endlich entschloss, sein Geheimnis zu offenbaren. Für ihn schien das Datum wichtig zu sein. Uns Jungs hat er jedoch nie verraten, warum genau. Doch der Anlass war ein zweifacher. Es stand ein großer Hausputz an. Was Frank darunter verstand, war vielleicht nicht das, was ich im ersten Moment darunter verstanden hatte. Für ihn ging es hauptsächlich um die gewissenhafte Reinigung all der Gegenstände, die sich in seiner Sammlung befanden. Für uns Jungs war es in erster Linie ein profanes Schrubben und Wischen an allen Ecken und Enden.

»Nimm's locker«, wurde ich von Tobias informiert. »Die wirklich wichtigen Sachen und besonders die fragilen Stücke bekommen wir nicht in die Finger. Die wienert Frank selber.«

Wir hatten uns in den Tagen zuvor gewundert, dass Frank mehr Zeit in seinen Räumen verbrachte als gewohnt. Zumindest war es das, was mir die Jungs berichteten. Sie kannten Frank länger als ich, trotzdem hatte ich den Eindruck, dass auch sie sich mehr und mehr wunderten. Für mich hatte das gleich nach meiner Einführung in den Haushalt begonnen und seitdem nicht einen Deut abgenommen. Hier wurde mir wie selten sonst vor Augen geführt, dass Menschen zunehmend seltsamer werden, je länger man sie kennt und je näher man sie ertragen muss.

Niemand kann seine Macken auf Dauer verbergen, abgesehen davon, dass Frank dies meiner Empfindung nach sowieso nie vorgehabt hatte.

Er ließ sich an manchem Morgen nicht einmal mehr blicken. Wir Jungs waren, wie so oft, uns selbst überlassen. Bei gutem Wetter radelte Tobias zum nächstgelegenen Bäcker, um für den Tag etwas zu besorgen. Bastian und ich teilten die restlichen Vorbereitungen auf. Doch zum Frühstück erschien Frank in dieser Zeit nur selten. Er werkelte hinter verschlossenen Türen und manchmal hörten wir ein Hämmern und Bohren. Uns war klar, dass er an einer der Wände seines Büros Platz geschaffen hatte. Etwas Neues wurde dort aufgehängt, so viel war klar. Wir waren überrascht, als er uns nach ein paar Tagen mitteilte, es wäre so weit.

»Stellt euch drauf ein, Jungs«, sagte er am Abend zuvor. »Morgen beginnt das Wochenende und Putzen ist angesagt. Nehmt euch nichts vor. Ich möchte, dass wir in aller Frühe loslegen.«

So kam es auch. Wir waren gespannt wie die Flitzebögen, aber zuerst kam Arbeit auf uns zu. Neben der Hausarbeit, die wir geübt und schnell erledigten, führte uns Frank hinunter in den Keller. Hier war ich noch nie gewesen und entsprechend angespannt folgte ich ihm und den Jungs ins Untergeschoss.

Die Decke war niedrig und die Wände durchgängig weiß gekalkt. Im harten Licht der Deckenlampen konnte die Stimmung, die ich erwartet hatte, nicht wirklich aufkommen. Ein bisschen klamm war es, die engen Gänge für meinen Geschmack etwas zu labyrinthisch, aber alles in allem machte mir der Keller weniger Angst, als ich erwartet hatte.

Wir fegten die Flure und einige der Lagerräume, in denen kaum zu identifizierender alter Kram lag oder Lebensmittel gebunkert waren. Mit den Regalen voller Dosen und Einmachgläsern mit Obst und Gurken hätte man wahrscheinlich den nächsten Weltkrieg überstanden. Ich mochte aber nicht beurteilen, wie lange das Zeug hier schon eingelagert war.

Dann kam Franks spezieller Lagerraum an die Reihe. Eine moderne, nachträglich eingebaute Doppeltür aus Stahl war mir in einem der Gänge bereits aufgefallen. Als Frank sie mit einem Sicherheitsschlüssel öffnete und das Licht anschaltete, erschien mir das Innere ebenso unspektakulär wie der Rest des Kellers. Im knallweißen Licht der Leuchtstoffröhren beherrschten etliche Reihen aus Stahlregalen das Bild. Auf ihnen stapelten sich nichts weiter als Kisten und Kartons. Unscheinbar grau und braun lagen sie herum und gaben nichts von ihrem Inhalt preis. Was mir noch auffiel, war, dass es sich hier weniger feucht anfühlte als im Rest des Kellers und dass der Raum ziemlich groß sein musste. Ich vermutete, er nahm sogar den größten Teil des unteren Geschosses ein. Frank hatte offensichtlich eine Klimaanlage installiert, die den Lagerplatz für seine Preziosen kontrollierte. Nach einer ebenso langweiligen wie uninteressanten Putzaktion mit Besen und Mopp waren wir wieder draußen.

Trotzdem war es schon Mittag und wir alle setzten uns an den Küchentisch und schlangen eine Fertigmahlzeit aus der Mikrowelle hinunter. Nach der kurzen Pause winkte uns Frank, ihm in sein Arbeitszimmer zu folgen.

»Nun zu unserem Neuzugang«, sagte er, während er die Tür aufschloss.

Kaum hatte er den Raum betreten, wandte er sich um und wies auf die Wand in unserem Rücken. Er hatte eine Vitrine abgerückt. Sie stand nun bald mitten im Raum. Den freien Platz an der Wand hatte er genutzt und ein großer, länglicher Holzrahmen mit einer durchgängig dunkelgrün bespannten Samtfläche hing dort in Augenhöhe. Vor dem samtenen Grund schwebten zwei Gewehre. Das sah natürlich nur so aus, denn sie lagen auf geschickt versteckten, gepolsterten Haken. Sie waren schlank und langläufig, die Schäfte in dunklem Mahagoni gehalten. Alt waren sie, das sah man ihnen auf den ersten Blick an. Das Metall der Magazine hatte Frank schon auf Hochglanz gebracht. Jeder Lauf zog sich oberhalb der Griffschalen endlos dahin. Aber das war nicht das Faszinierendste. Der Stahl der Waffen schimmerte, als wären die Flinten lebendig.

»Schaut euch das an«, sagte er. »Sind sie nicht fantastisch. Das ist Blaustahl.«

Mit den überbordenden Prägungen und Gravuren glitzerten die Büchsen im Mittagslicht vor sich hin. Ich erkannte, nicht nur das Material, sondern auch die luxuriösen Verzierungen des Metalls waren dafür verantwortlich.

»Das sind Jagdbüchsen, oder nicht?«, kommentierte Tobias. Er hatte sich als Erster gefasst.

»Richtig erkannt«, sagte Frank nicht ohne Stolz. »Und sogar Doppelläufige!«

Er wuschelte Tobias einmal quer über den Kopf.

Ich wusste gar nicht, dass er so locker sein konnte, auch wenn ich bemerkte, dass seinem Sohn das nicht wirklich gefiel. Tobias schüttelte sich ziemlich schnell die Haare zurecht.

»Wollt ihr mal anfassen?«, fragte Frank und schon war er an die Platte getreten und nahm eine der Büchsen mit erstaunlicher Leichtigkeit von der Wand.

»Finger weg vom Abzug«, warnte Frank. »Die sind gesichert, aber noch geladen.«

Ich schaute verdutzt auf die kleinen Hebel über den Abzügen. Und tatsächlich. Sie standen auf *S* und nicht auf *F*. Ich atmete auf.

Nachdem er Tobias die erste übergeben hatte, kam zu meinem Erstaunen ich an die Reihe. Bastian murmelte: »Ich will auch mal.« Aber da hatte ich das Ding schon auf dem Arm.

Erst als es in meinen Händen lag, spürte ich, wie gewichtig, aber auch wie fein austariert die Waffe war. Trotz der Ausmaße nicht so schwer und unhandlich, wie ich erwartet hatte. Schon gar nicht, weil ich sah, mit welcher Leichtigkeit Frank damit hantierte. Das musste offensichtlich daran liegen, dass er trotz seiner drahtigen Figur stärker war, als ich geglaubt hatte. Die Büchse lag unfassbar ausgewogen in der Hand und ich spürte den Drang, mir den Schaft an die Wange zu klemmen und einmal längs über den Lauf zu zielen.

Nachdem Tobias ausgiebig damit in die Luft gezielt hatte, war endlich Bastian dran. Obwohl er nicht so groß und kräftig war, tat er sich mit der ellenlangen Waffe kaum schwerer als sein Bruder. Frank nahm mir die Waffe ab.

Irgendwie fühlte ich mich leichter, als ich das Gerät abgegeben hatte und das lag nicht nur daran, dass meine Arme kein Gewicht mehr zu tragen hatten.

»Na? Was sagt ihr?«, fragte Frank in die Runde. Er hatte die Büchsen bereits wieder aufgehängt.

»Super!«, sagte Bastian zu meiner Überraschung. Wir anderen nickten anerkennend. Ich glaube, schon damals war uns Älteren klar, dass diese Gewehre eine unheilige Vergangenheit haben mussten und möglicherweise eine ebensolche Zukunft.

»Ein unglaublicher Fund«, kommentierte Frank und konnte seine Augen kaum von dem Arrangement auf jagdgrünem Grund lassen.

»Beim Abriss eines alten Wohnhauses aufgetaucht. Die Arbeiter haben unter der schrägen Gipsverschalung einer Mansarde ein längliches Paket entdeckt. Das hat jemand dort versteckt. Es war an einer fast vergammelten Wäscheleine über den Dachbalken aufgehängt und in lederne Tücher gewickelt. Die haben es über die Jahre vor jeglichem Wetter geschützt. Und denkt euch mal, was das Tollste daran war?«

Außer Augen aufreißen und Schulterzucken bekam Frank nicht viel Antwort. Aber darauf hatte er es nicht abgesehen.

»Das Entscheidende war, dass ein Schriftstück mit eingewickelt war, dass die Herkunft dieser Büchsen belegt.«

Er holte tief Luft.

»Eine Empfangsbestätigung desjenigen, an den sie übergeben wurden. Was wahrscheinlich auch derjenige war, der sie dort versteckt hat. Das Datum ist der 20. April 1945. Der Tag, an dem sich ein gewisser Hermann Göring aus seinem immensen Anwesen Carinhall nördlich von Berlin verabschiedete. Dort hatte dieser sogenannte Reichsmarschall nicht nur sein persönliches Museum untergebracht, sondern auch seine überaus ausgedehnten Jagden veranstaltet. Kein Hirsch in der Schorfheide soll vor ihm sicher gewesen sein. Doch der Spaß war vorbei. Er sollte das alles nie wiedersehen und das wusste er. Viele seiner Reichtümer und Kunstobjekte hat er in den letzten Kriegstagen in alle Winde verbringen lassen und was noch übrig war verschenkt. Seinem Kämmerer hat er diese beiden Jagdbüchsen vermacht und das sogar mit der Quittung bestätigt.«

Ich muss gestehen, im ersten Moment starrte ich auf die Waffen und suchte in den Gravuren nach Anzeichen von eingestichelten Hakenkreuzen. Es waren keine zu sehen. Florale Muster mit Ranken und Lilien zierten die Läufe und auf den Magazinen und Verschlüssen war sogar die eine oder andere stilisierte Fee zu sehen. Nichts wies auf den berüchtigten Vorbesitzer hin.

»Ich wusste es sofort, als ich von den beiden Schätzchen hier gehört habe«, sagte Frank und seine Stimme vibrierte vor Stolz. »Ich habe zugeschlagen, bevor einer von diesen staatlichen Museumswächtern und Sammlungskuratoren davon erfahren konnte. Erst recht, bevor die ganze Bande von Idioten davon erfährt, die bei solcher Nostalgia nur die Preise in die Höhe treiben.«

Franks Miene verzog sich, als müsste er sich übergeben.

»Nein!«

Er winkte mit seinem Zeigefinger.

»Hier spürt man es ohne Zweifel. Spürt ihr es auch, Jungs?«

Er schaute uns an. So wie ich Tobias und Bastians Gesichtsausdruck deutete, spürten sie gar nichts. Ich setzte eine entsprechende Miene auf. Das schien Frank aber nicht im Geringsten zu stören. Vielleicht hatte er nichts anderes erwartet.

»Er selbst hat die Büchsen geladen«, fuhr er unbeeindruckt fort. »Merkt ihr das nicht. Die Patronen stecken noch in den Läufen. Ganz so, als wollte er noch einmal auf die Jagd gehen. Auf seine letzte Jagd.«

Ich muss gestehen, ich hatte zu diesem Zeitpunkt gelogen. Nicht, weil ich das vorgehabt hätte oder weil mir damals bewusst geworden wäre, in was für einer seltsamen Situation ich mich befand. Ich wollte einfach nicht, dass die anderen bemerkten, wie sehr mich etwas entsetzte. Deswegen brachte ich einen genauso nichtssagenden, wenn nicht ahnungslosen Gesichtsausdruck zustande wie meine Cousins. Doch ich hatte etwas gespürt. Damals hatte es begonnen. Auch wenn mir das Ausmaß nicht bewusst war und auch nicht die Konsequenzen.

Diesmal war es kein kalter Wind, der über einen eiserfrorenen Kontinent weht, während man zu Pferde vor einer Niederlage flieht. Es war auch nicht die Hitze des Gefechts, wenn man die unausweichliche Kugel auf sich zukommen sieht. Und schon gar nicht war es ein kranker Fluch, der sich wie ein unsichtbares Gift durch die Luft bewegt.

Es war von allem etwas und doch war es auf eine eigentümliche Art etwas Besonderes. Eine verachtende Stärke strahlten die beiden Flinten aus. In ihren Kammern ruhte eine Bosheit, schlummernd und in Selbstzufriedenheit strahlend. Ich stellte mir vor, wie die Patronen verschlafen mit den Lidern blinzelten. Wie aus einem Dornröschenschlaf erwacht, wartete ihre Arglist darauf, ein letztes Mal entfesselt zu werden.

Ich mühte mich, mit Tobias und Bastian in die unverfänglichen Kommentare und Lobesworte für den Neuzugang in Franks Sammlung einzustimmen. Sie würden es nicht verstehen und ich konnte nicht mit ihnen darüber sprechen. Sie würden es hinter Franks Rücken mit einem

Kopfschütteln abtun. So wie man für gewöhnlich einen schweren Spleen abtut. Sie würden bald wieder an andere Dinge denken und ebenso ruhig wie immer schlafen.

Das war mir nicht vergönnt. In den nächsten Tagen warf es mich unruhig im Schlaf hin und her. Träume aus nichts als grauem, düsterem Zwang weckten mich und ließen mich stundenlang im Zimmer umherlaufen. Auch die Blicke aus dem Fenster in die nachtversunkene Landschaft brachten wenig Trost. Noch zogen regenschwere Wolken der letzten Apriltage über den Himmel und nur selten brachte der Mond die nassen Wiesen zum Glitzern. Am Morgen danach war ich zu nichts zu gebrauchen.

Das änderte sich erst, als der Mai kam und Frank eine Ankündigung machte, mit der ich nicht gerechnet hatte.

Kapitel VI

Kirmes, Todeswand, Schwerkraft

S eid ihr bereit, Jungs? Der Mai ist da!«, rief Frank eines Morgens in die Küche. Wir bereiteten gerade das Frühstück vor. Für mich war das nicht wirklich etwas Neues und schon gar nicht solch einer Ankündigung würdig. Aber meine Cousins riefen beide »Yeah!« im Chor und ich konnte nur staunen. Was war an diesem Mai so besonderes?

»Wann gehen wir hin?«, fragte Tobias.

»Äh, wohin?«, wagte ich, leise einzuwerfen. Ich deckte gerade den Tisch mit dem Frühstücksbesteck. Ich war sicher, alle hatten mich gehört.

Frank antwortete: »Nächstes Wochenende ist Showtime. Wir gehen wie üblich Freitag hin, da ist nicht so viel los.«

Die Jungs nickten mit einem Grinsen auf den Gesichtern. Bastian beugte sich herüber und flüsterte: »Das Frühlingsfest. Der Jahrmarkt? Warst du noch nie da?«

»Doch, doch...«

Ein paar Mal war ich mit meiner Mutter dort gewesen. Sie hatte Kirmes und Jahrmärkte geliebt. Das Frühlingsfest hatten wir jedoch nur selten besucht. Es wurde auf einer kleinen Festwiese am anderen Ende der Stadt abgehalten. Dadurch lag es nicht weit von Franks Anwesen entfernt. Es war klar, dass die Jungs sich darauf freuten. Sie und Frank waren bestimmt schon oft dort gewesen. Vermutlich der Grund, warum meine Mutter genau dieses Fest gemieden hatte.

»Bin dabei«, sagte ich. Das wollte ich mir auf keinen Fall entgehen lassen. Ich liebte solche Volksfeste. An viele gute Stunden konnte ich mich erinnern.

»Ich treffe mich mit einigen meiner besten Lieferanten und gebe wie in jedem Jahr eine Runde aus«, sagte Frank. »Was tut man nicht alles für die guten Beziehungen. Ich mache meinen Gang über den Platz, danach könnt ihr euch abseilen und solange vergnügen, wie ihr wollt.«

Das klang geradezu paradiesisch. Jetzt war mir klar, warum sich die Stimmung der Jungs in Sekundenschnelle gehoben hatte. Nach dem Frühstück wandte ich mich an Bastian.

»Wusste gar nicht, dass Frank für so was zu haben ist. Er geht doch selten aus dem Haus und wenn, dann alleine.«

Fakt war, er nahm uns nur mit, wenn es um die Anschaffung der Monatsvorräte ging. Dann durften wir Jungs beim Schleppen helfen.

»Hat er schon immer gemocht. So hält er jedes Jahr die Verbindung zu seinen schrägen Kumpels. Auch alles Sammler, weißt du.«

Bastian legte entschuldigend seinen Kopf schief.

»Aber das wird toll. Was magst du am liebsten?«

Ich dachte einen Moment nach.

»Ich mag am liebsten Autoscooter und den Riesen-Looping«, kam er mir zuvor. »Machst du mit? Ich mag es, wenn es einen so richtig hin- und herwirbelt und aus der Spur wirft. Tobias ist so eine lahme Ente. Der mag nur Schießbuden und Wurfbuden und dann auch noch diese blöde Losbude. Wie langweilig. Der will immer nur gewinnen, damit er sich zuhause was unter die Decke hängen kann.«

»Autoscooter, Riesen-Looping, Kettenkarussell, Achterbahn«, fragte ich mit einem Grinsen. »Gibt's auf'm Jahrmarkt noch was anderes? Wär mir aufgefallen.«

»Großartige Einstellung«, lobte mich Bastian. »Freitag geht's los. Kann's kaum erwarten.«

Ich musste zugeben, ich auch nicht. Es würde uns aus dem Trott der letzten Wochen reißen. Zumindest hoffte ich das. Der eisige Winter und das klamme Frühjahr mussten endlich raus aus meinem Kopf.

Eines wusste ich und war darauf gefasst. Hin- und herwirbeln konnte uns der Autoscooter und der Looping und sicher auch die Achterbahn. Aber das mit dem Aus-der-Spur-Werfen konnte ich nicht vorhersehen. Damit sollte mich auf diesem Frühjahrsfest eine andere Attraktion erwischen.

Der Freitag begann für Frank schon früh, denn er wollte sein Auto vor der Ausfahrt auf Hochglanz bringen. Er fuhr den Wagen aus der Garage, stellte ihn in die Hofeinfahrt und wienerte stundenlang daran herum.

Das Auto hatte ich schon bewundern können, ja sogar darin gesessen, wenn wir die monatliche Tour zum Supermarkt erledigten. Es war ein Straßenkreuzer. Er war gigantisch und schwarz. Wir hatten massig Platz darin und alle Einkäufe noch dazu. Egal, was wir kauften. Ich glaube, sogar ein Fahrrad hätte man mal eben mitnehmen und in den Kofferraum werfen können. Der Wagen war ein Cabriolet mit nachträglich aufgesetztem Hardtop, alt, wie eigentlich alle Sachen von Frank, und womöglich hatte auch er eine unheilige Vorgeschichte. Angedeutete Finnen neben der riesigen Kofferraumklappe ließen an den hinteren Ecken genügend Platz für den Schriftzug *Continental*. Er röchelte beim Gasgeben wie ein verschnupfter Drache und gluckerte selbst im Stand so laut vor sich hin, als würde er mit Benzin gurgeln.

Ich weiß nicht warum. Vielleicht lag es an dem milden Maiwetter oder an der ungewöhnlichen Zeit am Nachmittag, zu der wir sonst nie zum Einkaufen fuhren, dass Tito sich seltsam verhielt. Als wir uns zum Aufbruch am Wagen sammelten, wollte er unbedingt ins Auto. Er hüpfte auf die Hintersitze und ließ sich von meinen Cousins weder durch gutes Zureden noch durch Ziehen am Halsband dazu bewegen, den Wagen wieder zu verlassen. Frank befahl Tito ein paar Mal, aus dem Auto zu kommen, aber der sah aus, als hätte er seine Ohren auf Durchzug gestellt. Was mich wunderte, da er sonst jedem von Franks Befehlen umgehend Folge leistete.

Und was war die Reaktion von Frank? Er ging seelenruhig ins Haus. Nach nicht mal einer Minute kam er zurück und hatte ein schlankes, schwarzes Plastikkästchen in der Hand. Das hielt er Tito vor die Nase. Sein Daumen schwebte über einem roten Druckknopf.

Augenblicklich sprang Tito von den Sitzen.

»Dableiben und Wachen!«

Das war alles, was Frank ihm angesäuert hinterherrief. Dann konnten wir endlich fahren.

Während sich Frank am Steuer und Tobias auf dem Vordersitz angeregt über das Frühlingsfest unterhielten, machte ich es mir mit Bastian auf den Rücksitzen bequem. Ich schaute fragend herüber.

»Was war das denn?«, flüsterte ich ihm zu.

Er schaute mich mitleidig an.

»Manchmal spinnt Tito ein bisschen. Er wird eben alt. Vielleicht möchte er endlich mal die Welt da draußen sehen. Er hat ja nur das Haus und das Grundstück und das schon sein Leben lang.«

»Ehrlich? Du willst mir erzählen, er war nie außerhalb dieses Fleckchens Erde.«

»Soweit ich mich erinnere, war Frank einmal mit ihm beim Tierarzt. Und das konnte ihm nicht gefallen, weil er da ne Spritze bekommen hat.«

In diesem Moment tat mir Tito furchtbar leid. Er hatte nie auf einer Wiese oder im Wald getollt oder sich mit Kumpels aus der Nachbarschaft beschnüffelt.

»Und was war das für eine komische Box, mit der Frank da angekommen ist?«

»Hast Du's noch nicht gesehen. Das Halsband von Tito ist doch nicht umsonst so dick. Das ist so ein Ding mit

Elektroschocks. Ist zum Erziehen von Hunden da. Frank braucht nur auf den Knopf zu drücken und schon …«

Bastian verdrehte die Augen, ließ die Zunge raushängen und machte ein Gesicht wie nach einem Autounfall.

Mir ging ein Licht auf. Obwohl ich noch heute glaube, dieses komische Halsband war nicht vor der Stange. Es war entweder ein Eigenbau oder Frank hatte zumindest daran herumgebastelt.

Die Fahrt dauerte nicht lang. Einmal hinunter durch das Gewirr der Nebenstraßen und dann auf der Hauptstraße bis zur Grenze des Stadtteils. Die Festwiese lag inmitten eines ehemals eingemeindeten Dörfchens und war nicht besonders groß, aber voller Leben. Obwohl es noch früh am Nachmittag war, gelang es uns nur knapp, einen Parkplatz auf einer anliegenden Bauernwiese zu bekommen.

»Es wird jedes Jahr voller«, murrte Frank, aber Bastian hüpfte voller Elan zwischen den geparkten Autos umher und selbst Tobias wurde ganz hibbelig vor Freude.

Wir gingen über Wiesenwege, die nur durch Wäscheleinen mit kleinen Fähnchen markiert waren, und alle führten zum Festplatz. Dort, wo der Spaß stattfand. Die Rummelmusik wurde lauter und lauter. Hunderte Menschen johlten durcheinander und der Wind trug den Duft von allerlei Frittiertem und gebrannten Mandeln an unsere Nasen. Wobei ich gebrannte Mandeln hasse, da ich einmal zu viel davon gegessen hatte und mir entsetzlich schlecht wurde. Noch auf der Kirmes musste ich meinen gesamten Mageninhalt auswerfen. Eine ganz und gar peinliche Situation war das gewesen. Auch wenn ich sie hinter einer Bude in aller Schnelle erledigte. Seitdem mied ich die Dinger wie der Teufel das Weihwasser.

»Wir machen die Runde, dann haben wir alles gesehen und ich weiß, wo ich euch später wieder aufgreifen kann«, sagte Frank.

Lange dauerte die Runde nicht. Erstens war das Frühlingsfest nicht so riesig. Und zweitens bemerkte ich, die

Jungs machten ordentlich Tempo. Sie waren clever und kannten die Routine. Je eher sich Frank in sein geliebtes Bierzelt und zu seinen Bekannten begeben konnte, desto eher würden wir freie Hand haben.

Das tat er dann auch. Er drückte jedem von uns jovial ein paar Scheinchen in die Hand und entließ uns.

»Ihr wisst, wo ich bin«, sagte er noch und schon waren wir weg.

Dann ging der Spaß los. Es war einer der schönsten Nachmittage, den ich seit langer Zeit gehabt hatte. Wir probierten sämtliche Fahrgeschäfte aus. Hauptsache, es war laut, bunt und schnell. Nur das langweilige Riesenrad ließen wir links liegen. Erstens war es gar nicht so riesig und außerdem viel zu langsam.

Da war noch etwas, das wir ausließen: die Geisterbahn. Da sperrte sich Bastian. Schon auf der Besichtigungsrunde lief er an den Monstern aus Pappmaché ganz schnell vorbei, als sie sich mit ihren gigantischen Köpfen über die vorbeiflanierende Menge beugten.

»Bastian ist ein Weichei!«, musste er sich dafür von seinem Bruder anhören. Aber das schien ihn nicht zu stören. Dafür bestand Tobias darauf, beim Glacier Express zu passen. Der war ihm zu schnell und hätte seine Frisur durcheinandergewirbelt. Besonders, da dort eine Menge Mädels herumstanden und staunend auf die Jungs warteten, die sich todesmutig in diesen Schleuderzug der Extraklasse wagten.

Ich verkniff mir das Essen, obwohl es an jeder Ecke verführerisch roch. Aber ich wollte meinen Mageninhalt diesmal nicht verlieren. Die Fahrgeschäfte mit Über-Kopf-Aktionen hatten in diesem Jahr nochmals zugelegt.

So zogen wir bis in den Abend hinein eine Runde nach der anderen um den Platz. Tobias durfte auf Dosen werfen, Luftballons mit Darts malträtieren und immer wieder an der Losbude haltmachen. Sehr zur Belustigung von mir und

Bastian, denn in diesem Jahr konnte er keinen großen Gewinn verbuchen.

Dann wurden die Lichter angeschaltet. Der Platz verwandelte sich und mit ihm das Publikum. Kleine Kinder waren verschwunden, selbst größere kaum noch zu sehen und die Stände mit Zuckerwatte hatten auf einmal nur noch Bierdosen im Angebot.

Doch das hielt uns nicht auf. Ich stupste Tobias in die Seite und zeigte fragend auf die Uhr.

Er grinste mich nur an.

»Wir bleiben, bis die Schranke fällt. Frank kommt nie vor Toreschluss aus dem Zelt.«

»Fan-tas-tisch«, sagte ich langgezogen, trunken vor Begeisterung. Und wir hatten unser Budget bei weitem nicht aufgebraucht.

Ich weiß nicht, ob es das Licht war, das in diesem Moment an der Frontseite eines Aufbaus zwischen der Schießbude und der Hähnchenbraterei aufleuchtete. Oder ob es vielleicht meine überschwängliche Bemerkung war.

Die Todeswand stand dort in Leuchtbuchstaben, glitzernd und funkelnd an eine hölzerne Bretterwand genagelt. Die Schilder daneben wiesen die üblichen marktschreierischen Sprüche aus, um das Publikum zu animieren.

»*Eine unglaubliche Show*«

»*Der Rausch der Geschwindigkeit*«

»*Todesmutige Kerle in lebensgefährlichen Stunts*«

Dazu die obligatorischen handgemalten Bilder von augenblitzenden, feuerschweifigen Teufelsfahrern auf fliegenden Monsterbikes.

»Hey! Wie wär's damit?«, fragte ich in die Runde.

Meine Cousins schauten unschlüssig drein. Wir musterten die Eingangsseite. Zwei bullige Motorräder flankierten eine niedrige Holzbühne. Eines auf einem seltsamen Gestell. Das Licht in der Kassenbox wurde angeschaltet. Ein junger, muskulöser Typ in Lederhose und weißem, eng sitzendem Shirt griff sich ein Mikrophon und stellte sich an den Rand der Bühne.

»Hereinspaziert! Gleich geht's los. Verpassen Sie nicht die erste Show des Abends.«

Jetzt hatte er nicht nur mich, sondern auch Bastian und Tobias als Zuhörer.

»Begrüßen Sie mit mir ...«, rief er und zeigte in unsere Richtung, »... den todesmutigsten Zweiradfahrer, den Sie je erleben durften. Den Einen, wie keinen anderen. Den international geschätzten, weltweit umjubelten, allerbesten Motorradjockey aller Zeiten. Extra für Sie aus Kanada angereist, der Star am heutigen Abend: Monsieur Jules Hazard!«

Ein Künstlername, da war ich mir sicher. Aber genauso sicher war ich, dass sich just in diesem Moment dieselbe fette Gänsehaut auf den Armen von Bastian und Tobias bildete wie bei mir.

Ein mittelgroßer Mann mit langen, zurückgekämmten, weißen Haaren trat auf die Bühne. Ein markantes Gesicht, aber nicht auffällig. Drahtig unter seinem schlicht weißen T-Shirt, aber bei weitem nicht so muskulös wie sein Ansager. Auch er trug eine enge, schwarze Lederhose. Er begab sich zu dem Motorrad auf dem seltsamen Gestell und da noch nicht besonders viele Festgäste vor dem Stand versammelt waren, legte er auch gleich los.

Er schwang sich in den Sattel und kickte die altmodische Maschine an. Sie erwachte mit bestialischem Röhren zum Leben. Das hatte auf dem gesamten Festplatz garantiert keiner überhört. Er gab Gas und fuhr los. Das war der Sinn der Konstruktion. Jeder Reifen war auf zwei dicken Rollen gesockelt, die sich mitdrehten. Er fuhr auf der Stelle. Er bewegte sich keinen Millimeter vorwärts, aber er fuhr und er musste die Balance halten. Er gab mehr Gas und pendelte hin und her.

Dann lehnte er sich lässig nach hinten und schwang die Beine auf den Lenker. Kein Problem.

Dann stand er auf und fuhr freihändig. Kein Problem.

Dann drehte er sich geschmeidig um und setzte sich rücklings in den Sattel. Kein Problem.

Schon hatte er uns die Show verkauft. Ich war fasziniert. Für Jungs in unserem Alter? Motorradstunts en masse? Noch dazu wies der Ansager darauf hin, dass wir dies alles doch garantiert sehen wollten, wenn es in der riesigen Tonne hinter ihm stattfinden würde. Auf echten Motorrädern, an einer Steilwand, im Kampf gegen die Gesetze der Schwerkraft.

Weiterer Fragen hätte es nicht bedurft.

Wir klebten an der Kassenbox und warfen unser Geld auf den Tresen.

Wir stürmten als erste mit filzweichen Abrisstickets in Händen die Seitentreppe hinauf. Das animierte eine Menge Leute, sich ebenfalls anzustellen, aber da hatten wir schon den oberen Rand der Bretterwand erreicht, die sich halbrund über die Rückseite der Bühne erstreckte. Natürlich war das nur die Hälfte der Steilwand, die, als riesige Trommel aus festen Bohlen gezimmert, den größten Teil des gesamten Bühnenaufbaus ausmachte. Wir schauten von oben in die aufrecht stehende Walze, die im unteren Teil der innenliegenden Arena angeschrägt war. Mehrere chromblitzende Bikes standen dort neben einer unscheinbaren, rot lackierten Maschine. Sie erschien klein und fragil zwischen den japanischen Monsterfabrikaten. Ein roter Rohrrahmen und zwei schwarze, wohlgeformte Einzelsättel, wie bei einem Rennpferd.

»Schau mal«, rief Bastian. »Da ist sie. Die Legende. Eine 1928er Indian Scout. Die wird er gleich fahren.«

»Willst du nicht wissen! Kannst du nicht wissen!«, rief ihm Tobias ins Gesicht.

»Weiß ich wohl!«, krähte Bastian zurück. »Bin ja nicht blöd!« Und er hielt ihm das Infoblatt vor die Nase, das er sich unten neben der Kassenbox geschnappt hatte.

Tatsächlich. Ich las von dem Modell der alten US-Polizeimaschine. Niedriger Schwerpunkt, so lässig zu fahren, wie sie mit ihrem Kickstarter schwer zu starten war. Und dann noch die armlange Hebelschaltung. Aber das war wohl das Modell, auf das sich alle Steilwandfahrer dieser Welt verlassen konnten, wenn man mit mindestens 80 Sachen quer zur Schwerkraft an einer Wand herumsauste und das Dreifache des Gewichts an jeder Faser des Körpers zerrte.

Es dauerte noch eine Weile, bis sich genügend Schaulustige eingefunden hatten. Doch bald war der Rand der mächtigen Holztonne voll belegt und die kleine Luke zum Innenraum wurde geschlossen. Drei Fahrer stellten sich dem Publikum. Jules war natürlich dabei.

Zuerst kamen die Youngster dran. Als die erste Maschine startete, dröhnten die Bretter. Es war eine schwergewichtige japanische Maschine, aber so schwer sah der folgende Stunt gar nicht aus. Der Fahrer schwang sich nach einem beherzten Gasgeben in die Wand und bretterte im wahrsten Sinne des Wortes an den aufrechten Latten herum. Jedes Mal bebte und dröhnte es, wenn er an uns vorbeifuhr und war bestimmt kein Spaß für die angrenzende Schießbude und die Hähnchenbraterei. Das war mir egal. Fasziniert schaute ich zu, wie es ein Mensch schaffte, auf der Maschine der Schwerkraft zu trotzen.

Nach ein paar Runden seiner Kollegen und weiteren Maschinen war endlich Jules Hazard dran. Er übernahm den wichtigen Teil des Abends. Nicht nur die gefährlichen Stunts, sondern vor allem das zusätzliche Geldsammeln. Und jetzt kam auch die Indian an die Reihe. Nach einem kraftvollen Tritt in den Kickstarter erwachte sie mit - wie ich fand - zufriedenem, taktvollen Knattern. Das Gasgeben brachte nichts weiter als ein kurzes, selbstsicheres Räuspern und dann einen kraftvoll vor sich hin puckernden Hub hervor, der die bereiften Reiskocher aus Fernost vor Neid erblassen ließ.

»Wenn Ihnen etwas besonders gefällt«, bölkte der Ansager mit dem Mikrophon dazwischen, »dann zögern Sie nicht, Ihre Begeisterung mit einem Geldschein auszudrücken. Halten Sie einen Schein Ihrer Wahl an zwei Fingern durch die Drahtseile und Jules wird sie sich im Vorbeifahren greifen. Bitte werfen Sie nichts in die Arena, was zu Kleinholz werden könnte.«

Hurra! Schon hielten wir jeder einen Schein in das Rund. Ich war gespannt, ob Jules so hoch an den oberen Rand fahren würde, um die Spenden an den Sicherungsseilen abzugreifen.

Er schaffte nicht nur das. Er fuhr scheinbar schwerelos. Als würde ihm das eigene Gewicht in der monströsen Schleuder nichts ausmachen. Er nahm die Beine hoch und fuhr im Liegen. Er fuhr rücklings und grüßte im Vorbeifahren. Er ließ sich durch nichts aus der Ruhe bringen und brachte die Luft im Kessel zum Flirren, so schnell drehte er seine Runden.

Der Applaus war ihm so gewiss wie die Trinkgelder, die er sich aus unseren Fingern schnappte.

Das spornte ihn noch mehr an. Er drehte ein paar Extrarunden und fuhr dabei bis an die obere Sicherheitsbegrenzung heran, so dass die Seile seine schwarzen, mit dicken silbernen Kappen geschützten Stiefel streiften. Am Ende seiner Show drehte er im wahrsten Sinne des Wortes eine funkensprühende Runde.

Dann war es vorbei. Für uns Jungs hätte es noch länger dauern können. Wir waren so elektrisiert, dass wir erst mal verschnaufen mussten.

Auf der wackeligen Holzrampe an der Außenseite der Arena ging es hinunter. Zu unserem Erstaunen standen die Fahrer bereits unten auf der Bühne und verabschiedeten jeden der Zuschauer persönlich. Ein ganz besonderer Service, wie ich fand. Nicht ganz unklug als Marketing für zukünftige Besucher.

Wir waren so beeindruckt, dass wir den Fahrern im Vorbeigehen zunickten. Keiner traute sich, sie anzusprechen.

Umso verblüffter war ich, als Jules, der als letzter in der Reihe stand, das Wort an mich richtete.

»Und? Hat's euch gefallen?«, sagte er knapp, akzentfrei und mit interessierter Stimme.

Ich war im ersten Moment verdattert. Im zweiten Moment hatte er mir schon die Hand gereicht und ich schlug mit einem gestotterten »Ja, klar!« ein.

Ab diesem Moment hatte er mich nicht nur gesehen, sondern berührt. Jetzt wusste er, wer ich war.

Kapitel VII

Sperrstunde, Hazard, Fans

Können wir nochmal rein?«, fragte Bastian, kaum dass wir draußen vor der Bühne angekommen waren. Wir starrten die bunt beleuchtete Holzfront hinauf und erst jetzt wurden uns die wilden Malereien und Motive richtig bewusst. Für mich fühlte es sich an, als würde das, was ich in der Arena gesehen hatte, noch in meinem Kopf kreisen.

Die Akteure auf der Bühne kündigten bereits die nächste Vorstellung an. Wir standen abseits der vorbeiflanierenden Menge und überlegten.

»Was sagst du?«, fragte ich Tobias. Er schien mir unschlüssig.

»Ich fand's super«, sagte er. »Aber gleich wieder?«

Sein Gesicht verzog sich.

»Lasst uns ein paar andere Sachen ausprobieren. Wir können dann immer noch entscheiden, ob wir nochmal gehen.«

Bastian zuckte mit den Schultern und bei mir stellte sich inzwischen ein echtes Gefühl des Hungers ein. Ich stimmte zu. Wir wanderten eine Weile von einer Fressbude zur anderen und schlugen uns die Mägen voll. Nach besonders wilden Fahrgeschäften stand mir danach nicht der Sinn. Ich wollte es vor meinen Cousins jedoch nicht zugeben. Deswegen animierte ich Tobias, zu seinen Lieblingsständen zu gehen und sich erneut dem Losglück hinzugeben oder seinen Wurfarm zu trainieren. Dafür war er sofort zu haben. Während er beschäftigt war, wandte ich mich an Bastian.

»Wie sieht's aus?«, fragte ich. »Sollen wir uns abseilen und nochmal die Show anschauen?«

»Hast du mal auf die Uhr geschaut?«, sagte er.

Ich erschrak. Es war kurz vor Elf.

»Das werden wir nicht schaffen. Die starten alle halbe Stunden und die letzte Show läuft bereits.«

»Verdammt!«, fluchte ich.

»Kann man so sehen«, sagte Bastian. »Aber wie wär's, wenn wir morgen nochmal gehen?«

Ich musste nicht lange überlegen.

»Meinst du, Frank lässt uns?«

»Klar. Nur müssen wir dann alleine gehen. Er wird uns nicht fahren. Und bezahlen müssen wir von unserem eigenen Geld. Du hast doch was Erspartes, oder nicht?«

Da war nicht viel Taschengeld übrig geblieben, aber es würde reichen.

Tobias hatte an der Losbude nicht nur Franks üppige Spende, sondern auch gleich einen Großteil seines monatlichen Taschengeldes verzockt. Er hatte es zwar geschafft, einen unglaublich cool bemalten Flugdrachen zu gewinnen, aber ich wollte nicht wissen, wie viele Lose er dafür hatte kaufen müssen.

Frank nickte nur anerkennend, als er am Ende des Abends sah, was sein Sohn ihm stolz vorführte.

»Den werd' ich im Herbst steigen lassen«, kündigte Tobias an und fuchtelte mit dem zusammengefalteten Drachen vor unseren Nasen herum.

Irgendwie waren wir alle geschafft und zufrieden, als uns Frank in seiner gigantischen nachtschwarzen Limousine nach Hause chauffierte. Egal, wie alt wir waren. Da waren vier Jungs, die ihren Spaß gehabt hatten.

Am nächsten Tag fuhr ich mit Bastian auf dem Fahrrad zum Festplatz. Es war eine ordentliche Radelei. Diesmal verkniffen wir uns die teuren Fahrgeschäfte und anderen Attraktionen. Wir spazierten am späten Nachmittag über den Platz und als wir genug gesehen hatten, setzten wir uns auf die Stufen am Rand der Holzbühne, die vor der Todeswand nach oben führten. Wir warteten auf die erste Vorstellung und kaum gingen die Lichter an, packte es uns auf dieselbe Weise wie zuvor.

Jules drehte seine Kreise mit schlafwandlerischer Leichtigkeit und Perfektion. Er grüßte uns jedes Mal, nachdem die Show zu Ende war. An jenem Wochenende reichte unser Budget nur für zwei Vorstellungen pro Abend, aber für uns war es genug.

Und ich konnte hervorragend schlafen. Irgendetwas an der ruhigen Art von Jules beeindruckte mich. Seine Handgriffe waren zielgerichtet und sicher, nichts konnte ihn aus der Ruhe bringen. Er schien keine Angst zu haben, wenn er sich mit seiner Maschine in die Wand warf, als würde ihn das Hier und Jetzt nicht tangieren.

Dass ich nach dem zweiten Abend nicht besonders gut schlafen konnte, lag einfach an meiner Aufregung. Denn nach der letzten Vorstellung wandte sich Jules erneut direkt an mich. Wieder erwischte er mich kalt.

»Ihr Jungs seid ja echte Fans.«, sprach er mich an.

»Können wir ein Autogramm haben?«, platzte Bastian heraus.

»Na klar«, sagte er. »Ich mach euch einen Vorschlag. Ihr könnt es euch persönlich abholen, wenn ihr in den nächsten Tagen vorbeischaut. Der Rummel geht erst abends los. Tagsüber stimmen wir die Maschinen ab und trainieren. Wollt ihr euch das anschauen?«

Ich war baff. Ich wusste nicht, dass die Kirmes so lange dauerte.

»Kriegen wir das nach der Schule hin?«, fragte ich Bastian.

»Wenn wir mit den Hausaufgaben richtig Gas geben, dann schon«, stimmte er unter Nicken zu.

Das brauchte er mir nicht extra zu sagen. Das lief im Hause Ward ständig so. Arbeiten für die Schule mussten blitzschnell erledig werden. Manchmal hatte ich sogar das

Gefühl, es war besser so. Wir wollten Zeit für uns haben, für das, was für uns mindestens genauso wichtig war wie die Schule. Spielen und durch die Felder wandern, wann immer das Wetter es zuließ. Ich hatte sogar den Eindruck, dass ich auf diese Weise nicht nur schneller, sondern auch besser lernte. Nur ungern erinnerte ich mich an die langen Nachmittage in meinem alten Heim, als ich mich durch endlose Stunden von langweiligen Grammatiktests und verzwickten Matherätseln gekämpft hatte. Tobias und Bastian hatten meine Lernzeit auf Turbo geschaltet.

»Dann ist es beschlossene Sache«, sagte Jules. »Ich freu mich auf euch. Wann ihr wollt und Zeit habt.«

Das wollten wir. Und so lernte ich Jules kennen. Den Einen, wie keinen anderen.

Kapitel VIII

Trailer, Pudding, Herbstzeitlose

Gleich am Montag wollten wir es wissen. Bastian und ich waren nicht zu bremsen. Der Rausch der Geschwindigkeit hatte uns angesteckt. Nach der Schule schaufelten wir das Mittagessen in uns hinein (es gab wie immer Fertiggerichte aus der Kühltruhe) und gaben bei den Hausaufgaben richtig Gas.

Tobias ließ es ruhiger angehen. Er wollte sich nicht mitreißen lassen und verzog sich in sein Zimmer.

Das bedeutete freie Bahn für uns. Sobald wir konnten, radelten wir zur Festwiese hinüber. Es war tatsächlich nicht viel los. Die meisten Fahrgeschäfte hatten noch nicht geöffnet. Allerdings waren die Fressbuden bereits in Betrieb. Sie versorgten die jungen Kids, die in Begleitung ihrer Eltern herumliefen. Oder die Schüler, die sich, wie wir, aus der Langeweile des häuslichen Alltags hinweg gestohlen hatten.

Diesmal ließen wir unsere Räder nicht vor dem Eingang angekettet stehen. Diesmal radelten wir frech auf das Gelände. Auf den Alleen zwischen den Ständen waren so wenige Besucher unterwegs, dass wir so schnell wie nie zuvor zur Todeswand gelangten.

Je näher wir kamen, desto lauter wurde es. Motorenlärm und das rhythmische Vibrieren der Bretterwand. Offenbar war im Innern der Arena ein Training angesagt. Niemand war auf der Bühne zu sehen, das Kassenhäuschen gähnte leer vor sich hin und die Schilder für die Uhrzeit der nächsten Show waren noch nicht aufgestellt.

Nach einigen Minuten fassten wir uns ein Herz und gingen in die schmale Gasse zwischen der Bühne und der angrenzenden Schießbude. Schon nach ein paar Schritten ließen sich nicht nur die Aufbauten der Todeswand, sondern auch der anderen Buden und Fahrgeschäfte von hinten bewundern. Erst von hier sah man, wie fragil die Plakatwände und Werbetafeln wirklich waren. Nicht viel mehr als diese dünne Schale hielt die Außenwelt ab. Schließlich wollte alles auch wieder abgebaut und zum nächsten Fest transportiert werden.

Noch ein kleines Stück weiter war es mit den Buden vorbei. Die Gasse öffnete sich und die freie Fläche hinter den Aufbauten wurde sichtbar. Hier war es nicht mehr so aufgeräumt. Autos und Zugfahrzeuge, Wohnwagen und Anhänger standen herum. Manch ein Aussteller hatte seine Parzelle mit einem billigen Campingzaun aus Plastik abgegrenzt. Andere hatten nur Wäscheleinen gezogen.

Wir gingen langsam und vorsichtig. Ganz wohl war uns nicht zumute. Wir befanden uns auf fremdem Territorium. Nichts, was die normalen Festbesucher zu sehen bekamen. Kinder spielten, eine Frau hängte ihre Wäsche in die laue Mailuft und ein paar Männer spielten Karten an einem Campingtisch.

Zuerst schien sich niemand für uns zu interessieren. Plötzlich öffnete sich die Tür an einem Wohnwagen direkt neben uns. Es war ein chromblitzender Trailer mit Fenstern wie Luken in einem U-Boot. Wie eine riesige futuristische Zigarre stand er zwischen den anderen Wagen. Eine Frau schaute heraus.

»Hey, ihr Zwei! Sucht ihr was Bestimmtes?«, rief sie uns zu. Ihre Miene war nicht unfreundlich, aber fordernd.

Bastian verzog sich flink hinter meinen Rücken. Ich war älter, er schob mich vor.

»Mister Hazard hat uns gesagt, wir dürften kommen und uns ein Autogramm abholen«, antwortete ich.

Ein Lächeln flog über ihr Gesicht.

»Dann seid ihr die neuen Fans«, sagte sie. »Ich habe schon von euch gehört. Jules ist noch ein Weilchen beschäftigt.«

Sie stieß die Tür weit auf und sagte: »Kommt rein.«

Und schon waren wir drin.

Ich hatte nicht erwartet, dass das Innere des Trailers so geräumig war. Die Dame wies uns einen Platz auf der Sitzbank unter dem hinteren Fenster zu, dann sagte sie: »Wie wäre es mit einem Kakao. Ihr trinkt doch so etwas, oder?«

Einhelliges Kopfnicken war die Antwort.

»Ich bin gerade dabei, ein paar Sachen vorzubereiten. Setzt euch. Bin gleich für euch da.« Damit stellte sie sich an die Küchenzeile und hantierte mit allerlei Gerätschaften.

Das gab uns Zeit, uns in Ruhe umzuschauen. Die Ausstattung im Wohnbereich des Trailers bestand aus ungewöhnlich dunklem Holz. Überall waren Reliefs und Verzierungen, so als hätte sich jemand mit viel Handwerksgeschick an die Verschönerung gemacht.

Riesige weiche Kissen mit rotem Strukturbezug dienten uns auf der ledernen Garnitur als Rückenlehne. Hinter dem mittleren Bereich mit der Küche lag ein Gang, der gar nicht aufzuhören schien. Ich vermutete dort den Schlafbereich.

Es dauerte keine Minute, dann hatte uns die Dame zwei Becher mit dampfend heißem Kakao vor die Nase gestellt und wir langten zu. Kaum war sie wieder in der Küche, schaute mich Bastian mit zusammengezogenen Augenbrauen an.

»Was denn?«, fragte ich leise.

»Sie scheint ja ziemlich nett zu sein«, sagte er. »Aber wir kennen sie doch gar nicht.«

»Ja und?«, fragte ich.

»Wir sind hier bei Fremden im Wohnwagen und keiner weiß, wo wir sind. Frank hat immer gesagt, wir sollen zu niemandem ins Auto steigen.«

Ich setzte bewusst ein erschrecktes Gesicht auf.

»Du meinst, wir sitzen in der Falle und das hier ist eine Bande von Organhändlern, die scharf auf unsere Lebern und Nieren sind. Dann werden wir die Welt da draußen wohl nie mehr im Ganzen sehen, höchstens noch unsere Einzelteile.«

Ich weiß nicht genau, warum mir das Folgende einfiel, aber ich stichelte weiter.

»Nur damit der steinreiche Maharadscha von Madras sich für seine sterbenskranke Tochter eine Niere kaufen kann. Obwohl ich das romantisch fände, wenn meine Niere in einer wunderschönen indischen Prinzessin weiterleben würde.«

Bastian schaute mich entsetzt an und wich ein Stück zurück, so als wäre der Hirnschlag, den er bei mir vermutete, ansteckend.

»Ich meine es ernst«, flüsterte er unter vorgehaltener Hand.

»Schon klar«, sagte ich und nippte demonstrativ von meinem Kakao. »Wir werden schon nicht vergiftet.«

Er hatte recht, aber auf eine wundersame Weise fühlte ich mich kein bisschen unbehaglich.

»Ich behalt sie im Auge«, murrte Bastian, setzte seinen Kakao an die Lippen und begann zu schlürfen. Er riss die Augen auf.

Genau meine Reaktion. Der Kakao schmeckte hervorragend. Er war ordentlich warm, aber nicht zu heiß, zudem cremig und schmeckte kaum bitter.

Ich beobachtete, wie die Dame in der Küche mit schnellen, aber sicheren Handgriffen etwas zubereitete. Sie trug eine winzige Schürze, die Ärmel ihrer Bluse waren hochgekrempelt. Ihr hellblondes Haar war wellig und hing an den Seiten in mehreren großgerollten Locken herab.

Schon nach ein paar Minuten kam sie erneut herüber. Sie stellte zwei Schälchen vor uns auf den Tisch. Dann ging sie zurück zur Küche und brachte uns einen Topf, der dort auf kleiner Flamme vor sich hingeköchelt hatte.

»Ihr Jungs seht aus, als wenn ihr zu Hause am Teppich kauen müsstet. Ihr mögt doch sicher Pudding, oder?«, sagte sie und grinste dabei einladend.

Bastian sagte nur »Äh!« Das war alles, zu was er noch kam. Im nächsten Moment stieg uns der Duft von frisch gekochtem Vanillepudding in die Nasen. Ich starrte auf das Angebot, das vor uns dampfte.

Vor langer Zeit hatte ich so etwas gegessen. Damals hatte meine Mutter mit der Haushaltskasse sparen müssen und fast alles selber gemacht. Aber Bastian hatte ganz sicher noch nie etwas anderes gesehen, als Pudding aus dem Kühlregal. Winzige Mengen, knochenkalt und in kleinen Plastikbechern gefangen.

Das hier war anders. Der Topf war fast bis zum Rand mit einer gelben Masse gefüllt, die in ihrer Resthitze wie lebendig vor sich hin blubberte.

Es bedurfte keiner weiteren Aufforderung. Wir langten zu.

Es schmeckte herrlich. Es war warm und sehr flüssig. Wenn wir es in unsere Schälchen kleckerten, warf es gelbschimmernde Blasen. Die warme Schokoladensoße, die dazu serviert wurde, rundete das Ganze vortrefflich ab. Am Ende hatten wir fast den ganzen Pott verputzt. Darin und in den Schalen verwandelten sich die Puddingreste langsam, aber sicher in die bekannte feste Form.

»Ihr könnt froh sein, dass ich ab diesem Monat wieder Zeit habe«, erzählte die Dame, während wir noch mampften. »Noch vor Kurzem war ich voll beschäftigt. Da war mein Tag, wisst ihr.«

Ich nickte vorsichtshalber verständig in ihre Richtung.

»Jetzt bin ich wieder für die Meute da. Bis nächstes Jahr.« Sprach's und begann erneut, in der Küche zu rumoren.

Plötzlich öffnete sich die Eingangstür und drei junge Mädchen stolperten unter Gekicher herein, so als hätte eine von ihnen gerade einen Witz gemacht. Sie sahen uns kurz an und kicherten weiter.

Wir erstarrten auf unseren Sitzen. Wie Jungs das eben so passiert, wenn hübsche Mädchen unerwartet auftauchen. Wir mussten ziemlich blöd ausgeschaut haben, wie wir da saßen und starrten, um die Münder noch Pudding und Schokosoße.

Blöd ist möglicherweise nicht der richtige Ausdruck, um unsere Verfassung zu bezeichnen. Man möge mir verzeihen, aber vielleicht wäre kognitiv geblockt passender.

»Husch, husch, aus der Küche«, wurden die Mädchen von der Dame abgewehrt. »Ihr habt den Pudding gerochen? Kommt zum Naschen?«

Die Mädchen kicherten weiter, hielten aber respektvoll Abstand.

»Ihr weht herein wie der Herbst«, sagte sie mit einem Augenzwinkern in unsere Richtung. Das wurde erneut von einem Kichern begleitet.

»Also gut. Hier ist für jeden etwas.« Und sie füllte den Besuchern je ein Schälchen Pudding ab.

Ich überlegte verwirrt, wo sie den wohl herhaben mochte. So viele Pötte hatte ich auf ihrem Herd gar nicht vermutet.

Die Mädchen begannen auch gleich, die Leckerei in sich hineinzulöffeln, und ich konnte sie näher betrachten.

Alle waren eindeutig älter als ich, aber nicht viel. Zwei waren dunkelhaarig mit einer kühlen Blässe versehen. Das lag an dem Kontrast ihrer hellen Haut mit den tiefschwarzen Haaren. Eine war schwarz und gruftig gekleidet, fast wie ein Gothic-Girl, und ihr Gesicht war hager mit Ansätzen von Ringen unter den Augen. Das Haar weich und fließend lang.

Die andere war klein und quirlig. Das Haar kurz und ein Rolli, die Jacke und die Schuhe in Weiß, aber eine ganz normale Jeans.

Die Letzte im Bunde war ganz anders. Sie hatte ihre kupferroten Locken zu einem wuscheligen Nest hochgesteckt.

Auch ihre Haut war bleich, aber es fiel nicht auf, da ihr Gesicht voller Sommersprossen war. Ihre Kleidung als bunt zu bezeichnen, wäre untertrieben gewesen. Jeans und Bluse trugen florale Muster in warmen Orange- und Brauntönen. Darüber trug sie eine dunkle, knappe Jacke, wie ein Bolero. Ihre Füße steckten in hochschaftigen, dunkelbraunen Schnürstiefeln wie bei einem Motorradfahrer.

Erst jetzt schaute die Hagere herüber.

»Wen haben wir denn hier?«, sagte sie mit einer Stimme, die mich unwillkürlich in Bann schlug. Für ihr Aussehen und geschätztes Alter war die Stimme erstaunlich tief und rau, ja fast raspelnd präsent.

»Besuch für ihn«, sagte die Dame, die uns hereingebeten hatte. »Scheint, er hat mal wieder ein paar Fans gewonnen.«

Ein *Aha* ging durch die Reihen und sie nickten uns wissend zu.

»Wollt ihr fahren lernen?«, wandte sich die Schwarzhaarige an mich. »Oder will er euch mitnehmen?«

Diese paar Worte und ein Blick aus ihren Augen reichten, so dass ich den Rest der Welt beinahe vergaß.

»Eigentlich nicht«, sagte ich. »Wir wollen nur ein Autogramm, dann sind wir wieder weg.«

Das sorgte erneut für Kichern.

»Epha! Mael!«, schimpfte die Rothaarige von hinten. »Seid doch mal freundlich. Keine Stimme jetzt! Das ist schließlich Besuch von draußen.«

Die Worte der Netten mit den Sommersprossen ließ die Spannung von den anderen beiden abfallen. Auch von mir. Mit einem Ruck weitete sich mein Blickfeld und sie lächelte mich freundlich an.

»Schon gut, Yana«, murrte die Langhaarige. »War doch nur Spaß, oder?«

Da war ich mir nicht so sicher. Ich schaute zu Bastian hinüber. Er war genauso verwirrt wie ich.

Kaum hatte die Letzte ihre Portion Pudding verputzt, wurden die Drei von der Dame aus dem Trailer gescheucht.

»Macht, dass ihr wieder rauskommt. Ihr habt genug genascht.«

Und so schnell, wie sie hereingeschneit waren, hatten sie den Wohnwagen wieder verlassen.

»Tage kommen. Tage gehen.«, sagte die Dame mit wehmütigem Blick durch die Fenster. »Aber verzeiht. Ich habe euch noch gar nicht gesagt, wer ich bin.«

Das stimmte zwar, aber in Anbetracht des kleinen rothaarigen Wirbelwinds, der eben durch den Raum gefegt war, hatte mich das nicht gestört. Yana hieß sie also. Das wollte ich mir auf jeden Fall merken.

»Ihr könnt mich Niqqi nennen«, sagte die Dame. »Ich organisiere hier den Laden. Naja, ich und meine Schwester, muss ich zugeben. Aber Phibi kümmert sich meistens um die Wäsche. Da ist sie sozusagen in ihrem Element.« Und sie zwinkerte mir zu.

»Und wir sind …«, wollte ich gerade ansetzen, da kam sie mir zuvor.

»Ich weiß, wer ihr seid. Du brauchst nichts zu sagen.«

Hatte Jules so viel von uns erzählt? Besondere Details konnte er doch gar nicht wissen.

Niqqi wandte sich mit leiser Stimme an uns.

»Ihr wisst doch hoffentlich, dass es eine große Ehre ist. Jules empfängt nur selten Fremde und schon gar nicht zu dieser Jahreszeit.«

Ich runzelte die Stirn, sagte aber nichts, da ich sah, wie Bastian neben mir eifrig nickte. Seine weit geöffneten Augen machten mir klar, dass er genauso wenig verstanden hatte wie ich.

»Ihr solltet ihn mal im Winter sehen. Da kann er richtig aufleben.«

»Sind Sie da noch auf Tour?«, fragte ich.

»Wir sind eigentlich immer auf Tour«, sagte Niqqi. »Mal hier, mal dort. Uns hält es selten lange an einem Ort. Wenn man es nicht besser wüsste, könnte man uns für fahrendes Volk halten. Aber genau genommen sind wir das nicht. Eigentlich sind wir immer und überall.«

Und sie zwinkerte uns erneut zu.

Bastian rutschte auf seinem Sitz hin und her. Ihm war das alles ein bisschen unheimlich. Ich fand es interessant. Jetzt wollte ich mehr wissen. Doch bevor ich fragen konnte, horchte Niqqi nach draußen. Der Motorenlärm war verklungen.

»Ich glaube, ihr könnt rübergehen«, wies sie uns an. »Wartet mal, eines von den Mädels kann euch begleiten.«

Sie öffnete die Tür, pfiff nach draußen und winkte.

»Einen Rat noch wegen Mael«, sagte sie, während sie wartete. »Hört nicht so genau auf sie. Sonst hat sie euch ganz schnell in die Tasche gesteckt. Und da ist noch keiner so schnell wieder rausgekommen.«

Ich hatte zwar keine Vorstellung davon, was sie meinte. Aber sie sprach offensichtlich von dem langhaarigen Gothic-Girl mit der ungewöhnlichen Stimme.

»Am besten ihr hört immer ein bisschen vorbei, wenn sie spricht. Dann ist sie ganz prima zu ertragen.«

Vorbei hören? Aha. Ob das dem Ohren-auf-Durchzug-Schalten gleich kam, das ich gerne in der Schule anwendete, vorzugsweise im Physikunterricht?

»Vorbei hören«, wiederholte ich.

»Denkt nicht über die Worte nach«, erklärte Niqqi. »Am besten den Inhalt gleich wieder vergessen. Und schon gar nicht darf man auf ihre Fragen antworten.«

Das stellte ich mir ziemlich schwierig vor. Trotzdem nickte ich verständig. Dann stand auf einmal Yana vor der Tür.

Zu meiner Überraschung hatte Niqqi die kleine Rothaarige gerufen. Sie bekam den Auftrag, uns zu Jules zu bringen.

Wir bedankten uns brav für das Essen. Bastian war als Erster draußen. Er konnte es kaum erwarten.

»Kommt mit«, sagte Yana knapp und ging voran. »Ich hab noch was Besseres zu tun, als euch rumzuführen.«

Das enttäuschte mich. Ich hatte mir schon überlegt, wie ich sie ansprechen könnte. Als wir hinter ihr hergingen, stupste mich Bastian in die Seite.

»Müssen wir das machen?«, flüsterte er. »Mir ist irgendwie nicht wohl bei dem Besuch. Ich weiß nicht warum. Willst du wirklich noch?«

»Hast du Angst oder was?«, fragte ich entrüstet. »Ich bin doch dabei. Mach dir nicht ins Hemd.«

Er streckte sich und kniff den Mund zusammen.

Wir gingen an abgestellten Transportern, Kisten und Campingmöbeln vorbei. Sogar einen kleinen Gartenbereich hatte jemand eingerichtet mit einer Hollywood-Schaukel und Gartenstühlen. Doch der Rasen bestand nur aus Plastikimitat.

Ich beobachtete Yana, als sie voranging. Ihre Schritte waren weich und ihre Bewegungen fließend. Trotzdem wippten ihre kupferroten Haare im Takt. Dann sah ich die Tätowierung auf der Innenseite ihres linken Handgelenks. Es sah aus wie ein Ahornblatt.

Sie führte uns zur Vorderseite der Bühne und klopfte zweimal heftig an die Zugangsklappe.

»Weiß ja nicht, was er an euch dünnen Hemden findet«, sagte sie und musterte uns mit hochgezogener Augenbraue. »Aber da muss ja was sein. Er sieht zwar nicht das, was wir sehen, aber irgendetwas muss er an euch sehen.«

Das regte mich nicht wenig auf. Sicher hatte ich nicht die muskulöseste Figur und Bastian schon gar nicht. Aber ich war nicht untrainiert. Die endlosen Stunden Tischtennis mit meinen Schulkameraden vor und nach dem Unterricht hatten mich ziemlich beweglich und reaktionsschnell werden lassen. Ich wollte mir die Butter nicht vom Brot nehmen lassen.

»Musst du gerade sagen«, antwortete ich. »Du bist auch nicht gerade ein Schwergewicht.«

»Sei froh, dass wir Frühjahr haben«, sagte sie unwirsch. »Du solltest mich mal sehen, wenn's mir richtig gut geht.«

»Ach ja? Und wann soll das sein?«

»Na im September«, antwortete sie und ihr schnippischer Unterton war nicht zu überhören. »Komm doch vorbei und ich zeig's dir.«

Ihre Stirn ruckte dabei nach vorne, so als wäre sie ein Rammbock und wollte mich umstoßen. Das fand ich nun wieder süß.

»Ist das ein Wort«, sagte ich und hielt ihr die Hand hin. »Dann schlag ein.«

Sie zuckte baff mit dem Kopf zurück. Da hatte ich sie wohl kalt erwischt. Später erfuhr ich, dass man sie eigentlich nicht kalt erwischen konnte. Zumindest nicht so, wie ich es im Sinn gehabt hatte. Es war eher so, dass sie mich erwischt hatte und das in einem ganz besonderen Sinn.

Mir wurde ganz warm, als sie einschlug. Da hatte ich sie nämlich zum ersten Mal berührt. Und so wie Jules mich gefunden hatte und sich ganz sicher war nach unserem ersten Handschlag, so muss wohl meine Ahnung ähnlich gewesen sein. Ich schrieb es den Hormonen zu, da ich fühlte, wie mir die Röte ins Gesicht stieg. Eines fand ich auf jeden Fall toll. Sie mochte Pudding genauso gerne wie ich.

Ich schlug mir insgeheim auf die Schulter, da ich sie verleitet hatte, mich wiederzusehen. Noch dazu auf so eine elegante Art. Auch wenn ich keine Ahnung hatte, wie ich das Ganze organisieren sollte, wenn sie doch ständig auf Tour war. Aber das würde sich schon irgendwie ergeben.

Genauso zuversichtlich war ich, dass uns nichts Böses drohte, als die Klappe neben uns plötzlich aufschwang und wir einen Blick in die Arena werfen konnten. Jules winkte uns mit einem Lächeln herein. Bastian ging erstaunlich mutig voran. Jetzt hatte ihn wohl doch die Neugier gepackt.

Bevor ich durch die Klappe einstieg, schaute ich Yana hinterher. Sie ging bereits wieder in Richtung Wohnwagen. Ich war gespannt, ob sie sich umdrehen würde. Ich betete, dass sie sich umdreht. Und sie tat es.

Sie blieb nicht stehen, aber sie warf einen Blick zurück über die Schulter. Er war fragend und auch ein bisschen missmutig, aber sie hatte zurückgeblickt. Mit einem Grinsen auf den Lippen stieg ich in die Arena.

Kapitel IX

Indian, Kickstart, Maharadscha

Da waren Jules und zwei seiner Helfer. Drei Maschinen und natürlich die Indian. Ein Pfeiler so dick wie ein Schiffsmast stützte das Zeltdach in der Mitte. Die Bohlen an den Wänden ragten endlos hinauf und die Arena erschien mir kleiner, als ich sie in Erinnerung hatte. Das lag vielleicht daran, dass ich jetzt von unten heraufschaute. Es hatte etwas Klaustrophobisches. So musste sich ein gefangener Käfer auf dem Grund eines Marmeladenglases fühlen.

Seine Helfer hatten trainiert und waren verschwitzt. Sie verließen mit knappem Gruß die Arena. Jules wischte sich mit einem Lappen die Hände ab. Einiges Werkzeug lag um ein schmales Schränkchen herum, das sich an den Mittelpfeiler klammerte.

Er trug ein enganliegendes, ärmelloses Hemd und ich konnte seine Tätowierungen sehen. Auf den Armen hatte er ein Muster wie Armringe sticheln lassen und hier und da war auch das Abbild eines stilisierten Tieres dabei. Auf seinen Schulterblättern blitzten ebenfalls Teile eines großen Tattoos hervor. Die ausgeschnittenen Seiten des Hemdes konnten nicht alles verdecken, was auf seinem Rücken verewigt war.

»Ihr seid von der zeitigen Truppe«, sagte er. »Hatte nicht so früh mit euch gerechnet.«

»Kein Problem«, erwiderte ich. »Niqqi hat uns solange unterhalten.«

»Und prima versorgt!«, warf Bastian ein.

»So, so«, sagte Jules mit einem Nicken. »Dann seid ihr ja gestärkt für die wichtigen Aufgaben.«

Ich schaute mich unsicher um.

»Kommt rüber und helft mir beim Basteln an unserer Lady hier.«

Er zeigte auf die Indian. Sie stand da, rotlackiert und hochgewienert, als hätte sie auf uns gewartet und nicht Jules. Wir setzten uns auf den Boden, und er begann Teile des Zylinders, den er abgebaut hatte, wieder zusammenzuschrauben. Wir konnten nicht mehr tun, als ihm ab und zu ein paar Werkzeuge zu reichen, hörten gespannt zu, als er uns einiges erklärte, aber wir verstanden nicht alles. Das mussten wir auch gar nicht. Es war faszinierend genug, seinen Worten zu lauschen.

Als alles wieder an seinem Platz war, räumte er das Werkzeug zusammen und schaute uns fragend an.

»Jetzt wollt ihr sie sicher hören?«

Wir nickten.

»Und ich will wissen, ob alles wieder funktioniert. Mal sehen, ob ihr sie starten könnt. Wer möchte zuerst?«

Bastian wedelte vehement mit den Armen. Ich ließ ihm den Vortritt.

Jules hob ihn in den Sattel. Bastian musste sich ordentlich strecken, um sich an den weit auseinanderliegenden Griffen am Ende der Lenkstange festzuhalten. Schon hatte er den Fuß auf dem ausgeklappten Kickstarter.

»Die Zündung ist an …«, konnte Jules noch sagen, da trat Bastian mit aller Kraft nach unten.

Er wäre fast aus dem Sitz gefallen. Der Hebel gab nach, aber dann war das Gewicht von Bastian zu gering und der Schwung zu schlapp. Es tat sich gar nichts.

Er probierte es noch ein paar Mal, aber er war für diese Art von Kraftakt einfach zu klein.

Dann ließ mich Jules ran. Ich schwang mich in den vorderen Einzelsitz, suchte den Ansatzpunkt, an dem der Motor den Widerstand meldete und trat dann so kräftig und fest nach unten wie ich konnte. Mit dem typischen Räuspern erwachte die Indian zum Leben. Ich freute mich schon und wollte Gas geben, damit der Motor weiterlaufen konnte. Doch er erstarb mit einem abgehackten Röcheln. Ich hatte am rechten Griff gedreht. Das Gas der Indian war nach links gelegt, ungewöhnlich für ein Motorrad.

»Du musst hier drehen. Versuchs nochmal«, wies mich Jules an.

Dann gelang es. Mit hartem Knattern wachte die Maschine auf. Jules ließ mir ein anerkennendes Lächeln zukommen.

Er übernahm den Sitz und wies uns an, in die Mitte der Arena zu gehen. Wir stellten uns an den Pfeiler und warteten gespannt auf die Testfahrt, die Jules offenbar zeigen wollte. Er legte den Gang ein und kaum hatte er Gas gegeben, hing er schon in der Wand.

Von Boden der Arena aus war es, als ob uns eine riesige Hummel umkreiste. Während der Vorstellungen konnte man vom oberen Rand herunterblicken und hatte ihn vor sich. Da reichte es, sich auf die eigenen Augen zu verlassen. Jetzt musste man entweder kreiseln oder den Kopf schnell von einer Seite auf die andere schwenken, wenn er an der Rundwand außer Sicht geriet.

Er drehte nur ein paar Runden, dann schwang er sich abrupt nach unten und legte eine Vollbremsung hin.

Er winkte mir. Ich konnte es kaum glauben. Hätte ich Bedenken gehabt, dann wären sie spätestens nach diesem Wink verloren gegangen. Ich hüpfte in den riesigen Einzelsattel über dem Hinterrad.

»Halt dich gut fest«, rief er mir zu. »Leg den Kopf an meinen Rücken und such dir eine Seite zum Schauen aus. Am besten nimmst du erst mal rechts.«

Damit würde mein Blick in der Wand nach oben gehen.

Ich umklammerte ihn.

»Fertig?«

Schon ging es los.

Zuerst rauschte alles an meinen Augen vorbei. Dann zerrte es mit enormer Macht an jeder Faser meines Körpers. Doch nachdem ich mich daran gewöhnt hatte, schaffte ich es sogar, meinen Kopf zu wenden und mich umzuschauen. Das abwechselnd rot und weiß gefärbte Zeltdach rotierte wie ein gigantisches Rad an uns entlang. Und wenn ich nach unten schaute, sah ich Bastian, wie er verzweifelt versuchte, uns im Blick zu halten.

Die Fahrt war eigentlich ein Stunt, aber ich fühlte mich völlig sicher. Es war eines der größten Vergnügen, die ich je gehabt hatte. Nach ein paar Runden wurde auch Bastian die Ehre zuteil, hinter Jules in der Wand zu fliegen. Wir waren ganz aus dem Häuschen, als wir nach der Fahrt aus der Arena stolperten.

»Siehst du«, flüsterte ich Bastian zu. »Hat sich doch gelohnt.«

Er konnte nur grinsen.

Als wir draußen auf der Bühne standen, sagte Jules eine Weile nichts. Er schien in sich gekehrt, atmete entspannt vor sich hin und lächelte ab und zu herüber.

»Ich fand's toll«, sagte ich überschwänglich.

»Hab ich bemerkt«, antwortet er und an Bastian gewandt: »Du warst ganz schön mutig. Kompliment, Kleiner«.

»Können wir wiederkommen?«, fragte er.

»Die Bastelstunde ist vorbei. Bis zum Ende der Woche läuft die Indian wie ein Uhrwerk. Aber ihr könnt jederzeit vorbeischauen und euch die Vorstelllung ansehen. Wendet euch an mich und ich lasse euch nach oben.«

»Och schade«, sagte Bastian, was ihm einen Knuffler von mir einbrachte. Ich wollte nicht unhöflich sein. Das Angebot war auch so schon gut genug.

»Natürlich machen wir das gerne«, sagte ich. Ich wollte Jules auf keinen Fall verärgern.

»Was passiert eigentlich mit dem Ganzen hier, wenn das Fest vorüber ist?«

»Wir reisen ab und fahren, wohin uns das Leben führt«, antwortete Jules kryptisch. »Immer dorthin, wo etwas los ist und die Menschen begeistert sind. So wie ihr beiden.«

Ich dachte an den Spaß, den ich gerade gehabt hatte. Aber noch etwas anderes blitzte durch meine Gedanken. Rote Haare, grüne Augen und Sommersprossen.

»Werden Sie wiederkommen?«, fragte ich.

»Vielleicht im Sommer, mal sehen.«

»Für den großen Jahrmarkt und das Schützenfest?«

Er nickte bedächtig und machte Anstalten, uns zu verabschieden. Bastian war als erster dran und er ließ ihn die Treppe hinuntergehen. Mein Cousin kettete die Fahrräder los, die wir an einem Pfeiler neben dem Schießstand geparkt hatten.

Als er beschäftigt war, wandte sich Jules an mich.

»Dein Freund war mutig, auch wenn er am Anfang ziemlich geschlottert hat.«

»Tatsächlich? War mir gar nicht aufgefallen.«

»Mir schon«, sagte er leise. »Da ist viel Güte in ihm. Und seine Freude ...« Er stockte für einen Moment und ein Lächeln schlich sich über sein Gesicht.

»Aber dir ist klar, dass er kaum mehr sein kann, als ein Helfer. So nett und bemüht wie viele andere. Er ist noch sehr jung. Zu jung für viele Aufgaben. Obwohl ich schon einige gesehen habe, die waren ebenso jung wie er und gerade die haben sich redlich bemüht. Viel mehr als manch anderer.«

Ich schaute ihn fragend an.

»Ich bin schon lange im Geschäft«, sagte er und mir schien es, als würde er einen Hauch schwerer atmen.

»Immer unterwegs. Mal hier, mal dort. Ich war schon überall. Irgendwann hat man alles gesehen und alles gemacht, was der Job so hergibt.«

»Sie sind schon überall auf der Welt gefahren?«, fragte ich. »Bin mir sicher, die Leute sind immer begeistert.«

»Gefahren?«, fragte er mit einem seltsamen Unterton in der Stimme. »So könnte man es natürlich auch nennen.«

Er lächelte mir verschmitzt zu.

»Aber du hast recht«, sagte er. »Die Menschen sind begeistert, wenn man ihnen zeigt, was möglich ist. Auch wenn sie das manchmal nicht richtig ausdrücken können. Es gibt auch welche, die muss man erst mal aus ihrer Starre wecken. Ich hatte mal so einen Fall. Er war ein großer Mann in einem fernen Land. Aber er war so mit seinem Unglück beschäftigt, er konnte sich über nichts mehr freuen. Er dachte nur an seine todkranke Tochter. Sie hatte ein Nierenleiden, weißt du. Und damals hatte man noch keine Ahnung, wie man in so einem Fall helfen könnte.«

»Das muss aber lange her sein«, bemerkte ich.

»Das ist sogar ziemlich lange her«, sagte Jules. »Das kleine Mädchen wollte unbedingt mit mir fahren. Ich erfüllte ihr den Wunsch. Sie hatte so viel Spaß. Es war einfach unglaublich. Danach ist auch der Vater aufgeblüht. Er hat sich königlich bedankt und ist noch heute ganz vernarrt in Motorräder. Er fährt und sammelt wie verrückt.«

»Was wurde aus der Tochter?«

»Sie ist kurz darauf gestorben.«

Eine dicke Gänsehaut bildete sich plötzlich auf meinen Armen.

»Es war nicht zu ändern«, fuhr er fort. »Die Menschen sind überall gleich. Wann und wo auch immer ich ihnen begegnet bin, am Ende haben sie alle die gleichen Probleme. Jeder ist nur für kurze Zeit auf dem Fluss der Zeit dabei. Dann muss er das Boot abgeben und bleibt am Ufer stehen.«

»Das klingt ja so, als müssten sie ihr Boot nie abgeben.«

Er wurde nachdenklich.

»Ich befürchte, ich habe vergessen, wie das geht.«

Ich musste ins Blaue schießen.

»Dieser große Mann, der mit der Tochter? War er ein Maharadscha?«

Jetzt war es an Jules, mich für einen Moment entgeistert anzuschauen. Dann kniff er die Augen zusammen und musterte mich wortlos. Er drückte mir kurz die Hand.

»Du bist anders. Schwer zu beschreiben. Wie etwas, das ich vor langer Zeit einmal gekannt habe.«

Das warf mich ich für einen Moment aus der Spur.

Doch ich erinnere mich noch genau an das, was er sagte, bevor er mich entließ.

»Du wirst wiederkommen.«

Kapitel X

No Show, Silo, Sandkönige

Auf dem Weg nach Hause setzte die Dämmerung ein. Wir hatten es nicht eilig. Mein Kopf war noch voller Eindrücke aus den letzten Stunden. Ich war in meine Überlegungen versunken und erschrak, als Bastian plötzlich rief: »Mensch, wir haben ja unser Autogramm vergessen.«

Tatsächlich, das hatten wir. Der Grund, warum wir eigentlich dorthin gefahren waren. Ich schüttelte den Kopf.

»Dann müssen wir nächstes Mal dran denken.«

Nach dem freundlichen Empfang, dem unvergleichlichen Pudding und den Erlebnissen in der Arena wunderte mich das nicht. Erst recht nicht, wenn ich an den frechen Wirbelwind mit kupferroten Haaren dachte.

Wir waren rechtzeitig zum Abendessen zu Hause. Aber essen wollten wir nichts. Es gab wie immer abgepackte Wurst und aufgebackenes Weißbrot vom Morgen. Hunger hatte ich keinen und, so wie ich beurteilen konnte, auch Bastian nicht. Wir saßen am Tisch und grinsten uns an. Ich trank eine Tasse Tee. Das war es auch schon.

Frank fiel das nicht auf. Nur Tobias beäugte uns mit fragendem Blick, sagte aber nichts. Er wusste, wo wir gewesen waren. Er würde uns später mit Fragen löchern.

Was er auch tat. Bastian erzählte ihm das Wesentliche. Danach wollte er selbstverständlich beim nächsten Mal mitkommen.

Am nächsten Tag radelten wir nach einem rekordverdächtigen Hausaufgabensprint in Richtung Festplatz.

An diesem Tag hatte das Wetter umgeschlagen. Die Wärme des Wochenendes war verflogen. Dichte Wolken waren aufgezogen und es sah aus, als würde es noch vor dem Abend regnen.

Als wir auf der Festwiese ankamen, traf mich der Schock. Zwischen der Hähnchenbraterei und der Schießbude gähnte eine gigantische Lücke. Nichts stand dort. Keine Bühne, keine Wand, keine Trailer.

Die Fahrräder fielen uns aus den Händen, als wir kopfschüttelnd vor dem unerklärlich leeren Raum standen. Ein paar Papierfetzen und leere Plastiktüten wehten geisterhaft über das Gelände. Abweisend und trostlos kam es mir vor, wie eine aufgegebene Baustelle.

Warum war die Attraktion abgebaut worden? Und wie hatten sie es geschafft, so schnell zu verschwinden?

»Was jetzt?«, sagte Tobias. »Ich dachte, ihr hättet das abgeklärt.«

Abgeklärt hatten wir eigentlich nichts. Das musste ich fairerweise eingestehen. Aber mir wurde mulmig, denn die überstürzte Abreise musste einen Grund haben. Ob es etwas war, das ich gesagt hatte? Ich ging in Gedanken durch, was an dem Nachmittag passiert war.

»Vielleicht sind sie abberufen worden«, sagte Bastian. »Kann sein, dass sie auf das nächste Fest fahren.«

Ich sagte nichts, wagte aber, es zu bezweifeln.

Wir fragten an den nebenliegenden Buden und sogar an dem Kettenkarussell gegenüber. Doch niemand hatte etwas gesehen und selbst in der Nacht war keinem etwas Bemerkenswertes aufgefallen.

Das war an sich schon verwunderlich, denn wie kann man solch eine aufwendige Konstruktion wie die Todeswand in nur einer Nacht abbauen?

Wir mussten die Flaggen streichen und kehrten enttäuscht nach Hause zurück.

In den nächsten Tagen konnte ich schlecht schlafen. Ich machte mir Vorwürfe. Es musste etwas gewesen sein, was ich gesagt oder getan hatte. Ich wollte es an mir festmachen. Es hatte ganz sicher nichts mit Bastian zu tun. Doch je mehr ich überlegte und rätselte, desto weniger kam mir eine Erklärung.

Für Tobias war die Sache erledigt und Bastian schien schon nach ein paar Tagen kaum noch daran zu denken. Mit Erschrecken musste ich feststellen, dass es mir bald ähnlich erging. Ich konnte mich noch an die Ereignisse des wundersamen Nachmittags erinnern. Alles erschien mir leicht und locker. Der Besuch hatte ein freundschaftliches Gefühl in mir hinterlassen. Doch ich wusste, da war noch mehr. Etwas ganz Besonderes. Das Problem war nur, die Details entglitten meiner Erinnerung wie Sand, der mir durch die Finger ran.

An die Gesichter und Namen konnte ich mich dennoch erinnern. Vor allem an ein paar verschmitzt dreinblickende Augen in Grün, gerahmt von vielen Sommersprossen.

Das ging so, bis der Juni erwachte und mit ihm das beste Sommerwetter, was man sich wünschen konnte. Ich verbrachte mit den Jungs viel Zeit draußen. Wir fuhren am Stadtrand entlang an den Kanal im Westen und bis an die alte, aufgegebene Kiesgrube im Osten. Die riesigen Abraumhalden waren für unsere Fahrten mit den Rädern durchs Gelände bestens geeignet und nicht selten eine Herausforderung.

Die Jungs zeigten mir die verfallene Fabrikanlage rings um die Grube. Ein abgesacktes Stück Erde unter der Einzäunung hatten die beiden entdeckt. Mit ein wenig Graben und Biegen am Zaun war der Zugang zu den Anlagen frei. Wir spielten in den verfallenen Gemäuern Verstecken und erkundeten eines nach dem anderen der baufälligen Gebäude.

Ich kann mich noch an das alte Silo erinnern. Es war nicht nur eingefallen, es war regelrecht in den Boden versunken. Von außen sah es einem Turm ähnlich, doch hier war bestenfalls der Schiefe Turm von Pisa das Vorbild.

Nicht nur, dass es imposant und das größte Gebäude auf dem Gelände war, es war mit Abstand das Baufälligste. Schon aus diesem Grund eine Versuchung der besonderen Sorte.

Ich weiß nicht, warum Jungs die Gefahr suchen oder warum das Unbekannte einen derartigen Reiz auf uns ausübte. Zum einen waren überall Schilder aufgestellt, die mit ihren Aufschriften eine Beleidigung unseres Forschergeistes darstellten. In roten Lettern stand dort »*Kein Zutritt!*« oder »*Eltern haften für ihre Kinder!*«. Zum anderen war es Tobias. Er mokierte sich über die Bedenken von Bastian und bügelte über meine Vorbehalte mit lässiger Eleganz hinweg. Ein paar seiner Bemerkungen waren überaus motivierend. Ich erinnere mich an das eine oder andere »Warmduscher« und »Weicheier«. Für eine Menge Unsinn, auf den man sich im Leben einlässt, gibt es kaum eine bessere Begründung als Gruppendruck und ein paar Verbotsschilder.

Das Silo zu betreten, war nicht so einfach. Wenn es überhaupt Eingänge im unteren Teil gegeben hatte, so waren sie nicht mehr zu sehen. Stützpfeiler war eingesunken und gebrochen, die Wände in Schutt und Kies vergraben.

Wir wollten unbedingt einen Blick ins Innere werfen. Dazu mussten wir die metallenen Brücken und Laufstege nutzen, die das Silo mit den anderen Gebäuden verband. Auch sie waren baufällig und verrostet. Schließlich fanden wir einen Aufgang in einem Nebenbau. Eine aus den Angeln gerostete Eisentür markierte den Zugang auf die schmalen Roste, mit denen der Steg zum Silo ausgelegt war. Es gab nur eine Handreling. Schon der Übergang glich einer Mutprobe.

Tobias hatte die größte Klappe gehabt. Jetzt musste er zeigen, was dahinter steckte. Er tapste vorsichtig auf den Laufsteg hinaus. Es quietschte und knarrte verdächtig in den Stangen und Bolzen, die das Konstrukt zwischen den Wänden hielten. Die Gitter unter seinen Füssen starrten vor Rost und sahen wenig vertrauenerweckend aus. Aber er schaffte es auf die andere Seite. Das war das Signal für Bastian und mich. Wir trippelten einer nach dem anderen hinüber.

Das war noch nicht das Ende der Aktion. Auf ähnlichen Metallstiegen und Treppen ging es weiter nach oben. Rund um das Silo waren sie angebracht und für mich sah es so aus, als wenn die Bolzen und Schweißnähte kaum eine weitere Saison überstehen würden. Es knarzte und knackte mächtig, als wir uns den Weg höher und höher tasteten.

Schließlich hatten wir das Dach erreicht. Wir befanden uns ein gutes Stück über den nächsten Baumwipfeln. Oben trug das Silo einen Deckel wie ein gigantischer Kochtopf. Doch zu unserer Erleichterung waren riesige Luken eingelassen. Beim Verlassen des Geländes hatte man sie geöffnet. Vielleicht wollte man den Verfall beschleunigen. Die Lukendeckel waren zurückgeklappt und wirkten mit ihren Drehkreuzen, als hätte man ein U-Boot von innen nach außen gekrempelt.

Wir krabbelten auf das beulenförmige Silodach, hielten uns an den Lukenrändern fest und starrten hinunter. Durch die Luken schien die Sonne hinein. Wie Kegel von riesigen Taschenlampen standen ihre Säulen aus Licht im Innenraum. Wir hatten Kies erwartet, doch es war nichts als Sand zu sehen. Es sah aus, wie ein Stück Sahara, das sich trichterförmig unter uns ausbreitete.

»Woah«, war das, was jeder von uns als Erstes von sich gab. Es war beeindruckend, wie sich dieser Kessel mit seinen abfallenden Wänden groß und still vor uns ausbreitete. Tief unter uns, im Zentrum des Trichters, lugten ein paar halbversunkene Mauersteine und Metallreste aus dem feinen Staub.

Ein paar Leitern waren noch vorhanden. Sie ragten neben den Lichtkegeln in die Schwärze hinab. Die Jahreszeiten hatten mächtig an ihnen genagt.

»Das ist so cool!«, sagte Tobias. »Da müssen wir rein.«

Bastian verzog das Gesicht, doch auch mich hatte die Abenteuerlust gepackt. Die Sicht von unten musste gigantisch und sicherlich beklemmend sein. Genau wonach wir suchten.

»Macht ihr mal«, sagte Bastian. »Ich bleib hier und schau mir an, wie weit ihr kommt.«

Tobias sprach mich tonlos mit deutlichen Lippenbewegungen an. Was ich las, war »Spielverderber«. Ich musste grinsen und nickte ihm auffordernd zu. Bevor wir zu einer der nächsten Luken robbten, klopfte ich Bastian auf die Schulter.

»Du bist unsere Sicherheit. Falls was passiert, holst du Hilfe. Okay?«

Schon schwang sich Tobias auf eine Leiter, die noch nicht ganz verfallen war und weit in den Sand unter uns reichte. Er kletterte halb hinein und hielt sich am Rand des Einstiegs fest. Dann hüpfte er auf den ersten Sprossen herum.

»Seht ihr!«, rief er. »Das hält.«

In der nächsten Sekunde war er weg.

Es ging so schnell, dass weder ich noch Bastian dazu kamen, so etwas wie »Vorsicht« oder »Langsam« zu rufen. Es hätte nichts genützt. Die verrottete Leiter war nicht nur abgebrochen, sondern hatte Tobias gleich mit in die Tiefe gerissen.

Schon Sekunden später hörten wir von unten gedämpftes Rumpeln und Rieseln.

Er hatte mehr Glück als Verstand. Die steilen Wände aus Sand fingen seinen Fall und er rutschte ins Zentrum des Sandtrichters. Die Leiter in tausend Einzelteilen mit ihm. Ich musste ihm zugutehalten, dass er weder quiekte noch schrie. Aber er spuckte gewaltig, als er nach der Rutschpartie in einer Wolke von aufgewirbeltem Sand lag.

Wir beobachteten mit Horror das Ende seines unfreiwilligen Stunts. Er befreite sich aus dem Sand und den Überresten der Leiter.

»Alles klar?«, brüllte ich nach unten.

»Na super ...«, motzte Bastian neben mir. »Ich hab's mir gleich gedacht. Jetzt stecken wir richtig drin.«

»Klappe«, sagte ich. »Den kriegen wir schon wieder raus.«

Tobias setzte sich auf und begann zu lachen. Ein bisschen hysterisch, das muss ich zugeben, aber er lachte aus voller Kehle. So als hätte ihm der Sturz besonders viel Spaß gemacht. Es war so ansteckend, dass wir für einen Moment mitlachen mussten.

Nachdem sich die Heiterkeit gelegt hatte, kratzte er sich am Kopf und schaute überrascht auf seine Hände.

»Was ist?«, rief ich.

»Hab mich geschnitten«, rief er zurück. Sein Gesicht war blutverschmiert, als er wieder aufschaute. Das konnte man sogar aus der Entfernung sehen.

»Ist nicht schlimm«, murmelte er und schüttelte die Arme. »Ich hätte mich besser nicht festgehalten. Die Kante ist ganz schön scharf. Holt mich raus.«

»Verdammt«, sagte ich zu Bastian. »Wir müssen ihm helfen.«

»Versuch eine von den anderen Leitern«, rief ich Tobias zu.

Da waren noch drei Öffnungen, unter denen Leitern in die Tiefe ragten. Das ließ mich hoffen. Eine war im unteren Teil abgebrochen.

Blieben noch zwei.

Tobias stapfte durch den Sand zu einer der Leitern. Als er sie erreichte, hielt ich den Atem an. Er fasste mit beiden Händen zu und rüttelte an der Konstruktion. Es knirschte fies, dann machte es Knack und schon kam ihm die Hälfte der Stiege entgegen. Er rettete sich mit einem beherzten Sprung die Trichterwände hinab.

»War wohl nichts«, kommentierte Bastian trocken.

Dann war die Nächste dran. Wir hielten den Atem an, aber es nützte wenig. Die Halterung am Lukenrand zerbröselte in Sekunden. Diesmal brauchte Tobias nicht mal auszuweichen. Sie klappte einfach nach hinten weg und legte sich danach geschmeidig in den Sand.

Jetzt blieb nur noch die halbe Leiter, die an der Luke neben uns in die Tiefe ragte. Ich robbte hinüber.

»Versuch die hier«, rief ich Tobias zu. »Vielleicht schaffst du es mit einem Sprung.«

»Das Ding solltest du aber vorher checken«, rief er zurück. Da hatte er natürlich recht.

Ich setzte mich auf den Rand der Luke, ließ ein Bein herunter und stampfte mit dem Fuß auf den oberen Sprossen herum.

Zu unser aller Erstaunen hielten die Stangen und auch die Sprossen. Ich wagte mich soweit herunter, wie ich konnte und die Leiter hielt. Das gab mir Zuversicht.

»Wartet«, rief Tobias. »Ich versuch ranzukommen.«

Er stellte sich unter das Ende der Leiter und sprang. Er schaffte es nicht. Er krabbelte an der Trichterwand empor und machte sich bereit für den nächsten Sprung. Er schaffte es nicht. Er war nah dran. Nach einigen Versuchen war klar, es fehlte nur eine Armlänge.

»Ich komme«, rief ich nach unten.

Bastian schaute mich entgeistert an.

»Willst du das wirklich versuchen?« Ich konnte zusehen, wie sich die Schweißperlen auf seiner Stirn sammelten.

»Du weißt, was zu tun ist, wenn's nicht klappt.«

Bastian nickte eifrig.

»Jetzt ist es ganz sicher nicht toll«, flüsterte er. »Aber wenn du da unten landest, wird's ein Desaster.«

»Warum?«, fragte ich.

»Wenn ich Hilfe holen muss, bekommt Frank das garantiert mit.«

»Na und«, fauchte ich. »Der soll froh sein, wenn er uns wiederbekommt. Sowas kann passieren. Wir haben eben beim Spielen Pech gehabt.«

»Das ist es nicht«, sagte Bastian. »Ich kenn ihn. Das soll uns eine Lehre sein. So wird er es darstellen. Aber was anderes wird uns den Hals kosten.«

Ich musste schlucken.

»Wenn wir die Feuerwehr rufen, gibt es eine Menge Aufruhr. Die werden zu uns nach Hause kommen. Eventuell sogar die Presse. Du weißt doch, wie das ist. Die wittern die kleinste Story für ihre Nachrichten. Und wenn Frank irgendwas gar nicht schätzt, dann sind es unangemeldete Besucher vor unserer Tür oder womöglich in den Nachrichten aufzutauchen.«

So hatte ich es noch gar nicht betrachtet.

»Meinst du wirklich, er wird sich aufregen?«

»Aufregen?«, fragte Bastian zurück. »Toby ist schon mal sowas passiert. Gerade als er auf seinem Fahrrad fahren konnte. Da ist er zu wild durch die Straßen gebrettert und hat in einer Kurve ein Auto übersehen. Ist auf der Haube gelandet. Es war eigentlich nicht viel passiert. Also ihm nicht, auch wenn das Rad ziemlich verbogen war. Aber du wärst nicht gerne dabei gewesen, als der Autofahrer Toby bei uns abgeliefert hat. Also ich meine danach.«

»Was war denn?«

»Danach konnte Toby eine Woche lang nicht auf seinem Hosenboden sitzen. Jetzt weißt du, warum er mit seinem Rad immer so vorsichtig durch die Gegend fährt.«

Ich musste nochmals schlucken.

»Dann gibt's einen Grund, ihn sofort da rauszuholen. Wir werden das schaffen.«

Noch lag ich mit Bastian auf dem Dach des Silos. Die Nachmittagssonne brannte uns auf den Rücken. Es roch nach rostigem Metall und den Bäumen aus dem Wäldchen nebenan. Es war warm und trocken. Eigentlich ein perfekter Nachmittag. Doch ich muss zugeben, auch mir brach Schweiß aus, wenn ich durch die Luke schaute. Der Staub, den Tobias aufgewirbelt hatte, zog unten in flirrenden Wolken durch die Lichtbalken. Wir hatten nur eine Chance und ich war derjenige, der sie nutzen musste.

»Ich geh rein«, sagte ich. »Ich kann ihm helfen, an die Leiter zu kommen.«

Bastian verzog das Gesicht, als hätte er einen kräftigen Schluck aus einer Pulle Reinigungsmittel auf Ex gekippt.

»Willst du das wirklich?«, fragte er.

»Wir können nicht aufgeben«, entgegnete ich. »Meinst du, Toby möchte nochmal seinen Hintern riskieren?«

Er musste grinsen. Doch schon Sekunden später verzog sich seine Miene unter einem angstvollen Blick.

»Sei vorsichtig und kletter so ruhig wie möglich. Ich achte auf die Leiter und die Befestigung hier oben.«

Ich stieg durch die Luke ein und tastete mich nach unten voran. Als mein Kopf durch den Einstieg verschwand, nickte ich Bastian noch einmal zu, dann nahm ich so achtsam wie möglich eine Sprosse nach der anderen.

»Was soll das werden?«, rief Tobias.

»Jetzt halt mal die Luft an, bis ich soweit bin«, rief ich zurück. »Ich zieh dich rauf.«

Immer wieder schaute ich nach unten und oben. Bastian starrte vom Rand der Luke hinunter. Dann war die letzte Sprosse erreicht.

Ich hielt mich mit einer Hand fest und beugte mich in der Hocke soweit herunter, wie ich konnte.

»Los! Spring nochmal«, forderte ich Tobias auf und streckte ihm die Hand entgegen. »Versuch, mein Handgelenk zu erreichen und nimm deine Rechte. Wenn's klappt, zieh ich dich hoch und du kannst mit der anderen Hand die letzte Sprosse greifen.«

Um möglichst weit nach oben zu kommen, musste er ein Stück an der Trichterwand heraufsteigen.

»Bereit?«, sagte er und ich nickte ihm zu.

Wir klatschten Hand auf Hand, zu mehr reichte es nicht. Er krallte sich fest. Ich ebenfalls. Das tat nicht wenig weh. Er schwang ordentlich durch. Ich konnte ihn kaum halten.

Doch schon beim Auspendeln zog ich ihn nach oben, so gut ich konnte.

Er war erstaunlich gelenkig und zog mit. Ich bemerkte, wie er mit der anderen Hand an die Sprosse unter mir langte. Ich hoffte inständig, sie möge halten. Was sie erstaunlicherweise tat.

»Schaffst du's mit der anderen Hand?«, rief ich.

Mehr als ein Stöhnen brachte er nicht zustande.

»Warte! Ich geh dir aus dem Weg«, konnte ich noch sagen, dann knirschte es verdächtig, das Metall vibrierte alarmierend und ein Ruck ging durch die gesamte Konstruktion.

»Schneller«, rief Bastian von oben.

Ich schaute auf. Noch hielt die Leiter.

Tobias hatte seine zweite Hand an die Seitenstange gebracht und zappelte wie ein Fisch am Haken.

»Komme!«, rief ich und kletterte ein paar Sprossen höher.

»Schaffst du das?«, fragte ich Tobias. Der hing inzwischen mit beiden Händen an der letzten Sprosse.

»Ich versuch's«, stöhnte er.

Ich hätte es ihm nicht zugetraut, aber er schaffte es tatsächlich, die nächste Sprosse zu packen und auch die übernächste. Bald war er ganz auf der Leiter und ich atmete durch.

»Jippee!«, krähte Bastian von oben.

Plötzlich knarzte es erneut hundsgemein durch die Stangen. Es folgte ein Knallen wie von einer Peitsche und einer der Bolzen am Lukenrand brach aus. Schon hingen wir schief in der Luft.

»Ich halt euch«, brüllte Bastian und griff nach der obersten Sprosse.

»Ganz langsam jetzt«, flüsterte ich Tobias zu.

Wir versuchten uns, so gut es ging, auf der Leiter auszurichten. Es half nichts. Mehr und mehr bog sich die Halterung an der Luke nach hinten. Mit einem Krachen flog auch der letzte Bolzen heraus.

»Mist!«, rief Tobias.

Bastians Gesicht verwandelte sich in eine verzerrte Fratze, als er krampfhaft versuchte, die Leiter zu halten. Es ging nur einige Sekunden gut. Wir waren zu schwer.

»Geht nicht!«, rief ich und lies mich fallen.

Tobias war gerade auf dieselbe Idee gekommen. Schon flogen wir nach unten, dem Sand entgegen.

Die Landung war weniger problematisch, als ich befürchtet hatte. Wir kullerten kopfüber den Sandhang hinab und kamen nach einigem Rutschen zur Ruhe.

Als wir nach oben blickten, hielt Bastian die Leiter noch immer in der Hand.

»Vergiss es«, rief ich ihm zu. »Du kannst uns nicht hochziehen.«

Er ließ die Leiter los. Sie stürzte wie die anderen in den Sand.

Wir waren gefangen.

»Verdammt!«, sagte Tobias. »Das war die einzige Chance, hier ohne großes Theater rauszukommen.«

»Ich weiß«, sagte ich und rief Bastian zu. »Jetzt bleibst nur noch du. Sieh zu, was du tun kannst.«

»Ich lass mir was einfallen«, rief er herunter. »Ihr könnt euch auf mich verlassen. Bin bald zurück.«

Und mit einem letzten Winken verschwand er aus dem Blickfeld.

»Verdammte Falle«, sagte Tobias. »Jetzt müssen wir wohl oder übel warten. Hoffentlich kriegt der Kleine das auf die Reihe.«

Ich schaute mich um.

Von unten sah der Innenraum noch gigantischer aus, als durch die Luken. Die Sandwände waren steiler, als ich gedacht hatte, und außerdem wellig. Der Wind der Jahreszeiten hatte den feinen Sand an den Wänden zu Dünen geformt, die auch in der Sahara gut ausgesehen hätten. Der

Himmel, den man durch die Luken sehen konnte, erschien mir auf einmal unendlich blau. Ich musste daran denken, wie ich noch vor ein paar Minuten in der Wärme und Stille dort oben gelegen hatte.

»War nicht so eine super Idee, oder?«, wandte ich mich an Tobias.

Er zuckte mit den Schultern.

»Wir kommen schon wieder raus.«

Da war ich mir nicht so sicher. Ich dachte daran, welchen Weg Bastian nehmen musste. Herunter über die rostigen Metalltreppen, über den nicht minder baufälligen Steg, durch das verfallene Gebäude und dann den ganzen Weg bis nach Hause.

»Aber du musst zugeben, hier unten ist es schon ziemlich cool, oder?«

Ich musste eingestehen, es sah wildromantisch aus. Die rostüberzogenen Seitenwände, die halbversunkenen Überreste der Leitern, der gigantische Trichter aus Sand.

»Schon klar«, sagte ich. »Aber was wird, wenn wir rauskommen?«

Er legte die Stirn in Falten.

»Zeig mir mal deine Hände«, sagte ich.

»Ist nicht so tragisch«, fuhr er mich an. »Die paar Kratzer. Ich werd schon nicht verbluten.«

Er hielt die Hände an sein T-Shirt gepresst.

»Wenn du meinst«, konterte ich. »Aber wer weiß, wie lange wir noch warten müssen.«

Wir saßen eine Weile im Sand und konnten an nichts denken, außer an die Welt da draußen und an Bastian. Ich war mir sicher, Tobias stellte sich ebenso wie ich die Wege und Dinge vor, die sein Bruder in diesem Moment zu bewältigen hatte. Und wie lange es wohl noch dauern würde, bis Hilfe eintraf. Vielleicht malte er sich aus, was Frank wohl zu der Sache sagen würde.

Mir gingen die Bemerkungen von Bastian im Kopf herum.

»Meinst du, Frank ist froh, wenn er uns wiederbekommt?«, fragte ich in die Stille.

»Wieso?«, fragte er zurück. »Hast du da Bedenken?«

»Ich meine ja nur ...«

»Was denn?« Seine Stimme wurde abweisend. »Hat Bastian mal wieder geplappert? Wir kommen hier raus und alles wird gut. Über den Rest mach dir mal keine Gedanken. Ich werde versuchen, es Frank zu erklären.«

»Ja schon«, wand ich ein. »Aber es wird einiges Aufsehen geben.«

»Kannst du nicht wissen, willst du nicht wissen!«, schnappte er herüber.

»Was ich von Bastian gehört habe, klang ziemlich böse«, sagte ich. »Vielleicht sind wir ja alle dran.«

»Garantiert nicht!«, fauchte Tobias und jetzt klang er nicht wenig fatalistisch. »Ich bin der Älteste und ich hab so oder so die Verantwortung. Außerdem ist Frank nicht böse. Er sorgt sich nur um uns. Er will einfach nicht, dass irgendwas passiert.«

»Uns oder seiner Sammlung?«

»Jetzt halt die Klappe und mach mich nicht verrückt. Bastian wird uns hier rausholen ... irgendwie.«

Ich legte mich auf den Sand und hing meinen Gedanken nach. Es dauerte eine endlose Weile und nichts tat sich. Tobias schaute sorgenvoll herüber. Ich wurde von Minute zu Minute unruhiger. Von der Sonne war inzwischen nichts mehr zu sehen. Die Balken aus Licht waren aus dem Innenraum verschwunden. Nur noch mattes Tageslicht schien durch die Luken herein.

Umso erstaunter war ich, als Tobias die Stimme erhob und mich fragte: »Was willst du eigentlich mal machen?«

»Ich werd eine Dusche nehmen, wenn ich hier raus bin«, antwortete ich.

»Nein, ich meine, was willst du mal werden?«

Ich verstand. Er meinte, wohin mein Weg führen würde, wenn ich die Schule geschafft hatte.

Diese Frage an mich gerichtet zu hören, machte mich unsicher. Ich hatte sie mir zwar schon das eine oder andere Mal gestellt. Jedoch nie eine Antwort gefunden. Ja, es war sogar so, dass ich das Gefühl hatte, ich wollte keine Antwort finden. Am liebsten wäre ich immer jung geblieben.

»Ich weiß es nicht«, antwortete ich vorsichtig. Ich machte mir Vorwürfe, dass ich auf solch eine einfache Frage nicht wie viele andere Kinder antworten konnte. Die meisten brachen mit den üblichen Wünschen und Vorstellungen heraus wie *Schiffskapitän* oder *Lokführer* oder so manches Mal *Arzt*.

»Hast du noch nie drüber nachgedacht?«, wunderte sich Tobias.

»Doch, doch«, sagte ich und dann fiel mir ein: »Aber ich kann mich einfach nicht entscheiden.«

Er zog die Augenbrauen respektvoll hoch.

»Ich werde Pilot«, sagte er voller Selbstsicherheit. »Wollte ich schon immer werden und das hab ich mit Frank abgemacht.«

»Na dann …«, sagte ich und wollte lieber nichts weiter dazu sagen. Da ließ mich ein Geräusch aufhorchen.

Es hörte sich an wie ein fernes Rieseln. Ein Rauschen, das so typisch für Sand ist, der vor sich hin rinnt.

Tobias hatte es ebenfalls gehört. Er verstummte und schaute mich erschreckt an.

»Was ist das?«, sagte er und in diesem Moment hörte es auf.

»Hast du das mitgekriegt?«

»Natürlich! Sei mal still.«

Ich lauschte angestrengt.

Nach ein paar Sekunden begann es erneut. Lauter als zuvor. Deutlicher und andauernder. Es war durch unser Aufspringen nicht zu stoppen. Wir schauten uns fragend an.

Der Sand unter meinen Füssen vibrierte. Auf der Oberfläche fingen die Körnchen an zu tanzen. Zuerst kreisten sie nur um meine Beine. Dann zog es an der Trichterwand entlang, ein paar Runden um Tobias Beine, um dann urplötzlich zu verschwinden.

»Hey!«, rief Tobias noch, dann wurde er durch ein Krachen unterbrochen.

Wir zuckten zusammen. Es hallte und vibrierte, als hätte ein mächtiger Schlag die Wände des Silos getroffen. Als hätte sich ein Bagger mit Abrissbirne das Gebäude vorgenommen. Oder ein Riese klopfte gerade an und wollte herein. Ein Rumpeln und Brummen folgte, das den Sand unter unseren Füßen zum Springen brachte.

Dann passierte alles so schnell, dass ich heute noch nicht genau weiß, was damals eigentlich passiert ist. Der Sand neben uns kam jäh in Bewegung. Wir kamen mit ihm ins Rutschen. Unsere hektischen Sprünge und das Rudern mit den Armen nützte nichts.

Der Fluss aus Sand riss uns mit sich. Ich versank in einem Strudel aus Körnchen und hielt instinktiv die Luft an.

Das wäre vielleicht nicht nötig gewesen. Die Lawine aus Sand spuckte uns im nächsten Moment aus dem Gebäude heraus. Wir flossen förmlich auf den Boden neben dem Silo und rappelten uns unter Husten und Pusten aus der Umklammerung der weichen Masse.

Als ich zurückschaute, sah ich das riesige Loch, das in der Außenwand klaffte. Wie durch die Taille einer gigantischen Sanduhr waren wir zurück in die Welt gerutscht.

Wir jubelten und bogen uns vor Lachen.

Das taten wir immer noch, als Bastian bereits über den Hof zwischen den Gebäuden auf uns zukam. Je näher er kam, desto langsamer wurde er. Er blieb vor uns stehen, schaute uns ungläubig an und schüttelte den Kopf. Er war allein gekommen. Einzig ein Seil trug er über der Schulter.

Kapitel XI

Nachtschatten, Tito, Feenbursche

*D*as habt ihr richtig gemacht.«
Aus Franks Stimme eine gewisse Bewunderung herauszuhören, wäre vielleicht übertrieben gewesen. Aber das Lob klang ehrlich. Ich hatte den Eindruck, besonders bei Tobias kam es so an.

Nach unserer unfreiwillig langen Tagestour waren wir heile nach Hause zurückgekehrt. Vielleicht nicht ganz so heile, wenn man Tobys Kratzer bedachte. Da war die überraschende Rutschpartie im Sand. Tobias sorgte sich um seine linke Hand und war sofort zu Frank gegangen, um sich verarzten zu lassen. Eine passende Ausrede hatten wir parat. Beim Krabbeln durch einen Weidezaun wäre Toby der Stacheldraht zu nahe gekommen.

Das interessierte Frank jedoch wenig. Ihm war klar, dass wir in unserer Freizeit nicht nur auf der Straße herumsaßen und den vorbeifahrenden Autos nachschauten. Er kommandierte Tobias an den Küchentisch und kramte aus einem Schränkchen Verbandszeug und Medikamente hervor. Dann widmete er sich der Behandlung der Kratzer. Ein Feldarzt in einem Lazarett hätte es mit den gegebenen Mitteln kaum besser hinbekommen.

Ich war erstaunt, mit welcher Präzision er sich zuerst der Reinigung der Wunde und dann dem Verband widmete. Als er fertig war, wiederholte er sein Lob in die Runde.

»So soll es sein. Wegen solcher Kleinigkeiten machen wir keinen großen Aufstand. Ihr habt richtig gehandelt. Kein

Aufsehen riskieren. Kommt zuerst zu mir. Alles Weitere ergibt sich dann.«

Ich sagte nichts dazu, da sich Toby bestätigt fühlte und über Franks Anerkennung freute. Aber was würde passieren, wenn sich ein Unfall mit Hausmitteln nicht so einfach beheben ließe?

Tobias machte den Eindruck, als wären ihm die Hausregeln mindestens so wichtig wie Frank. Ob das für Bastian ebenso galt, konnte ich schwer beurteilen. Ich schaute während der Behandlung ein paar Mal zu ihm hinüber. Er hatte sich erneut als clever erwiesen. So wie ich ihn schon nach meinem Einzug eingeschätzt hatte. Mit dem Seil (wo immer er das auf die Schnelle aufgetrieben hatte) wären wir dem Silo höchstwahrscheinlich entkommen. Es wäre eine ebenso elegante wie unauffällige Lösung gewesen.

Nach dem Abendbrot beschäftigte uns nichts anderes, als unsere unerwartete Befreiung aus dem Sandgefängnis.

Tobias schrieb es dem maroden Gebäude zu, das sich just in dem Moment zu zerlegen begann, als wir es am dringendsten brauchten. Mir kam es trotzdem seltsam vor. Mit Schaudern erinnerte ich mich an die Bewegung unter dem Sand, die uns umkreist hatte, kurz bevor alles ins Rutschen kam. Bastian lieferte, wie es für ihn typisch war, eine andere Erklärung.

»Das waren die Geister des Sandes. Die wohnen bestimmt seit Jahren in dem Silo und wir haben sie gestört.«

Für diese Erklärung hatten Tobias und ich zwar nur ein müdes Lächeln übrig, aber tief drinnen fühlte sich das für mich ganz anders an.

Als ich an diesem Abend im Bett lag, wollte ich nur noch schlafen. Doch die Erlebnisse des Tages ließen sich einfach nicht aus meinem Kopf vertreiben.

Es war schon tief in der Nacht, da gab ich auf. Vielleicht ließ sich die Unruhe durch ein wenig Herumwandern beseitigen? Mit umnebeltem Kopf und gerädert ging ich zum Fenster und spähte in die Nacht hinaus.

Ein paar Schäfchenwolken zogen klein und verloren am Himmel vorbei. Ein blasser Dreiviertelmond spendete fahles Licht. Es war nicht hell genug, um weit in die Landschaft zu schauen. Zudem standen die Bäume in vollem Laub und der Garten darunter versank in tagferner Finsternis.

Ich weiß nicht, wie viele Minuten ich dort stand. Mein Kopf wiegte leicht hin und her, mein Blick ging verloren hinaus in die Ferne der Nacht und meine Gedanken simmerten bald nur noch auf kleiner Flamme dahin. Ich wurde nach und nach müder und vielleicht wäre ich im Stehen eingeschlafen. Meine Lider fühlten sich an, als wären sie aus Blei.

Da sah ich an einer Buche seitlich des Grundstücks jemanden stehen, der eben noch nicht da gewesen war. Der Umriss einer Person war neben dem Stamm auszumachen. Schultern und Front waren vom Mond angeleuchtet und das Haar glänzte sonderbar deutlich vor dem nachtschwarzen Hintergrund. Ich versuchte, die Erscheinung zu fixieren, doch es gelang mir nicht. Die Entfernung war zu groß, es war zu düster.

Im Nu war ich hellwach. War es eine ungewöhnliche Lichtbrechung durch einen angestrahlten Busch, die nur aus meinem Blickwinkel wie eine Person aussah?

Ich wollte es herausfinden. Doch dafür musste ich näher heran. Ich wandte mich um, ging zur Tür und öffnete sie leise. Ich lauschte in den Gang hinaus.

Alles war ruhig.

Und dunkel.

Nicht, dass mir die Dunkelheit Angst einflößte, aber sehr wohl fühlte ich mich in den finsteren Gängen auch nicht.

Doch ich kannte mich inzwischen gut im Haus aus. Ich schlich vorsichtig über den Flur und die Treppen hinab. Tastend an den Wänden und am Geländer entlang. Ich wusste, welche der Stufen ganz besonders knarzten und wo man hintreten musste, damit man die Stiegen lautlos überwinden konnte.

Als ich im Erdgeschoss ankam, starrte mich Tito an. Er hatte sich wie gewohnt in seinem Körbchen zusammengerollt und bewachte den Flur. Das Mondlicht schien durch die Fenster vom Wohnzimmer und der Küche herein. Tito musterte mich mit verschlafenem Blick. Keinen Laut gab er von sich. Meine Schritte waren ihm bekannt. Als ich an ihm vorbei schlich, schnüffelte er an meinem Bein. Dann war die Sache für ihn erledigt. Er rollte sich wieder zusammen.

Ich tastete mich an der Küchenzeile entlang bis zum Ausgang in den Garten. Von dort schien mir ebenfalls verhalten das Mondlicht entgegen. Eine große, runde Glasscheibe befand sich auf Kopfhöhe. Ich lugte hindurch. Niemand war zu sehen, die Terrasse lag still und leer vor mir.

Ich drehte den Schlüssel, um die Tür zu öffnen. Auch das gelang mir erstaunlich lautlos.

Ich trat auf die Terrasse hinaus und die laue Juniluft umfing mich. Einige Grillen zirpten in den Büschen und ein Anflug von Lüftchen brachte den Geruch von Sommergras und Buchenborke mit sich. Ansonsten war es still.

Ich tapste bis an das steinerne Geländer der Terrasse und die riesige Rasenfläche breitete sich wie ein bleiches Land vor mir aus. Die dunkle Front der Bäume am Gartenrand sah aus wie eine Mauer aus Nacht. Doch so angestrengt ich in die Dunkelheit starrte, ich konnte nichts entdecken.

Nach ein paar Minuten kam ich mir ziemlich dämlich vor. Ich stand barfuß, in nichts weiter als Boxershorts und T-Shirt, im Dunkeln und lauschte in die Nacht. Vielleicht hatten mich die Ereignisse vom Tag mehr durcheinandergebracht, als ich mir eingestehen wollte? Waren das Reflexe eines überanstrengten Geistes oder hatte ich Visionen?

Ich wollte mich umdrehen und in die Küche zurückgehen, dabei wäre ich fast über Tito gestolpert.

Er stand direkt neben mir. Ich konnte mich gerade noch fangen. Er war so leise neben mich geschlichen, dass ich nicht das Geringste mitbekommen hatte. Kurz schaute er auf und schleckte sich über die Schnauze. Dann stierte er wieder zwischen den gedrechselten Streben des Geländers in den Garten hinaus.

Er starrte dorthin, wo ich die seltsame Erscheinung gesehen hatte. Dort konnte ich noch immer nichts ausmachen.

»Was ist denn?«, fragte ich ihn, kaum mehr als geflüstert.

Ich hockte mich neben ihn und schaute durch die Streben. Wie wir uns beide so nebeneinander im Schutz des Geländers duckten, sah ich sie.

Sie stand dort, wo ich sie bereits aus dem Fenster gesehen hatte. Das Licht des Mondes erleuchtete ihre Front und ihr Haar schimmerte wie eine Wolke aus feingesponnenem Kupfer um ihren Kopf.

Das war Yana. Ohne Zweifel.

Sie schaute in unsere Richtung. Tito fixierte sie bewegungslos. Er bellte nicht und zeigte auch keine Anzeichen, auf den ungewöhnlichen Besucher loszugehen. Er stand nur da, schaute und gab keinen Laut von sich.

Da winkte mir Yana zu.

Mir sackte das Herz in die Hose. Ich erhob mich vorsichtig, so als könnte sie sich bei einer unbedachten Bewegung in Luft auflösen. Doch als ich über das Geländer linste, blieb sie bestehen. Sie winkte noch einmal.

Ich nahm die breite Seitentreppe und spürte das kaltfeuchte Gras unter meinen Füssen, als ich auf sie zuging. Tito blieb an meiner Seite. Er preschte nicht vor, er trippelte auch nicht hinter mir her, nein, er ging neben mir, gemächlich, als hätte die Einladung ihm gegolten.

»Was machst du denn hier?«, flüsterte ich.

»Soll das ne Begrüßung sein?«, fragte sie zurück.

»Äh, nein.« Da hatte ich wohl doch ein bisschen zu viel Entrüstung in die Stimme gelegt.

»Ich freu mich ja, dich zu sehen, aber um die Uhrzeit? Woher weißt du überhaupt, wo ich wohne?«

»Fragen, Fragen, Fragen«, mokierte sie sich. »Hast du noch was anderes drauf?«

Jetzt wurde es mir doch ein bisschen zu viel.

»Mach mal nen Punkt. Wenn das nicht ungewöhnlich ist, dann was?«, sagte ich entschlossen. Ihre Frechheit regte mich schon wieder ordentlich auf.

Das schien sie auf den Boden der Tatsachen zurückzuholen.

»Ich wollte dich sehen«, sagte sie. »Ist das so schwer zu verstehen?«

»Für mich schon. Wir haben uns erst einmal gesehen und da waren deine Freundinnen und auch Niqqi, aber die war sehr nett und auch der Nachmittag mit Jules war genial ...«

»Hey! Halt mal die Luft an«, unterbrach sie mich. »Ich weiß das. Außerdem waren das nicht meine Freundinnen, sondern meine Schwestern.«

»Die sahen aber nicht wie deine Schwestern aus.«

»Mag sein«, sagte sie. »Das kommt in unserer Familie öfter vor. Für dich ist ja auch kein Tag wie der andere, oder?«

»Ja schon. Aber was hat das damit zu tun?«

»Eine Menge mehr, als du glauben willst. Du wirst schon sehen. Du musst noch viel lernen.«

»Lernen? Hör mal, über was reden wir hier, mitten in der Nacht, draußen im Garten?«

Da musste sie lächeln und ich wollte schmelzen. Es gibt Gesichter, die sind interessant und andere, die sind hübsch, aber manche Gesichter beginnen zu strahlen, wenn ein Lächeln sie erfasst. Yana hatte so eines. Oder war es nur deswegen, da das der Moment war, in dem ich mich in sie verschossen hatte. Wenn das nicht schon bei meinem Besuch auf der Festwiese passiert war. Aber hier war sie extra wegen mir erschienen. Daran bestand kein Zweifel. Sie hatte mich gesucht. Und auch gefunden. Wie? Das war mir unklar. So wie sie im Mondlicht vor mir stand, erschien sie mir unwirklich. Als wäre sie gar kein Mensch, sondern nur eine Form. Auch wenn diese Form so überaus ansprechend war, das, was ich fühlte, war etwas anderes. Es war, als würde ein Feuer in ihr brennen und die Hülle ihrer Haut hätte sie sich nur übergeworfen. Dass meine Gefühle in die richtige Richtung wiesen, sollte ich erst später herausfinden.

»Du bist süß«, sagte sie.

So hatte das noch niemand zu mir gesagt.

»Eines kann ich dir auf jeden Fall verraten«, fuhr sie fort. »Es war nicht einfach, dich zu finden.«

»Das kann ich mir vorstellen«, sagte ich und versuchte, dabei verständnisvoll zu klingen.

Sie stellte den Kopf schief und schaute mich mit einem Blick an, den ich irgendwo zwischen überrascht und ungläubig einordnete.

»Ich glaube, das ist anders, als du denkst«, sagte sie. »Ich weiß, wo du mit deinen Cousins hingefahren bist ... nach dem Besuch. Aber die Welt wird dunkler und dunkler. Euer Haus da drüben« und sie zeigte auf mein Zuhause »ist ein ganz besonders schwerer Fall von schwarzem Loch. Da ist nichts zu sehen und weiter als bis hier, komme ich nicht heran.«

»Was?«, fragte ich. »Du willst mir erzählen, du hast mich einfach so verfolgt und gefunden; und jetzt kannst du nicht weiter gehen?«

»Genau!«, sagte sie und da schwang schon wieder dieses bisschen Aufmüpfigkeit und Zorn in ihrer Stimme mit, was mich so über die Maßen anregte.

»Hör zu«, fuhr sie fort. »Ich weiß ja nicht, was in diesem Haus abgeht, aber es gibt dunkle Plätze auf der Welt, oberhalb und unterhalb. Wir können eigentlich überall sein und überall hin. Das heißt, wir konnten es, solange ich zurückdenken kann. Und wenn die hohe Zeit für einen jeden von uns kommt, dann können wir sogar noch eine Menge mehr.«

»Ach tatsächlich?« Diese seltsamen Andeutungen hatte ich doch schon einmal gehört.

»Warum sollte ich dir glauben, was du da erzählst?«

Vielleicht war sie damit zu verleiten, ein bisschen mehr zu erzählen.

Sie schaute mich auf eine eigentümliche Weise an. Das ordnete ich irgendwo zwischen Überraschung und Mitleid ein.

»Ob du das glaubst, oder nicht? Wir haben schon viele Geschichten und Namen in die Welt gesetzt. Warum sollte man uns jetzt nicht mehr glauben. Oder an uns glauben, unter welchem Namen auch immer. Die Welt wird alt. Das ist das Einzige, was nicht zu ändern ist. Und für uns wird sie dunkler, mit jedem Jahr, das verstreicht. Die Geschichten, die noch vor ein paar Jahren gewirkt haben, sind heute nur noch Märchen. Jetzt glauben die Menschen an dies und das. Viele glauben sogar gar nichts mehr. Aber wenn du es genau wissen willst. Eigentlich brauchen wir ihren Glauben nicht. Namen und Geschichten sind nur Schall und Rauch. Was wir brauchen, sind ihre Gefühle. Die Energie, die sie verströmen, wenn sie sich freuen, wenn sie leben, wie wir Kinder früher alle gelebt haben. Davon zehren wir, und Jules ist der beste, wenn es darum geht, das hervorzubringen. Das musst du doch bemerkt haben?«

Irgendwie schon. Nun da sie es erwähnte.

»Du kennst ihn als Jules. Dabei hat er schon viele Namen getragen. Die meisten davon haben wir erfunden. Ebenso wie für Niqqi und mich und all die anderen da draußen.«

Ich fand es faszinierend, ihr zuzuhören, was aber nicht bedeutete, dass ich auf Anhieb etwas verstand.

»Was meinst du damit? Soll das bedeuten, du heißt nicht Yana?«

»Jetzt schon«, antwortete sie hastig. »Ich meine, für dich und hier und heute. Warum nicht? Ich habe andere Namen gehabt und nicht an alle kann ich mich erinnern.«

Da war ein Moment der Stille zwischen uns. Sie blickte in die Ferne. Ich hatte den Eindruck, ihre Gedanken waren auf einmal an einem ganz anderen Ort.

»Kennst du dich ein bisschen mit Geschichte aus?«, fragte sie.

»Kommt drauf an, was du meinst.«

»Sagt dir die Wilde Jagd etwas?«

Ich nickte, wenn auch bedacht.

»Auch wieder so eine Idee und ein Name. Nichts weiter als ein Konzept, dass wir in die Welt gesetzt haben. Wir haben uns kaputtgelacht, als es angenommen wurde. Aber zurück zu Jules. Wenn seine Zeit kommt, kann ihm niemand das Wasser reichen. Außer vielleicht Gris, aber die lässt sich immer seltener blicken.«

»Gris?« Ich verstand gar nichts mehr. »Und Jules? Was ist mit ihm?«

»Ich weiß es nicht«, sagte sie. »Er verhält sich seltsam in letzter Zeit. Vielleicht wird er alt.«

Sie machte eine Pause. Als würde sie auf etwas warten. Sie schaute mich fragend an.

»War nur ein Scherz«, sagte sie schnell. »Jules ist eigentlich immer alt. Wenn man so will.«

Ich war verwirrt, aber auf eine belebende Weise. Je länger sie redete, desto mehr hing ich an ihren Lippen. Und das galt offensichtlich nicht nur für mich. Ich hatte Tito vollkommen vergessen. Er stand noch neben mir, was ich erst dann realisierte, als er zu fiepen begann.

»Du Armer«, sagte Yana. Sie streichelte ihm über den Kopf. Er schleckte sich über die Schnauze.

»Du wirst nachher den besten Schlaf deines Lebens haben. Und schöne Träume noch dazu.«

Sie wandte sich an mich.

»Hundeträume natürlich.« Und grinste.

»Der ist eigentlich ein prima Wachhund«, wunderte ich mich. »Bellt bei jedem Fremden. Du solltest ihn mal sehen, wenn der Briefträger kommt.«

»Ach ja?« Jetzt war es an ihr, sich zu wundern. »Was bewacht er denn so fleißig?«

»Na die Sammlung«, sagte ich. »Mein Onkel besitzt allerlei Wunder. Das glaubt einem keiner, wenn man es nicht selbst gesehen hätte. Der hat von Zaubersäcken bis zu Irrlichtern in Kristall wirklich eine seltene Mischung von Besonderheiten zusammengetragen.«

Ich wollte mir im gleichen Moment auf die Zunge beißen. Was tat ich hier eigentlich? Ich quatschte vor mich hin, als wüsste ich es nicht besser. Als wollte ich mich wichtigmachen. Das war gar nicht nötig, ja sogar überflüssig. Doch es war passiert. Ich hatte gerade eine der Regeln im Hause Ward gebrochen.

Und nicht nur das. Yana wurde plötzlich still. Vorbei schien ihre Beredsamkeit. Sie starrte mich unter zusammengezogenen Augenbrauen an.

»Ich muss gehen«, sagte sie abrupt.

»Was?«

»Ich habe etwas zu erledigen.« Ihre Stimme war abweisend.

»Du bist doch gekommen, um mich zu sehen.«

»Das hab ich ja jetzt.« Das klang richtig schroff.

»Kann ich dich wiedersehen?«

»Vielleicht eher, als du denkst.« Sie wandte sich ab.

»Ich …«, konnte ich gerade noch anheben.

Sie drehte sich um.

»Hör mir gut zu«, sagte sie und nahm mich am Arm.

»Jules braucht immer Helfer. Du weißt schon, Hände, die sich nützlich machen. Aber da ist etwas an dir, was ich nicht verstehe. Etwas, das ich sehr lange nicht gespürt habe. Wir hatten schon einmal so einen Fall. Er hat sich zum Künstler erklärt und gar nicht mal so schlechte Bilder gemalt. Hat seine Visionen sozusagen auf Papier gebannt. In Jules Team hat er es aber nie geschafft.«

»Wer war das?«

»Wird dir nichts sagen, ist lange her. Aber wenn es dich interessiert, dann schau dir eines seiner Gemälde an. Du musst nur aufpassen, dass du dich nicht darin verlierst. Ich möchte nicht, dass dir etwas passiert.«

»Wenn ich mir ein Bild anschaue, was soll dabei schon passieren?«

»Der Künstler ist verrückt geworden. Er hat seinen Vater umgebracht, weil er meinte, der wäre von Dämonen besessen. Da hat man ihn in ein Irrenhaus gesperrt.«

»Ich verstehe.«

»Pass einfach auf dich auf. Okay?«

Ich verstand zwar nicht, wie ich das tun sollte, aber ich nickte vorsichtshalber eifrig.

»Der Meisterstreich des Feenburschen«, sagte sie unbeeindruckt.

»Bitte was?«

»So heißt das Bild.«

Sie lächelte mir aufmunternd zu. Dann verschwand sie so lautlos und schnell in den Schatten, als hätte sie sich in Nacht verwandelt.

Kapitel XII

Bibliothek, Meisterstreich, Medaillons

N icht nur Tito hatte gute Träume. Auch ich konnte in der Nacht meiner Begegnung mit Yana hervorragend schlafen. Ich war hundemüde, als ich mich wieder auf mein Zimmer begab, rollte mich in meine dünne Sommerdecke ein und war nach wenigen Minuten eingeschlafen.

Das änderte jedoch nichts daran, dass ich am nächsten Morgen gedankenverloren am Frühstückstisch saß. Ich war kaum ansprechbar. Auf alle Anfragen meiner Mitbewohner brachte ich bestenfalls ein »Okay«, aber meistens nur ein »Mhm« heraus. Ich rekapitulierte, was geschehen war. Schon wieder hatten mich die Ereignisse überrascht. Und wieder konnte ich mir keinen Reim auf die Bemerkungen und Andeutungen von Yana machen. Ihr seltsames Auftauchen und ebenso schnelles Verschwinden waren dabei noch die kleineren Rätsel.

Dauernd schaute ich mich um. Wenn ich das richtig verstanden hatte, musste ich in einem schwarzen Loch leben oder zumindest in einer schwarzen Wolke. Aber nichts davon war zu sehen. Die Bemerkung von Yana, die mich am meisten beunruhigt hatte, zeigte keine Auswirkungen. Nicht die Geringsten. Alles war wie an den Tagen zuvor. Von Dunkelheit keine Spur.

Ich musste mehr wissen. Die Hinweise von Yana waren alles, was ich hatte.

Nach der Schule nahm ich nicht den ersten Bus nach Hause, sondern fuhr mit der Straßenbahn zur Stadtbibliothek. Ich war bereits mehrmals hier gewesen. Immer, wenn es um Klassenarbeiten und Aufsätze ging, die ich zusammen mit Kameraden vorbereitet hatte.

Auf dem Weg dorthin war ich so in meine Gedanken versunken, dass ich die Stadt und die Passanten kaum wahrnahm. So wie die Welt am Fenster vorbeizog, hatte sie weder Struktur noch Gestalt. Vielleicht wollte ich, dass es so war. Noch vor ein paar Wochen hatte mich alles interessiert und meistenteils abgelenkt. Jetzt wollte ich am liebsten gar nichts mehr sehen. Ich war so fokussiert, als hätte mir jemand eine lebenswichtige Aufgabe gegeben.

Die Bibliothek war ein seltsames Gebäude. Das lag vor allem an ihrem Aussehen. Nicht so sehr am Inhalt, denn wenn man erst einmal drin war, verbreiteten sowohl die Räume als auch die hohen Regale mit unzähligen Büchern den unwiderstehlichen Charme, den Buchliebhaber gewohnt sind. Es war die Architektur. Ein altes Gemäuer mit barocker Fassade hatte man restauriert und durch Erweiterungen mit modernem Modulbau kombiniert. Die klassischen Originalteile wirkten wie ein Tarnnetz, das sich der hochmoderne Zweckbau übergeworfen hatte. Das hatte sich für mich seit jeher wie halb und halb angefühlt. Am heutigen Tag hatte ich selbst dafür kaum ein Auge.

Ich steuerte die Abteilung für Geisteswissenschaften und bildende Künste an. Eine Suche auf eigene Faust würde aufwendig sein. Eine bebrillte Dame am Auskunftstresen vor den hohen Regalen der Gemäldeabteilung verstand meine Frage erstaunlich schnell. Sie führte mich zu einer Reihe großformatiger Bildbände im hinteren Teil des Lesesaals. Dort waren ganz unten in einem Regal die schweren Folianten mit den wichtigsten Kunstwerken aus allen Kulturepochen versammelt. Sie deutete auf die passenden Regalmeter, dann ließ sie mich alleine. Ich hockte mich im Schneidersitz zwischen die Bücherwände und begann zu suchen.

Es dauerte eine Weile, bis ich die richtige Ausgabe fand. Ich hatte beim aktuellen Jahrbuch der Gegenwartskunst angefangen und mich nach hinten gearbeitet. In einem Verzeichnis der Kunst des neunzehnten Jahrhunderts wurde ich fündig. *Der Meisterstreich des Feenburschen* galt dort als eines der einflussreichsten Gemälde aus der Mitte der Epoche.

Hatte Yana nicht darüber geredet, als wäre es noch gar nicht lange her? Als hätte sie die Ereignisse selber erlebt. Wie konnte sie damals dabei gewesen sein? Da mir Zeitraum und Maler jetzt bekannt waren, konnte ich genauer suchen.

In einem Band über phantastische Malerei wurde ich fündig. Ich überflog das Inhaltsverzeichnis und blätterte hektisch zu der angegebenen Seite.

Was ich sah, war ein überbordendes Arrangement von Figuren, die sich auf einem hochformatigen Bild verteilten. Ein Sammelsurium von Kobolden, Zwergen und anderen sonderbaren Fantasiegestalten stand auf einer Wiese herum. Sie beobachteten einen Holzfällerburschen, der seine Axt hob, um eine riesige Nuss zu zertrümmern. Alle Wesen auf dem Bild schauten erwartungsvoll auf den Akteur, wie er in seiner Pose mit hocherhobener Axt kurz vor dem Zeitpunkt des Schlages stand. Blumen und florale Muster prangten überall und verdeckten zum Teil die Personen. Der Holzfäller hatte dem Betrachter den Rücken gewandt.

Die Bildunterschrift wies ein paar Details aus. Da waren Titania, die Feenkönigin, und Oberon, ihr Gemahl, sowie ein ganzer Hofstaat von Helfern und Bediensteten vom Stallknecht bis zum Buchhalter. Die Haut der meisten hatte die Farbe von schimmeligem Fensterkitt.

Ein Gesicht kam mir bekannt vor. Im Zentrum des Bildes breitete ein alter, weißhaariger Mann in weitem Gewand die Arme aus. Er hatte einen Bart und im Vergleich zu den anderen Personen war nicht viel von ihm zu sehen. Doch an den Augen blieb ich kleben. Diese Augen hatte ich schon einmal gesehen.

Ich musste mich an die Bücherwand hinter mir lehnen, sonst hätte mich der Schock umgeworfen. Das Gesicht sah Jules ziemlich ähnlich und der Blick erst recht.

Ich nahm mir den Band vor und las alles, was ich zu dem Gemälde finden konnte. Der Maler hatte das Bild tatsächlich im Irrenhaus vollendet. Die Gesichter und Figuren waren verzerrt, ja fast missgestaltet dargestellt. Oder war das vielleicht gar nicht verzerrt? Ich fragte mich, was der Maler als Vorbild genutzt hatte. Auf jeden Fall traf die Abbildung mit seinen Märchenwesen den Geschmack der Zeit und galt (wie ich herausfand) unter Kennern der Kunst als Meisterwerk.

Ich klappte das Buch zu und musste durchatmen. Verloren hatte ich mich nicht in dem Bild. Da waren Yanas Bedenken überzogen gewesen. Was jedoch nichts daran änderte, dass ich intensiv über ihre Worte und unsere Begegnung nachdachte.

Das konnte nur mit meinen Worten über die Sammlung von Frank zu tun haben. Oder war es sogar etwas von den Dingen, die ich erwähnt hatte?

Ich schob das Buch hastig an seinen Platz zurück und raste nach Hause.

Auf dem langen Weg im Bus überlegte ich, wie ich mehr herausfinden könnte. Ich wollte Frank befragen. Doch ich durfte nicht zu auffällig vorgehen. Ich hatte mich bisher nicht übermäßig für seine Antiquitäten interessiert. Es hätte Verdacht erregt, ihn mit Fragen zu löchern.

Ich wollte mich nicht ablenken lassen. Nicht von der Stadt, nicht von den Passanten, nicht von den Fahrgästen. Ich schloss die Augen und sah Gold.

Unzählige blendend helle Plaketten aus goldenem Licht breiteten sich vor meinen Augen strahlenförmig aus und füllten mein gesamtes Blickfeld. Das Zentrum war am dunkelsten. Zum Rand hin wurden die goldgelb glitzernden

Plaketten größer und heller. Sie flackerten, als sie sich bewegten, als würde ein laues Lüftchen über sie hinweg ziehen.

Ich hielt die Augen geschlossen.

Dann kam Bewegung in das Bild. Die Medaillons wurden hektisch, als würden sie vor Angst zittern. Dann drehten sie sich vom Rand bis ins Zentrum, um mir ihre Rückseite zu zeigen. Nach und nach klappten alle um und es herrschte Dunkelheit, jedoch keine Schwärze.

Jetzt waren die Medaillen nachtblau und schienen doch wie ein dunkler See aus unergründlichen Tiefen angestrahlt.

Als ich meine Augen öffnete, war die Welt wieder da. Ich saß im Bus, ein paar Fahrgäste waren zugestiegen. Die waren eben noch nicht da gewesen. Waren mehr als ein paar Sekunden vergangen? Meine Augen waren doch nur für eine kurze Zeit geschlossen? Oder etwa nicht? Ich schüttelte den Kopf, um die Vision zu vertreiben.

Halt deine Gedanken zusammen!

Was sollte ich als nächstes tun? Tobias oder Bastian befragen? Auch dort musste ich überlegt vorgehen. Die Ereignisse der letzten Nacht wollte ich vorerst für mich behalten und ich hatte immer noch keine Idee, wie ich Yana erreichen könnte. Ich hatte so unendlich viele Fragen. Ich stellte mir vor, wie ich ihr gegenüberstand, um sie mit Fragen zu bombardieren. Doch jedes Mal, wenn ich soweit dachte, kam ich mir klein und unwichtig vor.

Wieso regte sie mich eigentlich dermaßen auf? Oder war das nur anregend? Es fühlte sich an, als wollte ich ihr etwas beweisen; als wollte etwas Wichtiges aus mir heraus.

Ich nahm mir vor, bei meinen nächsten Aktionen vorsichtig zu sein. Da war eine Ahnung von etwas Unbegreiflichem in meinem Hinterkopf. Etwas, das ich nicht zu einem klaren Gedanken formen konnte.

Eine Unruhe ergriff in den nächsten Tagen mein Gemüt. Nach dem Zubettgehen lag ich stundenlang wach. Meine

Schlafstunden wurden weniger und weniger. In der Schule war ich geistig nur noch zur Hälfte anwesend.

So vergingen die nächsten Tage, bevor mich ein Ereignis aus dieser unseligen Routine riss.

Kapitel XIII

Mutprobe, Tiefseegraben, Najade

D er Sommer brach alle Hitzerekorde. Mich störte das nicht. Ich liebte es sogar. Die Sonne, das Licht, die Wärme. Wir Jungs liefen nur noch in kurzen Hosen herum. Wir waren in dem Alter, da wir uns das leisten konnten. Wir hatten keine Jobs und mussten auch nicht in klimatisierten Räumen schuften. Die Nachmittage gehörten uns allein. Wir fuhren mit den Fahrrädern, wohin uns die Laune trieb.

Obwohl ich oft mit meinen Gedanken beschäftigt war, hatte ich trotzdem eine Menge Spaß. Mal radelten wir so weit wir konnten in die Landschaft hinein, mal über die Felder, mal am Kanal entlang und manchmal auch zu dem alten Kieswerk. Aus der Ferne betrachteten wir das verfallene Silo. Doch weder ich noch die Jungs verspürten das Bedürfnis, näher heranzugehen.

Wenn wir nach einem Tag des Rumtreibens nach Hause kamen, waren wir verschwitzt und auf unserer Haut brannte die Sonne. Abends lag ich auf meinem Bett und führte meine Nase über Handrücken und Arme. Es roch nach Gras und Erde und Luft. Ein salziger Wind hatte sich auf meiner Haut gefangen. Es kam mir vor, als hätte ich nicht nur den Geruch mit nach Hause gebracht. Es kam mir vor, als hätte ich mich in ein Stück der Welt da draußen verwandelt. Meine Haut hatte alles aufgesogen.

Zu Beginn des Hochsommers versuchte ich, meine Cousins zu ermuntern, mit mir ins Freibad zu fahren. Aber entweder sie lehnten missmutig ab oder sie brachten ständig neue Ideen auf, was wir am nächsten Nachmittag veranstalten könnten.

Es sollte nicht lange dauern, bis ich herausfand, weshalb.

Wir waren in den Feldern unweit des Hauses unterwegs. Die Wege waren unbefestigt mit einer Grasnarbe in der Mitte. Überhaupt wirkte das Gelände in Sichtweite unserer Terrasse mit den Feldern und kleinen Wäldchen nicht nur ländlich, sondern auf eine seltsame Weise altertümlich. Zwischen den Parzellen und entlang fast aller Wege liefen Gräben, die mit Grasbüscheln gesäumt waren. Die Gräben waren recht breit, so als würden sie aus einer vergangenen Zeit stammen, als die Felder noch nicht automatisch bewässert wurden. Und sie waren unergründlich. Die tiefschwarze Erde in unserer Gegend machte es unmöglich, den Boden zu erkennen, obwohl das Wasser klar war. Die Ränder der Rinnen waren steil und mit allerlei Pflanzen bewachsen, deren Blätter nicht selten bis unter die Wasseroberfläche hingen. Hier und da hatten sich sogar Strecken von Schilf breitgemacht.

Manchmal überspannte eine schmale Betonbrücke die Gräben, um den Bauern den Zugang auf die Felder zu ermöglichen. Manchmal lagen nur ein paar Balken quer über dem Wasser.

Es war eine Mutprobe, mit dem Fahrrad in voller Fahrt über eine solche Brücke zu brettern. Wir machten uns einen Spaß daraus, über die schmaleren Gräben zu springen. Wer sich einen Nassen holte (das passierte, wenn man es nicht ganz schaffte und mit dem Fuß eintauchte), der wurde ausgelacht. Aber nicht, weil man dann einen nassen Schuh anhatte. Der würde schon wieder trocknen. Sondern weil die Grabenränder nicht selten morastig waren und man in so einem Fall das halbe Bein nur in schickem Schwarz aus der matschigen Umklammerung ziehen konnte.

Ich erinnere mich an den einen Nachmittag noch wie heute, als wir erschöpft vom Tollen auf den Feldern den

Rückweg nach Hause antraten. Das Springen über die Gräben, was einer Mutprobe nach der anderen glich, hatte unsere Knie weich gemacht und die Muskeln ausgelaugt. Trotzdem fühlten wir uns großartig, so als hätten wir einen ganz besonderen Kampf gewonnen. Dabei hatten wir nur gelebt. Wir waren herumgesprungen und hatten die Sonne genossen. Wie oft wünscht man sich, die neuen Tage wären so gut wie die Alten. Obwohl man das selten erkennt, wenn man lebt und herumspringt.

Als wir zu den Fahrrädern marschierten, die wir an einer Weggabelung abgelegt hatten, mussten wir eine Betonbrücke überqueren. Sie bot nur einen schmalen Streifen Stein zum Treten und spannte sich von einer Seite bis zur anderen auf mehr als zwei Manneslängen. Wir waren bester Laune, scherzten und alberten herum. Ich ging als Letzter und sah Tobias auf der Brücke nach seinem Bruder greifen, als wollte er ihn schubsen. Es war der alte Schreckwitz. Den anderen nach vorne schubsen und ihn gleichzeitig greifen, um dann auszurufen »Hab dich!«.

Der Schock für den anderen, wenn er schon über dem Abgrund schwebte, war sicherlich einen Adrenalinstoß wert. Vielleicht auch den folgenden Lachanfall. Aber diesmal hatte sich Tobias verrechnet. Vielleicht hatte er seinen Griff überschätzt. Da war noch der Verband von seinem Unfall an der Hand. Er rutschte ab.

Bastian rauschte kopfüber in den Graben. Es platschte gewaltig, als er auf die Wasseroberfläche traf.

Ich hatte fast zu einem Lachen angesetzt, doch als ich Bastian fallen sah, stockte mir der Atem.

»Verdammt!«, schrie Tobias mit verzerrtem Gesicht. »Das hab ich nicht gewollt.«

»Keine Panik«, sagte ich. »Der hat jetzt mal einen echt Nassen. Den kriegen wir schon wieder raus.«

»Vergiss es!«, schrie er zurück. »Bastian kann nicht schwimmen.«

»Dann los!«, kommandierte ich. »Wir müssen schnell sein.«

»Ich kann auch nicht schwimmen!«, brüllte Tobias.

Ich riss die Augen auf.

Es lag an mir.

Und an sonst niemandem.

Bastian war nicht mal mehr an der Oberfläche. Er machte Wellen, aber die kamen nur von seinem Gezappel unter Wasser.

Ich sprang.

Das Wasser war kalt und schlug über mir zusammen. Ich öffnete die Augen und sah nur weiße Blasen aufsteigen. Ich hasse es, die Augen unter Wasser zu öffnen und sie würden gleich anfangen, furchtbar zu brennen, aber ich hielt sie offen.

Ich ruderte mit den Armen, drehte mich hin und her. Sehen konnte ich Bastian nicht. Er musste irgendwo vor mir sein.

Das Wasser war klar und die Sonne schien herein, aber der Graben war erstaunlich tief. Die schwarz-dunklen Wände drückten heran.

Dann sah ich ihn, wie er strampelte und ruderte. Vielleicht nur drei Armlängen entfernt. Sein Gesicht der Oberfläche zugewandt, die Augen in Panik geöffnet.

Und da war noch etwas anderes.

Ein durchsichtiger Schatten schwebte neben Bastian. Blau und schimmernd wie Wellen, die im klaren Wasser schaukeln.

Es war ohne Zweifel ein Mädchen. Die helle Haut durchscheinend, wie aus blauer Gelatine geformt. Die untere Hälfte ihres Körpers verlor sich in den Schatten der Tiefe. Sie blickte fragend, mit geneigtem Kopf. Sie hing neben Bastian unter der Oberfläche und schaute interessiert zu, wie er sich abstrampelte. Ihre langen dunklen Haare wallten bei der kleinsten Bewegung auf und ab.

Dann griff sie nach Bastian und schob ihn nach oben. Er durchbrach die Wasseroberfläche und schnappte nach Luft. Dann kippte er wieder ab und fuchtelte unkontrolliert mit den Armen. Das nützte überhaupt nichts. Er plantschte nur herum, immerhin er hatte Luft bekommen.

Ich schüttelte meine Benommenheit ab, tat ein paar kräftige Schwimmzüge und griff nach ihm. Dann tauchte ich mit ihm zusammen auf.

Wir schnappten nach Luft. Ich strampelte, zog und zerrte. Dann bemerkte ich eine Hand auf meiner Schulter.

Es war Tobias. Er hatte sich inzwischen an den Rand des Grabens geworfen, hielt sich mit einer Hand an der Grasnarbe fest. Mit der anderen langte er nach uns.

Ich konnte in die herunterhängenden Pflanzen greifen. Mit gemeinsamer Kraft zogen wir Bastian heran. Er krallte sich in das Grün am Rand des Grabens und wir krabbelten zusammen nach oben. Alle waren patschnass (Tobias nur zur Hälfte, da er am Ufer geblieben war) und lagen nach Luft schnappend wie pumpende Maikäfer auf dem Rücken.

»Ich hab euch gerettet! Ich hab euch gerettet!«, rief Tobias immer wieder.

»Halt die Klappe!«, brüllte ich. »Du hast ihn reingeschubst!«

»Ich wollte das nicht! Ich wollte das nicht!«

Offenbar hatte der Schock die Sprachausgabe von Tobias auf Wiederholung geschaltet.

Bastian setzte sich auf und hustete das letzte geschluckte Wasser aus der Lunge.

»Du Blödmann«, sagte er. »Mach das nie wieder.«

Er stand auf und ging zu unserer Verblüffung seelenruhig in Richtung Fahrräder davon. Tobias würdigte er keines Blickes.

Ich war so unendlich froh, dass wir es geschafft hatten. Bastian war wieder an Land und offensichtlich unverletzt. Es war eigentlich nichts passiert. Außer, dass ich nass in der Gegend herumstand.

Aber kaum hatte sich meine Freude über Bastians Rettung gelegt, fuhr ich herum und starrte in den Graben.

Was hatte ich gesehen?

War das ein Trugbild gewesen? Etwas, dass ich mir gewünscht hatte, um Bastian zu retten.

Oder war wirklich jemand dort unten?

Ich kniff meine Augen zusammen, um das Glitzern der Wasseroberfläche auszublenden. So sehr ich auch suchte, es war nichts zu erkennen.

»Komm, wir müssen nach Hause.« Tobias zog mich am Arm.

Ich ließ mich widerwillig voranziehen.

Auf dem Weg nach Hause überlegte ich, ob ich meinen Cousins von der seltsamen Erscheinung berichten sollte. Für mich war klar, dass es keine Vision gewesen war. Dazu war es zu real gewesen.

Ich entschied mich dagegen. Zu sehr befürchtete ich, sie würden mich für verrückt halten.

Wir hatten Bastian gerettet. Das war das Wichtigste.

Es war genau das, was Bastian zu mir sagte, als wir daheim angekommen von den Rädern stiegen. Er schaute zu mir auf.

»Danke. Du hast mir das Leben gerettet.«

»Kein Ding«, sagte ich. »Du hättest dasselbe getan.«

Er nickte still, ich war zufrieden und wusste doch nicht, wie bald sich meine Aussage bewahrheiten sollte, so sehr hatte uns das Schicksal gerade zusammengeschweißt.

Kapitel XIV

Ungebeten, Verhör, Halsband

Es war ein kalter Tag im August. Wie es in manchem Sommer vorkommt, wendet sich das Wetter in einer Kapriole von brütend heißem Klima zu einem unangenehm kühlen Monatsanfang. Genau an einem solchen Tag klingelte es unerwartet an unserer Haustür. Das heißt, es klopfte mit metallischem Klacken am frühen Abend durch den Flur. Und obwohl das nicht gerade leise war, hatten Bastian und ich davon nichts mitbekommen. Wir befanden uns in unseren Zimmern im zweiten Stock. Tobias war eben aus der Küche gekommen und hatte das Klopfen mitbekommen. Er eilte zur Tür, wie er uns berichtete, in der Meinung, es wäre womöglich ein verspäteter Kurier, der eine wichtige Sendung für Frank abgeben wollte.

Alles Weitere erfuhren wir Minuten später. Er hetzte die Treppen herauf und raste von Zimmer zu Zimmer. Er musste uns von dem seltsamen Besuch berichten, der so unvermutet vor unserer Tür stand.

»Da ist jemand für Frank gekommen!«

Mit dieser Meldung platzte er, ohne zu klopfen, in mein Zimmer, Bastian im Schlepptau.

»Ja und?«, setzte ich an. »Das ist doch nichts Besonderes. Die Lieferanten kommen doch immer, wann sie wollen.«

Mein Ärger über das überfallartige Eindringen war allerdings umgehend verflogen, als ich in die Gesichter meiner Cousins blickte.

Tobias schaute aufgeregt, Bastian besorgt.

»Ich kenne die nicht. Ich dachte, es wäre ein Kurier. Aber das sind die da unten garantiert nicht«, sagte Tobias außer Atem.

»Wer? Die ...?«, fragte ich.

»Da ist ein älterer Herr und er hat ein Mädchen dabei«, konnte er noch sagen, dann unterbrach ich ihn bereits.

»Was? Wie sieht er aus?«

»Niemanden, den ich kenne«, stotterte er. »Es ist nicht Jules, falls du das vermutest. Ein älterer Herr im dunklen Mantel mit Hut. Ich kann mich an Jules erinnern, aber so sah er definitiv nicht aus.«

»Erzähl von dem Mädchen«, drängte sich Bastian dazwischen.

»Die war noch viel seltsamer«, sagte Tobias. »Dürr und groß, mit langen, schwarzen Haaren. Und weißt du, was das Unheimlichste war?«

»Spuck's schon aus!«

»Der Mann musste sie führen. Sie trägt die Augen verbunden. So eine richtig breite, schwarze Binde komplett vor den Augen. Sah aus, als wäre sie blind.«

Ich starrte verschreckt auf Bastian.

Der nickte mir wissend zu.

»Verdammt, was soll das bedeuten?«, bohrte ich nach.

»Der Mann hat sich nicht vorgestellt. Er hat kaum was gesagt. Das Mädchen hat nur behauptet, sie hätten etwas Wichtiges für Frank. Ich musste sie rein lassen. Hab sie zum Arbeitszimmer geführt.«

»Hast du was gesehen?«, fragte ich Bastian.

Er schüttelte den Kopf.

»Ich war in meinem Zimmer, genauso wie du.«

»Verdammt!«, rief ich. »Was machen wir jetzt? Können wir rauskriegen, was da läuft?«

»Wie denn?«, sagte Tobias. »Wenn wir runterschleichen, kommen wir nicht so schnell wieder rauf, falls die plötzlich aus dem Zimmer kommen. An der Tür horchen können wir nicht, ohne dass es auffällt.«

»Wir müssen abwarten«, sagte Bastian. »Lasst uns im Flur horchen. Irgendwann müssen die wieder gehen. Und falls was sein sollte, wird uns Frank schon Bescheid sagen.«

Das schien die einzig brauchbare Idee zu sein. Wir horchten in den Flur hinaus.

»Moment!« Mir fiel etwas ein.

»Lasst uns auf die Straße schauen. Der Besuch ist doch sicher nicht zu Fuß gekommen.«

Wir stürzten in Bastians Zimmer und drängelten uns in die Gaube, um einen Blick auf die Straße zu werfen.

Da stand tatsächlich ein Gefährt vor der Tür zum Vorgarten. Ich musste verkrampft schlucken. Es war ein Motorrad, aber ein ganz besonderes. Es war schwarz, groß und wirkte irgendwie antik. Das lag im Wesentlichen daran, dass es ein Modell mit Seitenwagen war. Wie eine riesige schwarze Zigarre war ein Beiwagen auf einem einzelnen Rad an der rechten Seite befestigt.

Wenn der seltsame Mann gefahren war, dann bestand kein Zweifel, dass darin offenbar seine Mitfahrerin gesessen hatte.

Damit drängte sich mir ein bestimmter Verdacht noch deutlicher auf, als nach allem, was Tobias berichtet hatte.

»Das sieht ja komisch aus«, sagte er.

Bastian und ich schauten uns schuldbewusst an.

»Was habt ihr denn?«

»Das Mädchen?«, fragte ich. »Hatte sie vielleicht eine komische Stimme?«

Er runzelte die Stirn.

»Jetzt, wo du's sagst. Die war ziemlich tief und ein bisschen kräftig für so ein dürres Gestell.«

Ich hatte das Gefühl, jemand zog mir den Boden unter den Füssen weg.

Für mich war klar, wer dort unten zu Besuch gekommen war. Aber warum hatte mich niemand vorgewarnt? Oder mich einfach gefragt? Ich hätte jede Frage beantwortet. Hatte Yana nicht schon genug gehört?

Meine Gedanken wurden unterbrochen.

Wir hörten Stimmen durch das Treppenhaus heraufschallen. Jemand verabschiedete sich lautstark. Oder wurde verabschiedet.

Schon Sekunden später fiel die Haustür mit einem Knall ins Schloss. Die hatte offenbar jemand auf sehr unfeine Art geschlossen.

Wir wirbelten herum. Ich wollte gerade ansetzen, aus dem Zimmer zu hasten, da hielt mich Bastian am Arm zurück.

»Da stimmt was nicht«, sagte er leise.

Wir erstarrten.

Und horchten.

Nach einer Minute hörten wir, wie jemand die Treppe heraufkam. Erst knarzte es entfernt. Das war der erste Stock.

Dann knarzte es lauter. Die Treppe zu uns in den zweiten Stock.

Wir starrten gebannt auf die Tür.

Frank erschien im Rahmen. Seine Augen waren schmale Schlitze. Er blickte uns mit unbewegtem Gesicht entgegen.

Er schaute uns nur ein paar Sekunden der Reihe nach an.

»Ich erwarte euch im Arbeitszimmer.«

Das war alles. Mehr sagte er nicht. Er wandte sich ab und ging seelenruhig seinen Weg zurück ins Erdgeschoss.

Jetzt brach mir der Schweiß aus. Ich überlegte fieberhaft, was sich dort unten vor ein paar Minuten zugetragen haben mochte. Tobias und Bastian sahen nicht viel glücklicher aus. Jeder machte sich seine Gedanken.

Tobias kommandierte uns mit einem Nicken voran.

»Was auch immer los ist,« sagte er trocken, »wir müssen gehen.«

Widerwillig setzten wir uns in Bewegung.

Wir schlurften in Richtung Arbeitszimmer. Aus dem Flur heraus sahen wir die Tür sperrangelweit offen stehen.

Als wir eintraten, saß Frank bereits hinter seinem Schreibtisch. Tito hatte sich neben den Tisch gehockt. Beide ließen uns nicht aus den Augen, als wir uns setzten; Bastian in den einen Sessel, ich in den anderen. Tobias hockte sich auf die Lehne neben seinen Bruder.

Frank sagte nichts. Noch nicht.

Etwas zog ihm den Mund zusammen, als hätte er auf eine Zitrone gebissen. Die eingezogenen Wangen machten sein Gesicht noch hagerer, als es sowieso schon war. Die Lippen stülpte er nach vorne und doch erschienen sie so schmal wie nie zuvor.

Er schaute von einem zum anderen. Die Stille hätte man schneiden können.

»Wir werden etwas herausfinden«, sagte er leise in die Runde.

»Müssen ...«, ergänzte er.

»Jemand hier in diesem Raum ist für den außerordentlich unangenehmen Besuch verantwortlich, den ich gerade erfolgreich abgewimmelt habe.«

Mir schwante Schlimmes. Ich zwang mich dazu, nicht zu auffällig zu schlucken.

»Wer war das?«, fragte Tobias für meinen Geschmack etwas zu mutig. Aber er war ja derjenige, der am wenigsten über Jules und unsere Besuche auf der Festwiese wusste. Vielleicht wollte er die Situation entspannen. Schließlich hatte er den Besuch hereingelassen.

Frank reagierte mit einem Zucken, als wollte er etwas abschütteln.

»Was weiß ich«, schnappte er laut heraus. »Zigeuner, Verbrecher, fieses Pack. Nichts weiter als Abschaum, der sich an meiner Sammlung bereichern will.«

Er schaute zur Decke hinauf, als wollte er Hilfe vom Himmel herbeirufen.

»Ein lächerliches Angebot für eine meiner Preziosen wollten mir diese Gangster unterbreiten. Nichts weiter als einen absurden Tausch. Und was für ein abstoßendes Paar die beiden abgegeben haben? Dieser alte Knacker hat keinen Ton gesagt und musste sie führen. Und sie hat geredet, als wollte sie mich davon überzeugen, dass das ein guter Tausch für mich wäre.«

»Was für ein Tausch?« Tobias Frage hätte ich kaum besser stellen können. Das, was mich am meisten interessierte, war der Gegenstand, um den es hier ging. Ich hielt die Luft an. Jetzt musste Frank damit herausrücken.

»Diese Spinner meinten, ihnen gehört eines der Objekte aus meiner Sammlung«, antwortete Frank. »Sie wären der rechtmäßige Besitzer und es wäre ihnen vor Jahren gestohlen worden. Dabei kann das überhaupt nicht sein. Denn es ist das allererste Objekt, das ich damals gekauft habe. Das ist schon länger in meinem Besitz, als ihr Jungs alt seid. Ich habe es von jemandem bekommen, der es angefertigt hat. Jemand besonderes war es. Ein Wandermönch aus Irland. Er war schon damals uralt. Heute lebt er ganz sicher nicht mehr. Also können wir ihn nicht fragen. Aber auch über diese Geschichte wusste der Besuch von eben nichts. Und ich habe nachgebohrt. Alles, was sie sagen konnten, war, dass es angeblich ihnen gehören würde. Wie lächerlich.«

Ich presste die Lippen zusammen.

Er machte eine Pause und schüttelte mit verzerrtem Grinsen den Kopf.

»Ich weiß nicht warum, vielleicht ist es genau der Grund, warum ich diesen Gegenstand damals in meine Sammlung aufgenommen habe. Ich konnte fühlen, dass darin etwas Besonderes steckt. Nicht für alles Geld der Welt würde ich mich von meinem Kristall trennen. Wie gut, dass ich es vor Zeiten im Lager in einer Kassette verstaut habe. Wer weiß, was passiert wäre, wenn die gierigen Augen dieser Bettler es hier in meinem Arbeitszimmer gesehen hätten?«

Darum ging es also. Ich bemühte mich, mir die Aufregung nicht anmerken zu lassen.

»Das Irrlicht im Kristall«, sagte Frank zur Bestätigung. »Vielleicht sollte ich es aus dem Keller holen und untersuchen. Vielleicht ist da mehr dran als man glauben möchte; mehr, als ich sowieso schon weiß.«

»Meinst du wirklich, das ist etwas Besonderes?«, fragte Tobias. Ich spürte, wie auffällig interessiert er sich zeigte. Frank schien das nicht zu bemerken. Er war bei Fragen zu seiner Sammlung wie üblich abgelenkt. Unter anderen Umständen hätte ich meinem Cousin auf die Schulter geklopft.

»Der Mönch hat mir damals erzählt,« fuhr Frank fort, »dass es sich um ein Irrlicht handelt, das er selbst gefangen hat. Er kannte sich mit alter Magie aus. Hat eine Falle in einen Feenkreis gelegt, nachdem er ein besonderes Kristall in einer Quelle gefunden hat. Damit hat er ein vorwitziges Irrlicht gefangen.«

Das war es also, was nicht nur Jules, sondern auch Yana interessiert und unabwendbar angezogen hatte. Ich war mir sicher, das Kristall war es nicht wirklich, sondern das, was darin gefangen war.

»Jedoch ...«, rief Frank überdeutlich aus und legte seine Hände auf die Tischplatte. »Da ist etwas, das noch wichtiger ist. Ich will wissen, wer diesen Bastarden verraten hat, wo sich das Kristall befindet. Denn eines ist wohl klar. Ich war es nicht und der Mönch ist tot. Niemand kann sonst davon wissen; außer euch Jungs.«

Ich war mir sicher, wir alle schauten gerade ziemlich besorgt drein.

»Wer hat geplappert oder wart ihr es alle zusammen? Wollt ihr die Grenzen austesten? Meint ihr, euch in der Welt da draußen etwas beweisen zu müssen?«

Frank setzte ein spöttisches Grinsen auf und erhob sich.

»Wer war es?«, brüllte er.

Ich zuckte zusammen, aber kein Ton kam über meine Lippen.

»Hat einer von euch die Regeln vergessen?«, fragte Frank in gefährlich ruhigem Ton. Er ging um den Schreibtisch herum und stellte sich hinter uns.

»Ich sage es mal so«, fuhr er fort. »Wenn sich derjenige nicht bekennt, werde ich euch alle bestrafen. Jeden einzelnen von euch.«

Ich musste schlucken.

»Aber euch ist doch klar, dass die Strafe dann für jeden dreifach so unangenehm und lang ausfallen wird, als wenn sich einer jetzt gleich bekennt. Darauf könnt ihr wetten.«

Da wollte ich keinen Schilling drauf wetten.

Das war mir klar.

Ich bemerkte, wie mir der Schweiß auf die Stirn trat. Ich überlegte fieberhaft. Ich konnte mir nicht vorstellen, wie weit Frank gehen würde. Ich hatte Angst. Mein Mund wurde von Sekunde zu Sekunde trockener. Es schnürte mir die Kehle zu. Mein Atem ging nur noch stoßweise.

Doch ich musste mich melden. Ich würde einer Strafe sowieso nicht entkommen und wenn ich nichts sagte, wären die anderen Jungs auch dran. Die würden sich fein bedanken. Es war aussichtslos.

Ich wollte gerade meine Stimme erheben, da kam mir Bastian zuvor.

»Ich war's«, sagte er. Nicht laut, aber bestimmt.

Jetzt hatte er die Aufmerksamkeit aller im Zimmer.

Mir stockte der Atem.

»So, so ...«, sagte Frank und bevor ich dazwischen fahren konnte: »Warum hast du das getan?«

»Ich wollte mich wichtigmachen«, sagte Bastian. »Wollte auf dem Rummel Eindruck schinden. Da waren ein paar Rumtreiber vom fahrenden Volk, die sich am Autoscooter breit gemacht hatten. Ich wollte auch mal fahren und hab mir Respekt verschafft.«

»Alles für eine Fahrt zum Spaß«, sinnierte Frank. Er stand immer noch hinter uns.

»Ihr Jungs geht!«, befahl er. »Du Bastian, bleibst hier.«

Er ging zu Tito hinüber, der immer noch brav neben dem Schreibtisch hockte und bückte sich herunter. Er nahm dem Rüden das Halsband ab.

»Steh auf!«, kommandierte er Bastian. Wir anderen Jungs hatten uns ebenfalls erhoben.

»Verschwindet!«, giftete er uns an.

Dann legte er Bastian das Band um den Hals und zog den Verschluss fest.

Wir gingen mit hängenden Köpfen zur Tür. Ich zögerte. Ich wollte etwas sagen, aber es schnürte mir die Luft ab. Mir wurde abwechselnd heiß und kalt. Es drängte mich, etwas zu sagen. Ich versuchte verzweifelt, mir vorzustellen, ob es etwas nützen würde, wenn ich mich jetzt ebenfalls bekannte. Würde Frank mir das abkaufen? Oder wären wir dann alle dran?

Ich drehte mich um und schaute zurück, als ich in der Tür stand. Frank hatte das schwarze Kästchen schon in der Hand.

Bastian nickte mir zu. Er sah seltsam aus, mit dem Hundeband um seinen Hals. Dann schloss er die Augen.

Tobias schloss die Tür.

Danach hörten wir Bastian für eine lange Weile schreien.

Kapitel XV

Seelenwüste, Flucht, Tränen

Mir wurde so schlecht, dass ich mehrmals den Waschraum aufsuchen musste. Ich beugte mich über die Toilette, doch mehr als grüner Schleim kam nicht heraus. Da war ein Brennen in meinem Inneren. In meinem Magen fühlte es sich an, als hätte ich Gift geschluckt.

Tobias hatte sich in seinem Zimmer verbarrikadiert und auch ich hatte mich danach in meinem Raum verkrochen. Das Schreien hatte irgendwann aufgehört. Ich erinnere mich mit Schaudern an Bastians spitzes Kreischen. Danach war ein Rumpeln zu hören gewesen, als jemand die Treppe herauf kam. Dann war Stille.

Ich lag auf meinem Bett und versuchte, meinen Magen zu beruhigen. Die Dämmerung war inzwischen vergangen und hatte einer sternenklaren Nacht Platz gemacht.

Ich hatte Hunger und Durst. Mein Innerstes fühlte sich an wie eine seelenverlassene Wüste und mein Magen war eine verschrumpelte Dörrpflaume. Sogar meine Haut tat mir weh, als hätte mich die Bestrafung höchstpersönlich getroffen. Nach einer Weile des Überlegens kam ich zu dem Schluss, dass ich mir vielleicht eine Allergie eingefangen hatte. Eine Allergie gegen Frank und gegen dieses Haus.

Ich raffte mich mit letzter Energie auf und ging zur Tür, um über den Flur zu spähen. Im Haus war alles ruhig. Schräg gegenüber sah ich vor der Tür zu Bastians Zimmer Tito liegen. Der Eingang war geschlossen. Er hatte sich in den Türrahmen gelegt und schaute auf, als ich näher kam.

Sein Halsband trug er nicht. Hatte er sich hierher begeben? Oder hatte Frank ihn hier abgelegt?

Ich überlegte für einen Moment, dann kratzte ich vorsichtig und leise an der Tür.

Nichts war zu hören.

Ich kratzte nochmal, diesmal etwas deutlicher.

Ein schwaches Murmeln kam von jenseits der Tür.

»Ich bin's«, sagte ich so deutlich, aber auch so leise ich konnte, unter vorgehaltener Hand.

»Was ist?«, kam es ebenso leise zurück.

»Bist du Okay?«, fragte ich.

»Ich werd's schon schaffen.«

»Warum ...« Weiter kam ich nicht.

»Mach dir keinen Kopf. Du weißt, ich hab's so gewollt. Jetzt sind wir quitt, oder?«

Es klang, als hätte Bastian dabei gelächelt. Ich versuchte zumindest, mir das vorzustellen.

»Ich kann nicht glauben, dass Frank so weit gehen würde. Ich hasse ihn.«

»Da brauchst du mir nichts zu erzählen«, flüsterte Bastian durch die Tür. »Ich wusste, was kommt. War doch schon immer so. Ich wollte dir nur den Spaß klauen.«

Das Grinsen blieb mir im Halse stecken.

»Jetzt bin ich erst mal für ein paar Tage hier drin«, sagte er. »Ich hab Hausarrest und Frank wird mich morgen an der Schule krank melden. Aber mach dir nichts draus. Irgendwann komm ich schon wieder raus.«

»So ein Arsch«, sagte ich und versuchte, die Tür zu öffnen. Die Klinke ließ sich drücken, aber sie war verschlossen.

Das war Tito wohl klar gewesen. Er hatte sich nicht mal erhoben, lag immer noch vor dem Türschlitz und schnüffelte an meinem Bein.

»Wenn ich was brauche, klopf ich an die Wand. Toby wird's schon hören.«

Ich fragte mich gerade, wie das mit dem Essen zu regeln wäre und erst recht mit dem auf die Toilette gehen. Da hörte ich von unten die Treppe knarzen. Jemand kam herauf. Ich wand mich ab, ging hastig in mein Zimmer zurück und schloss die Tür.

Ich wollte Frank nicht sehen.

Ich wollte Frank nie wieder sehen.

Nach einer Weile, in der ich grübelnd auf meinem Bett saß, fasste ich einen Gedanken.

Das war das Einzige, was sich richtig anfühlte; das Einzige, was zu tun blieb, was sich mir förmlich aufdrängte.

Ich packte ein paar Klamotten in meinen Rucksack und warf ihn mir über. Dann spähte ich über den Flur. Als weder etwas zu hören noch zu sehen war, marschierte ich schnellen Schrittes durchs Treppenhaus nach unten, riss die Tür nach draußen auf und rannte.

Ich rannte, so schnell ich konnte. Fort, weit weg. Ohne mich zu verabschieden und auch ohne Bastian oder sonst wem Bescheid zu geben. Ich wollte nur weg. Alles erschien mir besser als dieses verdorbene Heim. Dort wollte ich nicht zu Hause sein.

Zuerst wusste ich nicht, wohin ich mich wenden sollte. Es ging nur geradeaus, immer der Nase nach. Aber bald bemerkte ich, wohin mich meine Schritte führten.

Als ich mich in der Mitte der menschenleeren Festwiese wiederfand und sich meine Gedanken klärten, blickte ich auf.

Eine klare Nacht wölbte sich über mir. Tiefdunkel und nur von Sternen überglitzert. Kein Mond war zu sehen. Die Lichter der Laternen an den Straßen rund um das Gelände konnten die leergefegte Fläche nur spärlich beleuchten.

Es war bereits weit nach Mitternacht. Hier hatten noch vor ein paar Wochen viele Buden gestanden und unzählige Menschen einen Menge Spaß gehabt.

Jetzt war weit und breit keine Seele zu sehen. Das fühlte sich auf seltsame Weise beruhigend an.

»Ich will niemanden mehr sehen ... überhaupt niemanden«, murmelte ich mir zu. Ich wünschte mir ein Leben in Einsamkeit. Keiner, der etwas befiehlt. Keiner, der mich ändern will. Und erst recht keinen, der bestraft.

Ich setzte mich auf die Erde und beugte den Kopf auf die Knie. Mit meinen Händen spielte ich gedankenverloren im Staub.

Ich fühlte mich leer und verlassen. Selbst den Hunger hatte ich irgendwo auf dem Weg verloren. Mir war kalt, trotz der Jacke, die ich angezogen hatte, aber es störte mich nicht. Mit Fatalismus versuchte ich mir einzureden, dass noch niemand in einer Augustnacht erfroren ist, auch wenn er auf freiem Feld im Dreck sitzt.

Ich versuchte verzweifelt, die Tränen zu unterdrücken. Letztlich musste ich den Kampf aufgeben. Ich ließ es laufen. Ich bemerkte, wie meine Knie nass wurden. Ich fühlte mich nicht übermannt. Es war nicht so, dass das Weinen herandrängte oder sich nicht unterdrücken ließ. Es war wie ein Freund, der lange nicht da gewesen war. Ich ließ ihn kommen und weinte um alles, was vergeben und vergessen war.

Früher hatte ich mir oft gewünscht, alleine zu sein, wenn mich etwas bewegte und ebenso, wenn es mir nicht gut ging. Doch plötzlich war da etwas in mir, das wollte alles teilen. Ich war so froh, dass die Sterne da waren und herabsahen. Sie schauten zu und wussten, worum es ging.

Am Ende wünschte ich mir nur noch eines: mein altes Leben zurück. In meiner Erinnerung war alles noch so, wie es einmal war.

Ich sah meine Mutter in der Küche stehen. Sie trug eine Schürze und bereitete das Essen vor. So wie sie es endlos viele Tage getan hatte. Dabei sang sie leise vor sich hin. Trotzdem war ihre Stimme durch die ganze Wohnung zu hören. Alte Schlager aus der Zeit, als sie selber noch jung gewesen war. Diese Stimme zu vermissen, tat so weh.

Wie viele Minuten oder Stunden ich in dieser Nacht dort saß, daran kann ich mich nicht erinnern. Dass ich aber durch etwas aus meiner Starre geweckt wurde, daran erinnere ich mich sehr wohl.

Es waren leise Schritte, die ich hörte. Aus weiter Ferne kam jemand heran.

Zuerst lauschte ich nur. Mein Kopf war zu schwer, um ihn zu heben. Schließlich hatte ich das Gefühl, als hätte jemand neben mir angehalten.

Ich wollte noch immer nichts sehen.

Dann sagte Yana: »Komm wir gehen.«

Kapitel XVI

Fragestunde, Irrlicht, Auftrag

Der Ort zwischen den Orten. Die Zeit zwischen den Zeiten. Als ich sie mit Yana zum ersten Mal betrat, war mir nicht klar, was um mich herum passierte. Dass man es geschehen lassen muss, dass man mit dem Fluss gehen muss, wurde mir erst nach und nach bewusst. Es war Nacht und auf den Wegen, auf denen wir gingen, wurde es noch dunkler als die dunkelste Nacht. Und doch war nicht nur Yana klar, wohin wir gingen. Auch für mich fühlte es sich richtig an. Das Ziel war immer da, auch wenn ich es nicht benennen konnte.

Manchmal hatte ich das Gefühl, ich saß in einem Wagen, so sehr zog mich eine unsichtbare Kraft voran. Vielleicht war es ein Beiwagen. Am Ende saß ich auf einer ledernen Couch in einem Wohnwagen. Den kannte ich. Hier hatte ich schon einmal gesessen. Da war Bastian bei mir gewesen. Es versetzte mir einen Stich ins Herz, als ich an ihn dachte.

»Wie geht es dir?«

Das war Niqqi. Sie stand am Herd und schaute interessiert, aber nicht ganz sorgenfrei herüber.

Es war, als wäre ich aus einem Traum erwacht. Ich wischte mir mit dem Handrücken über die Nase, so als müsste ich mich vergewissern, dass mein Gesicht noch da war.

Auf der Eckcouch zu meiner Rechten saßen Yana und Mael, die dürre Langhaarige. Epha stand an der Eingangstür.

»Gut, dass du gegangen bist«, sagte die kleine Kurzhaarige. »Sonst hätten wir dich nicht so schnell gefunden.«

»Und nicht so bald befragen können«, ergänzte Mael und da war sie wieder, diese unglaublich präsente Stimme.

»Warum bist du abgehauen?«

Ich wollte auf ihre Frage antworten. Dann fiel mir ein, was Niqqi mir geraten hatte.

Ich schlug mir die Frage einfach aus dem Kopf. Da war auf einmal etwas, das in mir brannte. Es kochte hoch und begann zu schäumen, wie ein Becher Milch, der zu lange in der Mikrowelle steht.

Ich hatte sie bei ihren ersten Worten fixiert. Jetzt konnte ich meinen Blick abwenden und Niqqi anschauen.

»Mir geht es ganz gut«, sagte ich. »Danke der Nachfrage.«

Etwas brannte mir auf der Zunge.

»Wie bin ich hergekommen?«

Nach meinen ersten Worten schauten mich alle erstaunt an.

»Ich hab's euch doch gesagt«, sagte Yana. »Das mit der Stimme bringt bei ihm nichts mehr. Er ist etwas Besonderes, das hab ich schon damals gespürt.«

»Lassen wir es gut sein, Mädels«, mischte sich Niqqi ein. »Wir haben es ja verstanden.«

Yana zog die Augenbrauen hoch. Mael ließ sich in die Rückenlehne fallen und zog eine Schnute.

»Du bist hier, hier bei uns. Und du bist erst mal in Sicherheit«, sagte Epha.

»In Sicherheit? Vor wem?«

»Na, wenn ich an Maels Bericht von dem Besuch bei euch denke, dann vor demjenigen, der ihr einen gehörigen Schrecken eingejagt hat. Und das will mal was heißen.«

»Dann warst das wirklich du, die bei uns aufgetaucht ist?«, fragte ich Mael.

»Normalerweise stelle ich hier die Fragen«, sagte sie. »Aber du hast recht. Das war tatsächlich ich. Und Jules natürlich.«

»Hab ich's doch gewusst«, platzte es aus mir heraus. »Aber Toby hat ihn nicht erkannt. Er hat so anders ausgesehen.«

»Jules hat alle Gesichter der Welt, wenn er will«, sagte Niqqi. »Aber er ist nicht gut drauf. Das hier ist einfach nicht seine Zeit. Der Besuch hat ihn mehr mitgenommen, als ihr alle glauben möchtet.«

Da sich mein Blick inzwischen vollständig geklärt hatte, musterte ich Niqqi genauer. Sie erschien mir nicht nur sorgenvoll, sondern auch erstaunlich abgemagert. Ihre Haut war aschfahl.

Ganz im Gegensatz dazu schienen die drei Mädels vor Kraft zu strotzen. Yana sah älter aus, als ich sie in Erinnerung hatte. Wenn ich sie jetzt hätte schätzen müssen, hätte ich sie auf über Dreißig eingestuft. Sie war nicht mehr das dürre Mädchen vom Festplatz. Nein, jetzt sah sie aus wie eine junge Frau im besten Alter.

»Ich hab nicht viel von eurem Haus gesehen «, sagte Mael. »Die blöde Binde, ohne die hätt ich's nicht rein geschafft. Aber eines ist mal klar. Ich hab all meine Kraft aufgewendet, um dem Typen was zu befehlen. Das hat nichts gebracht. Gar nichts. In eurer verdammten Familie muss irgendeiner eurer Vorfahren eine Menge Magie besessen haben. Bloß schade, dass es sich manchmal an die Falschen vererbt.«

»Du meinst ...?« Ich war baff. »Doch nicht etwa Frank?«

»Ja, so wie ihn mir Jules beschrieben hat, der dürre Typ mit der dünnen Nase. Nicht mal er konnte da was machen. Die Frage ist nur, was machen wir jetzt? Wir müssen Deedee retten.«

»Wenn ich bedenke, wie viele Jahre sie jetzt schon da drin steckt.« Das war Epha. Sie schüttelte den Kopf, eine

Sorgenfalte trat wie ein Ausrufezeichen zwischen ihren Augen hervor.

»Ist sie das Irrlicht? Steckt sie da drin?«

»Natürlich«, schnappte Mael. »Hast du's jetzt kapiert. Schon seit Ewigkeiten. Dieser verrückte Wandermönch. Warum musste sie immer versuchen, alle in die Irre zu führen. Ich hab immer gesagt, diese Januarmädels haben einen Schlag weg. Denkt nur dran, was Frou Frou immer für einen Blödsinn veranstaltet. Ich finde, wir sollten Lanous mal sagen, sie soll ihre Tage besser im Zaum halten.«

»Das wird wenig bringen«, schaltete sich Niqqi ein. »Lanous ist genauso eigensinnig.«

Und an mich gewandt. »Ist ihre Natur, weißt du.«

»Dann seid ihr Tage?« Fast musste ich stottern.

»Das wäre ein bisschen einfach, auch wenn es der Sache nahe kommt«, antwortete Yana. »Ich würde eher sagen, wir haben alle so unsere Zeiten.«

Ich musste schlucken.

»Ich habe Jules noch nie so hilflos erlebt«, sagte Mael betrübt. »Und so schwach.«

Sie schaute mir verärgert in die Augen.

»Eure verfluchte Bude steckt voller Überraschungen. Hätte ich doch nur mehr sehen können.«

»Frank ist ein Widerling«, sagte ich trocken. »Ich glaube, er ist gefährlich und nicht zu unterschätzen. Was meint ihr, warum ich abgehauen bin? Ich will ihn nie wieder sehen. Kann ich eine Weile hier bleiben. Ich kann mich bestimmt nützlich machen.«

Niqqi trat an mich heran.

»Ich kann das gut verstehen«, sagte sie mit ruhiger Stimme. »Du bist uns immer willkommen. Und wenn du's schon ansprichst. Ich glaube, wenn wir Deedee befreien wollen, gibt es nur eine Möglichkeit.«

Da schwante mir etwas.

»Du musst zurück und den Kristall besorgen.«

Kapitel XVII

Waldparkplatz, Nordlicht, Großpapa

I ch war geschockt. Das war der einzige Platz im Universum, an den ich nicht zurückkehren wollte. War ich nicht eben davongelaufen? Frank, das Haus und seine unheilige Sammlung von Artefakten wollte ich nie wieder sehen. Ich dachte an schlaflose Nächte, an Träume voll grauer Leere und die Schreie von Bastian.

»Ich bin raus, endlich weg von dort.« Ich musste schlucken.

»Das war schwer genug ...«

Alle starrten mich an. Ich wusste, was sie erwarteten.

»Ihr meint, das ist zu schaffen.«

»Es ist deine Entscheidung«, sagte Niqqi und winkte Yana und Mael aufzustehen.

»Ich kümmere mich ein bisschen um Epha hier. Wie wär's, wenn ihr nach draußen geht und uns allen ein bisschen Zeit gebt?«

Die zwei Mädchen nickten und schauten mich erwartungsvoll an. Jetzt, da sie standen, fiel mir erneut auf, dass die Bezeichnung Mädchen nicht passend war. Sie wirkten nicht einmal mehr wie zwei junge Damen auf mich, sondern wie zwei Frauen im besten Alter.

Ich raffte mich auf und folgte ihnen nach draußen.

Als wir den Trailer verließen, schlug mir eine Luft entgegen, die vollkommen anders roch, als das, was ich aus meiner Stadt gewohnt war.

Es war immer noch Nacht und das Licht aus den Fenstern des Trailers erhellte das Umfeld nur spärlich. Da war ein Wald um uns herum. Wir standen auf einer Lichtung. Nur eine Seite war offen. Ich schaute in ein Tal hinab, das sich in spärlichem Licht für Meilen dahin zog. Wie eine schwache Skizze aus Kreide auf schwarzem Papier lagen die Hügel und Wälder unter uns.

Wir standen auf einer Anhöhe und so sehr ich mich umschaute, ich konnte keine Straße, ja noch nicht einmal einen Weg erkennen, auf dem der Trailer hierher gelangt sein konnte.

Er stand einsam auf dem Nadelfilz eines alten Waldes, der uns mit seinen hohen Fichten umringte. Ich konnte keine Zugmaschine oder andere Fahrzeuge ausmachen.

Mein Herz fühlte sich an wie ein Kompass, dessen Zeiger gerade haltlos im Kreis rotierten.

Dann blickte ich zum Himmel und sah das Licht. Es leuchtete fern am Horizont und wechselte seine Farben von geisterhaftem Grün bis zu stählernem Blau.

Ein Nordlicht tanzte dort oben in schlangengleichen Windungen seine Vorstellung der Nacht. So etwas hatte ich bisher nur auf Bildern gesehen. Für einen winzigen Moment war ich so abgelenkt, dass ich stolperte. Zum Glück stand Yana neben der Tür und hielt mich am Arm fest, als hätte sie mit dieser Reaktion gerechnet.

»Langsam«, flüsterte sie mir zu. »Wir wollen doch nicht, dass du dir die Hacken brichst.«

Ich wollte mich bedanken, aber ich konnte die Augen nicht von der Erscheinung abwenden, die sich hoch über uns wand und krümmte wie eine schemenhafte Fiebervision.

»Wo sind wir?« Das war alles, was ich im ersten Moment zustande brachte.

»Da, wo wir Ruhe haben«, antwortete Mael. Sie war schon ein paar Schritte vorausgegangen. Sie setzte sich auf einen der großen Felsbrocken am Rand des Abhangs. Von dort konnten wir das gesamte Tal überblicken.

Ich setzte mich dazu, Yana neben mich.

»Bin ich weit von zu Hause weg?«, fragte ich.

»So weit, wie du wolltest«, sagte Yana.

Ich schaute sie befremdet an.

»Wo genau ist nicht wichtig«, ergänzte sie. »Ziemlich weit weg trifft es ganz gut. Genau das brauchst du doch, oder etwa nicht?«

Die Szenerie vor meinen Augen erschien mir unwirklich, aber auch auf eine sonderbare Art vertraut. Ich konnte die Augen kaum von dem wunderschönen Farbenspiel am Himmel abwenden. Als würde das Licht der Sonne dort oben auf einer Wasseroberfläche tanzen. Ich war hier unten, versunken am Boden des Ozeans und blickte voller Sehnsucht zur Oberwelt hinauf.

Mein Großvater fiel mir ein. Ich hatte ihn nie getroffen. Wenn meine Mutter mir vor dem Einschlafen von ihm berichtete, klang es so, als wäre er schon vor meiner Geburt uralt gewesen. Er war ein Kapitän zur See, einer, der noch auf große Fahrt ging. Als kleiner Junge hatte er auf einem Segelschiff sein Handwerk gelernt. Für mich klang es immer wie ein Märchen. Obwohl meine Mutter mir versicherte, dass es den Tatsachen entsprach. Manchmal schien es mir, als hätte sie seine Reisen mit all ihren Details aus einem Roman geklaut. Mein Großvater hatte Zigarre geraucht und er hatte tatsächlich einen Papagei besessen. Einen sprechenden Papagei wohlgemerkt. Mehr Klischee ging eigentlich nicht. Doch in den Geschichten, die ich vor dem Schlafengehen hörte, war er für mich real geworden. Er hatte auf fernen Inseln nach Schätzen gesucht, die gefährlichsten Riffe umschifft und tosenden Stürmen getrotzt. Und doch hatte es ihn irgendwann erwischt. Er war von einer seiner Fahrten nicht mehr heimgekehrt. Das war Fakt.

Meine Mutter war sicher, dass er gar nicht tot war. Die See hatte ihn verschlungen ... schon möglich. Aber er würde für immer unter dem Ozean leben. Er hat nur die Seiten gewechselt. Er sitzt dort unten am Meeresgrund, pafft eine Seegras-Zigarre und wartet mit den Meerjungfrauen auf bessere Zeiten.

Ich war mir sicher, seine Aussicht musste genauso sein, wie ich sie gerade vor Augen hatte.

Yana räusperte sich und ich schreckte aus meinen Gedanken auf.

In diesem Moment bemerkte ich, dass im Tal unter uns hier und dort Lichter brannten. Fern und verloren flackerten sie in den Schatten der Nacht wie verstreute Siedlungen oder kleine Dörfer.

»Was ist dort unten?«

»All die Helfer, die er über die Jahre zusammengeführt hat. Alle, die darauf warten, dass seine Zeit kommt und er jede fleißige Hand brauchen kann. Man kann sagen, diejenigen, die in seinem Namen handeln. Damit wir alle am Leben bleiben.«

»Ihr alle?« Ich hoffte, die beiden verstanden, dass ich unglaublich viele Fragen hatte.

»Die Freude der Menschen erhält uns. Sie sind, wie wir alle, Kinder der Erde.« Yana blickte mich an. »Du erinnerst dich?«

Ich versuchte, sie zu verstehen.

»Und diese Deedee? Sie ist eine von euch?«

Yana nickte mit zusammengekniffenen Lippen.

»Wärest du gerne in einem Kristall gefangen?«, fragte Mael mit rauer Stimme. »Und das für Jahre. Ach, was red' ich denn: Jahrzehnte.«

»So lange schon?«

Plötzlich bildete sich ein Kloß in meinem Hals.

»Du musst wissen,« ergänzte Yana, »Irrlichter sind ein bisschen übermütig und verspielt. Vielleicht kann sie nichts dafür. Vielleicht hat man ihr eine Falle gestellt. Hätte jedem von uns passieren können. Obwohl ich weiß, was die anderen so erzählen, über Lanous und ihre Schwestern. Unvernünftiges Winterpack und so weiter.«

Maels Schnaufen war nicht zu überhören.

»Lanous und ihre Töchter haben ihre hohe Zeit zu Beginn des Jahres. Sie und ihre Truppe sind lustig und haben viel Zeit. Wenn alles zugefroren ist, muss man sich eben mit anderen Dingen beschäftigen. Jetzt, in diesen Monaten sind sie alle furchtbar schwach. Wir haben bald September, da ist mit denen nichts anzufangen, geschweige denn, dass sie eine Chance hätten, Deedee da rauszuholen.«

»Können wir nicht warten, bis es wieder Januar ist? Dann können sie sich selber drum kümmern?«

»Jeder Tag ist nichts weiter als Folter«, rief Mael aus. »Kapierst du das nicht?«

»Schon Okay«, fuhr ihr Yana dazwischen. »Ich denke, er hat's verstanden.«

Ich nickte bedächtig.

»Außerdem kommt hinzu, dass auch wir kaum was machen können. Und dass, obwohl schon bald unsere Hochphase kommt. Aber dort, wo man nicht an uns glaubt, dort, wo es auch für uns dunkel ist, haben wir keine Macht. Und selbst Jules hat in eurem Haus kaum etwas zustande gebracht. Du bist der Einzige, der uns helfen kann.«

»Wenn ich das tue«, sagte ich leise. »Kann ich dann hier bleiben?«

Beide verstummten.

»Meine Stimme hast du«, sagte Yana nach einer Pause. »Aber wir haben das nicht zu entscheiden.«

»Stimmt«, ergänzte Mael. »Ich denke mal, da hat nicht nur Jules, sondern vor allem Gris eine Menge mitzureden.«

»Gris? Wer ist das nun wieder?«

»Gris ist der andere Pol«, sagte Mael. »Die Herrin über alle Zeiten.«

»Über alle Jahreszeiten«, ergänzte Yana. »Das ist für dich vielleicht am ehesten zu verstehen.«

»Wie jetzt? Macht sie das Wetter, oder was?«

»So einfach ist das nicht«, erklärte Yana. »Auch wenn es dem nahe kommt. Sie trägt viele Namen. Mab oder Meghan, Freia oder Hulda und manchmal sogar Ida. Doch ist es immer nur die eine. Wir bekommen sie so gut wie nie zu sehen. Sie ist die Dame in Grau. Jules ist zu ihr gegangen, um sich zu erholen, nachdem er bei dir im Haus war. So sehr hat ihn der Besuch mitgenommen.«

»Na super! Und genau da wollt ihr mich hinschicken!«

Mael stand ruckartig auf und wandte sich dem Trailer zu.

»Wenn du's nicht packst, dann lass es eben. Wir werden schon einen Weg finden. Triff deine Entscheidung.«

Sie stapfte davon.

»Nimm ihr's nicht übel«, sagte Yana. »Sie ist nur besorgt. Früher ist sie mit Deedee, Ceci und Wynn um die Häuser gezogen. Die haben gerne Menschen in die Irre geführt. Da war keine wirklich böse Absicht dahinter. Aber das ist lange her.«

»Was ist sie?«, fragte ich.

»Auch sie hat schon viele Namen getragen. Die passendste Bezeichnung haben sie in Irland für Mael gehabt. Nachdem sie dort herumgezogen ist, kam das mit dem Banshee auf.«

Ich nickte und es brannte mir auf der Zunge zu fragen, was denn Yana wohl wäre.

Sie kam mir zuvor.

»Ich will dich nicht verwirren. Ich fänd's toll, wenn du uns hilfst, aber ich weiß, wie schwierig das für dich wird und auch, wie gefährlich es sein kann.«

»Darf ich drüber nachdenken?«

»Sicher. Nimm dir Zeit. Wenn du dich entschieden hast, brauchst du nur an uns zu denken. Ganz feste. Wir …«

Sie machte eine Pause.

» … ich werde dich hören. Und kommen.«

Damit stand sie auf und ging zum Trailer zurück.

Kapitel XVIII

Black Hole, Jules, Abreise

Als ich nach ein paar Minuten zum Wohnwagen zurückging, war niemand zu sehen. Es war dunkler geworden, das Nordlicht nur noch ein schwaches Leuchten. Bald würde die aufgehende Sonne es vollständig vom Himmel vertreiben.

Ich öffnete die Tür und lugte in den Trailer hinein. Von Yana oder Mael, aber auch von Niqqi oder Epha war nichts zu sehen.

Ich trat ein und setzte mich auf die große Couch am Rückfenster. Ich fühlte mich hin- und hergerissen. Ich wollte helfen, aber ich konnte nicht abschätzen, wie groß das Risiko war. Zudem brummte mir noch der Schädel von all den unglaublichen Dingen, die ich erfahren hatte. Das war noch viel unglaublicher als alles, was ich bisher im Hause Ward gehört hatte.

Langsam begann ich zu verstehen, was mir meine Gefühle schon die ganze Zeit mitgeteilt hatten. Ich wollte mir die Aura vorstellen, die das Haus umgab und über die ich so viel gehört hatte. Ich konnte es nicht. Mir lief ein Schauer über den Rücken.

Ich hatte etwas gespürt und war doch verzweifelt in meine Gedanken verstrickt, wie ich in diese Welt hineinpassen würde. Hier wie dort war auf einmal alles anders.

Ich hatte einige Minuten in aller Stille gesessen, als ich plötzlich ein Rumpeln vernahm.

Ich horchte auf. Nichts weiter war zu hören.

Am Ende des Ganges leuchtete kurz ein Licht auf, so als hätte sich eine Tür zu einem hellen Raum geöffnet. Dann war es wieder verschwunden.

Aus der Dunkelheit kam Jules auf mich zu.

Seine Haare, weiß wie immer, waren straff nach hinten gekämmt. Um sein Kinn hatte sich weißer Flaum gebildet, den man schon nicht mehr als Dreitagebart bezeichnen konnte. Er sah hager und erschöpft aus, aber sein Blick war voller Energie.

»Wie sieht's aus?«, fragte er.

»Ich muss gehen«, sagte ich.

Er lächelte.

»Gehen würde vielleicht ein bisschen lange dauern.«

Ich musste schmunzeln.

»Komm mit nach draußen«, fuhr er fort und öffnete die Tür. »Du weißt, ich hab da was, das uns schnell wie der Wind überall hinbringt. Alles, was du tun musst, ist das Ziel ansagen.«

Ich folgte ihm nach draußen.

Vor der Tür stand die Indian.

Er saß auf.

Ich setzte mich hinter ihn und sagte: »Ich für meinen Teil würde gerne nach Hause fahren.«

»Halt dich fest«, sagte er und die Bäume und Steine, die Wälder und Täler, die Orte und Zeiten schwanden um uns herum, vergingen in Schwaden von dunklem Rauch und im nächsten Moment standen wir dort, wo ich gehofft hatte, nie wieder zu sein.

Auf der Straße vor dem Haus meines Onkels.

Kapitel XIX

Schnurtelefon, Stunt, Kristall

I ch werd's schon schaffen!« Das klang selbst in meinen Ohren wie die berühmten letzten Worte. Wie es sich für Jules anhören musste, wollte ich mir nicht vorstellen. Ich fand es trotzdem auf eine gewisse Weise aufbauend, dass er mir noch einmal zulächelte. Was mich noch mehr aufbaute, war der Hauch von Respekt, den ich in seiner Miene erkannte.

»Auch wenn ich nicht dabei sein kann«, sagte er mit seiner ruhigen Stimme, »ich werde immer bei dir sein.«

Schon hatte er am Gasgriff gedreht und brauste davon.

Ich blieb alleine auf dem Bürgersteig zurück. Für einen Moment stand ich still, ohne mich umzuwenden. Ich wusste, die Front des Hauses reckte ihr Gesicht hinter den Büschen des Vorgartens und grinste mich an wie ein überlisteter Wächter, der nur darauf wartet, dass der Streuner reumütig zurückkehrt. Ich schloss die Augen, drehte mich um und zwang mich, den ersten Schritt zu machen. Es fühlte sich an, als würden alle meine Zellen von einem mächtigen Magneten in die entgegengesetzte Richtung gezogen. Und doch blickte ich auf und schritt voran.

Die Sonne war noch nicht aufgegangen. Der Vorgarten und die Einfahrt lagen bereits im milden Licht des aufkommenden Tages. Das Gebäude wirkte unheimlicher als je zuvor. Ich musste mich überwinden, weiterzugehen, doch dann packte mich der Ehrgeiz. Ich nahm die paar Stufen zum Eingang in Windeseile, schloss die Tür auf und schlüpfte hinein.

Ich horchte. Kein Geräusch war zu vernehmen. Das Haus und alle darin waren noch im Dunkel der Nacht gefangen. Nur Tito schaute fragend aus seinem Körbchen herauf. Vermutete er, ich müsste nächtens zum Austreten um den Block? Dann fiel mir ein, dass er auf solche Ideen sicher nicht kommen würde. Er kannte ja nur den Garten.

Ich hoffte, dass niemand etwas von meinem Ausflug mitbekommen hatte und schlich mich, so leise ich konnte, in den zweiten Stock hinauf. Ich kannte die Treppe inzwischen so gut, es gelang, ohne dass eine Stufe knarrte. Ich legte mich in mein Bett und versuchte, eine Mütze voll Schlaf zu bekommen, bevor die Zeit kam, für die Schule aufzustehen. Keinesfalls wollte ich verdächtig erscheinen oder durch ungewöhnliche Handlungen auffallen. Ich musste herausfinden, wo sich der Kristall befand und außerdem wollte ich wissen, ob Frank vielleicht mehr hinter der Sache vermutete, als er geäußert hatte.

Wie im Fieber irrten mir die Gedanken durch den Kopf. Ich bemerkte kaum, wie hundemüde ich war. Doch kaum lag ich ein paar Minuten auf dem Bett, überfiel mich der Schlaf und ich schreckte erst wieder auf, als mich der Wecker schrill wie immer aus meinem Schlummer riss.

Ich fühlte mich wie gerädert. Die Muskeln taten mir weh und zum Frühstück musste ich mich zwingen. Zum Glück war von Frank an diesem Morgen nichts zu sehen. Von Bastian ebenso wenig. Tobias und ich schwiegen uns durch die morgendliche Routine. In der Schule war wenig mit mir los. Auf dem Weg nach Hause überlegte ich bereits, wie ich unauffällig die Lage daheim sondieren konnte. Doch wie ich es auch drehte, mit all meinen Aktionen oder Fragen würde ich Verdacht erregen. Frank würde sofort vermuten, dass ich ebenfalls in die Sache mit dem Kristall verwickelt war.

Ich brauchte Hilfe.

Bastian hatte Hausarrest. Blieb also nur Tobias. Er hatte sich während der Vernehmung durch Frank als ehrlich und vor allen Dingen als unverdächtig gezeigt. Ihm würden Fragen über den unangemeldeten Besuch oder den Kristall nicht den Hals brechen. Hoffte ich.

Ich schnappte ihn mir am späten Nachmittag in seinem Zimmer. Wie ich hatte er seine Hausaufgaben gerade erledigt. Sehr schnell war es bei keinem von uns am heutigen Tag gegangen. Kein Wunder bei den Ereignissen vom Vortag.

Ich stand noch nicht ganz im Zimmer und hatte gerade die Tür geschlossen, da sagte er: »Ich weiß, was du willst.«

»Ach tatsächlich?«, fragte ich, so unschuldig ich konnte. »Was denn?«

Er setzte sich auf sein Bett und seufzte.

»Ich konnte auch nicht schlafen«, sagte er. »Und rate mal, wer sonst nicht.«

Ich brauchte nicht lange zu überlegen. »Bastian.«

»Ganz genau.« Er verzog seine Miene und ich meinte, so etwas wie Mitleid herauslesen zu können. Aber das galt offensichtlich mir.

»Ich hab die ganze Nacht mit ihm geredet.«

»Die ganze Nacht?«

»Naja, fast. Meinst du, wir haben solche Situationen nicht schon durchgemacht? Wir haben uns immer geholfen.«

Er griff hinter sein Bett zwischen Gestell und Wand und holte eine Blechdose hervor, aus der ein Faden hing. Ich erkannte den alten Trick. Ein Schurtelefon. Wahrscheinlich durch die Wand gebohrt, von einem Zimmer ins andere.

Ich atmete auf und wollte gerade zu einem Lächeln ansetzen.

»Und daher weiß ich, dass du uns das alles eingebrockt hast.«

Mir verging das Lachen und ich riss die Augen auf. Sollte mein Versuch, an Tobias heranzukommen, ein Fehler gewesen sein?

Am liebsten hätte ich mich sofort umgedreht.

Mit einem bitteren »Na toll« wollte ich mich verabschieden, da unterbrach Tobias meine Gedanken.

»Meinst du nicht, es wird Zeit, dass wir anfangen, das gemeinsam auszulöffeln?«

Im ersten Moment meinte ich, mich verhört zu haben. Ich kniff die Augen zusammen und musterte ihn.

»Frank hat uns lange genug so behandelt«, sagte er trocken. »Ich glaube, jetzt dürfen wir auch mal ein bisschen austeilen. Findest du nicht?«

»Willst du mir helfen?«, fragte ich geradeheraus.

»Kommt drauf an, was du vorhast?«

Was konnte ich ihm erzählen? Was würde er mir glauben?

Ich entschloss mich, etwas zu wagen. Obwohl er einiges durch die seltsamen Artefakte aus der Sammlung ein paar Stockwerke tiefer gewohnt war, wollte ich ihm die wahren Hintergründe ersparen. Er hätte mir sowieso nicht geglaubt.

»Es ist wichtig«, sagte ich und legte all meinen Ernst in die Stimme. »Wirklich wichtig, dass ich an den Kristall komme. So einfach ist das.«

»Hatte ich mir schon gedacht«, sagte er. »Frank hat ihn aus dem Keller geholt. Gestern Abend hat er noch lange in seinem Zimmer davor gesessen. Hab ich gesehen, als ich ihm eine gute Nacht wünschen wollte. Da war er kaum ansprechbar.«

»Du hast ihm gestern Abend noch eine gute Nacht wünschen wollen?«

Er wurde rot.

»In diesem Haus muss man clever sein«, sagte er hastig. »Du siehst ja, was es einem am nächsten Tag nützen kann.«

Da musste ich zustimmen. Und besonders erfreut war ich, da ich jetzt nicht mehr lange suchen musste. Der Kristall war also in Franks Arbeitszimmer.

Sofort formte sich ein Plan in meinem Kopf.

Wir überlegten, was wir zu tun hatten und vor allem, in welcher Reihenfolge. Ich sprach kurz die Idee an, vielleicht sogar Bastian in die Aktion mit einzubinden. Der hätte sich unter normalen Umständen sicher beteiligt. Aber was war hier schon normal? Tobias wehrte den Vorschlag ab und ich schlug mir Bastian aus dem Kopf. Der Kristall war wichtiger. Vielleicht würde sich später die Möglichkeit ergeben, Bastian aus seiner Gefangenschaft zu befreien.

Es war dunkel geworden. Als ich über den Flur zurück in mein Zimmer ging, hörte ich Frank in der Küche rumoren. Ich hatte nichts anderes erwartet und schloss die Tür hinter mir.

Ich wartete exakt so lange, bis jemand an meiner Tür klopfte. Es war das vereinbarte Zeichen. Ich öffnete leise. Tobias stand auf dem Flur und nickte mir zu.

Ich schlich, so schnell und unauffällig wie ich konnte, nach unten, zog eine Runde durch die Küche und schaute auch ins angrenzende Ess- und Wohnzimmer. Frank war genau da, wo ich ihn haben wollte, in seinem Arbeitszimmer. Dann verzog ich mich hinter die Tür der kleinen Speisekammer und wartete.

Ich trug meine gewöhnliche Kleidung, hatte keine Jacke angezogen und auch keine Tasche oder Rucksack parat gelegt. Ich wollte so wenig wie möglich auffallen. Wenn diese Aktion abgeschlossen war, sollte mein Ziel die Festwiese sein. Inzwischen wusste ich, es hätte natürlich auch jeder andere Ort außerhalb des bösen Einflusses dieses Hauses sein können. Jules, Yana oder eine von ihren Schwestern würden schon mitbekommen, wenn ich nur stark genug an sie dachte.

Jetzt kam es auf Tobias an.

Ich hielt die Tür angelehnt und horchte auf die kleinste Regung, das kleinste Geräusch im Haus. Vor Anspannung fingen meine Beine an zu zittern und ich fand es unglaublich warm in der winzigen Kammer.

Bald musste der verabredete Zeitpunkt da sein.

Plötzlich rumpelte und krachte es im oberen Stockwerk. Jeder im Haus musste das gehört haben. Darauf folgte ein spitzer Schrei und lautes Jammern. Tobias hatte nicht zu viel versprochen und seine beste Schauspielerei aus der Tasche gezaubert.

Wenige Sekunden später klappte eine Tür und jemand stürzte die Treppe hinauf. Das war mein Zeichen.

Zum Glück hatte ich die Tür nur angelehnt. Ich prüfte noch einmal die Lage in der Küche, dann öffnete ich sie rasch und schlich mich vorsichtigen Schrittes durch den Flur in Richtung Arbeitszimmer. Ich hörte die Stimmen von Frank und Tobias. Ihr Wortwechsel war nicht gerade leise, aber er kam vom Treppenabsatz zum zweiten Stock. Dort wo Tobias lag und sich über seinen simulierten Sturz weinerlich beklagte.

Die Tür zu Franks Zimmer stand halb offen. Ich lugte hinein und suchte die Wände und Vitrinen nach dem Kristall ab.

Dann sah ich ihn. Er befand sich in einer Glasvitrine an der Wand direkt gegenüber dem Schreibtisch. Er war nicht besonders groß und stand zwischen den anderen Exponaten. Eine zierliche Holzhalterung, speziell dafür gefertigt, hielt ihn aufrecht.

Er war schlank und länglich, wie ein übergroßer, dicker Bleistift, mit gleichmäßigen Facetten an beiden Seiten spitz zulaufend. Wie eine eckige Phiole sah er aus.

Die Beschreibung von Tobias hätte ich nicht gebraucht, denn der Kristall leuchtete. Nicht hell und weit strahlend, sondern warm und pulsierend. Darüber hatte mir mein Cousin nichts berichtet und auch Frank hätte einen solchen Effekt garantiert nicht verschwiegen, falls er in der Lage gewesen wäre, ihn zu sehen. Damit war klar, dass offenbar nur ich es sehen konnte.

Ich huschte zu der Vitrine hinüber und war für einen Moment von dem Licht fasziniert. Die Front der Vitrine war ein riesiges Fenster, eine ununterbrochene Fläche aus Glas und nicht zu öffnen. Deswegen ging ich zur Seite und öffnete die Klappe für den Eingriff zwischen die gläsernen Böden.

Ich langte hinein und bemühte mich, die Präsentationsrahmen mit der Haarlocke des Sasquatch und den Pfeilspitzen von Nimrod nicht umzustoßen. Ich wollte keinen Lärm machen.

Der Kristall war kalt und hart, so wie jedes Objekt dieser Größe aus geordneten kristallinen Strukturen. Bis auf das Licht bemerkte ich nichts Besonderes. Ich zog es vorsichtig an mich, schaute mich um und horchte.

Auf dem Flur waren keine Stimmen mehr zu hören. Hatte Tobias es geschafft, Frank solange aufzuhalten; oder noch besser für eine Behandlung in das obere Geschoss zu lotsen?

Ich betete, dass es so sein würde, doch letztlich musste es mir egal sein. Ich hatte alles, was ich wollte. Ein paar beherzte Schritte würden mich aus dem Haus führen, in die Freiheit für mich und Deedee.

Ich setzte zum Sprint an, rannte auf die Tür zu und musste doch aus vollem Lauf bremsen, denn mein Weg war versperrt.

Der Schock schnürte mir die Kehle zu, als ich sah, wer im Flur stand und mir alles verbaute.

Frank schaute mir mit unverhohlener Abneigung entgegen, die Hände in die Hüften gestützt.

Und es war ebenso der Schreck darüber, da ich erkannte, dass ich einen großen Fehler gemacht hatte.

Tobias stand daneben und sein Blick war nicht zweifelnd oder erschrocken oder betrübt, sondern nicht minder feindselig.

Kapitel XX

Sackgasse, Todesglimmer, Strafe

W as sollen wir mit dir anfangen?« Franks Stimme triefte vor Spott. Er hatte es als Frage in den Raum gestellt, aber mir und auch Tobias war klar, dass die Bemerkung keine Antwort erforderte. Es schien, Frank hatte eine ziemlich genaue Vorstellung davon, was er anfangen wollte. Von dem drohenden Unterton in seiner Stimme ganz zu schweigen.

»Ein Spion, ein Kollaborateur, ein Dieb der billigen Sorte. Oder fällt dir noch etwas anderes ein, als was du dich bezeichnen möchtest?«

Er schaute mit einem Blick auf mich herab, der mir das Herz in die Hose sacken ließ. Hastig suchten meine Augen nach einem Ausweg, aus dem Zimmer, aus der Falle, aus dem Verrat von Tobias.

Ich sah keinen.

Mir war, als wäre ich gerade in eine Sackgasse gefahren, hinter mir die Verfolger, keine Hintertür in Sicht. Ich wusste, Frank war zu kräftig. Am liebsten wäre ich an ihm vorbei gehuscht. Doch das schlug ich mir aus dem Kopf.

»Was ist mit Bastian?«, stotterte ich. Es war das Einzige, was mir einfiel. Ich musste Frank ablenken.

»In seinem Zimmer«, rief Tobias. »Wo er hingehört. Stumm und gut verpackt. Wir werden noch herausfinden, wie viel er wusste und ob er dir geholfen hat.«

Ich starrte ihn regungslos an.

Dieser Verräter.

Ich hätte es wissen müssen.

Frank machte einen Schritt in das Arbeitszimmer hinein. Ich machte zwei Schritte rückwärts.

»Jetzt habe ich dich da, wo ich dich haben wollte. Meinst du, ich hätte nicht bemerkt, was da war, als diese beiden Zigeuner uns besucht haben. Dieses Gefühl kenne ich. Nur zu gut.«

Sein Blick war triumphierend.

»Die bekommen von mir gar nichts, aber ich will haben, was die haben. Natürlich ohne diese kleine Ratte mit der abscheulichen Stimme. Die hat mich ganz schön durcheinander gebracht. Ich war froh, als sie wieder weg war. Doch diesmal ist sie nicht da. Du bist alleine. Und du kannst nichts tun, nichts weiter als abwarten. Außer ...«

Er pausierte und setzte ein fieses Grinsen auf.

»Außer was?«, fragte ich kleinlaut.

Sein Grinsen wandelte sich zu einem mitleidigen Gesichtsausdruck. Er musste mich für komplett dämlich halten.

»Wie schön, dass du gar nichts weißt. Und wie gut, dass ich es gleich gespürt habe, als du vor ein paar Monaten durch die Tür gestolpert bist.«

Er klatschte mit den Händen, als hätte er einen besonders guten Kauf getätigt.

»Mich wundert nur«, setzte er fort, »dass ich es nicht früher gespürt habe, als du mit meiner Schwester zu Besuch warst. Vielleicht warst du einfach zu winzig für solche Sachen.«

»Was für Sachen?« Jetzt wurde ich mutiger. Vielleicht konnte ich ihn ablenken und für mich eine Möglichkeit zur Flucht herbeireden. Allerdings machte Frank mit seiner nächsten Bemerkung meine Hoffnung zunichte.

»Du bist hier und wirst bleiben und wenn ich dich an den Sessel binden muss. Dann werde ich mich mit dir beschäftigen. Genau dann, wenn ich mit dem anderen fertig bin.«

»Welcher andere?«

»Na, der alte Knacker, von dem ich inzwischen so einiges gehört habe. Bastian hat uns eine Menge verraten. Der ist etwas Besonderes. Genau den will ich und du wirst ihn herbeirufen. Das wirst du doch hinkriegen, oder?«

Etwas in meiner Kehle schnürte sich zusammen.

»Du kannst zwar sonst nichts, aber das wirst du doch schaffen; und wenn nicht, dann hab ich etwas, das dir auf die Sprünge hilft.«

Mir war klar, was das sein würde.

»Tobias!«, rief er meinem Cousin zu. »Schließ die Tür! Von außen! Dein Cousin und ich haben etwas zu erledigen.«

Tobias schaute widerwillig drein, doch dann folgte er dem Befehl und verließ den Raum.

»Gib mir den Kristall«, sagte Frank und hielt seine Hand auf.

Mir blieb nichts anderes übrig. Ich reichte ihm meine Beute. Meine Handflächen waren schweißnass. Ich suchte fieberhaft nach einem Ausweg. Meine Augen irrten umher.

»Setz dich«, bellte Frank.

Ich erschrak, stolperte rückwärts und fiel in einen Ledersessel vor dem Schreibtisch. Ich hatte gar nicht bemerkt, wie weit ich zurückgewichen war.

Frank ging um seinen Schreibtisch herum, zog eine Schublade auf und holte etwas hervor, von dem ich mir gewünscht hatte, es nie wieder in seinen Händen zu sehen.

Das Halsband von Tito.

Er schritt auf mich zu.

Das Zittern meiner Hände hatte sich inzwischen auf meinen Körper übertragen. Ich riss die Augen auf, während er langsam näher und näher kam.

Mir war klar, aus diesem Raum konnte ich nicht entkommen. Nicht einmal aus diesem Sessel, wenn Frank mich nicht ließe. Deswegen schloss ich meine Augen. Ich wollte nicht sehen, was auf mich zukam. Es war schlimmer als bei jedem Zahnarztbesuch, wenn der Bohrer immer näher kommt, mit seiner Spitze genau auf den Mund zeigt, um sich gleich in einen Zahn zu wühlen. Der Gedanke an unerträgliche Schmerzen rief ein brachiales Rauschen in meinen Ohren hervor.

Ich dachte an Jules. So fest ich konnte. Er hatte gesagt, er würde immer bei mir sein. Auch wenn es sich falsch anfühlte, hier zu sitzen und womöglich dem abscheulichen Wunsch von Frank Folge zu leisten.

Ich stellte mir sein Gesicht vor, ich formulierte seinen Namen, ich wünschte ihn herbei.

Und erschrak fürchterlich, als Frank nach mir griff und meinen Kopf herunter drückte. Ich bog mich instinktiv zur Seite. Dann sauste es hinter mir und mein Kopf nickte ohne mein Zutun nach vorne. Ich riss die Augen auf und versuchte verzweifelt, mich zu orientieren. Es fühlte sich an, als wäre ich mitsamt dem Sessel ein Stück nach vorne gerutscht.

Gefolgt wurde alles von einem knisternden Laut und einem Windstoß, der die Vitrinen zum Wackeln brachte. Die Härchen auf meinen Armen prickelten wie nach einem elektrischen Stoß.

»Da bist du ja«, sagte Frank. »Hatte nicht so schnell mit dir gerechnet.«

Ich wirbelte im Sessel herum und sah Jules.

Er stand vor dem Kamin in seiner Motorradkluft. Die schwarze Lederhose, die silberverkappten Stiefel, das weiße enganliegende T-Shirt. Fast hätte ich die Indian erwartet. Vielleicht hatte er sie nicht durch den Schornstein bekommen.

Im Nu trieb es mir das Wasser in die Augen.

Er nickte mir kurz zu. Es sah aus wie ein Danke.

An seinem angestrengten Gesichtsausdruck und seiner vorgeneigten Körperhaltung sah ich, dass das hier kein Besuch im Kindergarten für ihn war.

»Schnell!«, rief er mir zu und setzte an, sich auf Frank zu stürzen. Woher meine behände Reaktion in diesem Moment kam, war mir erstens ein Rätsel, zweitens egal und drittens eine Erlösung. Es katapultierte mich förmlich aus dem Sessel, als würde er aus glühenden Kohlen bestehen.

Wir hätten Frank umrennen können. Wir hätten vielleicht auch den Kristall in die Finger bekommen. Doch mit einem hatten wir nicht gerechnet.

Frank.

Hätte es etwas gebracht, wenn ich mich genauer umgeschaut hätte, bevor ich den Raum betrat? Hätte ich nicht nur den Hinterhalt vermieden, sondern gesehen, dass sich etwas nicht mehr in der Vitrine befand. Dort, wo es hingehörte, abgesichert unter einer gläsernen Haube.

Vielleicht.

Möglicherweise wäre dann alles anders gekommen. So blieb Frank einfach stehen. Schaute uns mit festem Blick entgegen, zögerte keinen Moment und zog das Mojo hinter seinem Rücken hervor.

Er hielt es uns entgegen, an seinem ausgestreckten Arm wie eine Laterne zur Abwehr der Dunkelheit. Doch hier war es genau umgekehrt. Das Mojo schien das umgebende Licht in schwarzen Schlieren aufzusaugen.

Mir kam es vor, als hätten meine Lungen ausgesetzt. Meine Knie wurden weich und ich klappte vor Frank zusammen wie ein Taschenmesser. Noch ein kleines Stück rutschte ich auf dem Parkettboden weiter. Das war es dann auch.

Für mich fühlte sich das schlimm genug an. Doch wie musste sich das für Jules anfühlen?

Meine Augen waren auf den Zaubersack in Franks Hand fixiert. Neben mir hörte ich schwere Schritte und ein Rumpeln.

Hatte Jules die Kraft auszuweichen?

»Wie überaus zuvorkommend von euch«, giftete Frank. »Jetzt, wo ich euch da habe, wo ihr hingehört, können wir reden.«

Das Mojo war lebendig. Von einer unheilvollen Kraft angetrieben, hatte es sich in ein drohend schwarzes Loch verwandelt. Ich musste mich zwingen, den Blick abzuwenden, um zu Jules zu schauen. Er stand verkrampft an der Wand, sein Gesicht eine verzerrte Maske. Und das war noch nicht einmal das Schlimmste. Ich sah, wie er flimmerte. Seine Umrisse waberten wie eine ferne Fata Morgana und seine Haut flackerte wie eine Glühbirne, die kurz vor dem Aufgeben stand.

Frank schien das nicht zu stören. Ich nahm an, er konnte nicht sehen, was ich sah.

»Ich will alles, was du hast«, sagte Frank. »Alles an dir und ganz besonders das Motorrad.«

Die nächsten Worte schrie er Jules ins Gesicht.

»Hol es!«

»Niemals«, keuchte Jules und machte Anstalten, vorwärts zu stapfen, als würde er sich gegen einen Tornado stemmen. Mit jedem kleinen Schritt kam er Frank näher.

Frank riss die Augen auf und wich zur Tür zurück.

Da war der Moment.

Ich sah, wie es in seinen Augen flackerte. Aber es war nicht der Schein, so wie bei Jules. Es war Angst. Ich glaube, in diesem Moment hatte er begriffen, dass er sich mit etwas eingelassen hatte, das größer war, als er jemals vermutet hatte, größer, als er jemals würde beherrschen können.

Er war auf Jules fixiert. Das war meine Chance.

Ich nahm all meine Kraft zusammen, zwang mich aufzuspringen, stürzte zwischen meinem Onkel und dem Schreibtisch hindurch und griff nach einer der Jagdbüchsen auf dem grünen Grund.

Ich wirbelte herum und zielte auf Frank.

»Lass uns gehen«, presste ich heraus. »Und gib uns den Kristall.«

Jetzt hatte ich Franks ungeteilte Aufmerksamkeit.

»Willst du das wirklich tun?«, fragte er. »Glaubst du, du bringst den Mumm zusammen, um auf einen Menschen zu schießen?« Er machte eine Pause, während er mich spöttisch angrinste. »Und wer sagt denn, dass das, was du da in der Hand hältst, wirklich funktioniert?«

Mir sackte das Blut aus dem Kopf, mein Blickfeld verengte sich zu einem Tunnel und am Ende stand Frank, aber er schien auf einmal unendlich klein und weit entfernt. Es war tatsächlich ein Schock, für einen kurzen Moment darüber nachzudenken, was passieren würde, wenn ich den Abzug betätigte. Das hatte er brillant hinbekommen.

Vor lauter Zweifel brach mir der Schweiß aus.

»Finden wir es doch heraus«, sagte Frank.

Mir stockte der Atem. Er ging unerschüttert zu der Wandhalterung hinüber. Er nahm die zweite Flinte von den Haken und richtete die Waffe auf …

… nicht wie erwartet auf mich, sondern auf Jules.

»Schauen wir doch mal, wie dein Kumpel das hier wegsteckt«, sagte er und zog den Abzug durch.

Es knallte so laut, als hätte mir jemand mit flachen Händen auf die Ohren geschlagen. Jules wurde von einer unsichtbaren Faust erfasst. Er landete krachend an der Wand neben dem Kamin.

»Was sagst du jetzt?«, fragte Frank und das Grinsen, was sich dabei in seinem Gesicht festgefressen hatte, wollte ich ihm am liebsten aus der Fratze schneiden.

Für einen Moment brachte ich nichts weiter zustande, als ihn anzustarren. Es fühlte sich an wie ein Lähmungszauber.

»Ooooch«, mokierte er sich langgezogen. »Ich wusste es. Du kannst gar nichts sagen.«

»Kann ich doch«, sagte ich und zog den Abzug durch.

Es klickte.

Nichts passierte.

»Ich Glücklicher«, sagte Frank unter hochgezogenen Augenbrauen. »So war es doch immer. Mit euch verdammten Pack habe ich seit jeher Glück gehabt. So wird es wohl auch weitergehen.«

Und er richtete die Waffe auf mich.

»Wollen wir herausfinden, ob meine zweite Patrone auch eine Fehlzündung hat?«

Das wollte ich nicht, deswegen krümmte ich meinen Finger ganz nach hinten durch und bemerkte noch, wie der zweite Abzug über den Widerstand rutschte. Dann knallte es erneut gewaltig.

Der Rückstoß warf mich zurück und ich landete auf dem Hosenboden.

Von Frank war nichts mehr zu sehen, was aber auch dran lag, dass mich der Rückschlag der Flinte hinter den Schreibtisch geworfen hatte. Ich lockerte meinen Griff, die Waffe rollte am Boden davon und ich rappelte mich auf.

Ich krabbelte an die Kante des Tisches und lugte um die Ecke. Mir bot sich das ganze Ausmaß des Desasters.

Frank lag angewinkelt vor der Tür und starrte mich an. Seine Brust verfärbte sich rot. Die Flinte war ihm aus der Hand gerutscht. Der Zaubersack und der Kristall lagen neben ihm. Er hatte beides fallen gelassen, als er sich die Flinte griff. Er schnappte nach Luft. Das tat er noch einmal, dann ein zweites Mal.

Ich beobachtete mit Abscheu, wie ihm der Rotz aus der Nase lief und zusammen mit blutigem Speichel aus dem Mund über seine Lippen schwappte. Dann wich das letzte bisschen Leben mit einem Röcheln aus seinem weit geöffneten Mund.

Für ein paar Sekunden konnte ich mich nicht rühren. Ich starrte in sein Gesicht, ob noch eine Regung folgen würde.

Es blieb still.

Solange, bis es an der Tür zu hämmern begann.

»Frank!«, kreischte Tobias von draußen. Das Klopfen steigerte sich zu einem wilden Trommeln.

Ich stürzte zu Jules hinüber.

Er lag eingeknickt in ähnlichem Winkel wie Frank an der Wand und stierte vor sich hin. Seine Brustpartie sah nicht weniger appetitlich aus wie die meines Onkels.

Ich kniete mich neben ihn und griff nach seinem Arm.

»Jules!«, schrie ich und tätschelte seine Hand. Tränen ließen meine Wangen feucht werden.

Er blickte mich mit glasigem Blick an, so als hätte er mich eben zum ersten Mal gesehen.

»Keine Zeit mehr ...«, stotterte er leise.

»Kristall ... Bring mir den Kristall.«

Ich starrte ihn fassungslos an. Es dauerte einige Sekunden, bevor in meinem Hirn ankam, was er von mir wollte.

Ich robbte zu Frank hinüber. Der Kristall lag nicht weit von ihm entfernt. Nur leider lag da auch der Zaubersack. Ein fies glimmendes Artefakt, vor dem ich am liebsten meine Augen verborgen hätte. Ich versuchte, meinen Blick nicht auf das Mojo zu fixieren, bückte mich über Franks ausgestreckte Beine und tastete nach dem Kristall.

Plötzlich rasten Franks Arme heran. In einem letzten Anflug von Spasmus krampfte sich sein gesamter Oberkörper zusammen, als wollte er mich umfangen und in die Hölle hinabziehen, zu der er gerade auf dem Weg war. Seine Augen weit aufrissen, der Mund spuckend und die Arme voll todesverkrampfter Kraft umfing er mich mit blutverschmiertem Griff. Ich explodierte in Ekel und riss mich aus seiner Umklammerung.

Das stieß ihn zurück. Sein Kopf schlug an das harte Holz der Tür. Die Pupillen verschwanden als kleiner werdende Halbmonde an der Oberkante seiner Augen. Zurück blieb nur Weiß.

Ich schaffte es, den immer noch schwach leuchtenden Kristall in die Finger zu bekommen. Krabbelte zu Jules zurück und legte ihn in seine Hand.

Er schloss die Faust um das Schmuckstück und zog es an die Brust. Sein Kopf wackelte schon bedenklich.

»Hör mir zu«, schnaufte er. »Such die Imperià. Sie kann dir helfen.«

»Jules!«, schrie ich ihn an. »Wir müssen dir helfen und zwar schnell.«

Er lächelte.

»Schließ die Augen«, sagte er.

Ich schaute ihn fragend an.

»Tu's einfach ...«, wiederholte er nur noch gehaucht.

Ich tat es.

Dann brach die Hölle los.

Kapitel XXI

Windlicht, Überbleibsel, Pilot

Als ich erwachte, war es still. Es fühlte sich an, als wäre ich aus einem langen Traum erwacht. Wo war ich? Ich konnte mich an nichts erinnern. Ich hielt die Augen für einen Moment geschlossen und horchte. Nichts war zu vernehmen, jedoch war mir klar, dass ich in der Horizontalen lag.

In mir fühlte ich eine Leere, als hätte sich mein Innerstes von mir verabschiedet. Hatte ich lange geschlafen? Ich konnte mich nicht einmal erinnern, schlafen gegangen zu sein.

Ich öffnete die Augen und blickte auf eine niedrige Zimmerdecke. Sie war mit dunklem Holz vertäfelt. Ich schaute mich um und sah das Innere des Trailers von schwachem Licht erleuchtet. Es kam von ein paar Kerzen, die jemand auf dem kleinen Tisch vor mir angezündet hatte. Sie waren reichlich heruntergebrannt und ihr Wachs hatte sich in riesigen Pfützen gesammelt. Es sah aus wie ein erstarrter Teich, aus dem die leuchtenden Stümpfe ragten.

Warum war ich hier? Und wer hatte mich hier abgelegt?

Ich richtete mich auf und mir wurde umgehend schwindelig. Ich zwinkerte ein paar Mal kräftig mit den Lidern. Das wirbelnde Gefühl verging.

Neben mir auf der Eckbank lag noch jemand. Ich versuchte, die Kerzen auszublenden, als ich hinüber schaute.

Ich erkannte Bastian. Er lag auf dem Rücken und rührte sich nicht. Er sah so friedvoll aus, als würde er den besten

Schlaf seines Lebens schlafen. So als hätte ich ihm gerade vorgelesen und er wäre in sanften Schlummer gefallen.

Ich setzte die Füße auf den Boden. Das fiel mir so schwer, als würde ich meine Gelenke nach langer Zeit zum ersten Mal benutzen.

Ich rüttelte an Bastians Schulter.

Nichts tat sich.

Ich rüttelte noch einmal und rief seinen Namen.

Wieder keine Reaktion.

Ich schaute mich hilfesuchend um.

Außer den Kerzen war kein Licht vorhanden. Der Rest des Trailers versank in Dunkelheit. Auch durch die Fenster schien keine Helligkeit herein.

»Jemand da!«, rief ich.

Keine Antwort.

Durch das Rufen spannte sich meine Haut im Gesicht. Es fühlte sich trocken an, so als hätte ich den besten Sonnenbrand des Sommers erwischt. Ich tastete vorsichtig mein Gesicht ab. Dabei bemerkte ich, dass mir die Haut auf den Händen ähnlich brannte. Auch sie fühlte sich an, als hätte ich zu lange in der Sonne gelegen.

Ich raffte mich auf und ging zur Tür.

Behutsam öffnete ich den Riegel und drückte sie auf.

Was ich sah, kam mir bekannt vor, zumindest soweit ich sehen konnte. Und das war bei dem Licht der Kerzen nicht besonders weit.

Waldboden, Nadelfilz, ansonsten Dunkelheit.

Ich ging hinaus.

Kaum waren die Kerzen ausgeblendet, bemerkte ich einen schwachen Schimmer am Himmel. Gräulich und undefinierbar lag ein ferner Nebel in der Luft. Je mehr sich meine Augen an die Dunkelheit gewöhnten, desto besser konnte ich den Horizont erkennen. Auch er schien von einem fahlen Glimmen aus der Ferne erfasst. Fast zu schwach, um ihn überhaupt zu bemerken.

»Hallo!«, rief ich, so laut ich konnte. »Ist da jemand?«

Wieder keine Antwort.

So stand ich noch ein paar Minuten und überlegte. Nach und nach wurde mir kühl und klamm.

Dann begann es in den Bäumen zu rauschen. Es fing ganz leise an und wurde stetig lauter. Bald rauschte es in allen Wipfeln ringsum. Es klang zwar furchteinflößend, aber auf gewisse Weise ebenso erleichternd. Die Welt um mich herum war noch vorhanden.

Der Wind wurde stärker und zerrte an meinen Haaren. Es brauste wie ein starker Sturm durch die Kronen der unsichtbaren Bäume. Jetzt wurde mir mulmig.

Hinter dem Trailer blitzte es auf. Ich schloss unwillkürlich die Augen, aber es reichte, um mich zu blenden. Ein grelles Abbild des Waldes blieb für Sekunden vor meinem inneren Auge zurück. Die Quelle des Blitzes war nicht auszumachen. Es war, als hätte der Himmel die Welt fotografiert.

Ich zwinkerte und als sich meine Sicht klärte, sah ich sie. Sie kam direkt auf mich zu.

Ein Mädchen. Nicht besonders groß, ziemlich pummelig, mit hochgebundenen Zöpfen aus langem braunen Haar, das ihr wie Fontänen zu beiden Seiten aus dem Kopf schoss. Ihr Kleid war marineblau und sah aus wie eine Schuluniform.

Sie marschierte schnell und zielgerichtet voran, blieb keine zwei Schritte vor mir stehen und musterte mich. Ich konnte nicht so viel von ihrem Gesicht sehen, wie mir lieb gewesen wäre. Ihre Miene sah allerdings nicht besonders erfreut aus.

»Na endlich bist du wach«, sagte sie und schaute an mir auf und ab, so als wollte sie kontrollieren, ob ich wieder ganz bei Sinnen war.

»Alles klar bei dir?«

Ich musste mich räuspern. Es klang wie schwerer Grippehusten.

»Ja schon … aber wer bist du? Und wie bin ich hergekommen?«

»Ich denke, du warst schon mal hier«, sagte sie. »Ich hab dich hergebracht. Und den anderen da drin.« Sie zeigte auf den Trailer. »Wer weiß, was geworden wäre, wenn ich euch dagelassen hätte.«

Sie zuckte mit den Schultern und mir war es, als blickte sie ein klein wenig entschuldigend drein.

»Was ist passiert?«

Sie schaute mich unter zusammengezogenen Augenbrauen an.

»Komm rein«, sagte sie, drehte sich um und ging zum Wohnwagen.

Ich folgte ihr und setzte mich auf die Couch. Bastian schlief immer noch auf der Eckbank. Sie blieb stehen.

Die Kerzen flackerten, als wir eintraten. Auch sie hatte das bemerkt. Als ich saß, streckte sie ihren Arm ein Stück, hielt die Handfläche in Richtung des Tisches und die Kerzen begannen zu wachsen.

Ich wagte mich nicht zu rühren. Die Kerzen wurden größer und größer, so als würde jemand die Zeit zurückdrehen. Aber der Wachsteich auf der Tischplatte wurde nicht kleiner. Bald strahlten die Kerzen, so als hätte man sie gerade angezündet.

»Ich muss mich entschuldigen«, sagte sie unvermittelt. »Aber Jules wusste, was er tat. Und ich war froh ... so unendlich froh, da wieder raus zu sein.«

»Dann bist du Deedee?«

Sie nickte knapp.

»Was ist mit Jules?«

»Er war nicht mehr da. Er ist gegangen. Was weiß ich. Nichts hat er zurückgelassen.« Ihre Stimme wurde rau. »Ich hab alles gesehen. Dich und den anderen Jungen. Alles, was ihr gemacht habt. Über all die Jahre. Zumindest solange ich auf dem Kaminsims stand. Hab alles mitgekriegt. Bis ich vor einem Jahr im Keller gelandet bin. Zeit für einen Tiefschlaf, weißt du. Sonst wär ich wahrscheinlich irre geworden.«

Sie stockte.

»Aber Jules ...« Mir krampfte es die Brust zusammen.

»Er ist fort!«, bellte sie mich an. »Wohin auch immer. Ich bin ihm dankbar, dass er mich da rausgeholt hat. Aber ich weiß nicht, was wir ohne ihn machen sollen. Warum hat er das gewagt? Meine Freiheit. Der Sieg über diesen Fiesling und die Sammlung. Ich kann nicht glauben, dass es das wert sein soll.«

»Was ist mit Frank und Tobias?« Mir fiel das Haus ein und die unheilige Sammlung an Artefakten und auch Tito blitzte durch meine Gedanken.

Deedee unterbrach mich.

»Jules wusste, was passieren würde, wenn er mich freisetzt. All die Energie, die ich über die Jahre gesammelt hatte.« Sie kaute auf ihrer Unterlippe herum. »Ich glaube, von dem Haus steht nicht mehr viel.«

»Was?« Für einen Moment flackerten die letzten Ereignisse vor dem Blackout durch meine Gedanken.

»Und die anderen?«

»Der Oberfiesling hat sich jedenfalls nicht mehr gerührt. Das dürftest du ja noch mitbekommen haben.«

Mir wurde schlecht, als ich an Frank und sein letztes Aufbäumen dachte.

»Und sein Helferlein ist schreiend aus dem Haus gerannt, nachdem ich ...«

Sie stockte erneut.

»Na ja, nachdem alles angefangen hat, zu brennen. Der kann froh sein, dass es ihn nicht geblendet hat.«

»Müssen wir die Feuerwehr rufen?«

Ich machte mir mehr Gedanken um Tito als um Tobias, den Verräter, aber ich wollte nicht untätig herumsitzen.

»Du hast ne Weile geschlafen«, sagte sie. »Nicht unendlich lang, aber ich glaube nicht, dass wir da noch viel retten können.«

»Ich muss das sehen«, sagte ich.

»Willst du das wirklich?«, fragte sie und hielt zweifelnd den Kopf schief.

»Ich muss!«

»Na, wenn du meinst.« Sie wedelte resignierend mit den Armen. »Wir haben ja sonst nichts zu tun.«

Dann streckte sie mir die Hand entgegen.

»Komm«, sagte sie.

Ich stand auf und griff zu.

Die Welt verging und entstand erneut. Ein leichter Schwindel, ein dunkles Rauschen, dann sah ich die Reste des Hauses vor mir aufragen.

Wir standen auf der Wiese im hinteren Teil des Gartens. Über dem Gebäude schwebten noch ein paar dünne Rauchfahnen und hier und da knisterte es bedrohlich aus den Resten von verkohltem Gebälk. An den Seiten des Grundstücks liefen Feuerwehrmänner hin und her. Sie riefen sich Befehle zu, packten ihre Sachen zusammen und hielten dabei das Gebäude im Auge.

Das Dach war eingestürzt. Einige Mauern ebenso. Es war eine hohle, rußgeschwärzte Ruine. Das gab mir einen Stich ins Herz. Nicht nur die Einrichtung, sondern auch all meine Sachen waren den Flammen zum Opfer gefallen. Ich dachte an die Dinge, die meiner Mutter gehört hatten.

Ich wanderte um das Haus herum und beobachte den Abzug der Feuerwehr. Deedee folgte mir mit Abstand.

Vor dem Haus standen etliche Fahrzeuge, ihre Warnlichter flackerten über die Häuserfronten der angrenzenden Grundstücke. Die Straße war abgesperrt und nicht wenige Schaulustige standen im Straßenlicht jenseits der Absperrungen.

Vor dem Haus herrschte noch das Chaos der Aufräumarbeiten, die Männer der Feuerwehr wuselten durcheinander, liefen hierhin und dorthin, rollten die Schläuche ein und packten ihre Sachen zusammen.

Die Ruine des Hauses sah mit ihren verkohlten Innereien und dem Schutt vor dem Eingang erschreckend aus. Und doch fühlte ich mich beim Anblick auf eine seltsame Art erleichtert. So als wäre eine große Last von mir genommen.

Ich drehte mich zu meiner Begleiterin um.

»Siehst du irgendwas?«, fragte ich sie.

»Was meinst du?«

»Etwas Düsteres, Beklemmendes? So wie ein schwarzes Loch. Etwas, wo du nicht hindurchsehen kannst.«

Sie schüttelte den Kopf.

»Da ist nichts«, sagte sie. »Ich glaube, das, was dafür verantwortlich war, ist verbrannt.«

Ich atmete auf. Es war die Bestätigung dessen, was ich gefühlt hatte.

»Die Dinge da drin waren eine Menge wert«, sagte ich. »Ich bin sicher, die hätte man gut verkaufen können. Aber weißt du was?«

Sie schaute mich mit großen Augen an.

»Ich bin froh, dass nichts mehr übrig ist.«

»Na und ich erst«, sagte sie mit einem Schnaufen. »Das Zeug war einfach gruselig. Obwohl! Es hat mich die ganzen Jahre in den Fingern gejuckt, diese Locke vom Sasquatch mal anzufassen. Das soll Glück bringen, weiß du. Aber ich hatte ja keine Hände, mit denen ich das hätte anstellen können. Wie gut, dass dein Onkel nichts davon wusste. Sonst hätte er wahrscheinlich ständig dran rumge-grabscht.«

Ich ließ meine Augen wieder und wieder über die Szenerie vor dem Haus gleiten. Da sah ich in einiger Entfernung einen großen Wagen der Ambulanz am Straßenrand stehen. Zwischen den geöffneten Türen an der Rückseite erkannte ich Tobias. Jemand hatte ihm eine Decke umgelegt. Er saß bewegungslos und stierte auf das Gewusel vorm Haus.

»Da ist mein Cousin«, sagte ich zu Deedee.

»Und?«, fragte sie. »Willst du mit ihm reden?«

»Ich weiß nicht. Sind so viele Leute hier und ich möchte nicht auf dem Krankenwagen mit einer Decke um den Hals enden.«

»Verstehe«, sagte sie und wedelte mit der Hand. »Geh einfach rüber. Keiner wird dich sehen.«

Ich dachte nur kurz darüber nach. Sie würde schon wissen, was sie tat. Ich lief zwischen den Menschen und den auf der Straße verteilten Fahrzeugen hindurch. Keiner sah mich, keiner sprach mich an.

Als ich auf Tobias zutrat, hob er den Kopf und blickte mir ins Gesicht.

»Was willst du?«, fragte er. Er konnte mich sehen und schien nicht überrascht, dass ich den Flammen entkommen war.

Ich blieb eine Armlänge vor ihm stehen und schaute ihm lange in die Augen.

»Warum du das gemacht hast? Warum hast du Frank Bescheid gesagt und uns alle verraten?«

»Euch alle?«, fragte er zurück. »Meinst du Bastian? Oder bist du jetzt schon mit diesem Pack unter einer Decke? Wo ist Bastian überhaupt?«

»Er ist in Sicherheit. Wir haben ihn mitgenommen. Du hättest dich ja wohl kaum um ihn gekümmert.«

Er setzte ein sarkastisches Lächeln auf.

»Und jetzt kann ich es erst recht nicht. Frank ist nicht mehr da. Wie stellst du dir das vor? Uns ist nichts geblieben.«

»Ich will hier nichts haben«, sagte ich. »Und ich glaube, Bastian auch nicht.«

Er zog eine missmutige Schnute.

»Na toll, und was soll aus mir werden, jetzt wo alles abgebrannt ist? Die werden mich in ein Heim verfrachten. Aber da will ich nicht hin. Lieber geh ich auf der Straße betteln.«

»Kannst du nicht wissen. Willst du nicht wissen«, sagte ich.

Er schaute mich ungläubig an.

»Du kannst immer noch Pilot werden. Genauso, wie du es vorgehabt hast. Du musst nur fest genug dran glauben und nicht vom Weg abweichen.«

»Was denn?«, presste er heraus. »Soll ich's mir wünschen?«

»Das wäre schon mal ein Anfang«, sagte ich. »Und vielleicht nicht mehr so viel ungezogenes Zeug anstellen.«

»Pfft ...«, pfiff er. »Musst du gerade sagen. Du hast Frank auf dem Gewissen.«

»Frank war böse ... ganz und gar böse.«

»Das war er nicht. Er war eben auf seine eigene Art gut. Er hat versucht, alles zu bewahren. All die Dinge, die außer ihm keiner erkennen konnte.«

»Diese Dinge sind da drüben verbrannt«, sagte ich und deutete auf die Reste des Hauses. »Glaub mir, es ist besser so. Jetzt kannst du neu anfangen. Nichts kann dich daran hindern.«

Er schaute mich entgeistert an.

»Und was willst du machen?«

»Keine Ahnung«, antwortete ich. »Hier habe ich auf jeden Fall nichts mehr verloren.«

Mit einem Wink meiner Hand drehte ich mich um und sah Deedee in einigem Abstand stehen.

Ich wandte mich noch einmal meinem Cousin zu.

»Eine Frage hab ich noch. Was ist mit Tito?«

»Keine Ahnung« Tobias zuckte mit den Schultern. »Ist mit mir aus dem Haus gerannt. Seitdem hab ich ihn nicht mehr gesehen.«

Ich dachte nach. Als ich ihn das letzte Mal sah, hatte er das Halsband nicht mehr getragen. Das war eher mir zugedacht gewesen. Wahrscheinlich war er dem Ruf der Freiheit gefolgt, um den Block, an jeder Ecke schnüffelnd. Das, was ihm so lange verwehrt gewesen war. Ich stellte mir vor, wie er durch die Wiesen preschte und weiter hinaus in die Landschaft, um die Welt zu erkunden, die so neu für ihn war. Ich hoffte, er war so weit gerannt, wie ihn die Füße trugen.

Ich nickte Tobias ein letztes Mal zu, dann ging ich zu Deedee hinüber.

»Lass uns gehen«, sagte ich. »Soweit uns die Füße tragen.«

Und weg waren wir.

Kapitel XXII

Stoppschild, Fluchtgasse, Immerglut

Zu meinem Erstaunen war plötzlich alles anders. Ich fühlte, wie sich der Griff von Deedee um meine Hand lockerte. Schon stolperte ich und klatschte der Länge nach auf den Boden. Das war ziemlich hart und unangenehm. Der Untergrund war Asphalt und das sorgte auf meinen Knöcheln und Handgelenken für ein paar brennende Schrammen.

Ich hatte eine Ledercouch erwartet, vielleicht auch Teppichboden oder besser noch Nadelfilz, aber nichts davon war weit und breit zu sehen. Deedee schien es ähnlich zu gehen. Sie saß neben mir auf dem Hosenboden und hielt sich die Stirn, als hätte sie Fieber. Ihre Augen waren fragend aufgerissen. Die Selbstsicherheit war verschwunden. Für mich fühlte sich das an wie ein Schild, das jemand mitten auf den Weg gestellt hat, ohne dir Bescheid zu geben. Genau dagegen waren wir beide eben mit den Köpfen geknallt.

»Was war das denn?«, hustete ich und schaute mich um.

Da waren Häuserwände zu beiden Seiten und eine schmale Gasse, die sich ein Stück weit dahinzog. Dahinter lag eine hell erleuchtete Straße. Die Gasse war dunkel und nicht gerade anheimelnd. Mülltonnen standen herum und Schutt lagerte in den Ecken, der Boden war staubig und voller Tritt- und Kratzspuren von Wer-weiß-was.

Da keine Antwort von Deedee kam, schaute ich voller Bedenken herüber. Sie öffnete ihren Mund, um zu reden, aber es kam wenig heraus.

»Ich ...«, stotterte sie nach einigen Sekunden. »Sowas ist mir noch nie passiert.«

»Kann ich mir vorstellen«, sagte ich. »Erzähl mir nicht, du wolltest hierher. Wo sind wir?«

Sie gab keine Antwort, sondern kippte hintenüber. Es ging zu schnell zum Eingreifen. Ich sah sie auf den Asphalt sinken, ihr Hinterkopf schlug hart auf.

»Deedee!«, brüllte ich, kniete mich neben sie und hielt ihren Kopf. Zum Glück fühlte ich nichts Feuchtes, also hatte sie sich nicht schwer verletzt. Über eine Beule würde sie sich jedoch freuen können.

»Nicht normal«, murmelte sie.

»Ich weiß«, sagte ich und ordnete vorsichtig die Zöpfe an ihrer Seite.

»Kam mir auch so vor, aber ...«

Ich sah, wie es in ihren Augen flackerte. Nicht, dass es die Lider gewesen wären. Das hätte ich noch verstanden. Ihre Iris flackerte. Der Glanz und die Helligkeit schwankten wie bei einem Fernseher, der keinen Kanal fand.

»Wir sind nicht weit gekommen«, sagte Deedee. »Das muss es sein ...«

»Was denn?«

»Die anderen«, stotterte sie. »Ich hab sie gesucht. Im Wald, auf den Höhen, überall. Niemand war da. Ich weiß nicht, wo sie sind.«

»Meinst du am Trailer? Da wo Jules wohnt?«

Wohnte, korrigierte ich mich in Gedanken und musste trocken schlucken. Ich wollte mich nicht daran gewöhnen, dass er verschwunden war.

Deedee nickte. Ich konnte zusehen, wie sich die Schweißperlen auf ihrer Stirn bildeten. Es musste sie einige Anstrengung kosten, weiterzureden.

»Meine Schwestern ...«, presste sie heraus. »Wir verlieren unsere Kraft. Ohne Jules, der sie erneuert, wird uns die Puste ausgehen.«

»Was soll das heißen?«

»Dann können wir nichts mehr machen. Dann werden wir verschwinden.«

»Wie verschwinden?«

»Für immer«, antwortete sie mit rauer Stimme.

»Das darf nicht sein«, fuhr ich sie an. »Sag mir, was ich tun kann? Es muss doch etwas geben?«

Sie lächelte schwach, wie kurz vor einer Ohnmacht.

»Nicht, dass ich wüsste«, antwortete sie. »Ich glaube nicht, dass jemand damit gerechnet hat.«

Da fiel mir ein, was Jules gesagt hatte.

»Wer ist die Imperià?«

Deedee wollte auf meine Bemerkung grinsen. Aber sie brachte nur ein heiseres Husten heraus und verzog den Mund.

»Was sonst«, antwortete sie. »Du musst sie suchen.«

»Genau! Das war es, was Jules gesagt hat. An mehr erinnere ich mich nicht.«

Deedees Finger krallten sich in meinen Arm.

»Wir brauchen Jules. Du musst ihn zurückbringen. Er und seine Geschichten sind die besten, wenn es um die Menschen geht und ihre Gefühle. Ohne sie sind wir nichts, verstehst du das?«

Ich nickte sprachlos.

»Finde die Imperià«, hauchte sie. »Tag und Nacht. In jeder Stadt. Immer und überall.«

Ich wollte etwas erwidern, ich hatte so viele Fragen, doch mir verschlug es die Sprache. Nicht nur Deedees Augen flackerten, sondern ihr gesamter Körper blitzte hell auf und wurde gleich darauf wieder dunkel, wie eine kaputte Leuchtstoffröhre. Die Frequenz steigerte sich und in der nächsten Sekunde war sie verschwunden. Ich hielt nichts als Luft in meinen Armen.

Ich war allein.

Ich schaute die Gasse hinauf und hinab. Die Mauern aus rotem Backstein ragten hoch auf. Ich dachte an alles, was gut war. An alle, die ich in der letzten Zeit getroffen hatte. Jules und Yana und auch Niqqi und sogar Mael. Doch so fest ich auch an sie dachte, nichts tat sich.

Ein eisiger Wind blies mir unter das Hemd.

Ich stand auf und ging in Richtung Licht, in Richtung Straße.

Grauweiße Helligkeit schien mir von dort entgegen.

Als ich das Ende der Gasse erreichte, stand ich am Rand einer breiten Straße. Keine Menschenseele war zu sehen.

Ein klirrend kalter Wind wehte über den Bürgersteig und auf der gegenüberliegenden Straßenseite schmiegten sich die Reste von vereisten Schneeverwehungen in die Ritzen und Ecken. Der Himmel war neblig, grau und tief verhangen. Es sah aus, als würde es bald anfangen zu schneien. Es roch auch so; feucht und winterlich klammerte sich die Luft von allen Seiten an meinen Körper.

Die Straße kam mir bekannt vor. Vielleicht war ich hier schon einmal gewesen. Nach einer Weile Überlegung musste ich enttäuscht feststellen, es könnte jede beliebige Straße in meiner Stadt sein. Und selbst darüber war ich mir auf einmal nicht mehr sicher.

Trotz der Kälte fuhr mir der Schreck in die Glieder. Ich wusste nicht, wo ich war und konnte niemanden fragen. Geschweige denn, dass ich eine Ahnung hatte, wo diese ominöse Imperià zu finden war.

»Rumstehen wird dir nicht helfen«, murmelte ich mir zu.

In der Hoffnung, jemand nach dem Weg fragen zu können, wanderte ich los. Die Häuser entlang der Straße sahen aus wie Fabrikgebäude. Hochgeschossige langgezogene Fassaden aus Backstein und dunkle Fenster säumten die Fronten. Ab und zu waren ein Treppenaufgang oder Kellerabgang zu sehen, aber alle Türen, an die ich klopfte, waren verschlossen und das blieben sie auch. Es schien, als wäre der gesamte Block unbewohnt. Je länger ich wanderte, desto eher erschien es mir, als wäre alles vor langer Zeit aufgegeben worden.

Bald brannte die Kälte auf meinen Wangen. Ich hatte nichts Passendes an. Meine Ohren froren und begannen, unangenehm zu stechen. Ab und zu drückte ich mich in eine Häusernische, um wenigstens für Momente dem eisigen Wind zu entgehen.

Es nützte nichts. Mir wurde kälter und kälter. Nach einer Weile brachte der Wind erste Schneeflocken heran. Es dauerte nicht lange, dann spielten muntere Schleier aus nichts als eisigen Kristallen in der Luft.

Ich wanderte weiter, doch eine Straße erschien mir wie die andere. Die endlosen Blocks wollten kein Ende nehmen.

»Verdammt!«, brüllte ich in die schneekalte Luft. »Warum ist hier keiner!«

Es wurde zunehmend dunkel. Der Himmel spannte sich wie eine graue Masse aus verwobener Wolle über den Dächern.

Ich suchte Schutz in einem Kellerabgang, hockte mich auf der Treppe ganz nah an die Wand und legte die Arme um den Körper. Vor und zurück wippend verfluchte ich die Situation und die gesamte Welt gleich mit.

»Wo hast du dich da reingeritten?«

»Warum bin ich hier gelandet?«

»Hätte Deedee nicht einen besseren Platz aussuchen können?«

»Wo sind alle hin?«

»Ich will hier raus!«

Je länger ich nachdachte und vor mich hin lamentierte, desto schlechter wurde meine Stimmung.

Ich versuchte, mich abzulenken. Ich wollte mir etwas vorstellen, dass mich aufbauen würde. Mir die Energie geben würde, weiterzumachen.

Ich stellte mir die Abende vor, an denen ich mit meinen Schulkameraden vom Schlittschuhlaufen nach Hause ging.

Im Winter, als ich noch ein kleiner Junge war. Ich war müde und mir war kalt, als ich eine ähnliche Strecke gehen musste, um zu meinem Wohnblock zu gelangen. Entlang scheinbar endloser Häuserfronten voller geschlossener Türen. Meine Beine waren wie Gummi von den langen Minuten auf dem Eis. Die ungewohnten Bewegungen hatten meine Muskeln weich gemacht. Der Wind aus dem Norden kniff mit kalten Fingern in unsere Wangen und brachte unsere Gesichter zum Glühen. Trotzdem lachten wir uns zu und scherzten den ganzen Weg entlang.

Ich erinnere mich an die Kälte in den Knochen und den Wind auf den Wangen. Die Welt, die Härte, die Elemente um uns herum waren egal. Wir hatten das Denken verbraucht, es gab nichts zu tun, als heimzukehren. Dort wartete jemand; auf jeden von uns. Ein Feuer, das in der Nacht brannte. Ein Feuer, das auszugehen niemand von uns sich vorzustellen wagte. Ich würde bald zu Hause sein.

Plötzlich gingen die Straßenlaternen an. Sie flackerten kurz, als die Leuchtstoffröhren durchstarteten, dann brannte es knallweiß aus der Höhe herab.

Ich schreckte auf. Erst jetzt realisierte ich, wie stark es tatsächlich schneite.

Ich beugte mich zur Straße und schielte über den inzwischen mit einer leichten Schneedecke überzogenen Asphalt.

Überall entlang des Weges hatten sich die Laternen entzündet. Das gab mir einen Funken Hoffnung. Diese Stadt musste noch funktionieren.

Vielleicht sollte ich weitergehen.

»Aber was soll das nützen?«

Jules war nicht mehr da. Und wie ich verstanden hatte, all seine Helfer und auch Yana und ihre Schwestern ebenso.

Ich wünschte mir, ich hätte sie nie getroffen. Ich wollte zurück. Dorthin, wo es mir gut gegangen war, dort, wo es mir zuletzt gut gegangen war.

»Alles soll wieder so sein, wie es mal war«, hauchte ich in den Wind. Ich hatte schon kaum noch Energie, mich darüber zu wundern, wie schwach meine Stimme war.

Da sah ich in der Ferne ein Licht leuchten, das anders war, als die kalt strahlenden Straßenlampen. Es war eine Laterne und sie war an einer Häuserecke angebracht, die offenbar den Eingang in eine Gasse markierte. Mit letzter Kraft raffte ich mich auf und stolperte über die Straße. Auf den Verkehr brauchte ich nicht zu achten. Es gab keinen.

Als ich die Laterne erreichte, drückte ich mich schnell um die Ecke. Der Wind ließ nach, das brennende Gefühl auf meiner Haut ebenso.

Die Gasse sah ähnlich aus wie die, aus der ich gekommen war. Ich hoffte, ich war nicht im Kreis durch die Straßenfluchten gelaufen und hatte mich an den Anfang verirrt.

Hier war es nicht weniger schmutzig und unaufgeräumt, jedoch sah ich den Weg hinunter eine Flamme flackern.

Mit vorsichtigen Schritten schlich ich mich an der Häuserwand entlang. Je näher ich kam, desto klarer wurde mir, dass es sich tatsächlich um ein Feuer handelte. Es war noch nicht einmal besonders klein. Brocken aus Glut, die vielleicht einmal altes Holz gewesen waren, hatte jemand zu einem beachtlichen Haufen aufgeschichtet und die Figuren, die davor hockten, konnte ich erst sehen, als ich schon ein gutes Stück herangekommen war.

Von allen Seiten saßen sie um das Feuer herum und das goldene Licht der Lohe erhellte ihre Gesichter. Ich konnte niemanden erkennen, die Helligkeit der Flammen überstrahlte alle Einzelheiten. Schon jetzt konnte ich die Wärme auf meiner Haut spüren. Ich war so dankbar, wenigstens ein bisschen aufzutauen.

Soweit ich sehen konnte, saßen ausnahmslos Männer um das Feuer herum. Einige wandte mir den Rücken zu. Noch hatte mich niemand bemerkt. Doch das änderte sich, je näher ich kam. Die Strahlen und die Wärme zogen mich wie eine Motte ins Licht.

Plötzlich drehte sich der mir am nächsten sitzende Mann um. Es war nicht zu vermeiden und es war mir auch egal. Ich wollte nicht ewig in den Schatten verweilen.

»Komm und setz dich«, sagte er und es klang, als hätte er mich schon lange bemerkt. Nicht, als hätte er auf mich gewartet, aber so, als wäre es ganz und gar nichts Besonderes, dass ich hier auftauchte.

Mir war die Kraft abhandengekommen, mich gebührend darüber zu wundern. Ich stieg über den dicken Baumstamm, der am Boden lag, und setzte mich zwischen ihn und seinen Nachbarn. Einige der Männer nickten mir gefällig zu, noch sagte keiner etwas. Vereinzelt rauchten die Männer Pfeife, ein paar andere hatten Zigarren im Mund und kauten darauf herum. Nicht alle brannten und nur selten sah ich blauen Rauch aufsteigen.

Holz war in dem großen brennenden Haufen vor mir nicht zu sehen. Das Feuer schien aus nichts als Glut gemacht. Trotzdem loderten die Flammen weit hinauf in den schneegrauen Himmel. Ab und an löste sich ein Stückchen Glimmer und flüchtete wie eine todesmutige Sternschnuppe seinem Ende in der Kälte der Nacht entgegen.

Ich streckte meine Hände und Beine nach dem Feuer aus und ließ die Hitze durch meinen Körper fahren. Ich war so dankbar darüber, dass ich der Kälte entflohen war, dass ich eine Träne der Erleichterung nicht unterdrücken konnte.

Es war mir peinlich.

»Ganz schön kalt da draußen«, sagte ich leise, so als wäre es eine Entschuldigung.

»Das ist es zu diesen Zeiten immer«, sagte der Mann neben mir.

»Sie meinen den Winter?«, fragte ich verwundert und wies die Gasse hinunter. »Da, wo ich herkam, war es gerade noch Sommer.«

»Ich rede nicht von den Jahreszeiten«, wies er mich zurecht.

»Und abgesehen davon«, mischte sich ein Mann von links ein, »schau doch, wie schön es hier ist. Ich habe diesen Wald ganz besonders geliebt. Kastanien wie am Monte Amiata. Wie gerne habe ich im Sommer an den Hängen gespielt. Damals, bevor sie all die Schiffe daraus gebaut haben.«

»Verwirr den Kleinen doch nicht«, sagte der dunkel gekleidete Mann neben mir. »Hier gibt's nur Gassen.«

Ich atmete auf, da ich schon begann, an meiner Wahrnehmung zu zweifeln.

»Die Gassen von meinem Kvarter. Siehst du die Schindeln auf den Giebeln? Ganz schön rutschig, wenn es regnet und man nicht aufpasst. Ich war so oft dort oben.«

Ich schaute mich um. Gassen gab es schon, aber weit und breit nur abweisende Fassaden, hochragende Häuserfronten und nirgends auch nur eine Schindel. Ich musterte ihn aufmerksam. Er war in dunkle, feste Kleidung gehüllt, die wie eine Uniform aussah. Sie war schwarz wie das dunkle Halstuch, das er trug. Darin sah er aus wie ein Schornsteinfeger.

Der Mann auf der anderen Seite hatte einen Mantel an, der ihm bis an die Stiefel reichte. Ein dickes Regencape lag über seinen Schultern. Seine Kleidung war dunkel gefärbt, wenn auch mit einem Schimmer von Blau. Wenn ich ihn unter anderen Umständen getroffen hätte, wäre er als Walfänger durchgegangen.

Weiter schaute ich in die Runde und erkannte, dass dies nicht für alle Männer galt, die um das Feuer saßen. Einige waren ebenso sommerlich gekleidet wie ich und einer hatte sogar eine Toga an und trug Sandalen. Ein paar schauten mich an, andere schienen sich nicht so sehr für Besuch zu interessieren. Sie unterhielten sich mit gedämpften Stimmen.

»Danke, dass ich mich aufwärmen darf«, sagte ich an den Schornsteinfeger gerichtet.

»Diese Zeiten sind immer die schwierigsten«, sagte er. »Du kannst dich aufwärmen, solange du magst.«

»Aber ...«, fügte der Walfänger von der anderen Seite hinzu. »Wir erwarten Besuch. Einen anderen Besuch.« Und er neigte sich mir entschuldigend zu. »Wenn er kommt, ist es Zeit für dich zu gehen.«

»Ich verstehe«, sagte ich. »Wenn ich bloß wüsste, wo ich hin soll.«

»Das ist ganz deine Entscheidung«, sagte der Schornsteinfeger. »Jeder muss entscheiden, ob er der Aufgabe gewachsen ist, oder nicht.«

Ich ließ den Kopf hängen und fragte: »Was für eine Aufgabe?«

»Die kennst du doch schon«, mischte sich der Walfänger wieder ein.

»Ich muss die Imperià finden«, platzte es aus mir heraus. »Das hat mir jemand aufgetragen. Aber ich weiß nicht einmal, wer das sein soll und schon gar nicht, wo sie ist.«

»Imperià, Imperià«, murmelte plötzlich sein Nebenmann und stand auf. Es war der Mann in der Toga mit den Sandalen. »Hab ich schon mal gehört.«

»Tatsächlich? Wo?«

»Beim Jupiter«, sagte er. »Ich kann mich nicht erinnern.«

Mir wich die Freude über seine Äußerung aus dem Gesicht.

»Lass den Kopf nicht hängen.«, munterte mich der andere auf und knuffte mich mit dem Ellenbogen in die Seite.

»Ich wüsste, wen du fragen kannst.«

»Ach ja?«

»Tatsächlich, das tue ich«, murrte er. Dann stand auch er auf und schaute in den Kreis der um das Feuer versammelten Männer.

»Wo ist sie denn?«, fragte er in die Runde.

Einige winkten mit dem Daumen über die Schulter.

»Dana ist da hinten.«

Ich untersuchte die Umgebung in der angegebenen Richtung. Die Häuserfronten um das Lagerfeuer bildeten einen Platz wie eine kleine Lichtung im Dschungel der Stadt. In den Ecken der Gebäude waren klapprige Bretterbuden gebaut. Dazwischen lagen einige Fässer aus bauchig gewölbtem Holz. Sogar ein paar große Pappkartons waren dabei. Hier und da lugten Füße heraus. Offensichtlich schlief der Inhaber der Behausung darin.

»Geh da rüber«, sagte der Schornsteinfeger und wies auf einen geräumigen Pappkarton. »Wenn Dana nicht am Feuer sitzt, dann wird sie dort sein.«

Ich stand auf und ging hinüber. In dem Karton hätten gut und gerne zwei riesige Kühlschränke Platz gehabt. Er lag auf der Seite und glich einer großen Röhre. Ich lugte hinein und sah ein Glimmen.

Jemand saß an der hinteren Wand und rauchte. Mir war nicht ganz wohl, als ich einfach so hereinschaute, aber als die Stimme der Bewohnerin erklang, war es, als würde alle Last von mir abfallen. Meine Gedanken an den Winter vor der Tür waren wie weggeblasen.

»Sieht aus, als wenn du etwas suchst «, sagte sie. »Komm näher! Ich möchte deine Augen sehen.«

Plötzlich hatte ich Bedenken. Das kam mir fast ein bisschen zu märchenhaft vor. Was wollte sie mit meinen Augen anfangen?

Doch ich gab mir einen Ruck, bückte mich und krabbelte in den Karton hinein.

»Danke«, sagte ich und setzte mich in den Eingang.

»Es war schön warm, da am Feuer. Draußen war mir so kalt und es war niemand da, der mich hereingelassen hätte oder den ich fragen konnte.«

»Ich weiß«, sagte sie. »Jeder macht sich sein eigenes Bett.«

»Meinen Sie diese Kartons und Fässer?

Jeder sieht die Welt so, wie er sie sehen will«, sagte sie mit ruhiger Stimme. »Das gilt nicht nur da, wo du her kommst, sondern ganz besonders hier.«

»Wohnen Sie hier?«

»Wohnen?«, wunderte sie sich. »So kann man es auch nennen. Die Jungs da draußen sind immer hier. Und jeder sieht es so, wie es ihm am liebsten ist. So wie er sich tief drinnen fühlt.«

Sie musterte mich mit regen Augen.

»Aber eines wird zu allen Zeiten sein.« Ihre Stimme wurde fester. »Das Feuer. Es brennt für alle gleich.«

Ich versuchte zu verstehen, was sie meinte.

»Es hat mich gerettet.«

»Ha!« Sie schüttelte sich. »Retten kann sich jeder nur selber. Auch du.«

Dann musste ich husten. Es war ganz sicher eine Zigarre, die mir vor der Nase brannte. Es kratzte unangenehm im Hals. Ich war den Rauch nicht gewohnt. Obwohl mir der Geruch bekannt vorkam. Es war derselbe Geruch, den ich aus den alten, lange abgelegten Zigarrenkisten meines Großvaters kannte. Aber hier kam es frisch und heftig herüber.

Die Dame kicherte.

»Mach dir nichts draus«, sagte sie so ruhig wie zuvor. »Du gewöhnst dich dran.«

Im Halbdunkel des Feuerscheins, der nur einen Spalt des Innenraums erleuchtete, versuchte ich, mehr von meinem Gegenüber zu erkennen. Als sich meine Augen an die Schatten gewöhnt hatten, konnte ich eine ältere Dame erkennen, die an der hinteren Wand lehnte. Sie paffte genüsslich die Zigarre vor sich hin. Sie trug ein altmodisches Kleid, das mir hier und da etwas zerfleddert vorkam. Die Ellenbogen waren abgestoßen und die Ärmel ausgeleiert. Der Kragen einer grauen Bluse aus nichts als Spitzenstoff umfing hochgeschlossen ihren Hals. An den Händen trug sie feine Halbhandschuhe, aus denen die blanken Fingerspitzen ragten. Der Rest ihres bauschigen Kleides versank in Finsternis.

»Man hat mir gesagt, ich soll die Imperià finden«, sagte ich. »Das ist alles, was ich weiß.«

»Die Imperià?« Ihr Tonfall klang amüsiert. Sie schüttelte für einen Moment den Kopf.

»Die zwei Einen. Da bist du aber hier falsch.«

»Sie kennen sie? Sie wissen, wo ich sie finden kann?«

»Viele kennen sie nur als Lilith«, sagte die Dame. »Wenn du das gleich gefragt hättest, könnten dir ein paar Jungs da draußen mit Rat und Tat zur Seite stehen. Ich möchte allerdings sagen, einige von denen hätten noch eine Rechnung mit ihr offen. Zu oft hat sie denen die Tour vermasselt. Jeder da draußen hätte gerne weiter gemacht. Aber sie ruft alle irgendwann rein.«

»Reinrufen?« Ich verstand gar nichts mehr.

»Jede Tour ist mal zu Ende«, sagte sie. »Kein Tag lässt sich ewig feiern.«

Das kam mir bekannt vor.

»Ich komme gern hierher«, sagte die Dame. »Die Jungs am Feuer haben eine Menge vortreffliche Geschichten zu erzählen. Alle Geschichten der Welt.«

»Alle Geschichten?«, sagte ich zweifelnd. Ich dachte, sie würde übertreiben.

»So ziemlich alle«, sagte sie bestimmt und mir war es, als hätte sie schon unendlich viele davon gehört. »Letztlich gibt es nur ein paar Geschichten. Alles andere ist nur eine Abwandlung. Wie ein Abziehbild oder ein ausgeleierter Schulstempel. So oft benutzt, dass die Umrisse kaum noch zu sehen sind. Die Farbe lässt nach, weißt du. Alles, was die Jungs da am Feuer ausmacht, ist das, was sie erlebt haben. Und doch …«

Sie stockte.

»Mehr als drei Dinge gibt es nicht, über die es zu berichten lohnt. Und es wird sie auch nie geben.«

Mir brannte eine Frage auf der Zunge.

»Diese Imperià, sie kann mir helfen, oder? Man hat mir gesagt, sie könne jemanden zurückbringen.«

»Zurückbringen?« Die Dame schnaufte, als hätte sie sich verschluckt. »Nicht ganz ihre Kleidergröße, würde ich sagen. Obwohl sie, soweit ich weiß, eine Menge Kontakte pflegt. Um wen geht es denn?«

»Jules«, rief ich. »Jules Hazard, er gehört zum fahrenden Volk und er ist ein ganz unglaublicher Motorradfahrer.«

Mir stockte der Atem, als ich an ihn dachte. »Aber ich glaube, er hat in Wirklichkeit noch einen ganz anderen Job.«

»So, so«, sagte die Dame und zog an ihrer Zigarre. »Eines ist klar. Eine Imperià kann für sich selbst entscheiden. Sie weiß immer, wo sich alle befinden und sie kann dich womöglich dorthin führen, wo du Rat und vielleicht auch Hilfe bekommen kannst. Das steht in ihrer Macht, da bin ich mir sicher. Wenn auch …«

»Wenn auch, was?«

»Sie ist etwas eigen, möchte ich meinen. Und das nicht nur, weil sie zu Selbstgesprächen neigt. Mit sich selber … hi, hi.«

Wieder kicherte sie in sich hinein.

»Kein Wunder bei ihrer Verfassung. Manchmal hält sie sich eben für die Größte, weißt du. Wenn sie vor sich steht und sich selber anschaut, zwischen den Zeiten.«

Das war kryptisch genug. Ich wollte nicht unhöflich sein, aber langsam wurde es mir zu viel.

»Wollen Sie mir nun sagen, wie und wo ich sie finden kann?«

»Wie gerne würde ich das tun, wenn ich denn wüsste, wo sie ist«, sagte die Dame. »Und du kannst dir nicht vorstellen, wie gerne ich dabei wäre, wenn sie dich sieht. Am besten ist sie bei Dämmerung zu ertragen. Du weißt schon, entweder morgens oder abends. Dann kann sie beide Seiten abwägen und zickt nicht ganz so viel herum. Und sag ihr auf keinen Fall, dass ich dir verraten habe, wo sie steckt. Sie will es immer auf die harte Tour. Als wenn man alles schon vorher wissen müsste.«

Sie schüttelte den Kopf.

»Sie meint, das wäre wichtig. Es hat schon welche gegeben, die wussten noch weniger als du. Aber bei Lilith ist das so eine Sache. Tag für Tag. Da ist das Kurzzeitgedächtnis eindeutig im Vorteil, aber was das Längerfristige betrifft? Nun ja.«

Ich wollte sie unterbrechen, doch sie hob die Hand.

»Schon gut. Ich sehe, du kannst es kaum erwarten. Aber wenn du es schaffst, Lilith zu finden, dann hätte ich eine Bitte an dich.«

In diesem Moment hätte sie ganz sicher alles von mir verlangen können. Mir zog es den Magen zusammen, als ich daran dachte, dass ich keine leichte Aufgabe vor mir hatte. Alles fühlte sich so ungewohnt an, als hätte ich einen frisch gewebten, noch nie gewaschenen Pullover angezogen, der mich am Hals kratzte.

Die Dame richtete ihren Oberkörper auf, behielt die Zigarre zwischen den Lippen. Sie langte an das rechte Ohrläppchen und klipste dort mit geübtem Griff etwas aus der Fassung.

Sie hielt mir die geöffnete Hand entgegen. Darin lag eine Perle.

»Die schulde ich Lilith«, sagte sie. »Wenn du sie triffst, übergib sie ihr bitte.«

»Ob ich es schaffe, sie zu treffen ...«, setzte ich an und wollte nicht, dass meine Stimme dabei zitterte.

»Ich weiß«, unterbrach sie mich, »aber wenn es überhaupt einer versucht, dann bist du es. Und wenn es nicht klappt; na dann bringst du das Ding einfach zu mir zurück.«

»Einfach so? Wie kann ich Sie wiederfinden?«

»Das Feuer wird dir den Weg weisen«, sagte sie und hielt mir die Perle förmlich unter die Nase.

Ich überlegte einen Moment, dann nahm ich die weiße Kugel aus ihrer Hand und steckte sie ohne weitere Worte in meine Hosentasche.

»Jetzt musst du gehen«, fuhr sie fort und lehnte sich zurück. »Geh einfach die Gasse hinunter. Wenn du am anderen Ende herauskommst, wirst du dich auskennen. Dann such so etwas wie die *Klingende Münze*. Wenn überhaupt, dann hat ihr Laden etwas damit zu tun, glaube ich.«

»Glauben Sie?«

»Soweit ich weiß, hat er das bis vor Kurzem noch.«

Die Dame stockte. Es sah aus, als würde sie nachdenken.

»Oder es ist etwas mit *Empyrium*. Manchmal kann Lilith die Namensspielchen nicht lassen. Du wirst schon sehen. Hell und Dunkel. Tag und Nacht. Du musst dich einfach durchfragen.«

»Na toll«, sagte ich.

»Und jetzt geh geschwind«, sagte sie.

»Können Sie nicht ein bisschen genauer sein?«

»Etwas mehr Elan hätte sich schon von dir erwartet«, sagte sie stattdessen.

»Wieso?«

»Ich hatte den Eindruck, du möchtest die kleine Dryade, die du so lieb gewonnen hast, lebend wiedersehen und das wird dir nur gelingen, wenn du jetzt mal etwas Dampf machst.«

Kapitel XXIII

Stadtlauf, Sommertod, Zellenbuch

Dann war ich draußen. Da war der Himmel, da waren die Straßen und da war die Stadt. So wie ich sie kannte. Aber trotzdem fühlte sich etwas anders an. Es kam mir vor, als wäre ich ein Kater, den man vor die Tür gescheucht hat. Ja, drinnen ist es warm und kuschelig. Aber jetzt ist es Zeit zum Luftschnappen und tu gefälligst deinen Job. Fang ein paar Mäuse und markier dein Revier. Sonst wirst du fett und unnütz. Und du weißt doch, was mit unnützen Katern passiert.

Das wusste ich zwar nicht und ich wollte es mir auch nicht vorstellen, aber trotzdem atmete ich durch.

Die Welt hatte mich wieder. Mir schien es, als müsste sie noch darüber nachdenken, ob sie mich wiederhaben wollte. Aber hier war ich und schaute begeistert auf all die vorbeifahrenden Autos, ein paar Passanten in der Ferne. Sogar die taktvollen Ampeln ein Stück die Straße hinunter machten mir Freude.

Ein warmer Wind tanzte geräuschlos über den Asphalt und die Sonne stand ziemlich tief. Entweder es musste bereits tiefer Nachmittag sein, oder der Sommer wollte sich verabschieden.

Ich schaute mich um und da war eine Gasse, aber es war nur ein Fußweg zwischen ganz normalen Gebäuden. Von hohen abweisenden Fassaden war weit und breit nichts zu sehen.

Ich schüttelte den Kopf, als wollte ich die Bilder vor meinen Augen zurechtrücken. Oder wollte ich überprüfen, ob die Realität wirklich da bleiben würde, wo sie hingehörte?

Sie tat es. Alles, was ich zuvor gesehen hatte, schien mir jetzt, auch wenn es nur Minuten her war, wie ein ferner Traum. Kein Feuer, keine Männer, keine Dana.

Sie hatte sich von mir verabschiedet. So einfach wie schnörkellos und die Männer, an denen ich danach wie ein Schlafwandler vorbeilief, hatten nicht einmal gegrüßt. Sie saßen am Feuer und waren schon wieder mit sich selbst beschäftigt.

Auch ich hatte mich brav verabschiedet, als hätte ich nicht unendlich viele Fragen auf der Zunge. Ein kaum zu beschreibender Zwang hatte mich vorwärtsgetrieben. Ich musste aufstehen und die Füße voreinander setzen. Die Gasse hinuntergehen, so als wäre ich hypnotisiert. Doch es kam mir vor wie mein eigener Wunsch. Auf eine unerklärliche Weise wollte ich nichts anderes, als wieder dorthin zurück, woher ich gekommen war. Dort, wo ich mich auskannte.

Die Straßen hier waren mir vertraut. Das war im höchsten Maße beruhigend. Hier war ich tatsächlich schon einmal durchgefahren; mit dem Fahrrad auf dem Weg zur Schule. Ich befand mich auf halbem Weg zwischen der Innenstadt und meinem alten Heim, das ich so lange Jahre bewohnt hatte.

Wohin sollte ich gehen? Die Stadt erschien mir auf einmal riesig. Obwohl man sie vielleicht bestenfalls als ausgewachsene Kreisstadt bezeichnen konnte, die in ein paar Jahren vielleicht an der Schwelle zur Großstadt kratzen durfte.

Ich setzte langsam einen Fuß vor den anderen; vorsichtig, so als wollte ich die unerwartet wiedererlangte Realität nicht durch unbedachte Bewegungen verscheuchen. Ich folgte der Straße ein gutes Stück und ließ mich von meinem Gefühl leiten.

Doch nach einer Weile kamen mir Zweifel auf.

Würde mich das weiterbringen?

Sollte ich einen Passanten befragen, der mir auf dem Gehsteig entgegenkam? Ich verwarf den Gedanken. Nach was sollte ich fragen? Ich hatte nur eine vage Idee und eine verwaschene Beschreibung meines Ziels.

Die Sonne senkte sich weiter und weiter. Das ging schneller, als ich erwartete. Dann fiel mir auf, dass die Laubbäume entlang der Straße längst nicht mehr das satte Grün des Sommers zeigten. Die Platanen ließen die Spitzen ihrer Blätter wie gelbe Stachel blitzen und die Buchen und Eichen, die hier und da auf den Grundstücken standen, trugen ihre Kronen in rostigem Rot.

Das gab mir zu denken. Ich rannte los. Jetzt hatte ich ein Ziel. Es war der Fernsehladen, vor dessen Schaufenster ich so oft verweilt hatte, wenn ich auf dem Weg nach Hause war. Er war nicht weit entfernt. Über die Jahre war aus ihm ein veritabler Elektronikmarkt geworden. Ich wusste, ein Schaufenster war immer mit den neuesten TV-Modellen bestückt und dort lief nichts anderes als die Nachrichten.

Als ich ankam und auf die unzähligen Bildschirme starrte, musste ich schlucken. Nachrichten, schön und gut. Die interessierten mich nur am Rande. Obwohl der Sound aus den Außenlautsprechern über den Bürgersteig plärrte. Das Datum, das ich im Hintergrund ablesen konnte, versetzte mir einen Schock. Nicht nur der August war gegangen, auch der September war lange vorüber. Ich war im Oktober gelandet und der November zeichnete sich schon am Horizont ab. Der heutige Tag musste ein Aufbäumen des Herbstes sein. Ein letzter Gruß von schönem Wetter und klarem Himmel.

Deswegen war es in der Sonne so goldwarm und in den Schatten so rauborstig kalt.

Meine Aufgabe war kaum leichter geworden. Nicht nur, weil eine Menge Zeit vergangen war (wo verdammt nochmal hatte ich sie verbummelt?) und auch nicht deswegen, weil Jules somit eine ganze Weile verschwunden war. Schlimmer wiegte, dass ich selber seit dem Brand und der Vernichtung des Hauses nirgendwo mehr aufgetaucht war. Wahrscheinlich galten Bastian und ich längst als verschollen. Wenn man uns nicht schon für tot erklärt hatte. Ich war mir sicher, Tobias hatte kaum zur Aufklärung beigetragen. Somit konnte ich mich nicht an die Behörden wenden und mal eben nach dem Weg fragen. Den Weg wohin auch immer. Wenn ich daran nur dachte, brummte mir der Kopf.

Ich wollte weder über die Vorgänge beim Hausbrand noch über meine Rolle dabei befragt werden. Und schon gar nicht sollte mich jemand aufhalten.

Meine Mission war es, Jules zu retten. Oder zumindest diejenigen zu unterrichten, die dafür sorgen würden. Und wenn ich die Hinweise richtig verstanden hatte, dann war höchste Eile angesagt.

Plötzlich lief es mir eiskalt den Rücken hinunter. Ich schaute mich hilfesuchend um. Nichts als unbekannte Passanten, die mich kaum beachteten, als sie ihren Tagesgeschäften nachgingen. Niemand sah aus, als wäre er in der Lage oder willens, mir zu helfen. Ich hatte kein Geld, nur die Kleider, die ich am Leib trug und die Zeit rann mir durch die Finger.

Zum Glück kam mir etwas in den Sinn. Da war eine Telefonzelle, nicht weit entfernt. Direkt im Freibad, das ich im Sommer mit meinen Schulkameraden so gerne besucht hatte. Warum war ich nicht eher auf die Idee gekommen? Eine Suche im guten, alten Telefonbuch sollte mir eine Hilfe sein, oder zumindest eine Richtung vorgeben.

Ich wanderte die Straße hinunter. Die Sonne rollte müde über die oberen Zinnen der Häuser. Ich sah die Schatten länger und länger werden. Am Horizont tauchte eine riesige dunkle Wolke auf, die sich wie eine schwarzgefiederte Glucke herandrängte, um sich in das Himmelsnest zu setzen. Sie würde alle Helligkeit verdrängen.

Was sie auch tat. Die herbstliche Kälte, die in den Mauer-ecken lauerte, kam hervorgekrochen und die Wärme und Feuchtigkeit verbanden sich vor meiner Nase zu einem hübschen Abendnebel.

Mit Einsetzen der Dunkelheit fand ich das noch witzig und nicht wenig malerisch, aber schon bald verdichteten sich die Schwaden und die Stadt verwandelte sich in eine graue Nebelküche.

Ich beschleunigte meine Schritte und war froh, als ich die Abzweigung erreicht hatte, an der gleich um die Ecke das Freibad lag. Doch kaum hatte ich die Kreuzung hinter mir gelassen und einen Blick auf den Eingangsbereich gewor-fen, fiel mir auf, dass etwas nicht stimmte.

Hier sah nichts so aus, wie ich es in Erinnerung hatte. Ich musste mir eingestehen, dass ich das letzte Mal vor ein paar Jahren mit meinen Kameraden im Sommer hier gewesen war. Aber ich hatte nicht erwartet, das Bad geschlossen und vor allem in diesem schlechten Zustand wiederzusehen. Ich stoppte und schüttelte den Kopf, als ließe sich das Szenario dadurch verscheuchen.

Die Fenster der Kassenhäuschen waren mit Brettern ver-rammelt, ebenso die Gitter vor den Durchgängen und Drehkreuzen. Der Wind hatte heruntergefallene Herbst-blätter in die Mauerecken gefegt. Sie raschelten und beweg-ten sich unruhig im Nachtwind, der um die Ecken blies. Aus dem kleinen Flachdach über dem Eingangsbereich hingen ein paar Latten herunter. Die Fassade des Gebäudes und viele der Bretterwände waren mit Graffiti übersprüht und mit Werbezetteln zugekleistert. Es sah so aus, als ob das Bad nicht nur nach dem Sommer geschlossen hatte, son-dern als wäre es aufgegeben worden.

Die Straßenlaternen brannten mit schneeweißem Licht herunter und ließen die Fronten grimmkalt und abweisend erscheinen.

Ich schloss zum Eingang auf und suchte nach einem Hinweis darauf, was passiert war. Ein großes Plakat lugte halb zugekleistert unter den vielen Werbepostern hervor. Ich las, was ich lesen konnte, und das war wahrlich nicht aufbauend.

Die Stadtverwaltung hatte das Bad aus Kostengründen vor zwei Jahren geschlossen. Seitdem lag es verwaist, einsam und vernagelt am Rand des Stadtparks und so wie es aussah, schien sich niemand mehr dafür zu interessieren.

Das war insofern unangenehm, da die einzige öffentliche Telefonzelle, die ich kannte, hinter dem Eingangsbereich lag. Früher hatte es überall in der Stadt unzählige dieser Zellen gegeben. Aber sie waren verschwunden. Einfach abgebaut worden, da niemand sie mehr brauchte. Mir wäre keine andere dieser rotlackierten Boxen eingefallen, die noch in Betrieb war. Doch auch diese schien es erwischt zu haben. Vor Enttäuschung knirschte ich mit den Zähnen. Es klang wie brechendes Holz.

Ich ging an der Bretterwand entlang und spähte durch die Latten. Hier und da war ein Astloch und manch eine Lücke in der Verschalung. Alles schien hastig zusammengezimmert.

Dann sah ich sie. Sie stand noch dort, wo sie immer gestanden hatte. Gleich links neben den Durchgängen hinter den Kassenboxen, noch halb von dem Flachdach im Innenraum überdacht.

Wie elektrisiert atmete ich auf. Ich peilte mit einem Auge wieder und wieder durch eine Bretterlücke, um mich zu vergewissern, dass ich keine Fata Morgana sah.

Jetzt musste ich nur noch da rein.

Vor dem Eingang konnte mich jeder im offenen Licht der Lampen sehen. Hier wollte ich mich nicht weiter aufhalten. Obwohl ich niemanden weit und breit sah, der sich für mich interessierte.

Ich schlich mich am Flachbau der Umkleidekabinen entlang und drückte mich zwischen Häuserecke und Büschen am Ende des Parkplatzes in die Dunkelheit.

Ab hier umschloss nur noch ein hoher Zaun das Gelände. Allerdings ein sehr hoher Zaun. Und die drei Reihen aus verrostetem Stacheldraht, die diese Sperre wie eine gehässige Krone trug, sahen nicht einladend aus.

Ich wanderte vorsichtig an dem Gitterzaun weiter. Das Streulicht der Straßenlaternen ließ mich wenige Einzelheiten erkennen, da hier die Bäume und Büsche des umliegenden Parks ihre Schatten verbreiteten. Alte Zeitungen, Pappbecher und anderer undefinierbarer Müll hatte sich unter den Büschen und an Rand des Zauns verfangen.

Mit der Hand am Draht der Barriere tastete ich mich voran. Plötzlich fühlte sich etwas anders an. Darauf hatte ich gehofft. Wieder durchströmte mich ein Hochgefühl, wie eben, als ich die Zelle erblickt hatte. Noch hatte mich das Glück nicht verlassen.

Jemand hatte den Zaun ausgehoben und hochgebogen. Anscheinend waren ein paar Jungs beim Spielen auf dieselbe Idee gekommen, wie wir damals beim Kieswerk. Dort war ein Schlupfloch, das den Weg in den Innenraum freigab.

Ich krabbelte hindurch, drückte mich durch die dichten Buschreihen auf der anderen Seite und schon stand ich am Rand des gähnend leeren Schwimmbeckens.

Zwei Winter hatten gereicht, aus dem Freibad eine gammelige Grube zu machen. Blätter, Abfall, Sand und abgeplatzte Kacheln sammelten sich am Boden des wasserlosen Beckens. Die blassblauen Wände sahen im nebeligen Streulicht der Stadt nicht gerade anheimelnd aus. Der Sprungturm stand am Beckenrand wie ein Wachsoldat, der seine Arme schützend über die Anlage hielt. Doch sein Kopf versank im weißgrauen Dunst der aufziehenden Herbstnacht.

Hier hatte ich schwimmen gelernt, mich auf der Liegewiese in der Sommersonne geräkelt und mit meinen Kumpels die tollsten Arschbomben trainiert. Das Eis hatte herrlich geschmeckt und das Wasser war lichtblau und spritzig kalt gewesen. Aber das war lange her und der Eindruck des

Verfalls löste in mir eine Beklemmung aus, die ich noch nie gefühlt hatte.

Eigentlich wollte ich so schnell und unauffällig wie möglich zurück in Richtung Eingangstore gehen, doch ich stockte. Ich überlegte, woran das lag.

Auf einmal erschien mir die ganze Anlage fremd. Sie war nicht mehr so, wie ich sie in Erinnerung hatte. Hier war etwas anders und es war nicht nur der augenfällige Verfall, der sich in allen Ecken zeigte.

Das war nicht mehr das Bad von früher. Das alte Freibad, das ich gekannt hatte und das mich gekannt hatte, war weg. Ich würde es nie wieder sehen. Es hatte vor langer Zeit hier gestanden und ich war eines letzten Sommers gegangen. Durch die Tore dort vorne und hatte es für immer verlassen. Ich hatte mich nicht gebührend verabschiedet. Ja, ich hatte noch nicht einmal gewusst, dass es das letzte Mal war, dass ich die Anlage so sehen würde. Es war ein unerkannter, ungefeierter Abschied gewesen. Ein Abschied für immer. Das Leben hatte uns überlistet. Das Bad meiner Jugend war weg. Unwiederholbar und unüberbrückbar hatten wir uns für alle Zeiten voneinander getrennt.

Ich dachte daran, wie viele Dinge wir im Leben unbedacht aufgeben, für immer verlassen. Manches sehen wir sogar nur ein einziges Mal. Immer sagen wir »Ja«, es ist noch Zeit, zurückzukehren. Alles ist doch noch da. Wir sehen es wieder. Nutzen es erneut. Doch in Wirklichkeit nehmen wir jeden Tag von so vielen Dingen Abschied und sehen sie bis in alle Zeiten nicht wieder. Dinge, Plätze, Menschen.

Plötzlich erfasste mich eine Traurigkeit und gleichzeitig eine Ruhe, die ich noch nie gespürt hatte. Eine einzelne Träne drängelte sich aus meinem Augenwinkel und startete ihren Lauf meine Wange hinab. Es war seltsam. Am Grab meiner Mutter hatte ich nicht eine Träne vergossen. Wie gerne hätte ich alles rückgängig gemacht. Ich konnte es nicht. Diese Träne war für sie. Sie löste sich von meinem Kinn, fiel in das leere Becken und weg war sie.

Weg war sie für immer.

Plötzlich war mir, als würde das Schwimmbad nach mir rufen. Ich solle zu ihm kommen. Zurück dorthin, wo es bestand, wo wir zusammen gewesen waren, wo alles noch in Ordnung gewesen war. Aber wie sollte ich das tun, quer durch die Zeiten. Es war unmöglich, außer in Gedanken. Doch ich wollte, nein, ich durfte mich von diesen Gedanken nicht länger fesseln lassen.

Es dauerte noch ein paar Sekunden, dann begann ich zu rennen. Ich sprintete am Rand der verfallenen Schwimmgrube entlang und wollte nichts mehr, als die alte Telefonzelle erreichen. Diesmal durfte es einfach nicht sein. Ich wollte Jules und Yana und all die anderen wiedersehen. Es lag an mir, sie zurückzubringen. Und dazu musste ich nur jemanden finden. Das konnte doch nicht so schwierig sein.

Ich erreichte die Telefonzelle am Rand der ehemaligen Liegewiese zwischen den Umkleidekabinen und dem Kinderbecken. Angekratzt sah sie aus und viele der kleinen Scheiben auf der rechten Seite waren eingeschlagen. Wahrscheinlich hatten Kids Zielübungen veranstaltet. Die Box des Telefons hing noch an der Rückwand, aber der Hörer fehlte. Ich war mir sicher, es gab auch keinen Strom mehr.

Die Telefonbücher waren noch vorhanden. Ich atmete auf. Unter drehbaren Plastikabdeckungen hingen sie in ihren Halterungen. Die drei Dicksten waren reichlich zerfleddert, doch sie interessierten mich nicht. Was ich brauchte, waren die Gelben Seiten.

Ich zog an der Tür der Zelle und musste all meine Kraft aufbringen, den Eingang so weit zu öffnen, dass ich hineinschlüpfen konnte. Das Metall schrappte über den Dreck, der sich auf dem Boden gesammelt hatte. Dann konnte ich die Bücher erreichen.

Zum Glück waren die Gelben Seiten am wenigsten beschädigt. Das Papier war durch Feuchtigkeit wellig, aufgequollen und nicht selten miteinander verklebt. Nur wenig Licht strahlte durch den Nebel vom Eingang herüber. Doch das störte mich nicht. Ich versuchte, die unzähligen Anzeigen und Einträge zu entziffern.

Was hatte ich bisher gehört? Ich wollte mich erinnern. Tag und Nacht? Klingende Münze?

Ich suchte unter Münzgeschäften und Auktionshäusern. Nahm mir sogar Möbelhäuser und Pfandleihen vor.

Ich konnte nichts Passendes entdecken.

Keiner der Firmennamen sagte mir etwas. Bei keinem konnte ich eine Verbindung zu Dana, Jules oder einer Imperià finden.

Vielleicht sollte ich das ganze Buch durchblättern. Ich nahm mir den Anfang vor. Sogleich bemerkte ich, dass dort ein paar Seiten fehlten. In Fetzen hingen die Reste am Bund. Da hatte jemand wohl Papierbedarf gehabt. Für was auch immer. Ich fluchte, was das Zeug hielt. Aber das brachte die Seiten auch nicht zurück.

Handelsfirmen jeglicher Art durchforstete ich und sogar Banken nahm ich mir vor. Nirgendwo fiel der Groschen. Zuletzt versuchte ich es bei Metallverarbeitung und selbst die Einträge aller Schlosser ging ich durch. Nichts ließ mich im Geringsten aufhorchen.

Verzweifelt wandte ich mich ab und verließ die Zelle. Meine Augen brannten von der Anstrengung, im Halbdunkel zu lesen. Der Hunger meldete sich. Ich sackte auf den Hosenboden und lehnte mich an die Telefonzelle. Vielleicht sollte ich bis zum Morgen warten und es nochmal bei besserem Licht versuchen?

Ich war so erschöpft und enttäuscht, dass ich die Augen schloss. Ich wollte das leere Schwimmbecken nicht mehr sehen. Die Leere in mir war schon genug.

Ich steckte meine Hände in die Taschen, um sie vor der feuchtkühlen Herbstluft zu schützen.

Da spürte ich sie.

Die Perle, die mir Dana gegeben hatte. Sie war noch dort, wo ich sie hingesteckt hatte. Sie fühlte sich real an und als ich sie aus der Tasche zog, schimmerte sie blass im Nebellicht, als wollte sie sich der Umgebung anpassen.

Ich hielt sie hoch und schaute sie eine Weile an. Fast wären mir vor Erschöpfung die Augen zugefallen, als plötzlich ein Gedanke durch meinen schläfrigen Geist hallte. Es war nur eine Idee.

Ich raffte mich auf, krabbelte zurück in die Zelle und blätterte ein letztes Mal durch die Gelben Seiten. Zuerst durchforstete ich die Restaurants (da begann mein Magen böse zu knurren). Dann nahm ich mir die Seiten mit all den Gaststätten, Bars und kleinen Kneipen vor, die meine Stadt so zu bieten hatte.

Da stand es.

Zur nachtblauen Sonne.

Und ich wusste es.

Kapitel XXIV

Hafennebel, Piratenbraut, Eintopf

Ich war verfroren, verstoßen und nebenbei auch nicht wenig verhungert. Der anfängliche Elan war verschwunden. Das Glücksgefühl, das mich erfasst hatte, nachdem ich wusste, wo zu suchen war, hatte mich viel zu schnell verlassen. Den Weg kannte ich. Das heißt, ich wusste, wohin ich zu gehen hatte, um mein Ziel zu erreichen. Aber das trug nicht dazu bei, meine Stimmung zu heben.

Die Gegend unten am Hafen war mir vertraut. Die Kneipe nicht. Es war nur ein kleiner Hafen; keiner für Hochseeyachten, Tanker oder Containerschiffe. Er lag am Kanal, der wie eine mit dem Lineal gezogene Linie die Randgebiete meiner Stadt tangierte. Mit dem Fahrrad waren ich und die Jungs noch im Sommer dort entlang gefahren und hatten den beschaulichen Ferienbooten und rußigen Kohlekähnen nachgeschaut, wie sie eine Schleuse nach der anderen überwanden.

Das war bei Tag gewesen, doch jetzt war es tiefe Nacht. Und neblig noch dazu. Ein Schiffshorn hallte aus der Ferne herüber. Ich stand im Schatten eines großen Lagerhauses, dahinter nur noch der Kanal. Ich wollte den Eingang der Kneipe beobachten. Die *Nachtblaue Sonne* lag in einer kleinen Seitenstraße, die zum Hafen führte. Sie war mir noch nie aufgefallen. Aber ich hatte in meinem Alter solche Etablissements auch nicht willentlich gesucht.

Die Füße taten mir weh von der Lauferei quer durch die Stadt und nur mühsam konnte ich meinen Magen davon abhalten, ein mehrstimmiges Konzert in Knurr-Dur anzustimmen.

Die Laternen gossen ihr milchiges Licht auf den Fußweg der gegenüberliegenden Straßenseite. Der Eingang war mit einer Lichterkette über der Tür erleuchtet und hinter den Butzenfenstern schimmerte es heimelig und bernsteingelb vor sich hin. Die Gaststätte lag in einem niedrigen Backsteinhäuschen, das aussah, als hätte es sich zwischen die anliegenden Lagerhallen gedrängelt. Der Schriftzug über dem Eingang wies den Namen aus, aber das war nicht alles. Ein kunstvoll geschmiedetes Emblem hing quer zur Straße und drehte sich müde im leichten Nachtwind, der durch die Gasse zog.

Im äußeren Kranz des Wahrzeichens aus wellig gehämmerten Strahlen, je zur Hälfte golden und stahlblau bemalt, hatte man eine große Plakette befestigt. Wie an einem Stift drehte sich eine riesige Münze frei in der Nachtluft. Sie zeigte mal ihre goldgelbe Seite, um sich in eine lachende Sonne zu verwandeln, dann wieder ihre dunkelblaue Seite, mit einem streng dreinblickenden Gesicht. Die kleinste Drehung führte zu einem verhaltenen Quietschen, das ich bis auf die andere Straßenseite hören konnte.

Ich kniff meine Augen zusammen, um jede noch so kleine Kleinigkeit zu studieren. Aber die diesige Luft machte es mir nicht einfach. Ich fluchte vor mich hin. Auf unerklärliche Weise hatte ich einen Heidenrespekt vor der kleinen Kneipe. Sie aus der Ferne zu betrachten, schien mir das geeignete Mittel.

Ich wünschte mir, ich könnte das Wetter ändern. In meiner Kindheit hatte ich mir jede Saison so gewünscht, als wäre sie aus dem Bilderbuch. Der Sommer knallwarm und trocken, der Winter dick gepudert mit Schnee, der Frühling so klar und hellgrün wie es nur geht; und der Herbst so tagwarm und nachtkalt, dass die Bäume gar nicht anders können, als sich die buntesten Mäntel umzuhängen.

Jetzt wünschte ich mir nichts weiter, als dass der unwirtliche Nebel verschwinden möge und sich ein sternenklarer Himmel zeigt.

Für diese Zeit, tief in der Nacht, war nicht wenig Betrieb zu sehen. Während ich auf der Lauer lag, waren mindestens fünf Gruppen von Hafenarbeitern und Bediensteten der umliegenden Lagerhallen aus- und eingegangen. Ich hätte nie vermutet, dass um diese Uhrzeit in den Hafenanlagen rund um die kleine Kaimauer so viel los war.

Mit Warten kam ich nicht weiter. Aber ich hatte Bedenken, auch wegen meines Alters, in solch einer Kneipe aufzutauchen. Ich überquerte die mit nebelfeuchten Katzenköpfen gepflasterte Straße, schloss mutig zum Eingang auf und schwang die schwere Eichentür auf. Niemand kam mir entgegen und schon war ich drin.

Der Windfang war klein und bestand aus nichts weiter als einer schweren dunkelbraunen Decke mit Rändern aus abgestepptem Leder. Durch einen Schlitz schien gedämpftes Licht aus dem Innenraum.

Reichlich muffig roch die Decke, als ich sie vorsichtig zur Seite schob. Ich versuchte, ein Gesicht aufzusetzen, das mir das Aussehen eines mindestens zwanzig Jahre alten Hafenarbeiters verleihen würde. Für den Fall, dass sich jemand wunderte oder gar auf die Idee käme, nach meinem Alter zu fragen. Ich bin sicher, es muss ziemlich verquer ausgesehen haben, aber zu meiner Überraschung interessierte sich niemand für mich. Grüppchen von Arbeitern saßen an viel zu kleinen Tischen vor ihren Biergläsern, die Kneipe war jedoch bei weitem nicht überfüllt. Andere standen am langen Tresen im hinteren Teil des Schankraums. Gedämpfte Gespräche und Gemurmel allerorten.

Das Licht war schummerig, ein paar Spielautomaten hingen an einer Wand und fiepten. Ein altertümlich aussehender Flipper blinkte in einer Ecke. Er sah abgegriffen aus, wie die ganze Einrichtung aus dunklem Palisanderholz.

Ich atmete auf, niemand schien sich für mich zu interessieren. Obwohl ich es nicht bestimmen konnte, etwas an dieser Kneipe fühlte sich richtig an. Ich war da, wo ich sein sollte.

Ich schaute mich um, täuschte Interesse für die Spielautomaten vor und schlenderte an der Wand entlang. Ein paar der Gäste an der Theke prosteten sich zu und andere lachten verhalten über einen Witz.

Dann sah ich sie.

Sie huschte hinter dem langen Tresen hin und her. War alsbald durch die Schwingtüren in den Hinterraum verschwunden. Kam mit Gläsern, Verpflegung und Flaschenkisten zurück. Schon eilte sie wieder von einer Seite auf die andere. Wischte nebenbei, jedoch mit zielsicherer Geschwindigkeit, die Theke und hatte hier und da ein Wort für ihre Gäste übrig. Die dankten es ihr mit gefälligem Nicken und Prosten und Lachen, so dass man meinen konnte, sie wäre für jeden einzelnen Gast mit besonderer Aufmerksamkeit da.

Ich rieb mir die Augen. Sicher war es schon tiefe Nacht und ich war erschöpft von meinem langen Weg durch die Stadt. Noch dazu war ich unterzuckert mit einem Rucksack voll nagendem Hunger im Nacken. Aber was ich sah, konnte eigentlich gar nicht sein.

Sie bewegte sich hinter der Theke so rasant, sie hätte einem Blitz zur Ehre gereicht. Ihre Umrisse verschwanden mal hier, mal dort. Dann stand sie ein paar Augenblicke ruhig an der einen Ecke. Im nächsten Moment zwinkerte sie an der anderen Ecke den Gästen zu.

Letztlich schien diese Geschwindigkeit keinen zu interessieren. Es schien offenbar niemandem aufzufallen. Konnte nur ich es sehen?

Ich schlich mich an der Wand entlang bis an das Ende der Theke und wollte sie beobachten.

Was ich ausmachen konnte, war ihre große, füllige Figur. Das war weniger einer Rundlichkeit zuzuschreiben. Das

Gegenteil war der Fall. Sie war schlicht massig mit dem Kreuz eines Ringers und Armen, die aussahen, als könnte sie damit jeden Mann in der Gaststätte beim Armdrücken auf die Matte zwingen.

Ihr Haar war kurz wie eine Drahtbürste und kleingekringelt wie das Nest des Osterhasen. Ihre Haut war so tiefschwarz wie jede dunkle Taste am Klavier und glänzte im Schein der schwachen Barlampen. Dicke hölzerne Ohrringe trug sie und ihre Lippen waren auffällig, aber erstaunlich feingeschwungen unter mandelförmigen Augen.

Jede Piratenbraut hätte ihren rechten Arm für dieses Aussehen gegeben.

Mir machte sie Angst. Ich drehte mich möglichst unauffällig um und wollte am liebsten mit den Schatten an der Wand verschmelzen. Ich trippelte vorsichtig in Richtung Eingang zurück. Dann fasste ich Mut und wollte mich schnurstracks aus der Kneipe schleichen.

Beim nächsten Zwinkern stand sie direkt vor mir, keine zwei Armlängen entfernt und blickte auf mich herab.

»Ich hab dich gesehen«, sagte sie. Dann kniff sie die Augen zusammen und schob die Lippen vor. »Was sucht so ein schmales Hemd wie du um diese Uhrzeit in meiner Kneipe?«

Dieser Moment ist in meiner Erinnerung ein wenig verblasst, aber ich vermute, dass ich neben der erschrockenen Grimasse einen hilflosen Rehblick nebst einem langgezogenen »Äääh« hervorbrachte.

Die Piratenbraut grinste breit und stemmte die Hände in die Hüften. Sie lachte grollend und mit tiefer Kehle in sich hinein.

»Du bist jünger als alle hier im Raum. Aber das ist nicht der einzige Grund, warum du auffällst wie ein bunter Hund. Und mit Auffallen meine ich mir natürlich. Noch dazu siehst du aus, als könntest du eine Stärkung brauchen.«

Lag das daran, dass mein Kopf schwankte?

»Du musst nicht gehen«, sagte sie zu meiner Erleichterung. »Es ist deine Entscheidung. Obwohl ich selten so ein Gemüse wie dich gesehen habe, unser Gastrecht gilt für alle. Wenn ich dich so anschaue, könnte dir mein kräftiger Eintopf gerade recht kommen, oder etwa nicht?«

Das einzige, was von ihren Worten in meinem Geist furchtbar gut nachhallte, war *Eintopf*. Schon die Erwähnung ließ mir das Wasser im Munde zusammenlaufen.

»Sie wollen mir ein Essen spendieren?«, fragte ich vorsichtig.

»Na ich denke mal, das ist doch die eine von den zwei Sachen, warum du gekommen bist?«, sagte sie mit Augenzwinkern.

Ich konnte nur nicken.

»Dann setz dich da drüben auf den Hocker am Ende der Theke und ich bin gleich für dich da.«

Kaum hatte sie den Satz beendet, war sie schon wieder verschwunden. Ein leichtes Flimmern wie rasendes Licht, ein flüchtiger Hauch wie eine vorbeifliegende Hand und ich stand allein. Ich ging wie ein Schlafwandler zum Tresen, setzte mich auf den Hocker und harrte der Dinge, die da kommen würden.

Was kam, war der beste Eintopf, den ich in meinem ganzen Leben gegessen habe.

Kapitel XXV

Windeilig, Dunkelstolz, Morgenlicht

s war wie ein Schimmer aus der alten Zeit. Nachdem der Eintopf heißdampfend vor meiner Nase stand, konnte ich es kaum abwarten, davon zu kosten. Ich schlürfte vorsichtig über den Löffel und spürte mit jedem Schluck, wie meine Kraft zurückkehrte. Wäre ich nicht so eifrig mit der Brühe beschäftigt gewesen, dann hätte ich der Köchin lautstark gedankt. Sie hatte wahrlich Kraft zusammengekocht.

Doch für diesen Moment war mir die Welt egal. Ich störte mich weder an den Fettaugen, die mich anstarrten, noch an den viel zu großen Fleischbrocken. Das Gemüse war frisch und knackig und die Brühe schmeckte hervorragend. Das Fleisch zerfiel förmlich in meinem Mund. Ich löffelte und löffelte. Ich wollte nichts übrig lassen und noch den letzten Tropfen erwischen.

Die Männer an der Theke würdigten mich selten eines Blickes. Ich mühte mich, trotz meines Hungers, nicht zu schnell zu essen. Was sollte ich als Nächstes tun? Die windeilige Piratenbraut behielt mich die ganze Zeit im Blick, obwohl sie an allen Ecken und Enden weiter bediente.

Doch irgendwann ist auch der leckerste Eintopf ausgelöffelt. Als die Dame abräumte, warf sie mir einen erwartungsvollen Blick zu. Ich hielt mich mit dem Lob nicht zurück, was sie erfreute. Zum ersten Mal lächelte sie freundlich herüber.

Ich schob den riesigen Kumpen von mir und sagte artig Danke. Ich konnte es mir nicht verkneifen, nachzuschieben: »Sie sind schnell.«

Das war nicht nur das passende Wort, sondern auch die schnellste Methode, das Lächeln wieder aus ihrem Gesicht zu zaubern.

»Sag's nicht so laut«, raunte sie mir zu. »Wir wollen doch unsere Gäste nicht vergraulen. Dass du es siehst, ist doch klar. Sonst wärst du ja nicht hergekommen. Also halt dich ein bisschen bedeckt.«

Mir stockte der Atem, so düster sah sie mich an.

»Komm mit nach hinten«, schloss sie und winkte mich hinter den Tresen. Sie ging voran. Ich folgte ihr durch die Schwingtüren in den Hinterraum. Dort standen Regale mit allerlei Gütern und Gerätschaften, die man zum Betrieb einer Gaststätte brauchte. Der hintere Teil des Raums blieb außer Sicht.

»Möchtest du noch etwas?«, fragte sie mich.

Ich schüttelte den Kopf.

»Ich bin so voll«, antwortete ich. »Da passt nichts mehr rein.«

»Das meine ich nicht«, schnappte sie. »Gastrecht hin, Gastrecht her. Ich habe zu tun, wenn du meine Zeit vergeuden willst, bist du an der falschen Adresse.«

Mir sackte das Herz in die Hose, was auch daran lag, dass sie zwei Köpfe größer war als ich. Ich nahm all meinen Mut zusammen.

»Sind Sie Lilith?«, fragte ich geradeheraus.

»Wer soll ich sonst sein?«, antwortete sie und so wie sie sich dabei streckte, war ihr Stolz nicht zu übersehen.

»Man hat mir gesagt, Sie können mir helfen. Ich hab Sie so lange gesucht. Jetzt hab ich meinen Auftrag erfüllt. Sie können doch helfen, oder?«

Über meinen Redeschwall kniff sie ein Auge zusammen und schaute mich abschätzend an.

»Zunächst einmal, Jungchen, muss ich hier gar nichts tun, außer dem, was ich jede Nacht mache. Und das ist schon eine Menge. Was ich sonst kann, muss dich nicht interessieren. Jetzt bist du gestärkt, also geh deine Aufgaben an. Was auch immer du zu tun hast.«

»Aber ich weiß es nicht. Außer, dass man mir gesagt hat, ich solle hierher kommen und Sie könnten mir helfen.«

»Wer hat das gesagt?«

»Jules hat mir das aufgetragen. Bevor er ... bevor er verschwunden ist.«

»Jules hat dir das aufgetragen. Jules Hazard, so wie er sich ab und an nennt. Ein Schlitzohr erster Güte, wie ich meinen darf. Hat er dich auch in der Gegend rumgefahren? Eine seiner Lieblingsbeschäftigungen. Er hat ja sonst nichts zu tun.«

»Ja schon, aber ...«

»Nichts aber«, unterbrach sie mich. »Die Welt wird sich auch ohne ihn weiterdrehen. Jeden Tag. Bis in alle Zeit. Ich sorge schon dafür. Was meint er denn, wer er ist? Ich habe hier die wichtigste Aufgabe von allen. Wenn du sonst nichts mehr zu sagen hast, dann musst du jetzt gehen und zusehen, wie du deine Aufgaben erledigst.«

»Ich ... ich dachte.«

»Oh ja«, antwortete sie schnippisch. »Denken solltest du, das steht mal fest.«

Sie machte einen Schritt zur Seite und wies mir mit einem eleganten Schwung ihrer Hand die Tür.

Ich war so enttäuscht, dass ich gar nichts sagen konnte. Kopfschüttelnd setzte ich mich in Bewegung. Da fiel mir etwas ein. Ich griff in meine Hosentasche und holte die Perle hervor.

»Ich hab etwas für Sie«, sagte ich und hielt die Perle hoch. »Ich soll Ihnen dies hier geben.«

Erst sagte sie gar nichts. Dann hielt sie ihren Kopf schief, als müsste sie über etwas nachdenken.

»Das ist sicher eine tolle Perle, die du da hast«, sagte sie. »Aber was soll uns das sagen, und was soll ich damit anfangen.«

»Dana hat sie mir gegeben.«, sagte ich und hielt ihr das Schmuckstück direkt vor die Nase.

»Von Dana, so, so«, murmelte sie. »Die hat sich schon lange nicht mehr blicken lassen. Wenn ich wollte, könnte ich alle Perlen der Welt haben. Dana schuldet mir gar nichts. Das ist nur eine ganz normale Perle. Mein lieber Junge, du musst dich verhört haben.«

Das hatte ich ganz sicher nicht. Aber in Anbetracht ihrer Statur und ihres festen Blickes fiel mir nichts ein, was ich noch hätte entgegnen können. Ich ließ die Schultern hängen und steckte die Perle wieder ein.

»War es das jetzt?«, fragte sie ungeduldig. »Ich hab nämlich noch zu tun.«

Ich nickte mit hängendem Kopf. Sie führte mich aus dem Lagerraum und ich kehrte ihr grußlos den Rücken zu. Ich wand mich zwischen den Tischen und Gästen hindurch und schleppte mich zum Ausgang, öffnete die schwere Eichentür und draußen war ich.

Die Nachtluft war kalt und feucht wie schon den ganzen Abend, aber der Nebel hatte sich verflüchtigt. Vielleicht hatte er sich auch nur überall niedergeschlagen, faul wie er war. Die Sterne funkelten eisklar aus dem unendlichen Himmelszelt.

Für einen Moment war ich überrascht, dann fiel mir ein, es war genau das, was ich mir gewünscht hatte. Hatte das Wetter auf mich gehört? Ich fühlte mich bestätigt. Schon das Atmen der frischen Luft ließ mich Mut schöpfen.

Ich wanderte an der Frontseite des Hauses entlang und bog um die Ecke, als sich die nächste Gasse öffnete. Als mich die Schatten umfingen, dachte ich nach.

Ich lehnte mich an die Häuserwand, richtete mein Gesicht gen Himmel und schloss die Augen. Ich steckte die

Hände in meine Hosentaschen und suchte nach der Perle. Unbewusst tastete ich mit der Hand nach ihrer Form.

Ich hatte nichts erreicht. Aber da war keine Leere in mir. Als ich über die Begegnung mit Lilith nachdachte, kochte etwas in mir hoch. Das kam mir sehr bekannt vor. Anders hatte es sich so manches Mal, wenn ich mit Yana redete, auch nicht angefühlt. Lilith regte mich auf eine Weise auf, die etwas Unbekanntes in mir aktivierte. Vielleicht wollte ich mich aufregen.

Ich nahm meine neugewonnene Energie zusammen und ging zum Eingang zurück. Ich stellte mich vor die Tür und streckte meine Hand zur Klinke aus. Da sah ich aus dem Augenwinkel einen schmalen Streif von Morgenlicht am Horizont flackern.

»Jetzt oder nie«, murmelte ich mir Mut zu und schwang die Tür weit auf.

Kapitel XXVI

Zeitenwende, Chorgesang, Namensspiele

Auf den ersten Blick war in der Bar alles gleich und trotzdem fühlte es sich anders an. Die Gäste waren noch da, ebenso die Tische und der Flipperautomat. Auch hinter der Theke wirbelte jemand. Aber nicht nur dunkle Schatten huschten.

Hier und da blitzte es hell wie die Sonne und weiß wie ein vorbeifliegendes Blatt Papier. Ich schritt vorsichtig voran. Als ich den Bereich hinter der Theke ins Blickfeld bekam, musste ich lächeln. Zwei Personen konnte ich ausmachen. Und die andere Dame sah so anders aus.

Ihre Haut war weiß wie frisch gefallener Schnee, das Haar hellblond, lang und glatt. Wenn sie einmal anhielt, dann stand sie fest und muskulös hinter dem Tresen, wie die Lilith, die ich schon kennengelernt hatte. Auch sie trug eine hemdsärmlige Bluse, die sich über ihren Oberarmen spannte und auch sie war einmal hier und im nächsten Moment wieder dort.

Ihre Nase war schlank und spitz, die Augen ebenso wohlgeformt wie bei ihrer Kollegin. Ein paar vereinzelte Sommersprossen konnte ich auf ihren Wangen erkennen.

Als sie mich sah, hielt sie für einen Moment inne. Dann verzog sie den Mund und hob die Hand und winkte mich mit dem Finger zu sich.

Als ich näher kam, tauchte plötzlich die Schwarze hinter ihrem Rücken auf und raunte ihr über die Schulter: »Glaub nicht, dass er damit die Probe bestanden hat. Habe ich jemals so ein Bürschlein gesehen?«

»Nein, habe ich nicht«, sagte die Weiße und hob ihre Hand. »Doch es wäre unhöflich, ihn nicht wenigstens sagen zu lassen, was ihm auf der Seele liegt. Vielleicht weiß er inzwischen mehr, als ich ihm zugestehen will.«

»Was sollte ich wissen?«

»Das herauszufinden, sollte ein Leichtes sein«, sagte die Schwarze und diesmal schien sie mir nicht mehr ganz so ruppig und abweisend, wie beim ersten Besuch.

»Möchtest du denn?«, fragte mich die Weiße.

»Sprecht ihr immer abwechselnd?«

Ich konnte es mir nicht verkneifen. Das führte dazu, dass beide einen so düsteren Blick aufsetzten, dass ich am liebsten im Boden versunken wäre. Die Weiße fing sich als erste.

»Komm schon, nicht nur du willst etwas wissen.« Und winkte mir, ihr zu folgen.

Wieder ging es in Richtung Lagerraum. Ich musste mich an der Schwarzen vorbeidrücken, die ihre Arme vor ihrem Körper verschränkt hatte. Ich zwang mir ein Lächeln ab. Sie hob nur das Kinn.

»Es geht also um Jules«, stellte die Weiße fest, als wir zu dritt im Lager angekommen waren und sich die Schwingtüren hinter uns geschlossen hatten.

»Ganz recht«, sagte ich. »Er ist verschwunden und keiner weiß, wo er ist. Ich soll ihn finden. Er muss wiederkommen und weitermachen, sonst kommen die anderen in Schwierigkeiten. Ich hab gesehen, wie denen die Kraft ausgeht.«

»Und du meinst, das ist so einfach?«, sagte die Schwarze.

»Ich weiß es nicht. Ich sollte Ihnen Bescheid geben. Sie wissen doch, was zu tun ist, oder?«

»Jules ist dafür bekannt, dass er mal hier und mal dort ist. Das ist nichts Besonderes«, sagte die Weiße. »Und dir sagen, wo er ist, oder ihn gar zurückbringen, dafür bin ich nicht zuständig.«

Ich schüttelte enttäuscht den Kopf.

»Aber ich kann alle Schwestern erreichen und ich denke mal, da sollte eine dabei sein, die dir helfen kann.«

Die Worte der Schwarzen ließen mich aufhorchen.

»Also«, sagte die Weiße. »Was meinst du, wer dafür geeignet wäre?«

»Woher soll ich das wissen«, fuhr ich sie an. »Wenn ihr es nicht wisst.«

»Wer ist wir?«, fragten sie beide im Chor. »Ich bin ich, und ich bin immer einer Meinung. Selbst wenn nicht, dann kann ich mich sehr gut überzeugen. Und du musst mich erst überzeugen.«

»Und bedenke, ich weiß alles«, übernahm die Schwarze. »Wenn du nichts weißt und auch nichts fühlst, dann kann ich dir nicht helfen. Du musst wissen, wen du brauchst.«

»Niemand hat mir etwas gesagt.«

Langsam packte mich die Verzweiflung über diese absurde Unterhaltung. Wollten die Zwei etwas vor mir verheimlichen?

Die weiße Dame nahm mich beruhigend am Arm und zwinkerte der Schwarzen zu.

»Ich will mal nicht so sein«, sagte sie. »Wenn die Lage so ist, wie sie ist, dann kann dir nur eine der Novemberschwestern helfen. Du musst dich für die Richtige entscheiden. Die eine ist ein Ghul, die andere eine Nachtgier und die letzte eine Lamia.«

»Fein«, antwortete ich. »Und was soll mir das sagen?«

»Nach allem, was du berichtet hast«, mischte sich die Schwarze wieder ein, »würde ich sagen, dass du jemanden brauchst, der all das zurückholen kann, was vergangen ist.«

Sie schaute mich herausfordernd an.

Ich rollte mit den Augen und horchte in mich hinein. Ich hatte so eine Ahnung. Es fühlte sich an wie ein Schuss ins Blaue.

»Sieht aus, als müsste ich mich entscheiden?«

»Wenn du helfen willst und wenn du jemals etwas sein willst, dann ja!« Die Stimme der Schwarzen war inzwischen wieder so ruppig wie beim ersten Besuch.

»Antworte!«

Ich zwinkerte noch ein paar Mal mit den Lidern.

»Die Nachtgier.«

Es war mir wie die unwahrscheinlichste Antwort erschienen. Vielleicht hatte ich mich gerade deshalb dafür entschieden. Die Damen zogen ihre Augenbrauen gleichzeitig in die Höhe.

Die Weiße lächelte dabei irgendwie triumphierend. Die Schwarze wedelte mit der Hand.

»Dann ist alles klar«, sagte sie. »Du brauchst nur ihren Namen zu nennen und ich hole sie. Wo immer sie ist.«

»Also wer darf es sein?«, fragte die Weiße. »Oula, Ouza oder Soula?«

Das klang für mich nach einem Eintopf in den anderen.

»Ich bin denen noch nie begegnet.«

»Du musst ihren Namen nennen. Sonst kann ich sie nicht rufen. Ich werde nur einmal rufen und wenn du die Falsche nennst, kann sie dir nicht helfen und Jules auch nicht.«

»Nicht nur das«, übernahm die Schwarze. »Lamias sind dafür bekannt, dass sie dir das letzte Fünkchen Energie aus dem Körper saugen und ein Ghul nimmt dich gleich mit zu seinesgleichen; also zu den Toten unter der Erde. Es sei dir geraten, den richtigen Namen zu nennen.«

Ich musste schlucken.

»Denk nach, aber lass dir nicht lange Zeit, denn ich muss bald gehen. Und ich weiß, dass Lux dann,« sie zeigte dabei auf die Weiße, »sehr beschäftig sein wird und keine Zeit mehr hat, deine Wünsche zu erfüllen.«

»Nox!«, schimpfte die Weiße. »Setz ihn doch nicht unter Druck, lass mich fair bleiben.«

Auf die Art und Weise, wie sie dabei wissend grinste und mit stechendem Blick in meine Richtung schaute, war ich nicht sicher, ob überhaupt eine von beiden auf meiner Seite war.

Meine Gedanken rasten. Welcher Name würde am besten auf eine Lamia passen? Die konnte ich beim besten Willen nicht brauchen. Oder auf einen Ghul? Mich schauderte bei dem Gedanken. Verzweiflung machte sich breit.

Ich atmete durch. Ich fühlte tief in mich hinein.

»Na?«, fragten beide im Chor.

Da sagte ich ihren Namen.

Kapitel XXVII

Glockenhell, Nachtgier, Vergangenzeit

ist du bereit?«

Die Stimme war fein und präzise. Mit einer Glockenhelligkeit ausgestattet, wie sie nur Kinderstimmen besitzen. Aber da war etwas, das mich stocken ließ. Es war nicht nur der Schauer, der mir in diesem Moment über den Rücken lief. Die Stimme hatte ich nicht erwartet und sie passte in die Umgebung, in der ich gerade stand, wie ein Zombie auf einen Kindergeburtstag.

»Kannst du mir folgen?«

Da war es wieder. Unerträglich leise und wie nebensächlich daher geplaudert, aber dennoch mit einer hinterhältigen Schwingung versehen, so als würde der Sprecher auf etwas warten. Nicht nur darauf, dass ich eine Antwort gäbe, sondern darauf, dass mich das nächste Wort oder der nächste unbedachte Schritt in den Abgrund reißen würde.

Aber was für ein Abgrund sollte das sein?

Lilith hatte mich gebeten, einen Moment zu warten. Ich solle mir keine Gedanken machen. Das war die Weiße, die das sagte. Ich solle meine Gedanken leeren. Das kam von der anderen Seite; da hatte die Schwarze gestanden.

Dann hatten sie mir den Weg gewiesen.

»Geh dort entlang.«

Nach hinten, zwischen den Regalen hindurch. Dort füllten die Gestelle und gelagerten Waren den Raum bis unter die Decke. Als ich losging und ein paar Ecken genommen hatte, zwischen den Regalen weiter nach hinten ging, kam es mir vor, als würde der Lagerraum kein Ende besitzen. Ich konnte weiter und weiter gehen. Wohin hatten sie mich gesandt? War das wirklich eine gute Idee? Hatte ich den Test bestanden? Je weiter ich voranschritt, desto mulmiger wurde mir. Sollte das bis in alle Ewigkeit weitergehen?

Dann hörte ich diese Stimme. Sie brachte ein klein wenig Hoffnung zurück. Auch wenn ich ein nagendes Gefühl der Heimtücke nicht abschütteln konnte.

Um mich herum endlose Regalmeter aus immer den gleichen undefinierbaren Kisten und Packungen in nichtssagenden Gestellen und Hürden gestapelt. Und heller wurde es auch. Je weiter ich voranschritt, desto mehr Licht schien von überall her. Bald konnte ich nicht einmal die Decke, geschweige denn eine einzelne Quelle der Helligkeit ausmachen. Das Licht kam von überall.

»Nur noch ein Stückchen.«

Da war es wieder. Der Stimme nach zu urteilen, musste es sich um ein junges Mädchen handeln. Kinderstimmen können laut und unüberhörbar sein, aber wenn sie leise sind, machen sie mir Angst. Noch dazu, wenn sie ein Echo begleitet, das in der Ferne vom weißen Licht verschluckt wurde.

War ich schon soweit?

Und wenn ja, soweit für was?

»Ich kann dich sehen.«

Meine Augen irrten im weißen Nichts umher. Jemand konnte mich sehen. Nun gut. Das Beklemmende war, dass ich niemanden sah.

»Noch ein bisschen weiter. Komm schon, du schaffst das.«

Machte sich da jemand über mich lustig?

Der Raum zwischen den Regalen wurde größer und größer. Je weiter ich kam, desto mehr zogen sich die Regale zurück. Nach einigen Schritten löste sich die Welt in weißen Nebel auf.

»Eintopf in den anderen? So, so! Das denkst du also von mir?«

Das klang furchtbar nah. So als wäre ...

Jemand hinter mir. Ich erstarrte und wartete einen Moment auf eine Reaktion. Dann drehte ich mich um. Vielleicht wollte ich nicht sehen, was mich erwartete. Vielleicht war ich schon längst verdammt und wusste es nur nicht.

Ich kniff die Augen zusammen, als könnte ich das Schicksal ausblenden. Wartete da ein riesiger Oger mit einer Mädchenstimme als Tarnung und einer gigantischen Keule in der Hand, um mich zu Brei zu klopfen? Oder war es ein fieser, kleiner Kampffrosch mit Reißzähnen, um mir das Blut bis zum letzten Tropfen auszusaugen?

Ich öffnete die Augen und im selben Moment fiel die Spannung von mir ab. Das Mädchen, das kaum drei Armlängen vor mir stand, sah friedfertig und unscheinbar aus.

Groß, aber dürr war sie. Mit ihrem langen Haar sah sie ein bisschen aus wie Mael. Auch wenn sie den glatteren Teint hatte und längst nicht so dunkle Augenringe. Ein Mittelscheitel und Stupsnase fielen mir als Nächstes auf. Sie sah jung aus, obwohl ihr Haar so hell war, dass es fast blendete wie vereister Schnee auf einer Winterkuppe.

Sie trug Schwarz, durchgängig. Keine andere Farbe und kein Schmuck lenkten ab. Ihr Kleid war kurzärmlig, knielang und schlicht. Schwarze hohe Kniestrümpfe und ebensolche Lackschuhe. Der Kontrast, den sie bot, war unglaublich. Mit Haut und Haaren weiß wie Milch und der Kleidung aus tiefschwarzer Schokolade. Das sah ungefährlicher aus, als ich es mir zusammengereimt hatte.

Der Augenaufschlag, mit dem sie mich begrüßte, ließ in mir unwillkürlich den Drang aufsteigen, ihr über den Kopf zu streicheln. Ich konnte es mir gerade noch verkneifen. Es kam mir vor, als müsste ich einen Tiger streicheln. Da war etwas, das jenseits der lieblichen Fassade lauerte.

»Das hab ich nicht so gemeint«, sagte ich. »Eure Namen sind so ungewöhnlich.«

Im selben Moment musste ich mir eingestehen, dass ich meine Bemerkung von vorhin schon wieder vergessen hatte. Es kam mir vor, wie ganz weit weg, da hinten auf der anderen Seite der Welt. Dort, wo ich mit den zwei Lilith noch in der Realität gestanden hatte.

Das Mädchen schaute mich an, als hätte ich mich gerade bewusst blöd gestellt.

Wie konnte sie von meiner Bemerkung von vorhin wissen? War sie in der Nähe gewesen?

»Hast du mich belauscht?«, fragte ich.

Ihre Schultern fielen nach unten und ihr Kopf hob sich, als wollte sie mich einschätzen.

»Das brauch ich nicht«, sagte sie entspannt und lächelte milde. »Du hast doch gehört, ich kann zurückholen, was vergangen und vergessen ist.«

Ich atmete auf. Mein Gefühl hatte mich nicht getrogen.

»Ja!«, rief ich aus.

Ich ballte die Faust und wäre am liebsten in die Luft gesprungen. Doch mitten in der Bewegung stockte ich mit angewinkelten Knien.

Sie verzog ihre Miene zu einem schiefen Grinsen und ihre Augenbrauen zogen sich zusammen. Es sah aus, als wolle sie mir gleich vors Schienbein treten.

»Du bist Soula«, sagte ich.

»Schön, dass es für dich nicht mehr nach Eintopf klingt«, sagte sie. Es klang gleichzeitig zickig und zornig. »Und ja, natürlich kann ich das wissen, denn du hast es vor ein paar Minuten vergessen. Wenn ich es nicht wiederholt hätte, könntest du dich nicht mal dran erinnern.«

»Sorry! Das macht mir jetzt Angst.«

»Fein, dass du das zugibst. Und die solltest du auch haben, wenn du das vorhast, was ich meine, das du vorhast.«

»Was hab ich denn vor?«

Sie legte den Kopf schief.

Das sah exakt so aus, als hätte ich mich für den Wettbewerb Der-dümmste-Schüler-dieser-Schule qualifiziert.

»Sich dem zu stellen, was war, ist für niemand einfach«, sagte sie trocken.

»Prima, jetzt wo du's sagst.«

»Du suchst jemanden«, sagte sie und streckte ihren Arm. »Nimm meine Hand und wir werden finden.«

Ich musterte ihre offene Hand. Sie erschien mir wie ein Kind, das sein Weihnachtsgeschenk haben möchte und weiß, dass es das ganz sicher gleich bekommen wird.

Ich schaute sie zweifelnd an.

»So einfach ist das?«

»Du hörst mir nicht zu«, sagte sie und da war wieder dieser gefährliche Unterton. »Für mich ist es einfach. Für dich wird es das nicht sein. Aber warum bin ich sonst hier? Willst du jetzt kneifen?«

»Nein, nein«, sagte ich und wollte, dass meine Stimme einen lockeren Unterton bekam, was mir allerdings komplett misslang. Ich schwang ihr die Hand entgegen.

»Ich möchte jemanden ...«

Weiter kam ich nicht. Da hatten sich unsere Hände berührt.

Mit einem Rauschen verschwand der letzte Rest von Realität und das Universum schien nur noch aus Weiß zu bestehen.

Plötzlich kam ihre Stimme von überall.

»Bleib ruhig«, sagte sie. »Denk an das, was du zurückbringen willst.«

Die Luft für eine Antwort fehlte meinen Lungen.

»Und vergiss nicht, ich bin in deiner Nähe. Auch wenn du mich nicht siehst. Meide deine Angst.«

Ein netter Rat. In Anbetracht des weißen Nichts um mich herum klang das wie die glorreichen letzten Worte.

Langsam verdichtete sich der Nebel und in der Ferne wurde es dunkler. Formen schälten sich aus den Schleiern. Wuchsen dem Himmel entgegen. Ballten sich zu Mauern. Türmten sich höher und höher.

Bis am Ende Mauerstein um Mauerstein das Haus meines Onkels im weißen Niemandsland entstand. Im Moment, da ich es wiedererkannte, krampfte sich mein Magen zusammen.

Helle Schwaden umwehten das Gebäude, als ließe ein Riese seinen unsichtbaren Kochlöffel um das Bauwerk kreisen, um eine Suppe aus Nebel anzurühren.

Die Luft zum Atmen kam zurück, meine Haare bewegten sich sacht in einer leichten Brise.

Außer dem Haus war nichts zu sehen. Mir blieb nur ein Weg. Ich ging die paar Stufen zum Eingang der Villa hinauf. Vorsichtig, so als wollte ich niemanden verschrecken. Bei jedem Schritt wuchs die Front so rasant vor mir auf, als wäre ich eine Ameise, die sich unter dem Türspalt durchdrücken wollte. Die Dimensionen des Gebäudes waberten noch einen Moment, als wollte es sich in einem biegsamen Spiegel strecken. An allen Fenstern waren die Läden zugeklappt. Es sah aus, als hätte das Haus die Augen geschlossen; nicht so, als würde es schlafen, sondern als wollte es nicht sehen, wer Eintritt verlangt.

Vor der Tür blieb ich stehen und schaute mich um. Mir fiel auf, dass die Tore der angrenzenden Garage offen standen. Riesige Doppeltüren waren es und dort war wohl in früheren Zeiten ein ganzes Pferdefuhrwerk eingefahren. Jetzt sah ich Franks schwarze Limousine dort stehen. Je länger ich auf den Kofferraum starrte, desto mehr verdichteten sich die weißen Schleier. Schon meinte ich, Menschen zu erkennen, deren grauweiße Schatten auf den Rücksitzen des gigantischen Cabriolets saßen. Zwei Personen waren es, ein Mann und eine Frau mit einem seltsamen Hut. Wie eine große Pillendose wirkte ihre Kopfbedeckung. Sie winkten beide ab und zu mit den Händen, als würden sie an einem Spalier Menschen vorbeifahren und freundlich grüßen. Beide Insassen sahen verloren aus mit dem großen Abstand zwischen sich. Dichter und dichter formten sich die geisterhaften Schwaden und bald konnte ich die Gesichter erkennen, doch es war niemand aus meiner Familie. Obwohl ich den Eindruck hatte, ich hätte den Mann und die Frau schon einmal gesehen, vielleicht in den Nachrichten oder einer Dokumentation über längst vergangene Zeiten. Plötzlich ruckte der Kopf des Mannes nach vorne, als hätte ihn etwas getroffen. Die Frau drehte sich hektisch, reckte sich herüber, gestikulierte wild mit den Armen. Dann ballte sich ein weiterer gespenstischer Schemen an der Rückseite des Cabriolets. Ein Mann in Anzug mit Krawatte lief dem Wagen hinterher und hechtete auf den Kofferraum. Die Frau warf sich ihm entgegen, um ihm die Hand zu reichen. Sie half ihm, über die riesige Klappe zu klettern, um dem Mann neben sich zu helfen. Doch der war auf seinem Sitz zusammengeklappt und fast nicht mehr zu sehen.

Es sah aus, als wäre etwas Schreckliches passiert. Ich verkniff die Augen, starrte gebannt auf den filmhaften Spuk, der sich vor meinen Augen abspielte.

Von einer Sekunde auf die andere verpuffte das nebelhafte Lichtspiel und die Vision nahm ein abruptes Ende. Kein Laut war zu hören gewesen.

Ich rieb mir die Arme, um die Gänsehaut zu vertreiben, die sich im Nu gebildet hatte.

Schnell schob ich die Tür ein kleines Stück auf, gerade genug, um mich durch den Spalt in den Flur der Villa zu drücken.

Hier sah es exakt so aus, wie ich es aus den letzten Stunden in Erinnerung hatte. Ich wanderte den Korridor geradeaus auf das Arbeitszimmer meines Onkels zu. Dort stand jemand am Fenster und blickte hinaus in das weiße Nichts.

Es war Jules.

Kapitel XXVIII

Hoffnung, Hausherz, Wiederbeseelt

*D*as Zimmer meines Onkels, sah auf den ersten Blick so aus, wie ich es verlassen hatte. Doch als ich die Vitrinen musterte und mein Blick auf die Bücherregale fiel, erkannte ich, dass alles leer war. Nicht ein einziges Artefakt aus der Sammlung war zu sehen.

Als Jules mein Kommen bemerkte, drehte er sich um. Bedacht und ruhig waren seine Bewegungen, so wie ich ihn kennengelernt hatte.

Er sah aus wie immer. Nichts war von den schrecklichen Wunden zu sehen, die seine Brust kurz vor dem Verschwinden verunstaltet hatten.

Er lächelte, als er mich erkannte.

»Hab dich erwartet«, sagte er mit seiner sonoren Stimme.

»Jules ... ich ...«, mir blieb die Luft weg.

Er hob beschwichtigend die Hand.

»Ganz ruhig«, sagte er. »Alles ist gut. Du bist hier und so soll es sein.«

»Ich hab dich gefunden«, platzte es aus mir heraus. »Kann ich dich mitnehmen? Kommen wir hier wieder raus?«

Er setzte sich in einen der Ledersessel und sagte eine Weile nichts. Er schürzte die Lippen. Es sah aus, als würde er nachdenken.

»Wie geht es dir?«, fragte er.

»Mir geht es gut«, antwortete ich überrascht. »Alle machen sich Sorgen um dich.«

»Das glaube ich weniger.« Er schüttelte den Kopf. »Vielleicht um das, was immer da sein wird.«

»Muss ich das verstehen?«

»Nein, aber du musst eine Entscheidung treffen«, antwortete er.

»Welche Entscheidung?«

»Darum sind wir hier. So geht es immer und immer wieder. Wir sind alle Teil des Kreislaufs. Niemand kann dem entkommen. Deine Frage ist: Was willst du?«

»Ich will dich mitnehmen. Lass uns zurückgehen. Ich will, dass wir da weitermachen, wo alles in Ordnung war.«

»Ordnung?« Er schaute mir tief in die Augen. »Willst du das wirklich?«

Ich wich seinem Blick aus.

»Mach dir um mich keine Sorgen«, sagte er. »Ich werde meinen Frieden finden. Da ist ein Feuer, das auf mich wartet. Ich kann dir etwas mitgeben. So, wie ich es gehalten habe. Ich hab vieles gesehen, bin überall gewesen und hab einiges gemacht. Denkst du, ich hätte all das machen können, wenn ich ständig an einem Fleck geblieben wäre, nur um auf all meine Sachen aufzupassen. Ich hab nichts gebraucht, außer mir selbst ... und vielleicht meine Indian.«

Er schmunzelte bei seinen letzten Worten.

»Man muss sich entscheiden. So oder so. Beides geht nicht.«

Er kreuzte die Arme vor der Brust und lehnte sich zurück.

»Denk daran, was ich dir gesagt habe«, flüsterte er. »Alles ist im Fluss, nichts ist für ewig. Alle müssen ihr Boot irgendwann abgeben. Nur eines hätte ich mir für dich gewünscht.«

»Für mich?«

»Ich wünschte, du hättest mehr Zeit gehabt. So viel Zeit, wie die meisten von uns. Nebenbei, auch ich hätte dann natürlich mehr Zeit mit dir verbracht. Aber ein kleines

Irrlicht hat uns einen Strich durch die Rechnung gemacht. Wir mussten sie da rausholen, das ist dir doch klar?«

»Wir? Das warst du allein.«

»Ho, Ho, Ho!« Da musste er lachen und es klang wie ein Grollen aus einem tiefen Bergwerksstollen. Das hatte ich bei ihm noch nie gehört.

»Langsam, langsam. Ohne dich hätten wir Deedee nicht gefunden und sicher nicht befreien können. Was dann passiert ist, war allerdings nicht geplant. Es wird für immer Teil deines Schicksals sein. Meine Aufgabe ist damit beendet.«

»Jules, Nein! Warum kann es nicht weitergehen?«

»Deswegen bist du hier. Da ist etwas tief in dir. Du weißt vielleicht noch nicht, was es ist, aber du hast es geerbt. Das musst du doch schon bemerkt haben. Auch wenn du es noch nicht zu nutzen weißt. Das ist nicht schlimm. Es wird eine Menge helfende Hände geben, die werden es dir beibringen. Sieh es als Chance. Du kannst vieles anders machen, als ich es konnte.«

»Anders? Du meinst, neu?«

»Du kannst alles mitnehmen oder alles vergessen. Das liegt ganz bei dir. Darum treffen wir uns hier. Und abgesehen davon, ich bin es nicht allein.«

»Nicht allein?«

»Natürlich nicht.« Er lehnte sich entspannt zurück. »Jetzt erinnerst du dich. Das ist der erste Schritt. Und ich kann dir versichern, wenn du willst, kannst du dich bald an viel mehr erinnern. Einen Rat hab ich für dich. Glaub mir, niemand ist unverwundbar. Wie du gesehen hast, nicht einmal ich.«

Er machte eine Pause und schaute an mir auf und ab.

»Mach dir keine Sorgen«, sagte er mit ruhiger Stimme. »Das verklebt nur die Gedanken. Denk immer daran, was dich wirklich hochgehalten hat. Das, was dich letztlich hierher gebracht hat.«

Ich konnte mir beim besten Willen nicht vorstellen, was er meinte.

»Das war nicht ich und auch nicht du, sondern einzig deine Hoffnung.«

»Meine Hoffnung?«

»Sie ist das, was uns immer bleibt. Die einzige Kraft, die dich weitermachen lässt, wenn alles scheitert und keiner mehr da ist, der dir hilft. Vieles ist wichtig. Liebe, Freude, Glück, was auch immer du erfährst. Doch sie stehen alle draußen im Regen, wenn die Hoffnung dich verlässt. So lange noch das letzte Fünkchen da ist, wirst du leben und weitermachen; auch wenn es noch so schwer ist.«

Ich musste ihm zustimmen. Hätte ich nicht gehofft, ihn wiederzutreffen; vielleicht doch alles zu richten, ihn und die anderen zu retten, wer weiß, wie es gekommen wäre.

Er blickte mich fordernd an.

»Jetzt geht es nur noch um den Weg. Entweder in die eine Richtung, oder du entscheidest dich für die andere Richtung.«

»Hat das etwas mit dem zweiten Schritt zu tun?«

Da lächelte er nicht mehr, sondern sah mich abschätzend an.

»Jeder bekommt seine Chance. Alle wollen zeigen, was sie draufhaben.«

Im selben Moment hörte ich einen dumpfen Ton. Sehr fern und kaum zu lokalisieren, klang es wie ein weiches Schlagen an mein Ohr.

Jules hob die Augenbrauen.

Da war es wieder. Es pochte tieffrequent in einem Doppelschlag vor sich hin. Wie ein Herz, das in der Ferne pumpte. Es wurde von Schlag zu Schlag lauter.

Ich prüfte den Flur, durch den ich gerade gekommen war. Doch es war nichts zu sehen.

Als ich wieder auf den Sessel blickte, war Jules verschwunden, so als wäre er nie da gewesen. Ich hatte nichts gehört und nichts gespürt. Er war einfach weg.

Ich starrte benommen auf den Sessel, während das Pochen lauter wurde. Bald hörte ich es den Gang herunter schallen. Mir klang, als würde es mich rufen.

Etwas zog mich voran. Ich musste herausfinden, was dort pochte. Vorsichtig schlich ich mich bis an den Anfang der Treppe.

Ich stand still und horchte. Das rhythmische Geräusch kam aus dem oberen Stockwerk. Am Treppenabsatz sah alles ruhig aus. Ich fasste mir ein Herz und ging langsam die Stufen hinauf. Nichts knarzte unter meinen Sohlen.

Ich wollte wenden, um in den zweiten Stock zu gehen, da bemerkte ich, das Geräusch kam von jenseits der großen Doppeltür mit der undurchsichtigen Milchglasscheibe.

Ich trat ganz nah heran und legte ein Ohr an die Tür. Horchte für einen Moment, ob noch etwas anderes zu vernehmen war. Doch da war nichts, bis auf das Pochen. Ich drückte die Klinke und schob die Tür bedacht auf. Das Pochen stoppte augenblicklich.

Ein großer Raum, fast wie ein Salon tat sich auf. Er war aufgeräumt und ordentlich möbliert. Ein Sideboard an der einen Seite und eine Schminkkommode gegenüber, am Fenster eine große Couchgarnitur und dazwischen ein Kaffeetisch mit vier Stühlen. Alles in dunklem Holz und klassischem Stil gehalten. Ich hatte erwartet, alles wäre verhüllt und mit weißen Laken vor Staub geschützt. Aber es sah aus, als wäre ich auf einem Sonntagnachmittag zum Kaffeekränzchen hereingeplatzt.

Auf einem der Stühle saß eine Frau. Sie blickte mir starr entgegen, als hätte sie auf mich gewartet.

Ich blieb im Türrahmen stehen. Ich brachte keinen Ton heraus, obwohl mir die Fragen auf der Zunge brannten, wer sie denn war und was sie hier zu suchen hatte.

Ihr Kleid war dunkelblau und unauffällig. Darunter eine weiße Bluse. Ein bisschen altmodisch vielleicht. So wie einen der Eindruck beschleicht, wenn jemand alte, längst abgetragene Kleidung trägt und sich nichts aus den neuesten Trends macht.

Sie hob einen Arm und richtete ihn auf mich. Dann zog sie den anderen wie in Zeitlupe nach und sagte: »Gib.«

»Bitte?« Zu meiner Überraschung konnte ich doch noch sprechen.

»Gib«, sagte sie wieder. Streckte ihre Hände in meine Richtung und ruckte mit dem Oberkörper nach vorne.

Ich erschrak.

Sie sagte wieder »Gib« und richtete sich auf. Setzte schwerfällig einen Fuß vor den anderen und begann in meine Richtung zu stapfen.

Bei jedem Schritt sagte sie nur das eine Wort. Bald lauter und drängender.

Ich wich zurück. Zu meinem Erstaunen sah ich unten am Ende der Treppe Soula stehen. Sie blickte zu mir herauf und für einen kurzen Moment trafen sich unsere Blicke.

»Jetzt wird es Zeit, dass du die Hosenträger hochziehst.«

»Was?«

»Nur ein Rat von mir. Mehr kann und darf ich nicht tun. Den Rest musst du schon selbst erledigen.« Sie zuckte mit den Schultern.

»Aber ich hab doch gar keine Hosenträger! Und was für einen Rest?«

Ich erschrak, als ich die Hand der Frau aus dem Salon auf meiner Schulter spürte. Das war kein lockeres Tasten und kein nettes Stupsen. Da griff jemand nach mir und versuchte, mich nach hinten zu ziehen.

Ich riss mich los und stürmte ohne einen Blick zurück die Treppe hinunter.

Als ich unten ankam, war Soula durch den offenen Durchgang ins Wohnzimmer getreten. Sie stand still und musterte mich interessiert, so als wollte sie einen Käfer betrachten, der gerade unter der Lupe entfliehen will.

Ich nahm die paar Schritte zur Eingangstür im Eiltempo. Ich wollte sie aufreißen. Bloß raus aus diesem Haus. Doch die Tür ließ sich nicht öffnen. Alles Drehen und Reißen an der Klinke nützte nichts.

Ich rüttelte noch ein paar Mal, bis ich ein Rumpeln und Poltern hörte.

Erschreckt fuhr ich herum.

Die Frau aus dem Salon war die Treppe heruntergefallen. Offensichtlich war ihr schwerer, aber unsicherer Schritt der Treppe nicht gewachsen. Sie lag noch halb auf den unteren Stufen. Ihr Kopf musste auf den Boden geschlagen sein. Ich sah jedoch kein Blut. Der Rock war ihr hochgerutscht, die blanken Beine stachen käseweiß hervor. Die Füße sahen seltsam verdreht aus.

Sie lag auf dem Gesicht, ruderte mit den Armen und versuchte, sich umzudrehen. Es knirschte und knackte auf widerliche Weise. Ich mochte mir nicht vorstellen, was dabei mit ihren Knochen und Gelenken passierte. In Horror sah ich zu, wie sie sich aufrappelte.

Ich stand mit dem Rücken zur Tür und achtete auf jede ihrer Bewegungen.

Schließlich wandte sie mir das Gesicht zu, schaute mir mit einem stechenden Blick entgegen, dass mir das Blut in den Adern gefror.

Ihr Antlitz sah schrecklich, zerschrammt und eingebeult aus. Ihr Unterkiefer war ausgekugelt. Er war an der rechten Seite aus der Fassung geschlagen und hing herunter, nur durch die Haut gehalten. Trotzdem reckte sie einen Arm nach mir und lallte ihr Wort.

Das »Gib« war durch den Schaden, den der Treppensturz angerichtet hatte, kaum zu verstehen.

Der Anblick war widerlich. Der Unfall hatte ihr ein paar Zähne geraubt. Sie öffnete wieder und wieder ihren Mund, so als wäre sie ein Fisch auf dem Trockenen. Die Lücken, die dabei sichtbar wurden, hatten noch vor Sekunden die Zähne gefüllt, die jetzt vor ihren Füßen am Boden lagen.

Ich drückte mich an der Wand entlang und wollte in das Wohnzimmer ausweichen, da sah ich, wie sich die Tür am Ende des Ganges öffnete.

Schwungvoll glitt sie auf, so als hätte sie jemand aufgerissen.

Dort stand Frank.

Kapitel XXIX

Nemesis, Gib, Glanzstück

Ich erstarrte. Ebenso wie Jules sah auch Frank erstaunlich heile aus. Viel zu heile für meinen Geschmack. Nichts war von der Schussverletzung zu sehen. Seine Augen fixierten mich mit bösem Blick. Sie waren nicht blutunterlaufen, sondern leuchteten gespenstisch hell.

Meine Füße fühlten sich an, als wären sie auf den Parkettboden genagelt. Ich blickte hilfesuchend zu Soula. Sie stand seelenruhig im Wohnzimmer, doch als sich unsere Blicke trafen, zuckte sie mit den Schultern. Es sah aus wie eine Entschuldigung, aber vor allem so, als wäre das, was gerade passierte, das Natürlichste der Welt. Unabwendbar und unaufhaltsam wie das Ticken der Uhr.

Von dort war keine Hilfe zu erwarten. Ich stieß mich von der Wand ab, duckte mich an der taumelnden Frau an der Treppe vorbei und stürmte die Stufen hinauf.

Mein Herz schlug bis zum Hals, als ich auf dem Treppenabsatz wendete. Ich nahm mehrere Stufen auf einmal, um in den zweiten Stock zu kommen. Das Stück den Flur hinunter, die Tür zu meinem Zimmer aufgerissen und hinter mir wieder geschlossen, das kostete mich nur Sekunden.

Ich verriegelte das Schloss. Hoffentlich würde es reichen, die abscheuliche Frau und erst recht Frank abzuhalten.

Mein Zimmer sah auf den ersten Blick so aus, wie ich es verlassen hatte. So wie ich es zuletzt in Erinnerung hatte.

Aber dann musste ich mich korrigieren. Das stimmte nicht. Es war nichts von meinen Sachen vorhanden. Es sah exakt so aus, wie am allerersten Tag, als ich es bezogen hatte.

Ich hatte meine Gedanken noch nicht ganz zu Ende gebracht, da knallte etwas gegen die Tür.

Ich sprang vor Schreck ein Stück zurück.

»Mach die verdammte Tür auf!«

Das war Franks Stimme, ganz unverkennbar.

Und sie war voller Hass.

Wieder ein Wummern gegen die Tür, diesmal lauter.

»Du meinst, du kannst dich verstecken?«, brüllte er. »Vergiss es! Ich krieg dich!«

Ich wich Schritt für Schritt zurück; meine Augen auf die Tür fixiert. Ich betete, sie würde geschlossen bleiben.

Noch tat sie es. Doch das nützte mir wenig.

Inzwischen war ich soweit zurückgewichen, dass die Tür immer kleiner wurde. Das konnte eigentlich gar nicht sein.

Ich wirbelte herum. Die Wände zu meinen Seiten hatten sich aufgelöst. Sie gaben den Blick frei auf eine endlose Fläche aus grauem, undefinierbarem Boden. Bis an den Horizont spannte sich das Grau, nur um dort in weißes Nichts zu verlaufen.

Noch stand die vordere Wand mit der Tür in der Mitte. Aber wie lange noch?

Ich begann zu laufen. Weg von der Tür, weg von Frank.

Schon nach ein paar Schritten stoppte ich. Ich sah in der Ferne zuerst graue, dann zunehmend dunkler werdende Pünktchen auftauchen. Schon bald konnte ich erkennen, was da auf mich zukam.

Es waren Menschen. Sie liefen, stolperten, hinkten heran, ja einige konnten kaum mehr als krabbeln, aber alle bewegten sich auf ein Ziel zu, als würden sie von einem unsichtbaren Magneten angezogen.

Es waren Männer, Frauen, Kinder jeglicher Altersklasse und Statur. Eine Meute, deren brennende Blicke auf mich gerichtet waren. Jetzt hörte ich sie rufen.

»Gib!«

»Gib!«

»Gib!«

Je näher sie kamen, desto abstoßender erschienen sie. Ausgemergelt sahen die meisten aus. Hohle Gesichter und dunkle Ränder um die Augen. Viele trugen zerfledderte Kleidung und waren zerzaust. Trotz der tiefliegenden Augen überall stechende Blicke.

Wieder und wieder schallte es aus den Reihen herüber. Ein unerträglicher Chor aus tausend Stimmen.

Wohin sollte ich fliehen?

Ich war das Zentrum, auf das sich die Meute zubewegte.

Als ich mich umsah, nahm mir der Schreck den Atem. Die Wand, die Tür, mein ehemaliges Zimmer waren verschwunden. Frank und die zerbrochene Frau stürzten nebst vielen anderen Menschen auch aus dieser Richtung auf mich zu.

»Lasst mich! Ich kann euch nichts geben!«, schrie ich. Da packte mich der Erste von hinten und stieß mich nach vorne. Schon zerrten sie von allen Seiten an meiner Kleidung. In Sekunden war ich von einer Masse von Menschen umringt. Sie drückten, pressten, grabbelten, dass es mir den Atem nahm. Ich kam mir vor, wie der letzte stehende Löffel in einem Topf voll verklumpter Erbsensuppe.

Alle reckten die Hände, so als wäre es ihre Erlösung, mich zu berühren. Das ewige »Gib! Gib! Gib!« hallte in meinen Ohren.

Frank bahnte sich mit schier übernatürlicher Kraft einen Weg durch die Menge. Er ruderte, er stieß und riss. Die Umstehenden wurden an Köpfen, Haaren und Gliedmaßen erfasst und beiseite gefegt. Es sah aus, als würde er sich durch ein Maisfeld wühlen.

Dann war er heran und griff mich am Kragen.

»Gib es mir«, stieß er mir ins Gesicht. »Ich will alles, was du hast.«

»Warum?«, brüllte ich und versuchte mit letztem Atem, den Chor der Meute zu übertönen.

»Du willst es einfach nicht kapieren«, rief er. »Wir müssen es behalten, wir wollen es bewahren, alles soll so bleiben wie es ist. Für alle Zeiten!«

»Was denn«, brüllte ich zurück. »Ich hab doch nichts.«

Und im selben Moment fiel mir ein, dass ich sehr wohl etwas hatte.

Die Perle.

Wenn sie das wollten, dann sollten sie es haben.

Ich rang mit den Armen der Menschen, die mich hielten. Ich stieß ihre Hände beiseite, als ich mit letzter Kraft versuchte, an meine Hosentasche zu kommen. Es war ein Kampf in dem Gedränge, der mich an meine Grenzen brachte. Schließlich schloss ich meine Faust um das Kleinod und riss sie nach oben. Ich warf die Perle in die Luft. Kaum hatte sie meine Hand verlassen, verbreitete sie ein stechend weißes Licht.

Dann bremste die Zeit. Der Chor aus tausend Stimmen verwandelte sich in ein tiefes Brummen. Wie in Zeitlupe stieg die Perle höher und höher. Ich verfolgte ihre Bahn. Frank starrte hinterher. Alle Augen waren auf sie gerichtet. Die Hände gingen zum Himmel. Das Licht wurde stärker und stärker.

Das »Gib! Gib! Gib!«, ein paar Oktaven tiefer gelallt, ließ keinen Moment nach.

Doch ich hörte Frank alle übertönen.

»Mein! Allein!«

Mit all seiner Kraft drückte er die um ihn Stehenden weg, sprang nach oben und griff nach der Perle.

Kurz bevor seine Hand sie umschloss, brannte sie so weiß herab, wie ein Stück Sonne.

Dann nahm mir ein Blitz endgültig die Sicht.

Kapitel XXX

Schattengarten, Junior, Angst

*D*er blendend weiße Schleier verschwand und das Brennen in meinen Augen ließ nach. Tränen liefen mir die Wangen herab, so stark hatte es mich erwischt. Noch hielt ich mir die Hände vor die Augen.

Moment mal? Wieso geht das so einfach?

War ich nicht eben noch von Menschen umringt? Wollten mich nicht gerade hundert Hände greifen?

Ich war auf meine Knie gesackt. Das zu spüren, war schon eine Erleichterung. Und niemand grapschte an mir herum. Ein Fortschritt zu der Situation vor dem Blitz. Es kam mir vor, als hätte ich das Licht von tausend Sonnen erblickt.

Funktionierten meine Augen noch?

Ich blinzelte mit den Lidern und peilte zwischen meinen Händen hindurch. Zu beiden Seiten zeigte sich ein Bild.

Ich atmete auf.

Vor mir erstreckte sich ein Weg. Feiner grauer Kies, hier und da bedeckt mit weißen und fliederfarbenen Blütenblättern, eine niedrige, steinerne Wegbegrenzung zu beiden Seiten, dahinter ein Dickicht aus dunkelgrünen Blättern und ineinander verschlungenem Astwerk.

Der Weg zog sich ein paar Meter dahin, dann verbaute ein dichtes Gebüsch den Blick in die Ferne. Davor lag eine Wegkreuzung. Das Buschwerk ringsum war so dicht und hochgewachsen, dass der Himmel nicht sichtbar war. In einem grünen Tunnel kniete ich, alles war still und sah friedlich aus. Trotz des Strauchwerks fühlte ich mich kein bisschen unwohl. Es sah aus wie in einem Park an einem netten Sonntagnachmittag, wenn man den nächsten, unbekannten Pfad erkunden will und sich unversehens in einem verschatteten Laubenweg wiederfindet.

Die kleine Mauer an meiner Seite war so niedrig wie eine Sitzbank. Ich raffte mich auf und setzte mich.

In dem Moment sah ich ihn. Er hatte hinter mir gestanden. Ein Junge, und er blickte mich fragend an.

Er trug ein abgetragenes, kurzärmliges Polo-Shirt, eine ausgebeulte Jeans und weiße, jedoch sehr zerkratzte, Sneaker. Sein dunkelbraunes Haar war glatt und akkurat zu einem Pony geschnitten.

»Wo bin ich?«, fragte er mit leiser Stimme.

Er war offenbar ebenso aus der Fassung wie ich.

»Das weiß ich nicht«, antwortete ich leise. »Wenn du's nicht weißt.«

Er schüttelte den Kopf und schaute sich um.

Außer dem grünen Dickicht, dem Mäuerchen und dem verblümten Pfad war nichts zu sehen.

»Wie heißt du?«, fragte ich.

Er schaute nachdenklich hin und her, so als müsste er in seinem Gedächtnis nach einem Hinweis kramen.

»Frank«, sagte er dann. »Mein Name ist Frank.«

Ich erstarrte.

Jetzt fiel mir die Ähnlichkeit auf. Die Augen waren dieselben und auch die dünne Nase war unübersehbar. Aber er war so unglaublich viel jünger, dass ich niemals vermutet hätte, er könnte es sein. Doch er war es ohne Zweifel. Je länger ich ihn musterte, desto klarer wurde es. Entweder er hatte eine Zeitreise gemacht, oder war einer radikalen Verjüngung erlegen, oder …

Ich zwang mich, ruhig sitzen zu bleiben, auch wenn meine Gedanken rasten.

»Soula!«

Ich rief den Namen laut aus. Wenn sie auf diesen Pfaden wandelte, musste sie es gehört haben.

Es kam keine Antwort.

Frank zuckte zusammen. »Wen rufst du da?«

»Nicht wichtig«, sagte ich beschwichtigend. Es sah aus, als hätte ihn mein Rufen ordentlich verschreckt.

»Ich dachte nur ...«.

Ich konnte meinen Satz nicht zu Ende bringen. Frank sah so jung, klein und ungefährlich aus, dass ich ihn herbeiwinkte.

»Setz dich doch«, forderte ich ihn auf.

Ich hoffte, das würde ihn beruhigen.

Langsam und vorsichtig tapste er herüber und setzte sich neben mich.

»Hast du ne Ahnung, wo wir sind?«, fragte ich ihn.

Er kniff die Lippen zusammen und verneinte kopfschüttelnd.

»Wer bist du?«, fragte er mich.

»Du kennst mich nicht?«

Wieder nur ein Kopfschütteln.

Ich überlegte.

»Dann soll es dabei bleiben.«

Er schaute mich erstaunt an und rückte ein Stückchen ab.

»Keine Angst«, sagte ich schnell. »Ich will dir nichts tun. Ich möchte nur wissen, wo wir sind und wie wir hier wieder rauskommen.«

»Ich war schon mal hier«, sagte er plötzlich. »Ich dachte, ich hätte es vergessen. Aber jetzt ich kann mich erinnern.«

»Das ist nicht schlimm«, sprach ich ihm Mut zu. »Ich hab auch schon einiges vergessen. Hier scheint es sehr ruhig zu sein. Findest du nicht?«

Mit Erstaunen beobachtete ich, wie seine Oberlippe anfing zu zittern.

»Hier bin ich mit meiner Mutter ein paar Mal spazieren gegangen. Sie hat diesen Weg gemocht.«

»Wie schön«, versuchte ich, ihn zu beruhigen.

»Das heißt nicht, dass ich ihn mochte«, sagte er und starrte mich an. »Ich wollte nie hierher, es hat mir immer Angst gemacht. Ich finde es unheimlich hier.«

Er stand ruckartig auf. »Wo ist meine Mutter?«

Ich zuckte mit den Schultern.

»Na, wenn du es nicht weißt.«

Er brüllte nach seiner Mutter den Pfad hinunter. Einmal rechts, dann links.

Die Lautstärke seiner hellen Kinderstimme überraschte mich. Wenn überhaupt jemand in der Gegend war, dann hatte er das sicher nicht überhört.

Er lauschte angespannt.

Es kam keine Antwort.

Auch sonst war nichts zu hören. Kein Wind, kein Blätterrascheln, keine Vogelstimmen.

»Ich will hier raus«, sagte er mit zittriger Stimme. »Diese Büsche macht mir Angst. Da ist bestimmt etwas um die Ecke. Etwas, dass auf uns wartet und fressen will.«

»Wie kommst du denn auf die Idee?«, fragte ich und versuchte zum Ausgleich spöttisch zu klingen. »Sieht doch friedlich aus. Kein Grund sich aufzuregen.«

»Nirgends ist es friedlich«, schnappte er herüber. »Nicht mal hier und da draußen schon gar nicht.«

»Wo draußen?«

»Na, in der Schule und auf der Straße und …«

Er stockte für einen Moment.

»Ach, einfach überall.«

Ich legte zweifelnd meine Hand ans Kinn. Das schien ihm zu zeigen, dass ich ebenso wenig wusste wie er. Er kam wieder herüber und griff nach meinem Arm.

Ständig schaute er sich um. Nach einer Weile lehnte er sich herüber und flüsterte: »Ich mag das Licht hier nicht.«

Er zeigte mit dem Finger zum Himmel, der aber nicht zu sehen war. Da waren nur Äste und Blätter.

»Ich mag es nur, wenn es ganz hell ist.«

Ich fand es im Gegensatz recht heimelig. Mir machte das gedämpfte Licht keineswegs Angst. Die Mauer, auf der ich saß, war auf den Seiten mit einem Hauch von Moos bedeckt. Dieser Schmuck war lebendig, und für mich strahlte die Mauer eine Ruhe und Gelassenheit aus, die seltsam beruhigend wirkte. Die weichen Blütenblätter auf dem Weg sahen aus wie frisch gefallen und trotzdem waren in den Büschen ringsum noch unendlich viele sichtbar. Es war geradezu paradiesisch. Kein grelles Licht blendete meine Augen, kein Riese rührte eine windige Suppe aus Nichts an, nur die unheimliche Stille gab mir zu denken.

»Bring mich hier raus«, sagte er.

Ich wollte antworten, dass ich keine Ahnung hatte, wie das gehen soll und dass ich kaum mehr wusste als er. Aber ich sagte nichts.

»Ich habe furchtbare Angst«, rief er und eine Träne löste sich aus seinem Augenwinkel. Sie rann seine Wange herab. Dann zog er den Rotz in der Nase hoch.

In diesem Moment tat er mir unglaublich leid. Ich nahm seine Hand, stand auf und fragte: »Rechts oder Links?«

Obwohl ich wusste, dass es sehr wahrscheinlich vollkommen egal war, wohin wir gingen.

»Ich will nach Hause«, greinte er. Er war kurz vorm Weinen und schlang beide Arme um meinen Körper.

»Zu Hause geht es mir gut. Da hab ich meine Sachen und kann mich beschäftigen. Ich falle auch gar nicht auf. Ich störe nicht. Wirklich niemanden.«

Ich wollte mich aus seiner Umklammerung lösen, aber es war nicht einfach, gegen seinen verkrampften Griff anzukommen.

»Da bin ich mir sicher«, beruhigte ich ihn. Nachdem ich seine Arme weggedrückt hatte, nahm ich seine Hand und entschied mich für eine Richtung. Es ging den Pfad entlang, durch die gründunklen Schatten und über die hübsch verstreut liegenden Blütenblätter.

»Komm. Wir werden es schaffen.«

Schon nach ein paar Metern musste ich ihn hinterherziehen.

»Ich will nicht«, rief er und stemmte sich gegen meinen Zug. Er zerrte an meiner Hand, bis sich mein Griff löste.

»Was denn?«, fuhr ich ihn an. »Erst willst du hier raus, dann wieder nicht.«

»Ich weiß nicht, was da vorne kommt. Und erst recht nicht, was um die nächste Ecke liegt. Ich will das nicht wissen. Ich hab Angst.«

»Reiß dich zusammen! Ich bin da. Uns wird schon nichts passieren.«

»Du bist auch nicht besser als alle anderen!«, schrie er. »Du willst mich nur reinlegen und dann auslachen.«

»Garantiert nicht!«, sagte ich und versuchte, ruhig zu bleiben. »Bist du ein Angsthase? Sieht ja aus, als hättest du Furcht vor allem und niemandem.«

Er kniff die Augen zusammen und wäre sein Blick in der Lage gewesen, giftige Pfeile zu verschießen, dann hätte ich mich ducken müssen.

Da war er. Der Frank den ich kannte. Offenbar hatte er schon als Kind diese Qualitäten besessen.

Ich konnte nichts mehr erwidern, da hatte er sich schon umgedreht und sprintete davon.

»Ich will das nicht mehr«, brüllte er, als er davonrannte, so schnell, als wäre der Teufel hinter ihm her.

»Lasst mich in Ruhe! Alle!«

Ich war zu perplex, um zu reagieren. Dann war es zu spät. Ich sah, wie er an der nächsten Gangkreuzung blitzartig außer Sicht geriet. Ich hörte noch ein paar seiner schnellen Schritte. Dann war Stille. Und ich stand allein.

Ich versuchte, meine Gedanken zu ordnen. Atmete ein paar Mal tief durch. Doch mein Puls ließ sich kaum beruhigen.

Im Gegensatz dazu fühlte sich mein Kopf an, als hätte ich ihn in Eiswasser getaucht. Meine Gedanken froren ein, alle Glieder waren auf einmal so schwer.

Das hier war nicht meine Welt. Nicht ich hatte das vergessen. Alles war so unpassend, wie ein Handschuh, der zu groß ist.

In den wenigen Gedanken, die noch durch meine Hirnwindungen krochen, tauchte die Perle auf und Soula.

Dann hörte ich ihre Stimme. Leise, kindlich und unschuldig wie immer. Aber dennoch voll unverhohlener Macht.

»Zeit zu gehen.«

Extro

Soula, Brief & Siegel, Wunsch

D a kann ich nur zustimmen. Es ist genug. Diese Geschichte ist zu Ende. Ich höre das Rauschen in den Ohren und sehe das Flirren von unergründlichen Schwaden vor meinen Augen. Das bin ich beizeiten gewohnt. Das war bei Jules nicht viel anders und auch bei Yana nicht und bei Deedee ebenso wenig und natürlich auch nicht bei Soula. Auch wenn das Erlebte mich für einen Moment verwirrt hat und ich mir alles in mein Gedächtnis zurückholen musste. Jetzt stehe ich dort, wo ich zu Beginn stand und habe meine Vergangenheit zurück.

Die Lichtung um mich herum hat noch Bestand. Der Ring aus dunklem Gehölz steht noch genauso dicht. Nur das Moos glitzert ein wenig feuchter. Das liegt daran, dass sich die Sonne ein gutes Stück gesenkt hat. Sie steht nun schon so tief, dass sich die höchsten Tannen die spitzen Finger an ihrem Saum verbrennen.

Das Waldesrund liegt still, wie zum Zeitpunkt, da ich die Schrift auf dem Stein auftauchen sah. Aber im Licht stehe ich nicht mehr und auch der Stein nicht. Eine herb duftende Frische steigt aus der Erde, jetzt, da die Strahlen der Sonne den Boden unter meinen Füssen nicht mehr erreichen. Typisch für einen Wald, in dem sich ein kühler Abend erhebt, riecht es nach Moosfäule und stockigem Holz und allerlei Beeren und Blättern.

»Du hast dich wacker gehalten.«

Die Stimme von Soula kenne ich inzwischen gut genug. Sie macht mir trotz der aufkommenden Kälte keine Gänsehaut mehr.

Ich blicke zur Seite und da steht sie. Direkt neben mir, so dass sich unsere Schultern fast berühren. So nah war sie mir noch nie. Erst jetzt, als ich aus der Nähe in ihre Augen schaue, sehe ich, wie unglaublich alt sie sind. In ihrem Blick liegt der Schimmer von tausend Jahren.

»Danke«, sage ich.

»Weißt du jetzt, warum du hier bist?«

»Natürlich«, antworte ich. »Du hast mir gezeigt, was ich sehen sollte. Etwas, das wichtig ist. Wichtig nicht nur für mich.«

»Ja schon, aber da war noch was ...« Sie schaut mich fordernd an.

»Jules«, sage ich und muss schlucken. »Und all die anderen.«

»Ganz genau.« Ihre Miene verdüstert sich für eine Sekunde. »Das mit Jules ist dir doch inzwischen klar, oder?«

Ich muss ihrem Blick ausweichen, lasse für einen Moment meinen Kopf hängen.

»Er wird nicht zurückkommen.«

Sie kneift die Lippen zusammen. Es sieht aus wie die endgültige Bestätigung.

»Deine Hoffnung hat dich ziemlich weit gebracht.«

»Das hat Jules auch gesagt. Das alles seinen Sinn hat und schon irgendwie in Ordnung geht. Wobei er das mit der Ordnung ziemlich gemieden hat, kann ich nur sagen.«

Ich habe den Eindruck, sie hält mit etwas zurück, während sie lächelt und wissend nickt.

»Nun denn«, sagt sie forsch. »Bist du bereit?«

»Für eine Entscheidung?«

»Jetzt wäre ein geeigneter Zeitpunkt.«

Ich wische mir ungewollt über die Stirn.

»Ich weiß, es ist nicht einfach«, sagt sie und ihre Stimme klingt auf einmal sehr verständig. »Du hattest kaum Zeit und so gut wie keine Vorbereitung. Schon gar nicht konntest du Jules so kennenlernen, wie du es verdient hättest. Da wird für immer eine Lücke sein. Aber ich kann dir versichern, wir werden dir helfen. Wenn du zu uns kommst, wirst du alles Wissen bekommen, über das wir verfügen. Nun gut, es wird nur das Wissen sein, was ich und meine Schwestern besitzen. Aber es wird reichen. Darauf geb' ich dir Brief und Siegel. Den Rest kannst du dir selbst erschließen. Ich weiß gar nicht, wann es jemals so eine Chance, aber auch Freiheit gegeben hat.«

»Vielleicht«, unterbreche ich sie. »Aber es wird trotzdem nicht einfach werden, oder? Ich habe oft an früher gedacht. So wie es einmal war. Und auch an Frank. Da war so viel Angst in ihm. Ich glaube, er war nie etwas anderes als ein ängstliches Kind. Ich hab ihn auf dem Gewissen. Das ist eine Schuld, eine große Schuld und sie ist meine ganz allein. Das wird auf meiner Seele liegen. Für immer.«

»Du hattest keine Wahl. Was hättest du tun sollen? Abwarten? Bis sich Frank alles nimmt?«

Sie pustet abfällig durch die Zähne.

»Abgesehen davon, sieh es mal so. Jetzt hast du die besten Voraussetzungen, die Artigen von den Ungezogenen zu trennen. Keiner weiß besser, wovon er spricht.«

»Mag sein ...«

»Es ist nie einfach«, sagt sie. »Du hast beide Seiten gesehen. So wie es gehen kann. Egal für welche Seite du dich entscheidest, es gibt nicht nur den einen, geraden Weg. Wenn du zu uns kommst, kannst du die Aufgabe übernehmen, die dir zusteht. Das, was in dir steckt, ist gewaltig. Diese Magie hast du geerbt. Damit kannst du werden, was du wirklich bist. Aber eines muss dir klar sein. Deine Schuld und deine Erinnerungen würden dir dabei nur im Weg stehen. Ich kann all das von dir nehmen. Nicht mehr und nicht weniger. Ich kann es aufbewahren und wenn du es jemals wiederhaben möchtest, wäre ich die Letzte, die es dir nicht geben würde.«

Ich muss kichern.

»Würde ich dann überhaupt wissen, was mir fehlt oder mich erinnern, wer meine Vergangenheit aufbewahrt.«

Da muss sie schmunzeln.

»Nein, aber verloren ist sie nicht. Sie hat dich an diesen Punkt geführt. Das kann dir keiner nehmen. Du wirst du selber bleiben, mit allem, was dich ausmacht. Aber die Vergangenheit war, daran kannst du nichts ändern. Niemand kann das. Doch das, was du bist, ist das, was du tust. Das kann nur die Zukunft zeigen, und sie beginnt jeden Tag aufs Neue.«

»Ich verstehe.«

»Eines muss ich dir noch sagen, denn du hattest einen außergewöhnlichen Weg bis hier. Da ist eine Sache, die wirst du nie können.«

»Und die wäre?«

»Wenn du zu uns kommst und deinen Platz einnimmst, wird von deinem alten Leben nicht viel bleiben. Keine Andenken, keine Geschichten, keine Schuld. Davon wirst du den Jungs am Feuer nie berichten können. Aber es wird das geben, was du ab jetzt in der neuen Welt erlebst. Glaub mir, das dürfte eine Menge sein.«

»Und was ist, wenn ich möchte, das alles so bleibt, wie es ist?«

Sie zeigt für eine Weile keine Regung.

»Dann müssen wir uns jemand anderen suchen. Die Welt wird deswegen nicht untergehen. Aber dann muss ich dir zumindest die letzten Tage nehmen, all das, was du gerade erlebt hast.«

»Du meinst Jules und Yana und all die anderen?«

Sie nickt. »Dir wird nichts fehlen. Du kannst werden, was du willst und deines Weges gehen, wie jeder andere auch.«

Ich schaue in den Himmel. Da ist er wieder, kobaltblau und weithin klar spannt er sich über mir. Noch scheint dort oben die Sonne. Mich fröstelt in den Schatten. Ich überlege für eine lange Weile.

»Bevor ich mich entscheide, hab ich noch eine Bitte.«

Sie schaut mich überrascht an.

»Ich möchte jemanden sehen. Ich weiß, du kannst diesen jemand zurückbringen. Das kostet dich wahrscheinlich nur ein Augenzwinkern.«

»Wer soll das sein?«, fragt sie.

»Gib mir deine Hand.« Ich strecke ihr die meine entgegen. »Du wirst es wissen.«

Sie reckt ihren Hals und schürzt die Lippen. Dabei kneift sie die Augen zusammen, als müsste sie Maß nehmen. Auch sie überlegt einen Moment.

Dann schlägt sie ein.

Lebewohl

Wiedersehen, Rolltreppen, Entschluss

Wieder wandelt sich meine Sicht. Vor meinen Augen verschwinden die Lichtung, der Himmel und das dürre Mädchen mit den langen weißen Haaren. Kaum hat sich mein Blick geklärt, sehe ich die Wände eines großen Raumes entstehen. Überall um mich herum verdichteten sie sich, wachsen gen Himmel und bleiben doch auf Distanz.

Weiß sind sie, matt und milchig, so als würden sie aus feingepresstem Nebel bestehen.

Ich stehe inmitten einer großen Halle mit hoher Decke, der Boden grau und unscheinbar.

In der Ferne höre ich Stimmen. Jemand unterhält sich leise und unaufdringlich. Menschen gehen durch die Halle, sie kommen mir entgegen, gehen alle in eine Richtung. Kaum einer scheint es sonderlich eilig zu haben. Manche gehen alleine, andere zu zweit, wieder andere in kleinen Gruppen.

Sie tragen Kleidung, die man in jeder Innenstadt oder bei einem Kaufhausbesuch oder bei einem Spaziergang im Park sehen würde.

Ich gehe mit ihnen, dorthin, wohin alle gehen. Da ist ein Durchgang in eine kleinere Halle. Oder ist es ein Verbindungsstück? Mildes Licht scheint mir von dort entgegen.

Bald kann ich in die kleine Halle einsehen. Dort tauchen Durchgänge auf, die alle in dem zentralen Übergang endeten. An einer Seite geht es hinauf ins obere Stockwerk.

Nichts als ein weiterer großer Raum ist dort zu erkennen, unauffällige, konturlose Wände und eine hohe Decke. Er sieht nicht viel anders aus als der, aus dem ich gerade komme. Vier riesige Rolltreppen sind der einzige Weg dorthin. Aus allen Richtungen kommen die Menschen heran, reihen sich ein und lassen sich auf den bewegten Stufen nach oben tragen.

Was dort liegt, kann ich nur erahnen. Um es herauszufinden, müsste ich mich ebenfalls in die Reihen begeben. Doch tief in mir fühlt es sich an, als wäre dies kein Weg für mich.

Da sehe ich sie. Sie sieht aus wie in meiner Erinnerung. So wie sie vor ihrer Krankheit ausgesehen hat. Ihre vollen Haare sind wie immer zurückgekämmt und ihr Gang ist leicht und kraftvoll. Nachmittags an einem Wochenende, wenn wir einen Schaufensterbummel machten, hatte sie nie besser ausgesehen.

Sie spaziert nicht weit von mir entfernt, geht quer zu meiner Richtung auf die Rolltreppen zu. Ich hebe die Hand und will gerade ihren Namen rufen, da hakt sie sich bei einem Mann unter, der neben ihr läuft. Den Mann kenne ich nicht, aber sie scheint ihn zu kennen. Sie lächelt und beginnt, sich mit ihm zu unterhalten. Ich kann nicht verstehen, was sie sagt, aber den Klang ihrer Stimme erkenne ich sofort.

Sie legt den Kopf ab und zu an seine Schulter, als hätte er einen besonders guten Witz gemacht.

Fast sind die beiden an mir vorbei, da rufe ich ihren Namen. Sie bleibt stehen und schaut mich an. Und auch der Mann hält für einen Moment inne und blickt interessiert herüber.

Er trägt einen weiten, etwas aus der Mode gekommenen Anzug in dunkelbrauner Farbe, dazu schicke Schnürschuhe und ein schwarzes Barett.

Sie erkennt mich sofort. Es fühlt sich seltsam an, aber ich kann mich des Eindrucks nicht erwehren, dass auch er mich zu kennen scheint.

Sie lächelt mir zu. Winkt einmal kurz mit der Hand. Dann dreht sie sich um und die beiden gehen untergehakt weiter, nehmen die nächste Rolltreppe und starten ihre Fahrt nach oben.

Während sie dort steht, wendet sie sich noch einmal um. Sie lächelt, so wie sie es immer getan hat, wenn ich aus der Schule eine besonders gute Note nach Hause gebracht habe.

Ihr Nicken sagt *Ausgezeichnet*, das Zwinkern in den Augen sagt *Geschafft* und die Fältchen in den Mundwinkeln sagen *Alles wird gut*.

Sekunden später verschwinden die beiden am oberen Ende der Treppe aus meiner Sicht.

Das war es.

Alles war gut.

So gut wie es war.

Anfang

Konvent, Kupferblatt, Santa

Neben mir erklingt eine Stimme. Leise sagt sie: »Fertig.« Es hört sich an wie eine Feststellung. Es könnte aber ebenso eine Frage sein. Ist die Frage an mich gerichtet? Oder ist die Feststellung so etwas wie ein Abschluss? Ein Abschluss von was?

Vor mir erstreckt sich der Pfad, mitten durch die Wiese, den flachen Hang hinunter. Am Himmel ist der Mond aufgegangen. Es ist ein Halbmond. Blassweiß steht er in der Ferne. Wie ein schwaches Abziehbild verschwindet sein Umriss vor dem Hellblau, mit dem der Tag seinen Abschied nimmt.

Ich schaue an mir herunter und sehe, meine Hand hält eine andere Hand. Neben mir steht ein Mädchen. Sie ist groß und schlank und ganz in schwarz gekleidet. Das steht im Kontrast zu ihrer Haarfarbe.

In dem Moment, da sie zu mir aufsieht, kommt mir ihr Name ins Gedächtnis und all das, was sie ist.

Soula, die Nachtgier, Herrin über das, was vergeben, vergangen und vergessen ist, eine der Dreiheit mit Oula und Ouza, Niederschwester von Noma, der Hüterin des November, Minderschwester von Tumnà, der Macht über den Herbst, Getreue von Nox, Hoheit über Nacht und Halbkind von Gris, der Mythrà, Gebieterin über alle Zeiten.

Ich muss grinsen, da mir dies einfällt. Sie grinst keck zurück. Mir ist, als hätte ich es schon lange gewusst, aber in einer Schublade ganz hinten in meinem Kopf vergessen. Die

Schublade quietscht fürchterlich, als ich sie aufziehe und doch zaubert das, was ich darin finde, ein Lächeln des Erkennens auf mein Gesicht. Und es kribbelt ein bisschen in meinem Kopf, so dass ich mich hinter dem Ohr kratzen muss. Obwohl ich weiß, dass es dort, wo es tatsächlich juckt, herzlich wenig bringt.

Sie schwingt ihren Arm durch das Rund der Lichtung und weist mir den Weg hinunter zur Straße, die am Fuße des Hügels kreuzt.

Hier stehen sie. Unglaublich viele haben sich eingefunden. Sie flankieren den Pfad zu Hunderten. Haben sich auf dem satten Grün der Wiese versammelt und blicken mir ausnahmslos entgegen.

Am vorderen Eck zu meiner Linken steht Lux und ihr weißblondes Haar hat wie immer das Licht des Himmels gefangen. Nicht nur deswegen ist sie kaum zu übersehen. Sie überragt alle ihre Schwestern um einen Kopf.

Dahinter recken ihre Tempí die Hälse und beobachten jede meiner Regungen. Allen voran Hortà, die Macht des Frühjahrs und ein Stück den Weg hinunter Aésta, die Sommerliche und ihr Gefolge.

Viele haben ihre besten Kleider angelegt, nicht wenige tragen einen Hut oder zumindest eine Kopfbedeckung. Hier und da sehe ich einen Zylinder, der sich frech zur Seite neigt. Villa hat ihren auffälligsten Hut gewählt und sieht damit einem Musketier ähnlich; die angesteckte Feder darf nicht fehlen. Aésta trägt eine glitzernde Tiara.

Weiche Formen und dünne Tücher wechseln mit bauschigen Seidenkleidern und schimmernden Stoffen. Keine gleicht der anderen.

Zu meiner Linken bestimmen helle Farben das Bild, grün und gelb blitzen hier und da hervor. Auf der rechten Seite sehe ich viel dunkle Töne, so manches Mal Schwarz und Braun, aber auch ein kräftiges Rot. So rot wie dunkles Blut.

Dort steht Nox. Sie hat sich gegenüber von Lux aufgebaut, hält die Arme verschränkt und ihre Muskeln treten hervor. Sie scheint alle Schatten auf sich zu ziehen und doch glänzt ihre tiefschwarze Haut wie frisch eingecremt. Sie hat sich ein Stirntuch umgebunden. Die Piratenbraut steht ihr immer noch am besten. Sie schaut wie üblich nicht wenig missmutig drein, schließt jedoch ihre Augen und neigt die Stirn, als sich unsere Blicke treffen. An ihrer Seite sehe ich die herbstliche Tumnà und Hiéva, die Macht des Winters.

Hinter den Gebieterinnen haben sich die Schwestern gruppiert. Ich weiß, sie sind gekommen, um den Kreis ihrer Zeiten zu vertreten.

Die breiten Schultern von Nox können kaum die neugierigen Blicke von Zaza, der Yokai und Deedee, dem Irrlicht verbergen. Wie so oft die vorwitzigsten ihrer Gesellschaft. Sie haben sich vor ihre Herrin Lanous gedrängelt, damit sie eine bessere Sicht haben.

Ihnen gegenüber sehe ich Ynys lustige Augen blitzen, wie sie hinter dem seidenhellen Kleid von Ava hervorschaut. Die hält mit Louna und Loula, den Mestrí des Sommers, noch das Licht der vergangenen Tage in den Händen.

Hinter den Schwestern stehen dicht an dicht die Reihen meiner Helfer. Sie füllen die Wiese bis an den Rand des Waldes. Ich weiß, sie werden mir beizeiten zur Seite stehen. Männer und Jungen allen Alters und jeglicher Statur. Alle sehen mich an und nicht wenigen kann man die Freude aus den Gesichtern lesen. Einige nicken mir aufmunternd zu.

Alle halten inne und niemand unterbricht die Stille auf der Lichtung mit dem kleinsten Geräusch. Noch hat keiner das Wort erhoben.

Ich spüre, sie warten auf etwas. Auch wenn ich nicht bestimmen kann, was es ist. Ich krame geschwind in meiner Erinnerung, aber ich kann nichts darüber finden, wie ich an diesen Platz gekommen bin.

Hinter mir liegt ein großer Stein, der eine Inschrift trägt. Dort steht ein Name an der Front. Der Vorname kommt mir bekannt vor: *Jules*. Auch hier kribbelt es in meinem Kopf.

Ich weiß, dass dieser jemand für mich wichtig ist, und nicht nur für mich. Ich bin mir sicher, wenn ich noch ein bisschen in meiner Erinnerung krame, fällt mir ein, was mich mit diesem Jules verbindet.

»Da geht es lang«, sagt Soula und zieht mich leicht voran. Sie weist mir den Weg hinunter zur Straße.

Ich nehme ihre Aufforderung an und setze langsam und bedacht einen Fuß vor den anderen. Diejenigen, die mir am nächsten stehen, neigen ihre Häupter.

Als ich bei Hepta, der Gebieterin über den September ankomme, drängt sich ein Junge zwischen Epha, der Sylphe und Wynn, der Korrigan hindurch. Er schenkt mir ein breites Lächeln, so als würde er mich wiedererkennen. Über sein Gedrängel sind einige der Tempí gar nicht erfreut und schicken ein paar böse Blicke in seine Richtung. Aber das scheint ihn nicht zu stören.

Ich trete an ihn heran.

Er ist ein dürrer, kleiner Junge mit braunem, weichen Haar, der für sein Alter aussieht, als wäre er nicht schnell genug gewachsen.

Er hibbelt vor Aufregung und platzt heraus: »Ich freu mich so, dich zu sehen.«

Das bringt ihm noch viel seltsamere Blicke der umstehenden Damen ein.

»Wie heißt du?«, frage ich.

»Bastian«, sagt er.

»Fein«, sage ich. »Ich glaube, wir werden eine gute Zeit zusammen haben.«

Das scheint ihn über die Maßen zu freuen.

»Ich kann überall helfen«, sagt er. Doch ein strenger Blick von Meb, der Rankenfrau neben ihm, bringt ihn zum Schweigen.

Ich nicke ihm aufmunternd zu und setze meinen Weg fort.

Als ich das Spalier durchschritten habe und schon fast am Fuße des Hügels angekommen bin, ruft mir jemand hinterher.

Es ist die Stimme von Nox oder vielleicht doch die von Lux. Man kann sie einfach nicht unterscheiden.

»Wer soll deine Begleiterin sein? Nenn ihren Namen!«

Auf eine seltsame Weise klingelt es dabei in meinem Kopf. Nicht weil mir ein Name einfallen würde oder ich der Aufforderung so einfach nachkommen will. Trotzdem kommt es mir vor, als hätte mich Lilith das schon einmal gefragt. Oder wollte sie etwas anderes von mir? So sehr ich auch nachdenke, ich komme einfach nicht darauf.

In den Augen von Lux sehe ich nur Fragezeichen. Nox stemmt die Fäuste in die Hüften.

»Ist es eine von meinen Schwestern?« Es klingt so, als wüsste sie mehr als ihre andere Hälfte. Sogar, als wüsste sie mehr als ich. Sie blinzelt Lux mit feurigem Blick zu. Als ginge es hier nicht nur darum, einen Namen zu nennen.

Ich mustere sie für einen Moment, als wäre mir die Forderung gänzlich unbekannt. Doch ich weiß, das ist sie nicht. Ich brauche jemanden, der mir hilft. Jemand, der an meiner Seite steht und die Verbindung zu den anderen hält. Und jemand, der mit mir hinausgeht, all die Jahre wieder, wenn meine Zeit kommt.

Doch wer soll es sein? Alle schauen mich gespannt an. Der Konvent möchte eine Antwort. Und zwar bevor ich meine Arbeit aufnehme. Bevor die Zeit kommt, da ich über die Kraft und Macht verfüge, die meine Aufgabe mit sich bringt.

Da ist etwas, das mich voranzieht. Ein Gefühl tief in mir, dass mir sagt, es gibt die Eine. Sie ist hier. Auch wenn mir ihr Name gerade nicht einfallen will.

Suchend geht mein Blick durch die Reihen, bis er sich wie von selbst in ihren Augen fängt. Es fühlt sich an wie die Kompassnadel, wenn sie der Norden richtet. Dann tritt sie hervor. Sie lächelt mir kurz zu und schaut sich um, als könne sie es nicht glauben.

»Yana«, sagt Nox zur Bestätigung, obwohl es das nicht bedurft hätte. Doch die Hoheit über Nacht will es laut aussprechen, das merkt man ihr an. Der Stolz in ihrer Stimme ist nicht zu überhören.

In diesem Moment weiß ich, dass Yana noch eine andere Bedeutung hat. Da ist ein anderer Sinn aus alter Zeit. Kupferblatt heißt das Wort in der Sprache ihrer Schwestern und nun auch für mich. Die roten Locken mit einem Haarreif am Hinterkopf gebändigt, Sommersprossen um die freche Stupsnase und leuchtend grüne Augen.

Sie blickt verschämt zurück in die Reihen. Mael nickt ihr heftig zu und schubst sie voran.

Sie schließt zu mir auf, grüßt mich und legt ihre Hand in meine.

Es fühlt sich gut an. Es fühlt sich richtig an.

Ganz am Ende des Spaliers hat sich jemand als Letzte in der Reihe von den anderen abgesetzt. Niqqi ist ihr Name. Das fällt mir ein, als wir zu ihr aufschließen. Sie ist schlicht gekleidet und scheint auf uns zu warten, auf derselben Seite, auf der auch der Frühling und der Sommer stehen. Strahlend blonde Locken trägt sie, die ihr Gesicht in langen Kringeln umspielen. Ihr einfaches Kleid lässt ihre hellen Haare besonders gut zur Geltung kommen.

Sie freut sich, als sie Yana und mich näher kommen sieht. Aber da ist noch etwas in ihrem Blick. Noch nie habe ich einen Hausgeist gesehen, der mir so voller Überschwang, aber gleichzeitig Trauer entgegenblickt. Sie grüßt uns mit einem langsamen Neigen ihrer Stirn. Dann sind wir auch an ihr vorbei.

»Ich hätte nie gedacht, dass so viele kommen würden«, flüstere ich Yana zu.

»So viele?«, raunt sie zurück. »Alle sind gekommen. Wer will sich das entgehen lassen? So selten wie es passiert.«

»So selten wie was passiert?«

»Dass wir jemanden neues wählen.«

Da stockt mein Schritt für einen Moment.

»Jemand neues?«

Sie nickt mir eifrig zu.

»Aber es gibt doch gar nichts Neues. Ich war doch nicht weg. Ich habe allerdings das Gefühl, ich hätte zu lange geschlafen. Wer hat mich aufgeweckt?«

»Wir alle«, sagt sie und hält einen Moment inne, so als würde sie auf meine Reaktion warten.

Ich kann darauf nichts erwidern. Mir kommt es vor, als gehörte ich dazu. Als wäre ich schon immer da gewesen.

»Aber ...«, setze ich an, doch dann fällt mein Blick über meine Schulter.

Die Wiese ist leer. Niemand ist zu sehen. Von einer Sekunde auf die andere sind alle verschwunden.

»Wo sind sie hin?«

»Sie haben zu tun«, sagt Yana voller Überzeugung. »Was denkst du, wir haben immer zu tun. Auch wir beide.«

Ich muss nicht lange überlegen, denn was es bedeutet, ist mir klar, in dem Moment, da sie es ausspricht.

»Du hast recht«, stimme ich ihr zu. »Wir haben zu tun. Der nächste Winter steht vor der Tür.«

»Dann lass uns gehen«, sagt sie und hakt sich bei mir ein.

Ich lasse mich nicht voran ziehen, sondern bleibe einfach stehen. Sie schaut mich mit großen Augen an.

»Wirst du bei mir bleiben?«, frage ich.

»Immer«, antwortet sie und da ist keine Pause, kein Überlegen und kein Zweifel, nur ihre großen, hellen Augen.

»Na, dann sind wir ja jetzt ein Team«, sage ich und bekomme dafür einen Knuffler zwischen die Rippen.

Sie baut sich vor mir auf.

»Solange ich kein weißes Kleidchen tragen muss und vielleicht noch einen Stab mit gelbem Sternchen an der Spitze. Außerdem bin ich nicht blond.«

»Ist mir aufgefallen.«

»Und ich koche so ungern, aber dafür kann ich wirklich gut mit Pflanzen. Ach ja, und Stricken mag ich auch gerne. Ich hätte da ein paar Ideen, wie wir diese schlabberige Zipfelmütze ersetzen können. Die fand ich schon immer peinlich.«

»Kein Problem«, beruhige ich sie. »Für alles andere haben wir ja noch Niqqi. Außerdem dürfte dir aufgefallen sein, ich habe keine weißen Haare. Abgesehen davon, muss ich dir etwas gestehen.«

Ich mache bewusst eine Pause.

»Ich hab's nicht so mit Rentieren. Und erst recht nicht mit welchen, bei denen die Nase glüht.«

Da muss sie lachen und ich möchte schmelzen. Dieses Lachen möchte ich bis in alle Zeiten hören.

»Geht mir genauso«, sagt sie. »Und weißt du was? Ich hatte mir fast schon so etwas gedacht.«

Ein listiges Grinsen zieht in ihre Miene.

»Deswegen möchte ich dir jemanden vorstellen«, sagt sie und im selben Moment höre ich ein lautes Wuff hinter mir. Das kommt mir seltsam bekannt vor. So als hätte ich es vor langer Zeit einmal gehört.

Ein bulliger Rottweiler läuft auf uns zu, umrundet uns ein paar Mal, wedelt wild mit seinem Stummelschwänzchen und schnauft ganz mächtig aus der Nase.

Ich hab ihn sofort ins Herz geschlossen.

»Wie heißt er?«, frage ich.

»Tito«, sagt Yana und als sie seinen Namen ausspricht, setzt er sich auf die Hinterpfoten und hechelt mit hängender Zunge.

Ich streichle ihm sacht den Kopf.

»Ich glaube, von denen brauch ich noch ein paar und einen Hundeschlitten. Das würde mir gefallen.«

»Das sollte unser kleinstes Problem sein,« antwortet sie, als wüsste sie mehr als ich. »Wir müssen uns eine neue Geschichte ausdenken. Und wenn wir sie geschickt verbreiten, dauert es nur ein paar Jahrhunderte und die alte ist vergessen.«

Wir lachen uns an.

»Komm lass uns gehen«, sagt sie. »Wir haben eine Menge vor.«

Wir nehmen das letzte Stück zur Straße und mitten auf dem Weg steht meine Indian. Sie glänzt und funkelt rot im Abendlicht wie frisch gewienert.

Ich schwinge mich in den Sattel, schalte die Zündung ein und kicke den Motor an. Er erwacht brummend wie ein Bär aus seinem Winterschlaf. Ich drehe ein paar Mal am Gas und prüfe die Drehzahl. Ein mildes Knattern meldet mir, dass alles in Ordnung ist. Ich klappe den Seitenständer ein und fordere Yana auf, sich hinter mich zu setzen.

»Zeig mir, was du kannst«, flüstert sie mir ins Ohr, als sie aufsteigt.

»Zeig mir, was du kannst«, antworte ich und betone das *du* ganz besonders.

Dann fahren wir los.

Es fühlt sich gut an. Es fühlt sich an wie mein Platz.

Während wir langsam dahinrollen, schwenkt sie ab und zu einen Arm nach links und nach rechts.

Die Bäume, Büsche und Gräser am Wegesrand wandeln sich. Die Blätter werden goldgelb und hellbraun und dunkelrot, als hätten sie ihre herbstlichen Kleider geschickt versteckt, um sie jählings mit einem Zaubertrick hervorzuholen. Es scheint mir, sie neigen uns ihre Köpfe und Kronen und Ähren zu.

Tito jagt neben uns über die Wiese. Seine Zunge weht wie eine Fahne im Wind und doch scheint es ihn nicht im Geringsten anzustrengen.

Yana umarmt mich und legt ihren Kopf an meine Schulter.

Mein Ziel ist der Himmel über der Straße. In unserer Richtung, fern über dem Horizont steht der blasse Halbmond. Nebendran schießen plötzlich dickbauchige

Cumulus ins Abendlicht. Sie bauschen sich zu gewaltigen Wolkentürmen. Über den Bäumen sind sie aufgezogen und ihre dichten Nebel leuchten in allen Farben, die die untergehende Sonne hervorzaubern kann. Flieder, Magenta und Orange bestimmen das Bild.

Gris hat sich richtig angestrengt.

Als ich zurück zum Mond schaue, ziehen fern am Firmament graue Wolken auf. Filigrane Cirrus wandeln sich vor seiner bleichen Silhouette, ballen sich zu Wölkchen und schieben sich von allen Seiten zu einem Bild zusammen. Für einen winzigen Moment sieht es aus wie ein Pferd, das mit uns reitet. In wildem Galopp passiert es den Mond.

In seinem Sattel sitzt eine Frau. Augen so weit wie der Horizont, die Iris so tief wie die Nacht.

Ja, sie hat sich wahrlich angestrengt.

Für einen Moment scheint es mir, der Fahrtwind riecht nach Zigarre.

Dann haben sich die Wolken verschoben. Das Bild ist verschwunden.

Yana lehnt sich nach vorne.

»Weißt du jetzt, wieso du das alles kannst?«

Ich muss lächeln, als ich ihr zuwerfe.

»Na, weil ich es bin.

Ich, Santa.«

Let me tell you a story
of love and of hate,
of hope and delusion
and sheerest fate.

There is also snow
and a glimpse of glitter,
though truly at times
it may be hard and bitter.

On the clearest cold night
with a-puff and a-blow,
hear me come rushing
hear my Ho, Ho, Ho!

Santa

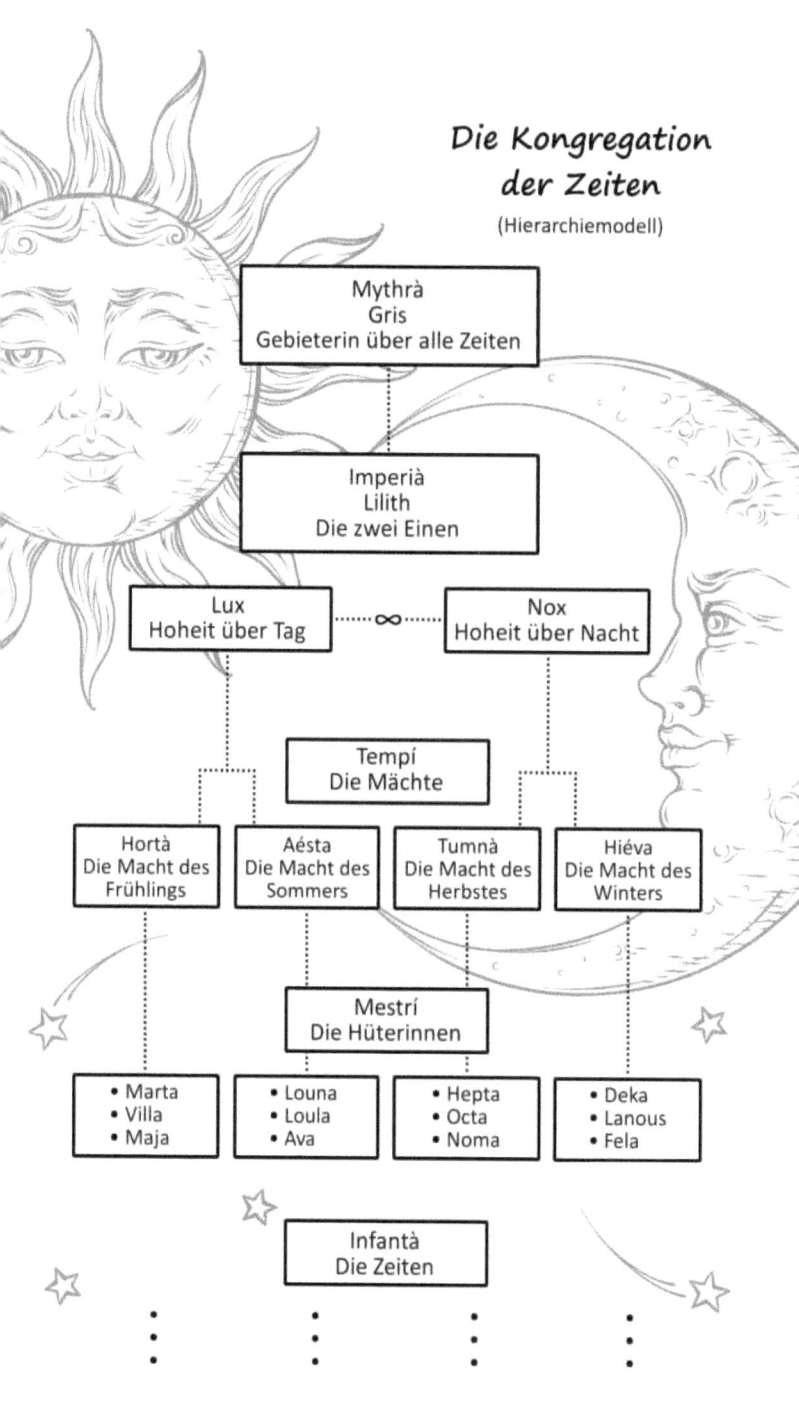

Die Kongregation der Zeiten

(Hierarchiemodell)

Mythrà
Gris
Gebieterin über alle Zeiten

Imperià
Lilith
Die zwei Einen

Lux
Hoheit über Tag
∞
Nox
Hoheit über Nacht

Tempí
Die Mächte

Hortà
Die Macht des Frühlings

Aésta
Die Macht des Sommers

Tumnà
Die Macht des Herbstes

Hiéva
Die Macht des Winters

Mestrí
Die Hüterinnen

- Marta
- Villa
- Maja

- Louna
- Loula
- Ava

- Hepta
- Octa
- Noma

- Deka
- Lanous
- Fela

Infantà
Die Zeiten

Vi|gnet|te
In der Literatur ein kurzer (impressionistischer) Text, der sich auf einen Moment, eine Person, einen Ort, ein Objekt oder eine Idee bezieht.

Wikipedia

Auf den folgenden Seiten finden Sie den Bonus für die Erstausgabe von *Ich, Santa*. Es ist eine Vignette über die *Kinder der Erde*.

Vignetten sind kurze Geschichten, Novellen, Lyrik und kleine Erzählungen aus dem unendlichen Universum der wundersamsten Wesen auf unserem Planeten. Sie leben unter uns, unerkannt und seit Jahrhunderten, manche würden behaupten seit Jahrtausenden.

Wer sind sie, was können sie und warum überhaupt?

So viele Fragen, so viele Antworten.

Bleiben Sie gespannt und tauchen Sie ein in das erstaunliche Reich jenseits unserer Wahrnehmung.

Vignette
0

Das verlorene Kirigami

Eine Geschichte
der
Kinder der Erde

I.

s war am siebten Tag des siebten Halbmonds, da rief Hepta an. Ich war gerade dabei, ein paar Reben auf einen Rost an der Außenseite des Trailers zu ziehen. Das Telefon klingelte wie gewöhnlich. Zumindest musste es jedem Besucher so vorkommen. Ich hörte natürlich sofort heraus, dass es meine Mestrí war, die am anderen Ende der Leitung hing. So etwas spürt man, oder nicht?

Das ließ mich keineswegs in Hektik verfallen. Es klingelte noch ein paar Mal. Ich beendete meine Arbeit und schwang mich zurück in den Trailer, um nach dem Hörer zu greifen. Das Telefon war hochkant am Pfosten zwischen Küche und Essbereich festgemacht. Die Schnur zum Hörer war furchtbar lang und hing bis auf den Boden, um sich dort in lustigen Kringeln einzudrehen. Vielmehr Technik als dieses altmodische Telefon wollte ich hier nicht sehen. Es reichte vollkommen aus und jeden Platz im Trailer konnte man damit ebenso gut erreichen wie mit diesen modernen tragbaren Dingern. Um das mal klar zu stellen. Ich liebe Pflanzen, aber Technik ist mir einfach zuwider.

»Yana, wie geht's?« Das war die Stimme von Hepta und sie klang präzise und ruhig, so wie ich es von ihr gewohnt war. Leider konnte man auf diesem Wege nie herausfinden, in welcher Stimmung sie sich gerade befand, noch was sie eventuell im Schilde führte. Dafür reicht weder meine Vorahnung, noch würde eine meiner Schwestern dies bestimmen können. Mit Ausnahme natürlich von Siya, aber wer weiß, wo die sich herumtreibt.

»Gut, gut«, antwortete ich so knapp wie möglich.

»Alles im grünen Bereich?«, bohrte sie nach.

Ich war sicher, sie meinte nicht nur meine Pflanzen.

Ich ging ein paar Schritte zum Wohnbereich hinüber und setzte mich auf die Couch unter dem Fenster. Dabei musste ich ordentlich an der Telefonschnur ziehen, damit sie sich entwirrte. Ich zog eine Schnute, ließ mir aber nichts anmerken.

»Wir haben eine Menge zu tun, Danke der Nachfrage. Sonst ist alles in Ordnung.«

Ich musste deutlicher werden, ohne tatsächlich viel zu sagen. Ich glaube, das wollte sie hören.

»Das wollte ich hören«, sagte sie.

Ich entspannte mich … ein bisschen.

»Wie geht es ihm?«, fragte sie.

Eine von den kleinen Alarmglocken ganz hinten in meinem Kopf machte »*Ding!*«. Ich versuchte, sie zu ignorieren.

»Ich meine, wie hat er sich eingelebt?«, schob Hepta nach. »Du weißt, wie schwierig er es hatte und die erste Zeit ist doch immer etwas besonderes, oder nicht?«

Ich bemerkte, wie sie sich um echtes Interesse bemühte. Trotzdem ließ sich meine Ahnung nicht verdrängen, dass sich etwas hinter dem Small Talk verbarg.

»Nett von dir«, sagte ich. »Wie du weißt, haben wir die erste Saison ziemlich gut hinbekommen. Ich muss gestehen, ohne die Hilfe von Gala und Phia hätten wir es vielleicht nicht so schnell geschafft. Die beiden haben sich ordentlich ins Zeug gelegt.«

Ich wusste, darauf legte Hepta besonderen Wert und deswegen hörte sie es gerne. Wenn wir mit einer anderen Infantin zusammenarbeiten und unsere Kräfte ergänzen. Natürlich nur soweit das möglich ist und die Zeiten gerade günstig stehen. Gala und Phia sind Kinder von Deka, der Hüterin über den Dezember und mit den beiden verstehe ich mich wirklich gut. Was man von Cass, ihrer Schwester, gerade nicht sagen kann. Aber das soll hier kein Thema sein.

»Außerdem spreche ich mit ihm über alles. Da gibt es nichts, über das ich nicht Bescheid wüsste. Er kann wirklich mit jedem Problem zu mir kommen.«

»Meinst du Mr. S., wie er sich jetzt nennt?« Heptas Nachfrage war eigentlich überflüssig. Es klang, als wollte sie sich lustig machen.

»Genau«, sagte ich und legte ein gutes Stück Heiterkeit in meine Stimme, damit meine Gebieterin gleich mitbekam, dass ich nicht mit allem, was er so veranstaltete, einverstanden war.

»Es war seine Idee. Wir haben die Schilder und Plakate schon umgemalt. Die Aufbauten der Arena und die Fronten für den Jahrmarkt kommen als nächstes dran. Dann ist Mr. S. die große Show.«

»Fein, fein«, sagte Hepta. »Schön, dass es zwischen euch so gut klappt.«

Ich bin mir sicher, das war eine Stichelei, denn sie hatte garantiert etwas aus meiner Bemerkung über den neuen Künstlernamen herausgehört.

»Ich hätte da eine Bitte«, sagte sie unvermittelt.

Jetzt machte es in meinem Kopf »*Ding! Dong!*«. Einmal von links hinten, einmal von rechts hinten. Die großen Glocken waren angesprungen. Das zu ignorieren, war natürlich völlig unmöglich. Deswegen versuchte ich es gar nicht erst, sondern konzentrierte mich darauf, meine Stimme so neutral wie möglich zu halten.

»Ich bin ganz Ohr«, sagte ich.

»Ich möchte, dass du zu mir kommst«, eröffnete sie. »Ich würde gerne etwas mit dir besprechen. Unter vier Augen, wenn du verstehst, was ich meine.«

Das klang interessant, wenn auch in gewisser Weise beängstigend. Wenn es ein Vier-Augen-Gespräch war, dann steckte vermutlich mehr dahinter, als ich mir im ersten Moment vorstellen konnte.

»Immer gerne«, antwortete ich artig. »Wann passt es dir denn?«

»Am besten jetzt gleich«, sagte sie.

Und da waren sie wieder.

»*Ding! Dang! Dong!*« machte es und vor lauter Gebimmel war ich aufgesprungen, hatte mich prompt mit einem Fuß in der Telefonschnur verfangen und schon entfuhr mir der schönste Fluch, den wir Dryaden so drauf haben. Ich möchte das hier nicht wiederholen, aber es hatte etwas mit ganz viel verdorbenen Pflanzen und einer Menge unangenehmem Geruch zu tun.

»Bitte?«, schallte es aus dem Hörer.

»Sorry«, antwortete ich kleinlaut. »Galt nicht dir, sondern dem verflixten Telefon hier.«

»Wie schön«, sagte Hepta und es klang ein bisschen angefressen und ein bisschen nach *Schätzchen, du musst noch viel lernen.*

Mich regte das ordentlich auf. Das Telefon sowieso, aber immer diese kleinen Sticheleien. Na gut, ich bin erst vierhundertunddrei und damit eine der jüngsten im Bunde. Aber es macht mich rasend, wenn immer alle darauf rumhacken. Oder war das nur, weil er mich gewählt hat und weil auch ich dadurch auf einmal sehr viel wichtiger geworden bin. Ich, die kleine Dryade aus den Wäldern des Nordens. Mr. S., ich musste lächeln, als ich an ihn dachte. Wie immer, wenn ich das tat, beruhigte mich das auf eine seltsame Weise. Da war etwas, das auch ich lange gesucht hatte. Die Ruhe, wenn ich mit ihm zusammen war, hatte ich sonst nie gefühlt.

Auch wenn ich mit seinem Technikfimmel wenig anfangen kann. Aber er muss sich um das Motorrad kümmern und um seine Jungs; und trainieren muss er auch noch. Ich verstehe das.

Mich freute ja nur, dass ich bei Nox inzwischen einen großen Stein im Brett hatte. Seit durch seine Wahl das Gewicht wieder auf die Seite der Nacht gewechselt ist, brauchte ich mir um ihre Unterstützung keine Sorgen zu machen.

»Da wäre noch etwas«, unterbrach Hepta meine Gedanken. »Kannst du den Kristall mitbringen? Du weißt schon, das Andenken, das Deedee ihm geschenkt hat, nachdem sie das Ding aus dem Schutt geborgen hat.«

»Du meinst den Kristall, in dem sie die ganze Zeit gefangen war?« Ich wunderte mich im gleichen Moment über meine Frage. *Dumm stellen* war eigentlich nicht so mein Ding.

»Exakt den meine ich, wenn du schon vorbeischaust.«

»Ich sehe zu, was ich tun kann«, antwortete ich. »Ich glaube, er hat ihn in einer seiner Schubladen im Schlafzimmer vergraben.«

»Das wäre sehr hilfreich«, sagte Hepta ohne eine weitere Begründung. »Ich seh dich dann bald.«

»Natürlich, natürlich.« Was sollte ich sonst sagen.

Ich hörte es in der Leitung klicken. Sie hatte aufgelegt.

Nachdem ich mich entwirrt hatte, knallte ich den Hörer zurück in seine Halterung und war doch kein bisschen schlauer als zuvor und kein bisschen erleichtert.

Was war so wichtig, dass Hepta mit mir darüber nicht am Telefon, sondern unter vier Augen sprechen wollte?

Doch wie heißt es so schön unter uns Infantà.

Neugier ist der Anfang allen Wissens.

Wenn ich Hepta richtig verstanden hatte, würde keine Zeit bleiben, um noch ein paar Dinge hier im Trailer und draußen im Garten zu erledigen. Die Reise würde mich wie üblich nur ein Augenzwinkern kosten.

Jetzt musste ich auch noch den Kristall mitbringen. Finden sollte kein Problem sein. Ich wusste, in welchen Schubladen ich suchen musste. Es war ein Andenken von Deedee, das sie aus den verkohlten Resten dieses verfluchten Hauses geborgen hatte. Das Gefängnis, in dem sie so lange ausharren musste und aus dem er sie befreit hatte. Nicht er natürlich, aber eigentlich doch er, wenn man so will. Santa allemal.

Trotzdem hatte ich das Gefühl, dass da etwas auf mich zukam; etwas, das sich nicht mit einem Zwinkern erledigen ließe.

Jetzt war ich wie elektrisiert (auch wenn mir dieser Begriff gar nicht behagt).

Selbstverständlich muss man bei Hepta auf alles gefasst sein. Heulende Winde (Hallo Mael), eisklarer Himmel (Liebe Epha). Zum Glück hört sie wenigstens ab und zu auf mich. Sonnengelbe Tage, Danke Yana.

Ich zwinkerte mir in dem kleinen Spiegel zu, der über der Spüle angebracht war.

Jetzt musste ich wissen, was los war.

Ich huschte in das Schlafzimmer im hinteren Teil des Trailers und zog schnell eine nach der anderen Schublade neben seinem Bett auf. Ganz unten lag es. Zwischen ein paar zusammengerollten Socken. Ich nahm es in die Hand, schloss die Schublade und setzte mich auf das Bett. Ich hielt den Kristall gegen das Licht, das aus dem Fenster hereinschien. Er sah vollkommen normal aus. Kein Leuchten, nur ein hübsches Funkeln der geschliffenen Facetten. Ansonsten war nichts zu sehen.

»Was ist an dir so besonderes?«, murmelte ich mir zu.

In dem Moment fiel mir ein, was meine beste Freundin Mael dazu zu sagen hätte.

»Steck deine Nase nicht in Sachen, die dich nichts angehen. Du weißt ja, was die tote Katze sagt:

Neugierig? Ich? Niemals!«

II.

Ich liebe Heptas Hütte. Ich meine, geliebt habe ich sie schon immer, aber erst seit meinem ersten Besuch mit Mr.S. war sie auch bei mir eine Hütte. Als er das Domizil erblickte, lachte er nur »Ho, Ho, Ho, was für eine Hütte!«. Das brachte mich in Anbetracht von Heptas Palast natürlich sofort dermaßen zum Kichern, dass dies seitdem unser ganz persönlicher Witz geblieben ist.

Hepta ist ganz und gar nicht so wie ihre Schwestern. Na ja, welche von uns ist das schon? Aber das gilt besonders für die zwölf Mestrí.

Ihr Domizil steht nicht inmitten einer Stadt, mitten im Trubel hektischer Betriebsamkeit, ja noch nicht einmal in malerischer Kulisse in der Nähe eines gut besuchten Urlaubsortes. Ihr Haus, das sie treffend als Dolignum bezeichnet (ja, sie hatte schon immer eine Schwäche für Latein), liegt in den Wäldern des Ostens, noch hinter den Bergketten, die die Menschen als Ural bezeichnen. Selten verirrt sich ein Wanderer in diese urtümliche Gegend. Ich selbst hatte Hepta geholfen, ein paar der Bäume aus ihrem Forst ein klein wenig mehr wachsen zu lassen. Die waren natürlich sehr erfreut und ließen sich ermuntern, so dicke Stämme zu entwickeln und dermaßen in den Himmel zu schießen, dass der Wald aussieht wie aus einem Gemälde längst vergangener Sagen.

Neben den schroffen Felsen auf dem das Dolignum steht, ragen sie empor wie gigantische Palisaden, die alle Besucher zu Schrumpfgestalten machen, und jeder braucht mehr als eine Minute, nur um einmal um ihren Stamm zu joggen.

Das Gebäude ist vollständig aus dem Holz dieser Riesen erbaut. Das gefällt mir bei jedem Besuch besonders. Kaum ein Stein und nur wenig Metall wird man in seinem Inneren finden. Da ist Hepta nicht nur stilsicher, sondern furchtbar altmodisch. Jedes Mal, wenn ich eintrete, habe ich das Gefühl, das Haus würde atmen, so als wären all die Hölzer am Leben. Ich bin mir sicher, sie hat ein paar Waldgeister unter die Fasern gebannt. Die schweren Bohlen der Treppe hinauf zur Veranda, die verzierten Querbalken der mächtigen Dachkonstruktion und sogar die handgeschnitzten Schindeln. Doppelgeschossig und mehr als fünfzig Manneslängen breit steht Heptas Heim wie ein Winterpalast eines längst vergessenen Fürsten der Taiga auf seinem steinernen Hügel.

Da ich, was Hepta betrifft, mehr als wohlerzogen bin, betrat ich ihr Domizil selbstverständlich nicht direkt, sondern verließ das Zwischenreich frühzeitig. Niemand würde es wagen, einfach so im Haus einer Mestrí aufzutauchen. Unangemeldet würde ich das noch nicht einmal einer meiner Schwestern bei mir im heimischen Trailer anraten. Es ist ein ungeschriebenes Gesetz und das Tabu der persönlichen Räumlichkeiten, das jede von uns achtet und davon abhält, einfach so überall aufzutauchen. Es sei denn, man ist eingeladen oder es handelt sich um neutrales Gebiet, dort wo wir nicht wohnen, also der Rest der Welt, die den Menschen gehört.

So erschien ich auf dem von zwei kleinen Gräben gesäumten Kiesweg, der zum Eingangsportal des Dolignum hinaufführte. Hinter den Gräben erhoben sich zu beiden Seiten steinerne Wehrwälle, die aus nichts als übermannsgroßen Felsklötzen bestanden, die noch die Riesen der Urzeit aufgeschichtet haben. Sie gaben eine enge Passage frei, die auf den Innenhof des Plateaus führte, dort wo Hepta auf einer geschützten Waldlichtung residierte.

Es war später Nachmittag und eine sterbende Wintersonne versuchte sich vergeblich gegen die heraufziehenden

Nebel der umliegenden Waldgebiete zu behaupten. Was ihr zunehmend schlechter gelang, da das Frühjahr noch nicht vollständig erwacht war. Die Kälte und Feuchtigkeit der Erde wollten den Himmel zurückerobern. Zum Glück war Heptas Portalweg nach Westen ausgerichtet. Bevor die Sonne versank, brannten ihre Lichtstrahlen fast waagerecht auf meinem Rücken.

Eine massive, hölzerne Palisade versperrte den Torweg komplett von einer Seite der Felsen bis auf die andere und da die Stämme aus eben dem Holz der Riesenbäume geschnitzt waren, hätte man nur dann über sie hinweg schauen können, wenn man vierzig Meter groß ist. Aber da war noch das Tor in der Mitte, auch hier gigantische Flügel mit einem stählernen Klopfer in der Mitte. Einer der wenigen Gegenstände auf dem Gelände, die nicht aus Holz gefertigt waren. Ein Geschenk ihrer Schwester Deka, soweit ich mich erinnere.

Als ich mich dem Eingang näherte, fiel mir etwas auf. Das Tor war nicht geschlossen und auch nicht bewacht, sondern stand einen Spaltbreit offen. Hier und heute konnte jedermann ungehindert passieren.

War das schon einmal so gewesen?

Ich musste erkennen, seit ich erwacht bin, war das noch nie passiert. Also definitiv seit dem siebzehnten Jahrhundert nicht mehr, wenn man die Zeitrechnung der Menschen benutzt. Wenn das mal nicht ein seltsames Zeichen war. Trotzdem trat ich über die Schwelle in den Innenhof und schaute mich um.

Niemand war zu sehen. Keiner der Wächter oder Helfer am Tor, niemand in den Stallungen zur Linken und den Scheunen zur Rechten. Ich kannte es eigentlich nicht anders, als dass hier ein lebhaftes, aber dennoch koordiniertes Gewusel herrscht. Doch heute war das große Nichts anwesend.

Ich stieß das Tor weit auf und ließ nicht nur mich, sondern auch gleich die letzten Strahlen der Sonne herein. Eine

Gasse aus Licht brannte sich ihren Weg durch die Mitte des Hofes und fiel auf Heptas Palast. Direkt auf den Eingang mit den zwei kunstvoll geschnitzten Haustüren leuchtete es. Mein Schatten war so lang, hätte er sich aufgerichtet, wäre es ihm leicht gefallen, über die umliegenden Wipfel zu blicken.

Ich fasste mir ein Herz und ging über den Innenhof bis vor die Veranda. Mein Schatten wurde kleiner und kleiner, bis er exakt durch die Türen passte, die den Haupteingang markierten.

Ich klopfte an und wartete artig einen Moment. Niemand antwortete, keine Reaktion, kein Öffnen der Türen.

Das wunderte mich noch mehr, denn normalerweise würde einer der Bediensteten auftauchen, die Türen aufschwingen und mich begrüßen. So war es bisher immer geschehen. Doch diesmal blieb das Haus stumm.

Ich prüfte mit schnellen Blicken die Veranda nach rechts und links, schob die Tür auf und warf ein »Hallo!« durch den Spalt.

Keine Antwort.

Ich drückte mich durch den Eingang in den Flur, die Tür fiel hinter mir zu und die Ruhe des Palastes umfing mich. Eine Galerie von Fenstern aus dem ersten Stock erleuchtete den Patio, von dem lange Flure zu allen Seiten abzweigten. Büsche, kleine Bäume und allerlei Pflanzen wuchsen aus Kübeln und Erdbänken, die neben den Wänden eingelassen waren. Rundgearbeitete Holzsäulen standen in regelmäßigen Abständen und stützen alles, was es aus dem oberen Stockwerk zu stützen gab. Die Decke war nicht besonders hoch, deswegen wurde der Eindruck der unendlichen Fläche noch verstärkt. Das Licht aus dem Patio und den wenigen Oberlichtern reichte kaum aus, die weiträumigen offenen Innenräume zu erhellen. Deswegen standen überall Kerzen in Pulks zu Hunderten und erleuchten die Gänge und Treppen. Diese Unmenge an natürlichen Lichtquellen am Leben zu halten, ist Heptas Geheimnis, oder das ihrer

Bediensteten, aber ich vermute, da nutzt sie einige Verbindungen zu Schwestern von anderen Mestrí. Für die wäre es ein Leichtes, die Lichter tagelang am Brennen zu halten. Sie hat es mir nie verraten. Wer hier zum ersten Mal einkehrt, für den eröffnet sich ein Dschungel aus naturbelassenem Holz, lebendem Grün und altem Licht. Und dann dieser Duft. Es roch nicht nur nach Pflanzen und feuchter Erde, sondern das süßliche Bukett von Bienenwachs durchzog alle Räume. Das Gefühl der Ruhe und Abgeschiedenheit umfing mich, fast als hätte das Haus eine atmende, lichte Lunge.

Doch auch hier war etwas anders. Ach ja, es war ebenso wie im Hof niemand zu sehen.

Ich rief erneut »Hallo!«. Einen Moment herrschte Schweigen. Ich wollte gerade meinen ersten Schritt setzen, da hörte ich ein leises Kichern aus einem Gang fern zu meiner Rechten.

Es klang wie eine meiner jüngeren Schwestern, wenn sie zu viel Aprilwein genascht hat. Ich bin wahrlich nicht die Schreckhafteste, aber plötzlich bekam ich eine Gänsehaut. Ich wand mich nach rechts und ging langsam und bewusst locker durch den weitläufigen Patio voran. All meine Sinne waren höchst angespannt. Wieder hörte ich das Kichern, etwas lauter und diesmal von links. Ich umrundete ein paar der massiven Säulen, konnte aber niemanden erblicken. Ich prüfte die Seitengänge, aber auch dort war nichts zu sehen.

Das nächste Kichern kam von weit hinten aus dem Saal der Pflanzen und Hölzer. Das wäre sowieso mein nächstes Ziel gewesen, denn das ist der Audienzraum, den Hepta für offizielle Empfänge nutzt. Als ich die nächste Säule umrundete, die den breiten Flurweg nach hinten markierte, sah ich einen Gegenstand auf dem Boden liegen.

Ich hielt erstaunt inne, denn ansonsten war es hier so sauber und ausgefegt, wie sonst nirgends im Wald.

Es sah auf den ersten Blick aus wie ein Stück Ast. Es war in etwa so groß und lang wie ein Zeigefinger. Wie ein Stück geschnittener Strunk einer Pflanze sah es aus, jedoch hell und vertrocknet, als hätte es jemand bearbeitet.

Ich ging in die Hocke, um es näher zu betrachten. Ich streckte meine Hand aus, um es aufzuheben und schaute mich um. Vielleicht stürmte jemand herbei, dem es gehörte? Nichts tat sich, aber als ich es aufhob, hörte ich in der Ferne wieder dieses Kichern.

Einige meiner Schwestern sind für ausgefallene Spielchen bekannt und nutzen ihre Fähigkeiten zu allen möglichen und unmöglichen Zeiten. Jedoch nur um sich ihrer Kräfte zu versichern und sie ab und zu an den Menschen zu trainieren. Man muss ja in Übung bleiben und nicht nur das, man will ja ebenso in den Köpfen bleiben.

Bei diesen Spielchen eine andere Infantin einzubeziehen, bedarf unter normalen Umständen der vorherigen Absprache. So verlangt es der gute Ton. Sicher kann man auch ohne Anmeldung den einen oder anderen Streich spielen und das kann gutgehen. Doch es gibt viele Beispiele, bei denen das schief gegangen ist oder missverstanden wurde und zu Groll und Zwist zwischen den Häusern über Jahrhunderte geführt hat.

Nach einem Spielzeug sah dieser seltsame Gegenstand in meiner Hand allerdings nicht aus. Er war rund und ausgehöhlt, fast wie ein hohler Stab und hatte auf der gesamten Oberfläche viele eingeschnitzte Löcher in jeglicher Form. Es sah fast aus wie eine kleine papierne Flöte, wenn da nicht die unregelmäßigen Löcher gewesen wären auf die garantiert kein Finger jemals passen würde. Das Material war so dünn, dass es sich bewegte und falten ließ wie ein Blatt Papier.

Einen solchen Gegenstand hatte ich noch nie gesehen. Da vorerst niemand erschien, der Einspruch erheben könnte, steckte ich ihn vorsichtig in das Täschchen an der Frontseite meiner Bluse. Dünn wie er war, schmiegte er sich sofort an, als hätte er auf diesen Umschlag gewartet.

Dann setzte ich meinen Weg durch den säulengerahmten Flur fort und erreichte den hinter dem Patio gelegenen Audienzsaal.

Das war eine Halle mit erhöhter Decke und einer gläsernen Kuppel obenauf. Der milde Abendhimmel lächelte herein, doch das meiste Licht kam von dem großen Kamin, der an der hinteren Wand die Halle beherrschte. Er war aus Stein (Hepta wollte da im wahrsten Sinne nichts anbrennen lassen) und ein munteres Flackern verriet mir, vor meinem Besuch hatte jemand ordentlich eingeschürt.

»Yana«, das war Heptas Stimme. Sie musste in einem der gewaltigen Lehnsessel sitzen, die dem Feuer zugewandt waren.

»Hoheit«, sprach ich laut aus. Ich wollte die Etikette einhalten, obwohl mir nicht ganz wohl war, als ich auf das Feuer zuschritt.

Zwischen Sitzbänken und Teemöbeln, kleinen Kaffeetischen und wuchtigen Couchen fand ich meinen Weg durch die Halle, bis ich die riesigen Sessel erreichte, die dem Feuer am nächsten standen. Überall säumten Töpfe und Kästen voller Pflanzen meinen Weg und auf den Bänken flackerten die unverzichtbaren Kerzen. Dies war Heptas Sphäre und sie glich einer grüngoldenen Kathedrale.

Dann war ich an der hoch aufragenden Front des massiven steinernen Kamins angelangt. Meine Gebieterin saß tatsächlich in einem der großen Lehnsessel. Zur Begrüßung neigte sie wohlwollend ihren Kopf.

Ich grüßte zurück und beobachtete sie genau. Ihre langen braunen Haare, der hölzerne Haarreif, das samtene, dunkelgrüne Gewand. Alles an ihr sah überaus normal aus.

»Ich habe niemanden am Tor gesehen, da habe ich mir erlaubt einzutreten«, sagte ich geschwind. Mich interessierte brennend, warum ich so einen außergewöhnlich einsamen Weg bis in diese Halle gehabt hatte.

»Mach dir keine Gedanken«, sagte sie. »Ich habe alle in ihre Gemächer geordnet. Wenn wir unsere Unterhaltung beendet haben, werden diese Hallen so belebt sein wie immer.«

»Das freut mich«, sagte ich und konnte mir nicht verkneifen nachzuschieben: »Warum so viel Abgeschiedenheit, was führt mich her?«

Für einen Moment zog Hepta ihren Mund zu einem schmalen Strich zusammen, so als wollte sie genau überlegen, was sie sagte.

»Ich setze voll und ganz auf deine Verschwiegenheit.«

Wer hätte das gedacht, nach dieser ganzen Vorbereitung?

Es kam mir vor, als wäre sie ein bisschen angespannt, so wie sie das sagte. Oder vielleicht wäre konzentriert das bessere Wort. Normalerweise würde mir bei Hepta so etwas gar nicht auffallen, denn sie ist ein bisschen rundlich hier und da. Ihren Pausbäckchen sind Stressfalten völlig fremd. Als hätte sie den vergangenen Sommer zu viel genascht, und auch alle Sommer davor. Als sie weiterredete, zwinkerte sie mir listig über ein Auge zu.

»Den Rest kann dir am besten mein Besuch erzählen.« Dabei schaute sie an mir vorbei, in Richtung der Sessel, die hinter mir standen.

Darauf hatte ich nicht geachtet, als ich näher gekommen war, aber dort musste jemand sitzen.

Ich drehte mich um und sah zwei Besucher, die auf einer lederbezogenen Couch nebeneinandersaßen. Die eine erkannte ich sofort, denn sie war eine Infantà, so wie ich. Wie könnte ich Deedee, das Irrlicht, vergessen? Sie hatte uns im letzten Jahr eine ordentliche Überraschung bereitet. Aber ohne sie und ihre Unvernunft würde ich wahrscheinlich nicht hier stehen, denn dann wären Jules und Niqqi weiterhin ein Paar.

Neben ihr saß noch jemand und da musste ich ein bisschen genauer hinschauen, denn derartig hohen Besuch sieht man selbst in den Hallen einer Mestrí selten genug.

Es war Hiéva, die Macht des Winters.

III.

Was machte eine Tempí hier in dieser Halle und noch dazu alleine? Das hieß, ohne ihr übliches Gefolge und nur in Begleitung von Deedee, die nichts weiter war als eine Infantin von Lanous. Und überhaupt? Wenn es etwas Wichtiges zu klären gab (was ja offensichtlich der Fall sein musste), wieso hatte sich meine Herrin nicht zuerst an Lanous gewandt? Die war schließlich die Hüterin über den Januar und damit auf genau derselben Stufe wie Hepta?

»Ich habe mich direkt an deine Herrin gewandt«, sagte Hiéva zur Begrüßung. »Ich hoffe, du entschuldigst, dass wir dich nicht eingeweiht oder vorab informiert haben.«

Aha, alles klar. Das war also andersherum.

Ich verbeugte mich höflich. Nicht zu tief, aber auch nicht zu flach und erhielt dafür von Hiéva einen jovialen Gruß, indem sie ihren Kopf ähnlich weit neigte. Es war ganz so, wie ich es gelernt hatte, so wie es mir meine Herrin beigebracht hatte, wenn es um den Umgang mit einer Macht ging. Es gibt nur vier Mächte und da muss man sich nicht viel, aber vor allem das Entscheidende merken. Hiéva beispielsweise steht besonders auf diese zurückhaltende japanische Etikette. Kein Wunder, sie stammt aus diesem Land und nach allem, was ich bisher gehört und gelernt habe (dem Flurfunk und Heptas endlosen Lektionen sei Dank), wohnt sie immer noch dort. Ich durfte ihren Palast noch nie besuchen. Es gab, ehrlich gesagt, bisher auch noch nie die Gelegenheit dazu, aber ich weiß, dass er in einem Kirschbaumhain ganz in der Nähe des Vulkans Aso auf Kyushu steht. Die südlichste Insel Japans ist für ihre Geister bekannt und manche munkeln, Hiéva hätte etwas mit dem letzten Ausbruch vor ein paar Jahren zu tun gehabt.

Heute war sie nicht ganz so aufgedonnert, wie beim letzten Mal, als ich sie sah. Das war auf dem Konvent gewesen. Aber ihre typischen Farben trug sie trotzdem. Der Stoff ihrer Hose und Bluse war komplett im dunkelsten Rot gehalten und über und über mit aufwendigen Stickereien in feinstem Silber verziert. Das galt nicht für die feste Jacke. Sie war schlicht schwarz mit einem hohen Stehkragen. Dadurch kamen die beiden Kanji Symbole besser zur Geltung, die klein aber gut sichtbar rechts und links auf der Vorderseite aufgenäht waren.

Eine Seite zeigte das Piktogramm für Blut.

Auf der anderen Seite prangte das Logogramm für Silber.

Ich wusste, dies war zugleich der Name ihrer Firma oder besser gesagt ihrer Modelinie, die sie weltweit vertrieb, *Blood & Silver*. Die ehemalige Prinzessin aus dem Kaiserpalast des sechsten Jahrhunderts trug am liebsten ihre eigenen Entwürfe.

Na ja, wer's mag. Das ist sicher schickes Silber und auch tolles Rot. Mir würde das nicht stehen. Bei meinen roten Haaren. Wie heißt es so treffend: *Ungleich Rot, ist dein Tod*. Ich würd nicht so weit gehen, aber unsere zwei Rottöne beißen sich.

Sie musterte mich ausgiebig mit ihren mandelförmigen Augen und warf mit gekonnter Geste ihre endlos langen und glatten schwarzen Haare nach hinten, bevor sie weitersprach.

Das heißt, bevor sie ansetzte, weiterzusprechen. Aber dazu kam es nicht, denn plötzlich machte ihre Handtasche »Grrrr!«.

Sie strich mit der Hand darüber und das gefährliche Knurren verstummte.

Ich starrte auf den weißen Knuddel an ihrer Seite. Da saß doch tatsächlich ein kleiner Hund neben ihrem Schoß. Fast konnte ich sein winziges Gesicht, das kurze Schnäuzchen und die murmelgroßen Knopfaugen nicht ausmachen, so puschelig und aufgeblasen wirkte sein Fell. Als hätte man eben seinen Schwanz aus einer Steckdose gezogen.

Ha, ha, als würde es in Heptas Palast an jeder Ecke Steckdosen geben. Die sind hier so rar wie Eisbären in der Wüste.

Ich hatte diesen knallweißen, fluffigen Ball doch tatsächlich für eine Handtasche gehalten.

Er setzte erneut an zu knurren, doch Hiéva griff nach seiner Schnauze und brachte ihn zum Verstummen.

Wenn ich noch weiter auf diesen weißen Flusen starre, werd ich blind.

»Fulminato! Sei nicht unhöflich«, sagte seine Herrin. »Das hier ist Besuch. Und wir wollen doch etwas von unserem Besuch.«

So, so. Darauf läuft es also hinaus. Bin mir sicher, es geht um den Kristall.

»Hast du den Kristall mitgebracht, Kind?«, fragte mich Hiéva geradeheraus.

Ich verkniff mir, ein lockeres *Bingo!* rauszuhauen und sagte vorsichtshalber gar nichts. Ich zog das Objekt ihrer Begierde aus meiner Hosentasche.

In diesem Moment starrten alle darauf, als hätte ich das Licht der Erkenntnis gezückt.

Hiéva schien erfreut und Deedee verzog missmutig ihre Mundwinkel. Wahrscheinlich dachte sie gerade daran, welch inniges Verhältnis sie über die Jahre zu ihrem Gefängnis entwickelt hatte.

»Fein«, sagte Hiéva und klatschte dezent mit den Händen. »Wir brauchen ihn nur ganz kurz. Wir möchten etwas überprüfen.«

»Solange er heile bleibt und ich ihn wiederhaben kann«, sagte ich und hielt den beiden den Kristall hin. »Ich bin sicher, Mr. S. möchte das Andenken nicht missen.«

»Kein Problem«, antwortete überraschend Deedee. »Ich werd ihn schon nicht kaputt machen. Und ich geb ihn dir zurück ... versprochen.«

Sie hielt mir die offene Hand entgegen und ihrem bittenden und zugleich zuckersüßen Blick konnte ich nicht widerstehen. Ich gab ihr den Kristall.

»Ich will ja nicht so tun, als wäre ich nicht neugierig«, sagte ich, um die Stimmung etwas zu lockern. »Aber was ist daran so wichtig; außer dass es ein Andenken von gewisser Relevanz ist?«

Jetzt mischte sich Hepta ein.

»Wenn ich das richtig verstanden habe, möchte unser Besuch einen Blick in die Vergangenheit werfen.«

»Wie das?«

»Nun ja, alles, was Deedee über die Jahre aus dem Kristall beobachtet hat, ist in den kristallinen Lagen gespeichert.«

»Wow!«, erfuhr es mir. »So wie bei einem Laserspeicher?«

»So ähnlich«, sagte Deedee. »Ich musste irgendwo hin mit dem Zeug, sonst wäre ich irre geworden. Da hab ich's einfach Schicht für Schicht abgelegt.«

»Aber wie konntest du überhaupt etwas sehen? Für uns war das Haus nichts weiter als ein schwarzes Loch.«

»Scheint, der Kristall hat mich nicht nur gefangen gehalten, sondern auch vor allen dunklen Einflüssen bewahrt.«

»Hmm«, sagte ich und es klang so, wie es sollte; nicht völlig überzeugt.

»Um was geht es denn?«

»Deedee hat ihrer Herrin gesteckt, was sie während ihrer Zeit dort drin gesehen hat. Lanous hat es wiederum mir berichtet, was mich auf den Plan gebracht hat«, sagte Hiéva.

Jetzt wurde mir so einiges klar. Und da die Macht gleich höchstpersönlich erschienen war, enthielt ich mich an dieser Stelle jeglichen Kommentars.

»Deedee«, forderte Hiéva ihre Begleiterin auf, »du darfst.« Und mit einer eleganten Bewegung ihrer Hand forderte sie ihre Begleiterin auf, nach vorne zu treten.

Deedee stellte sich in die Mitte der freien Fläche vor dem gigantischen Kamin und hielt den Kristall in die Höhe. Ihr Blick richtete sich nach oben, der glatten Wand des Schornsteins entgegen. Dann schloss sie die Augen und für einen Moment herrschte angespannte Stille im Rund.

Dann öffnete sie die Augen zu einem winzigen Schlitz und ein heller Schein brannte wie eine Klinge aus Licht auf den Kristall in ihrer Hand. Der Strahl war so hell und stark, dass man jedes Staubkörnchen in der Luft dazwischen flüchten sah. Doch viel interessanter war das, was sich dahinter auf der Wand des Schornsteins abzeichnete.

Es war ein Bild, zuerst wie ein verschwommenes Foto, an den Rändern unscharf, zur Mitte schärfer werdend und bald schon bewegt wie ein Film auf Ultra-Schnelldurchlauf. Er zeigte alles, was Deedee gesehen hatte. Alles über die Jahre. Ab und zu ein Blitzen und Aussetzer von Schwarz; da hatte sie wohl geschlafen oder für eine Zeit die virtuellen Augen geschlossen. Vielleicht hatte sie aber nur keine Lust, alles abzulegen.

Jetzt suchte sie etwas. Es ging hin und her. Deedee peilte sich wie ein Echolot auf Erinnerungen ein, die sie offenbar finden wollte.

Es musste bereits viele Jahre her sein. Der Kristall hatte sich zu dieser Zeit auf dem Kaminsims im Wohnzimmer von Frank Ward, dem Sammler, befunden. Man sah den

Raum wie in einer Breitwandaufnahme und Tag und Nacht wechselten in einem stetigen Flackern.

Doch nicht nur Frank war zu sehen. Ab und zu tauchte eine Dame auf, die ich für die Frau des Hausherrn hielt.

Nach ein paar Minuten des Hin- und Herzappens zwischen all den bewegten, aber geisterhaft stillen Erinnerungen, schien Deedee etwas gefunden zu haben. Bald zappte sie nur noch tageweise, dann nur noch Stunden voran.

Hiéva räusperte sich leise in meinem Rücken. Sie war inzwischen ebenfalls aufgestanden und an mich und Deedee herangetreten. Ich schaute mich um. Hepta hatte es ihr gleich getan.

Jetzt kommt's.

Der Ablauf der Projektion wurde langsamer und langsamer. Frank saß in einem der Sessel vor dem Kamin und las Zeitung. Es musste heller Morgen gewesen sein. Das Sonnenlicht fiel durch die Fenster herein. Plötzlich verließ er den Raum und tauchte kurz danach wieder auf. Doch er hatte einen Besucher im Schlepptau, den er ins Wohnzimmer führte, um diesem jemand mit einem übertrieben deutlichen Schwung seiner Hand einen Platz in dem anderen Sessel anzubieten.

Ich musste zweimal hinschauen, bevor ich realisierte, was ich sah. Es war tatsächlich bestenfalls ein *Jemand*, der dort herangetreten war, denn ich sah nur einen schwarzen Schatten.

Hepta zog die Luft scharf durch die Nase, Hiéva verbreitete eine unheimliche Stille.

Nun war mir klar, warum sich Deedee an genau diesen Besuch erinnerte.

Oder hatte sie sich nur verplappert?

Das konnte eigentlich gar nicht sein. Wenn sie etwas gesehen hatte, dann alles. Aber dieser Schatten mit den vagen Umrissen eines Wesens auf zwei Beinen, war so abstoßend ungewöhnlich, dass es mir die Haare im Nacken aufstellte.

Dieser Jemand hatte offenbar die Kraft besessen, sein Bild vor Deedees Augen zu verbergen. Ob er oder sie immer diese Aura hatte, war fraglich. In diesen Aufnahmen war auf jeden Fall absolut nicht zu bestimmen, wer da tatsächlich zu Besuch gekommen war.

Doch es wurde noch seltsamer. Nachdem der Schatten sich in den Sessel gesetzt hatte, redete Frank eine Weile auf ihn ein. Da gab es wohl eine rege Unterhaltung, von der man allerdings nichts hörte, denn die Aufzeichnung besaß keinen Ton. Das endete damit, dass Frank nach einer Weile aufstand, seine Hand herüberreichte und etwas übergeben bekam. Er bedankte sich artig mit einer angedeuteten Verbeugung und Hiéva sagte »Stop!«.

Das Bild fror ein.

»Ein kleines Stück zurück!«

Deedee hatte wohl geahnt, worauf ihre Herrin aus war. Das Bild fror erneut ein, als der Gegenstand für einen winzigen Moment erkennbar war, bevor ihn Frank ganz mit der Hand umschlossen hatte.

»Geht das auch größer?«

Der Ausschnitt zoomte so brutal schnell heran, dass mir schlecht wurde. Dann war er da. So bildfüllend, dass er die ganze Wand einnahm. Ein kleiner länglicher Gegenstand, hell, rund, fast wie eine kleine papierne Flöte. Gerade wanderte er aus einer schattenverschleierten Hand in Franks Pranke.

Ich musste schlucken.

Eben noch hatte ich die ganze Aktion des heutigen Tages als entspannter, wenn auch überraschter Zuschauer betrachtet.

Kannst du über den Haufen werfen, Schätzchen. Jetzt steckst du drin.

Meine Gedanken begannen zu rasen.

Irgendwer hat dafür gesorgt, dass du genau diesen Gegenstand vorhin gefunden hast. Und zwar im Haus deiner Herrin. Was geht hier vor?

Ich wusste natürlich nicht, ob es wirklich exakt derselbe Gegenstand war, aber er sah zumindest so aus.

Hepta nahm mir die Worte aus dem Mund.

»Was ist das?«

Nach einem viel zu langen Moment der Stille raffte sich zu meinem Erstaunen Deedee auf.

»Neben dieser seltsamen Schattengestalt ist das der Grund, warum ich immer wieder an diesen außergewöhnlichen Tag denken muss«, sagte sie mit belegter Stimme. Offensichtlich nahm sie die Erinnerung an diesen Vorfall erheblich mit.

»Ich meine, da waren so einige seltsame Gestalten bei Frank zu Besuch. Immer wenn einer von seinen Sammlerkollegen etwas zu verkaufen hatte und das war oft genug schräges Zeug, aber so was wie diesen Schatten habe ich nur ein einziges Mal gesehen. Der hat mir wirklich Angst gemacht. Das ist eigentlich völlig unmöglich.«

»Was denn?«, fragte ich.

»Na, dass jemand das Licht so beherrscht und sich auf diese Weise ausblendet. Ich kann schon eine Menge mit Energie in jeglicher Form veranstalten, aber das da, würde selbst mir schwer fallen.«

Ich musste feststellen, diese Deedee überraschte mich. Ich war wohl ein wenig voreingenommen, wegen der ewigen Maulerei mit der meine Freundin Mael über die Kinder von Lanous herzieht, besonders wenn sie sich wie Irrlichter in Schwierigkeiten begeben. Aber ich hatte die Magie von Deedee falsch eingeschätzt. Damit konnte man eine Menge veranstalten.

»Nun gut, das ist eine Sache«, sagte Hepta. »Das andere ist dieses seltsame Objekt dort.« Meine Herrin schien von der ganzen Sache genauso verwirrt wie ich.

»Ich weiß, was das ist.«

Das war Hiéva.

Die Spannung im Raum begann in diesem Moment zu knistern. Achtungsvoll stellten sich gleich noch die Härchen auf meinen Armen auf.

»Es ist ein Kirigami.«

Bumm, jetzt ist es raus, dachte ich. *Alles klar! Das sagt mir exakt so viel wie jede andere Krankheit, die genau dann Furunkel bildet, wenn du zu viel auf dem Hintern sitzt.*

Ich wollte mich dem fragenden Blick umdrehen, den ich nach einem knappen Check in Heptas Augen sah. Doch als ich mich umdrehte und dabei einen achtlosen Schritt zur Seite machte, hörte ich nur ein peitschend lautes Kläffen und schon spürte ich, wie es mich bitter in die Wade zwickte.

»Fulminato!«, kreischte Hiéva ihr Schoßhündchen an. Doch es war zu spät.

Hat mich dieser kleine Mistracker gerade gebissen?

Das hatte er und wahrscheinlich zu Recht.

Ich hatte ihn völlig übersehen, wie er mit seiner Herrin von hinten an mich herangetreten war. Während er mit seinem krötigen Stimmchen giftig vor sich hin kläffte, nahm ihn Hiéva auf den Arm und begann, ihn zu streicheln.

»Sorry«, sagte ich. Doch es blieb bei dem Versuch, mich zu entschuldigen. Er beruhigte sich zwar, behielt mich aber mit fiesem Starren seiner Knopfaugen im Blick.

Da hast du wohl gerade einen Freund verloren.

Kaum hatten sich alle beruhigt, konnte Hiéva weiter reden.

»Was wir da sehen, ist ein Objekt, das die Kinder der Erde vor Urzeiten angefertigt haben, um ihre Kunst zu zeigen und ein ganz besonderes und seltenes Geschenk zu besitzen. Ein Kirigami ist aus der Haut eines Lavalurchs gefertigt. Und die sind - wie wir ja alle wissen - beinahe ausgestorben und nur noch in den tiefsten Tiefen der größten Vulkane zu finden.«

»Das heißt«, schloss Hepta, »dieser Frank hat das Kirigami gekauft und in seine Sammlung aufgenommen?«

»Das hat für mich so ausgesehen«, antwortete Deedee.

»Oder er wurde mit diesem Gegenstand für etwas bezahlt«, das war Hiéva, die den Gedanken weiterführte.

»Wir können nicht wissen, was die Absprache war, aber dieser unbekannte Jemand scheint über sehr seltsame Magie zu verfügen und zudem noch außergewöhnliche Verbindungen zu pflegen.«

»Ein Lavalurch ist nicht nur selten, sondern auch extrem schwer zu beobachten oder gar zu fangen. Man bedenke, sie leben seit Jahrtausenden in nichts als flüssigem Gestein im Zentrum der Vulkane. Nur wenige Kinder haben jemals einen zu Gesicht bekommen und nur die Meister der Altvorderen waren in der Lage aus verstorbenen Exemplaren etwas anzufertigen.«

»Was denn?«

Meine Neugier war inzwischen so groß wie ein Hochhaus.

»Das, was wir dort auf dem Bild sehen«, sagte Hiéva. »Ein Kirigami ist ein speziell angefertigtes Geschenk, was sich die Tempí der Frühzeit untereinander gemacht haben. So eine Art Ehrerbietung in Form eines faltbaren und bearbeiteten Origami. Es ist ein Stück Haut aus dem Schwanz eines Lavalurchs und fühlt sich an wie ein feines Röllchen Papier. Sehr delikat. In die Oberfläche haben die Meister kleine Symbole hineingeschnitten und man kann es in jede beliebige Richtung falten. Es wird nie Knicke behalten und es kann nicht zerstört werden. Auf jeden Fall nicht mit den normalen Elementen der Erde. Es oxidiert nicht an der Luft, es vergammelt nicht im Wasser und wird niemals zerbröseln. Selbstverständlich kann auch Feuer diesem Gegenstand nichts anhaben. Die Legenden berichten, nur mit spezieller Magie kann man es bearbeiten oder zum Auflösen bringen.«

»Dieser Gegenstand scheint dir grundsätzlich nicht ganz unbekannt.« Das war Hepta, die sich einmischte. Sie konnte mit Hiéva auf einem ganz anderen Level reden als ich.

»Durchaus nicht«, antwortete diese. »Du hast vielleicht bei einem deiner Besuche im Haus einer Tempí schon mal so etwas gesehen. Es existieren nur wenige Exemplare. Ich selbst besitze drei davon, die meine Vor-Vorgängerin von den anderen Mächten seinerzeit geschenkt bekamen. Ich bin sicher, jeder anderen Macht ging es ebenso. Auch sie müssten im Besitz von drei Kirigamis sein. Ich hatte mir anhand von Deedees Beschreibung schon so etwas gedacht und natürlich sofort nachgesehen, ob meine Exemplare noch vorhanden sind.«

Jetzt schauten alle auf Hiéva.

»Und das sind sie. Sie sind in einer Vitrine im obersten Stockwerk des Shinkobo, meines Palastes, ausgestellt. Das, was wir eben gesehen haben« und sie zeigte auf den jetzt leeren Schornstein, da Deedee ihre Show eingestellt hatte, »ist sicher nicht aus meinem Bestand.«

»Aber wer könnte so etwas an diesen Sammler Frank weitergeben?«, fragte Deedee. »Das macht doch keinen Sinn.«

»Vor allem«, fiel mir ein, zu bemerken, »da kann jeder noch so große Geldbetrag kaum wert genug gewesen sein, um so etwas zu bezahlen.«

»Das ist es, was auch mir Gedanken macht«, sagte Hiéva und schloss bei dieser Bemerkung für ein paar lange Sekunden die Augen. Ihr Gesicht verwandelte sich dabei in das starre Antlitz einer weißgepuderten Puppe, fast wie ein totes Prinzesschen.

Ich entschloss mich, einen mutigen Vorstoß zu machen.

»Wenn dieses Kirigami nicht zerstört werden kann, dann müsste es doch noch dort sein. Ich könnte in den Resten des verbrannten Hauses suchen. Wenn wir es finden, können wir es näher untersuchen. Vielleicht stellt sich heraus, wem es fehlt. Wer auch immer das Ding übergeben hat. Es könnte gestohlen worden sein.«

»Das ist nicht auszuschließen«, pflichtete mir Hepta bei. »Auf jeden Fall steckt mehr dahinter, als wir jetzt und hier herausfinden können.«

Sie wandte sich Deedee zu.

»Oder gibt es danach noch etwas Außergewöhnliches zu berichten?«

Deedee schüttelte den Kopf.

»Der seltsame Besuch ist nach der Übergabe gegangen und nie wieder aufgetaucht. Das Kirigami hat Frank eine Weile ausgestellt, dann in eine Kiste im Keller verbannt. Seitdem habe ich es nicht mehr gesehen.«

»So ist der Stand«, sagte Hiéva. »Und so soll es vorerst bleiben. Ich wollte alles mit eigenen Augen sehen. Mir scheint, als könnten wir momentan kaum mehr machen. Die Idee, in der Ruine des verbrannten Hauses zu suchen, hatte ich selbstverständlich gleich, nachdem mir Deedee von der Sache erzählt hat. Wir haben dort alles abgesucht und nichts gefunden.«

Ich konnte nicht sagen warum, aber aus irgendeinem unerfindlichen Grund zog es mir den Magen zusammen. Dieses Gefühl brannte ungefähr genauso, wie es der Gegenstand in meiner Hemdtasche gerade tat. Noch enthielt ich mich jeglicher Äußerung. Es hörte sich an, als wollte Hiéva die Sache abkürzen.

Ich überlegte fieberhaft, ob ich dieser Versammlung von meinem Fund vor ein paar Minuten erzählen sollte.

Ich entschied mich dafür und wollte gerade die Stimme erheben, da bemerkte ich, wie mir Hepta die Hand auf den Rücken legte. Es war nur eine kurze, sanfte Berührung.

Für mich war es ein Stop. Ich hielt für einen Moment meine schon eingeatmete Luft an.

Die lebende Handtasche in Hiévas Arm schien meine Verwirrung zu ahnen. Schon knurrte mich dieser flusige Hundekrümel erneut an.

Ich tat so, als wäre ich über die fehlgeschlagene Suche wahnsinnig enttäuscht und atmete aus.

Puuuh, sonst nichts.

»Ich danke allen für die Beiträge zur Aufklärung«, sagte Hiéva. »Bisher wissen nur wir vier davon und so soll es auch bleiben. Ich zähle auf euer Stillschweigen, bis wir weiteres wissen. Muss ich euch den Schwur dafür abnehmen?«

Wow, jetzt fährt sie aber dolle Geschütze auf!

Ein Schwur gegenüber einer Macht ist für alle Kinder bindend und mit einer fiesen Magie belegt. Man kann versuchen, ihn zu durchbrechen oder schlicht vergessen, aber über die Folgen können nur die berichten, die ihr Leben als Goldfisch im Glas oder Kröte in einem vergessenen Brunnen weiterfristen.

»Ich glaube, das ist nicht nötig«, mischte sich Hepta ein. »Wir wissen auch so um die Relevanz.«

Hiéva dachte erneut einen Moment nach, dann schenkte sie uns das joviale, aber nichtssagende Nicken einer etikettegeschulten Prinzessin.

»So soll es sein«, schloss sie. »Wir werden uns jetzt zurückziehen.« Sie gab Deedee einen wissenden Blick. Die reichte mir den Kristall zurück und bedankte sich brav mit einem Augenzwinkern.

Dann verneigten sich beide sehr kurz. Hepta und ich ebenfalls und als wir wieder aufblickten, waren beide verschwunden.

IV.

Hepta und ich schauten uns an. Sie zog die Augenbrauen in die Höhe, sagte aber nichts. Fast so, als wollte sie mir zeigen, dass sie von dem Besuch und seinem zeitigen Verschwinden ebenso beeindruckt war wie ich.

»Hättest du mich nicht vorwarnen können?«, fragte ich.

Sie verzog die Mundwinkel.

»Komm mal mit. Ich möchte dir etwas zeigen.«

»Ich will aber nicht noch mehr seltsames Zeug sehen«, sagte ich. »Ich möchte gar nicht wissen, was das alles zu bedeuten hat. Du weißt, ich habe für Flurfunk immer etwas übrig. Aber das hier hat eine andere Größenklasse. Das ist Politik und du weißt, wie sehr ich Politik hasse. Ich will damit nichts zu tun haben.«

»Ganz ruhig, Kind«, antwortete Hepta. »Vertrau mir und gib mir deine Hand.«

Wenn Hepta diesem Tonfall anschlägt, bleibt mir kaum etwas anderes übrig, als einzuschlagen.

In der nächsten Sekunde war es stockduster. Überall um mich herum war nichts als absolut undurchdringliche Schwärze. Es fühlte sich an, als wären wir nicht sehr weit durch das Zwischenreich gewandert. In Heptas Audienzraum waren wir ganz sicher nicht mehr. Nur die Dunkelheit gab mir zu denken.

Noch fühlte ich den Griff meiner Herrin an der Hand, dann ließ sie los und schon Sekunden später hörte ich ein kurzes Rascheln, dann ein Ritsch und schon leuchtete ein frisch gezündetes Streichholz vor meinen Augen.

Hepta hielt das Licht mit zwei Fingern zwischen uns in die Höhe.

»Ich bin zwar nicht so gut wie Deedee in solchen Sachen«, sagte sie. »Aber hier macht mir niemand etwas vor.«

Die Flamme hüpfte aus ihrer Hand und sauste mit kleinen Sprüngen von einer Kerze zur anderen, die ringsum auf Borten an den Wänden standen. Im Nu war der winzige Raum in ein warmes Glühen getaucht.

Nach der letzten Kerze versuchte das Licht verzweifelt, ein weiteres Ziel zu finden, aber das Ende der Reihe war erreicht und so stürzte es sich mit leisem Pfeifen von der Planke und verglühte im Nichts.

»Wo sind wir?«, fragte ich.

»In den tiefsten Tiefen«, antwortete Hepta. Hierher kommt selten ein Besuch und selbst ich schaue nicht so oft vorbei, wie es vielleicht nötig wäre.«

»Warum bin ich dann hier?«

»Um dich mit mir zu unterhalten.«

»Weil wir hier unten ungestört sind und vielleicht auch deswegen, damit uns niemand abhört.«

Ich musste mit meiner Vermutung beweisen, dass ich mitgedacht hatte.

»Nicht von der Hand zu weisen«, sagte Hepta. »Aber der Grund ist nicht, weil wir hier so weit unten sind, sondern wegen dem, was hinter diesen Türen liegt.« Und sie wies auf eine der Türen, die sich an beiden Seiten des Raumes gegenüberlagen.

Sie bestand, wie alles andere im Raum, aus sehr dunklem Holz und war mit aufwendigen Schnitzereien versehen.

Hepta fasste an die Stange in der Mitte und schob eine Seite auf. Dahinter kam ein ebenso kleiner und ähnlich ausgestatteter Raum zum Vorschein wie der, in dem wir standen. Im Gegensatz zum Vorzimmer benötigte dieser jedoch kein Licht. In seiner Mitte stand eine hüfthohe, hölzerne Stele von nicht mehr als zwei Handflächen Durchmesser. Darauf lag ein schwarzes, samtig aussehendes Kissen und darauf ein Stein.

Dieser Stein strahlte in grünkaltem Glanz und war die Quelle der Helligkeit im gesamten Raum. Das war ganz und gar erstaunlich, denn seine Oberfläche sah aus wie polierter Achat. Er schien von innen zu strahlen, als hätte er zu viel Energie getankt.

Als ich ihn erblickte, wusste ich, wohin mich Hepta geführt hatte. In das Zentrum ihrer Macht und an die Quelle ihrer höchsteigenen Magie. Es war der Fogamar, ihr Kraftstein, den sie in den Tiefen ihres Palastes gelagert hatte.

Ich hatte ihn noch nie zu sehen bekommen und ich war mir sicher, diejenigen, denen meine Herrin diesen Anblick gestattet hatte, konnte man an einer Hand abzählen.

Jede der Hüterinnen besaß so einen und, wie ich vermutete, die Mächte ebenso.

»In der Nähe meines Steines sind wir unter uns«, bestätigte Hepta, was ich schon vermutet hatte. »Niemand kann uns belauschen. Weder durch die Luft, noch durch den Äther.«

»Du meinst ...?« Ich ließ meine Frage unvollendet im Raum stehen.

»Die Fähigkeiten unserer Schwestern sind weder erforscht, noch sind alle bekannt. Ich möchte mich mit dir in aller Ruhe unterhalten. Du nicht auch?«

»Verstehe«, sagte ich. »Und mit Äther meinst du ...?«

»Wir wollen es nicht zu schwierig machen. Ich nenne es so. Das Zwischenreich ist mehr als du oder deine Schwestern gelernt haben. Ist dir zu Ohren gekommen, dass es nicht nur dazu da ist, um schneller zu reisen.«

Ich schüttelte den Kopf. Ich wollte nicht schon wieder eine unvollendete Frage in den Raum stellen.

»Manche sagen, man träumt sich dort nicht nur von einem Ort zum anderen, sondern könnte sich darin länger aufhalten. Ein Reich voll seltsamer Energie. Dem unseren entgegengesetzt.«

Hepta schaute mich wissend an. Alles, was ich weiß, hat mir meine Hüterin beigebracht. So vor zirka vierhundert Jahren. Aber darüber hat sie noch nie mit mir geredet.

»Warum ich?«, fragte ich. »Und warum jetzt?«

»Zum einen bist du seit unserem letzten Konvent in einer besonderen Position. Mr. S. - oder wie auch immer er sich jetzt nennt - sei Dank.«

Da war doch schon wieder so ein bisschen Häme in Heptas Stimme.

»Und außerdem hast du als einzige freien Zugriff auf den Kristall. Darum ging es. Das hatte mir Hiéva verraten. Ich vermute allerdings, da steckt mehr dahinter. Es sieht so aus, als wäre sie daran interessiert, herauszufinden, wer damals bei diesem obskuren Frank aufgetaucht ist und warum eines der seltenen Kirigamis übergeben wurde.«

»Aber ich will mit dieser ganzen Sache nichts zu tun haben. Ich hasse diesen politischen Bimbam. Kannst du mich da nicht raushalten?«

»Ich weiß, das ist hohe Politik und normalerweise würde auch ich sagen, das geht uns gar nichts an.« Hepta machte eine Pause und schaute mich abschätzend an.

»Aber in diesem Fall glaube ich, steckst du schon bis zum Hals drin.«

»Wie das?«

»Weil du gesehen hast, was in dem Kristall steckt; ich meine natürlich das, was damals geschehen ist. Damit sind wir schon vier. Und ich denke mal, Deedee wird es bestimmt noch ein paar anderen erzählt haben, bevor sie damit zu Hiéva gegangen ist. Das Wissen darum lässt sich also gar nicht mehr aus der Welt schaffen. Deshalb hat Hiéva auch darauf verzichtet, uns den Schwur abzunehmen. Bei der Anzahl von Schwestern, die jetzt schon davon wissen, wäre das auch ziemlich übertrieben gewesen.«

»Aber warum hat sie es trotzdem erwähnt?«

»Wahrscheinlich, um uns die Wichtigkeit klar zu machen; was weiß ich.«

»Nun gut, aber worum geht es wirklich?«

»Die Zeit ist gekommen, Yana. Die Zeit herauszufinden, wer wir sind und was wir wirklich bedeuten. Nicht nur für uns, sondern auch für die Menschen, die Welt da draußen ...« sie stockte für einen Moment, »und da ist noch jemand.«

Ich dachte sofort an meinen Mr. S.

»Nicht das, was du jetzt denkst«, unterbrach Hepta meine Gedanken, »sondern unsere Spiegelbilder.«

»Spiegelbilder?«

»Die Tempí, Imperià und auch Gris wissen es schon lange. Seit einigen Jahren sind auch wir Mestrí in die Forschung eingebunden und jetzt ist wohl die Zeit gekommen, auch die Infantà ins Boot zu holen. Auch ihr müsst euch langsam daran gewöhnen, dass wir nicht die einzigen sind. Das, was im Zwischenreich lebt und atmet, ist viel mehr, als du dir vorstellen kannst. Auch wenn wir diese Welt meist in einem Wimpernschlag durchschreiten. In ihr leben und werken unsere Spiegelbilder. Manche behaupten sogar, ohne sie könnten wir nicht existieren.«

»Aber wer sind die?«

»Darauf richtet sich unsere Forschung und alle müssen demnächst mithelfen. Deswegen streuen die Mächte inzwischen solche Informationen und du bist durch Mr. S sowieso an einer exponierten Position.«

»Das heißt, was wir gerade in dieser Filmkonserve gesehen haben, war eines der Spiegelbilder und ich soll das Wissen jetzt auch noch streuen.«

»Ich sag's mal so ... « Hepta führte ihre Hand an meine Wange und kniff mich leicht hinein. »Du warst schon immer eine meiner Lieblingsdryaden und nebenbei die Schlaueste.«

Ich zog die Lippen zu einem Strich. »Ich bin die einzige Dryade in deiner Truppe.«

»Und gerade deswegen hab ich dich besonders lieb.«

»Na gut, dann weiß ich Bescheid«, sagte ich unter Schmunzeln. »Danke, dass du mich informiert hast. Seltsam, dass eine Macht immer so einen Bimbam veranstalten muss. Warum rückt sie nicht einfach mit den Fakten raus.«

»So, so, du meinst also, nur die Mächte haben ihre Geheimnisse? Ich werde dich jetzt hier rausbringen, am besten setzte ich dich gleich zuhause ab - wenn du möchtest.«

»Mach dir keine Umstände.« Ich hob beschwichtigend die Hand. »Ich finde schon selbst nach Hause.«

»Ach ...« sagte Hepta nur und setzte dabei ein seltsames Lächeln auf.

Ich verabschiedete mich artig und konzentrierte mich auf meinen heimatlichen Trailer.

...

Nichts passierte.

Hepta blickte mich immer noch mit großen Augen an.

Ich versuchte es noch einmal.

...

Wieder nichts.

Ich kniff die Lippen zusammen.

»Schätzchen, wenn du wirklich meinst, du kommst hier einfach so raus und wir befinden uns tatsächlich tief unter meinem Palast, dann hab ich dich vielleicht ein bisschen überschätzt.«

Ich fühlte, wie mir die Röte ins Gesicht stieg.

Sie griff nach meiner Hand und das Innere meines Trailers entstand sekundenschnell vor unseren Augen.

Sie ließ mich los und hatte gerade noch Zeit zu sagen: »Ich bin immer noch deine Mestrí.«

Und schon war sie wieder weg.

V.

Als ich mich umdrehte, traf mich der Schock. Die Szene sah doch tatsächlich so aus wie die, die ich gerade verlassen hatte. Da saßen mir schon wieder zwei Personen auf der Couch gegenüber. Die eine war Deedee und die andere ...

Ich atmete auf. Ich war doch zuhause. Das war Mael und sie saßen auf meiner Couch.

»Ich hab Deedee reingebeten«, sagte Mael. »Draußen ist es ganz schön frisch für dieses Frühjahr, findest du nicht?«

»Schon Okay. Ich hatte gerade das Vergnügen«, antwortete ich und wandte mich Deedee zu. »Warum bist du zu mir gekommen? Noch dazu alleine? Hat dich Hiéva von der Leine gelassen?«

Deedee seufzte, bevor sie antwortete.

»Wegen dem, was wir vorhin gesehen haben, bin ich nicht hier«, sagte sie.

»Was habt ihr gesehen?«, fragte Mael neugierig dazwischen.

Deedee schaute sie an und dann mich. Sie riss fragend die Augen auf.

»Mael ist meine beste Freundin«, sagte ich. »Sie darf ruhig alles wissen.« Ich dachte an die Aufforderung, das Wissen zu streuen und mir fiel das mit den zwei Fliegen und der einen Klappe ein.

Mael verschränkte die Arme und lehnte sich mit einem breiten Grinsen zurück.

Wir berichteten ihr in knapper Form, was sich bei dem Treffen mit Hiéva zugetragen hatte. Meine Unterhaltung mit Hepta behielt ich vorerst für mich.

»So weit, so gut«, sagte Mael am Ende. »Aber das sagt uns jetzt noch nicht, warum du uns hier einen Besuch abstattest.«

Deedee überlegte und prüfte mit nachdenklichem Blick meine Reaktion.

»Ich hab noch was gesehen«, sagte sie plötzlich. »Damals, als ich im Kristall festgesessen habe.«

»Was auch immer es ist«, forderte ich sie auf. »Ich bin sicher, du möchtest es loswerden.«

»Ja, das möchte ich!«, rief sie mir entgegen.

Ich erschrak.

»Ich will das loswerden. Am liebsten möchte ich es für immer vergessen. Ach, hätt ich's doch nie gesehen.«

Ihr Tonfall machte mir auf einmal Angst.

»Was denn?«

»Gib mir nochmal den Kristall«, sagte sie und hielt mir die Hand hin.

Ich reichte ihn herüber und sie hielt ihn wie beim letzten Mal vor ihre Augen. Das Bild projizierte sie auf die Front meines Kühlschranks. Mael riss die Augen auf, blieb aber ansonsten still.

»Es hat etwas mit dir zu tun«, erklärte Deedee, während sich bereits die Filmsequenzen auf dem Kühlschrank zeigten. Das Bild hatte zwar kein Kinoformat mehr, aber wir saßen nahe genug und konnten die Einzelheiten ausmachen.

»Oder sagen wir besser, mit ihm«, ergänzte sie und wies mit einer knappen Geste an die Wände ringsum.

»Du meinst Mr. S.«, bohrte Mael nach.

»Genau«, sagte Deedee, ohne den Kopf zu bewegen.

Das Bild stabilisierte sich und bald pendelte sie sich auf die Sequenzen ein, auf die sie es abgesehen hatte.

Wieder war das altbekannte Wohnzimmer zu sehen. Es war Abend und nur das Licht von zwei Stehlampen erleuchtete den Raum. Frank war auch zu sehen. Er räumte in den

Schubladen einer Kommode herum, dann richtete er sich plötzlich auf und horchte.

Ganz offenbar hatte jemand an der Tür geklopft. Er hastete aus dem Blickfeld und kam wenige Momente später mit einem Besucher zurück.

Diesmal war die Person eindeutig sichtbar, aber deswegen erkannte ich sie trotzdem nicht. Es war ein Mann mittleren Alters. Er trug einen dicken, dunkelbraunen Übermantel, hatte ein schwarzes Barett auf dem Kopf und einen Schal in der Hand. Draußen musste es wohl ein recht ungemütlicher Abend gewesen sein.

Er schien freudig erregt, denn er plapperte fortwährend auf Frank ein und gestikulierte dabei mit den Armen in der Luft. Fehlte nur noch, dass er im Wohnzimmer herumhüpfte. Aber Frank fasste ihn beruhigend am Arm und bot ihm den Sessel gegenüber an.

Nachdem beide sich gesetzt hatten, entspannte sich eine angeregte Unterhaltung zwischen den beiden, die der Unbekannte mit ausladenden Gesten unterstrich. Am Ende griff er in seine Manteltasche und holte einen Zettel hervor.

Das Bild fror ein.

»Ja und?«, fragte Mael. »Was soll uns das sagen?«

Deedee schaute irgendwie schuldbewusst in meine Augen, als würde sie auf einen Befehl oder eine Absolution warten.

Ich wusste, da war etwas. Meine Augen verkniffen sich unwillkürlich zu schmalen Schlitzen.

Ich nickte. Da Bild zoomte erneut brutal schnell heran und ich sah ...

Einen Lottoschein.

Ein Exemplar, wie man sie früher ausfüllen musste, bevor alles nur noch von Maschinen und Computern erledigt wurde.

»Sieht aus wie ein Lottoschein«, wiederholte Mael meine Vermutung.

»Ganz recht«, sagte Deedee. »Und wie ihr euch vorstellen könnt, muss das Ding etwas wert gewesen sein. Wenn ich mir den Mann so anschaue und wie er sich verhalten hat.«

»Du meinst, da war ein Gewinn drauf«, schloss ich die Überlegungen ab.

Deedee nickte.

»Tja, aber wissen wir das genau«, fragte Mael. »Und selbst wenn, wie viel mag das gewesen sein?«

»Eine ganze Menge«, sagte Deedee mit leiser Stimme.

»Wie kommst du denn da drauf?«

»Wegen dem, was jetzt passiert.« Und sie ließ die Aufzeichnungen weiterlaufen.

Die beiden Männer unterhielten sich noch eine Weile. Der Mann gestikulierte, ja schwärmte förmlich vor sich hin. Frank nickte nur und versuchte sich an einem freundlichen Gesichtsausdruck.

Nach einer Weile stand der Gastgeber auf und ließ den Mann für einige Minuten alleine im Wohnzimmer sitzen. Dem war die Freude immer noch anzusehen.

Dann kam Frank zurück und trug ein Tablett mit einem Teeservice. Er stellte beides auf das kleine Tischchen zwischen den Sesseln und schenkte zwei Tassen ein. Eine bot er dem Mann an. Beide tranken und unterhielten sich weiter.

Plötzlich fasste sich der Mann an den Hals. Er riss die Augen auf und starrte Frank ins Gesicht.

Frank kniff nur die Augen zusammen, blieb aber ruhig.

Dem Mann rutschte die Tasse aus der Hand. Der Tee schwappte, das Porzellan flog, nichts als Scherben und Flecken breiteten sich aus.

Es wollte den Mann aus dem Sitz reißen. Doch so sehr er versuchte, sich aufzurichten, jede Bewegung wurde von Krämpfen zunichtegemacht. Sein Gesicht verfärbte sich zuerst rot, bald violett. Er zappelte noch eine Weile unter den unerträglichen Schmerzen, die ihn im Griff hatten. Dann sank er zurück und hob noch einmal die Hände, um nach Frank zu greifen. Es blieb bei einer Anklage. Er kippte nach vorne und komplett aus dem Sessel. Am Ende lag er verkrümmt vor Franks Füssen am Boden.

»Dieser Mörder«, schloss Mael. »So ein feiger Widerling. Er hat ihn vergiftet.«

»Sieht so aus«, sagte ich. »Und ich glaube, ich weiß auch warum.«

»Warum«, wiederholte Mael.

»Dieses warum ist klar«, antwortete ich. »Es geht um das andere warum. Der Grund, warum ich diese Szene sehen sollte.«

Jetzt schauten mich beide mit großen Augen an.

Deedee wissend. Mael hatte den Faden verloren.

»Mach weiter«, forderte ich Deedee auf.

Sie ließ die Aufzeichnung weiterlaufen.

Frank saß noch eine Weile wie eingefroren. Er starrte auf die Leiche vor sich. Dann stellte er seine Tasse aufs Tischchen. Er kickte mit der Fußspitze nach dem Mann am Boden. Es kam keine Reaktion.

Da kniete sich Frank herunter und fischte den Zettel aus des Mannes Manteltasche. Er starrte ihn eine Weile mit einem seltsamen Ausdruck an, dann legte er ihn vorsichtig neben seiner Tasse ab.

Ohne eine weitere Reaktion zu zeigen, griff er nach einer Hand des Mannes und begann ihn über den Teppich außer Sicht zu zerren. Zuletzt verschwanden die Schuhe des armen Opfers hinter dem Türpfosten aus dem Blickfeld.

»Das war's«, sagte Deedee. »Jetzt könnt ihr darüber entscheiden, was ihr damit macht. Ich will das vergessen. Ich werde demnächst unsere Schwester Soula aufsuchen. Da wird nichts mehr bleiben.«

»Schon gut«, sagte ich und legte ihr die Hand auf die Schulter. »Ich verstehe das.«

Das Bild auf dem Kühlschrank verschwand, sie gab mir den Kristall zurück, nickte mir noch einmal zu und verschwand im Zwischenreich.

VI.

So ein hinterlistiges Stück Sch...?«

Ich unterbrach die Schimpfkanonade meiner Schwester mit einer Handbewegung. Mael schaute mich mit fragendem Blick an.

»Hätten wir das vorher gewusst«, sagte ich. »Dieser Frank war wirklich gefährlich. Da hätte noch mehr passieren können.«

»Hab ich doch gleich gesagt.« Mael wollte mich beruhigen und streichelte meinen Arm. »Der hatte eine Menge Magie in den Knochen und Heimtücke. Meinst du, er hat diesen Mord begangen, nur um an den Lottoschein zu kommen.«

»Sieht so aus«, sagte ich. »Da muss ein saftiger Gewinn drauf gewesen sein. Dieser Mann hat ihm davon erzählt. Wahrscheinlich wollte er den Gewinn einlösen und hat zu allem Unglück Frank davon erzählt. Der hat dann zugeschlagen.«

»Daher also der ganze Reichtum und die riesige Sammlung«, schloss Mael.

»Schlimmer noch.«

Sie schaute mich mit großen Augen an.

»Stell dir vor, der Mann wäre ein armer Schlucker, der nur seine Familie überraschen wollte und Frau und Kind nichts davon erzählt hat, dass sie vielleicht schon morgen steinreich sein würden.«

»Was ja nicht mehr passiert ist.«

Ich nickte.

»Fragt sich nur«, rätselte Mael, »wer der Unglücksrabe gewesen ist.«

Ich kniff die Lippen zusammen und dachte nach.

»Tu mir einen Gefallen«, sagte ich und schaute Mael dabei tief in die Augen. »Sprich über das, was du gesehen hast mit niemandem.«

»Schon Okay«, antwortete sie. »Und was ist mit der Sache mit Hiéva, das sollen wir doch streuen, oder nicht?«

»Ich denke schon. Das war der Sinn dahinter.«

Mael runzelte die Stirn.

»Ich find's schon komisch, dass sie sich direkt eingemischt hat. Da gehen ein paar seltsame Geschichten in der letzten Zeit durch die Schwesternschaft.«

»Weiß nicht, was du meinst?«, sagte ich. »Was erzählt man sich denn?«

»Das mit den Vulkanen auf ihrer Insel, die Ausbrüche und so. Das alles wäre nur ein Nebenprodukt ihrer Forschungen mit seltener Magie. Angeblich soll sie einen mächtigen Dämon der Altvorderen aus den Tiefen der Erde beschworen habe. Ich bezweifle ja, dass es sowas überhaupt gibt. Aber ihre Diener haben in den letzten Monaten seltsame Lichter im Shinkobo beobachtet, die nächtens hinter den Fenstern spielen. Und ständig soll da ein irres Kichern durch die Gänge hallen. Das Gerede bricht nicht ab.«

»Ein seltsames Kichern?«

»So heißt es, aber gesehen hat noch niemand etwas. Angeblich soll der Dämon die Fähigkeit haben, niedere Gestalten anzunehmen.«

»Sowas wie Tiere oder Pflanzen?«

»Ganz genau. Je harmloser und niedlicher, desto besser. Da kommt keiner drauf, was dahinter steckt.«

Ich überlegte für einen Moment. Unwillkürlich tastete ich nach der Druckstelle, die eine Reihe kleiner Zähne in meiner Wade hinterlassen hatte. Mael tippte nervös mit den Fingern auf ihren Armen herum.

»Was denn?«, platzte es aus ihr heraus.

»Ich muss etwas überprüfen«, sagte ich und schaltete die Leselampe an, die an der Wand neben der Sitzcouch befestigt war.

Ich zog das Kirigami aus meiner Hemdtasche und hielt es vors Licht.

»Wo hast du das denn her?«, staunte Mael. »Das ist doch ein ...«

»Du sagst es«, unterbrach ich sie. »Geh davon aus, ich hab es gefunden, und das soll uns erst mal reichen.«

Ich hielt das Papierröllchen vors Licht und drückte es zusammen. Ich faltete es der Länge nach und gleichzeitig begann ich, es zwischen meinen Fingern zu rollen. So konnte ich Vorder- und Rückseite gegeneinander verschieben.

Die Lücken und Löcher in der Oberfläche bildeten ein chaotisches Muster, das keinerlei Sinn ergab. Doch ich musste nicht lange rollen. Plötzlich schoben sich die Aussparungen zusammen und mir schien ein Licht entgegen. Ein Licht in Form von Zeichen und ich wusste, was ich sah.

»Hiéva«, sprach ich es laut aus.

»Was hat die denn damit zu tun?«, fragte Mael.

»Ach nichts«, antwortete ich. »Nur hohe Politik. Das geht uns gar nichts an.«

Danksagung

Einen Roman wie diesen legt man nicht ohne Hilfe aufs Parkett. Ich danke Jutta, Andi, Amira und auch Elke fürs Lesen und Zuhören von immer neuen und meist nicht den letzten Versionen. Galina für ihre unbeirrbare Freundschaft. H.P. Roentgen für seine harten, aber immer fairen Kommentare im Laufe der Lektoratsarbeiten. Und Edwin Miles für seine unverzichtbaren Ideen und Kommentare, wenn es um Englisch geht. Wie für jeden größeren Text aus meiner Feder gilt mein besonderer Dank Alicia, ohne die diese Menge an Output in so kurzer Zeit kaum zustande gekommen wäre.

Aus weiter Ferne und durch Zeiten getrennt danke ich auch Richard Dadd. Sein *Fairy Fellers Master Stroke* hängt in der Tate Gallery und ist dort zu besichtigen. Ein Meisterwerk, das man sich nicht entgehen lassen sollte.

Als Inspiration hat mich über die Monate der Entstehung eine Menge Musik begleitet. Es würde zu weit führen, hier alles und jeden zu nennen, aber die Stimmung für den Roman kam immer von den Giganten des Soundtracks. Für den Hauptteil ist Wojciech Kilar verantwortlich, aber auch Rachel Portmann und Stephen Warbeck haben ihren Teil dazu beigetragen. Und wenn ich schon Musik erwähne, so soll Freddie Mercury nicht unerwähnt bleiben. Seine musikalische Version des *Master Stroke* ist während der Schreibarbeiten so einige Male rauf- und runtergedudelt.

Die Welt hat viele Facetten
und viele Kinder der Erde

Sie wollen mehr über die geheimnisvollen Kinder der Erde wissen?

Santa ist nur eines von ihnen. Doch wer sind sie wirklich? Naturgewalten, Sagengestalten, außergewöhnlich magische Wesen oder doch nur Monster?

Beachten Sie die folgenden Seiten und die Geschichten, die demnächst erscheinen.

Folgen Sie dem Autor im Web.

www.eventermspress.de

www.facebook.com/people/Jay-Kay/100025576238827

www.instagram.com/jaykay8k/

Sagenhaftes
Für die nordische Zeit des Jahres

Jay Kay
DasLied des Nordens
Roman

**Eine Geschichte
der
Kinder der Erde**

HC / eBook
432 Seiten

»In Welt und Wald
ist alles verbunden.«
- Hepta

Yana ist die Tochter der Windküste. Das Leben ist hart am Rand der eisigen Weiten und die Winter regieren länger als je zuvor. Eine Missernte jagt die nächste und dann bleibt auch noch der Fisch aus. Kaum alt genug soll sie fortan die Gemeinschaft in einem Beruf unterstützen, den sie sich nicht ausgesucht hat. Doch ein Unglück durchkreuzt alle Pläne und so muss sie ihre Bestimmung alleine finden, in einer Welt, in der nichts so ist, wie es einmal war.

Worauf sie sich verlassen kann, ist ihr Geschick und ihre Stimme. Denn in der Wildnis lauert eine Gefahr, die nur bezwingen kann, wer das Lied des Nordens kennt und zwar alle Verse, nicht nur die, die an den Feuern besungen werden.

Als Hardcover & eBook erhältlich.

Märchenhaftes
Für Liebhaber klassischer Fantasy

Jay Kay
**Der Dachs, der Wind
und das
Webermädchen**
Roman

**Eine Geschichte der
Kinder der Erde**

HC, TB & eBook
156 Seiten

Wir kennen sie als Jito, die größte Kaiserin des antiken Japan. Sie gebietet über die Macht des kalten Nordwindes. Ihre Geschichte ist geprägt von einer unerfüllten Liebe und dem Schicksal eines einfachen Webermädchens. Wer weiß, wie alles gekommen wäre, wenn nicht ein Feuerwerk einst den Dachs in seiner Höhle aus dem Winterschlaf gerissen hätte. Doch auch sein Schicksal soll für immer verknüpft sein mit dem Webermädchen und der mächtigsten Waffe des alten Nihon, dem schwarzen Schwert Seelentilger.

In dieser sagenhaften Geschichte verschmelzen die vielschichtige Geisterwelt von Japan und seine reiche Historie zu einer Legende von epischer Wucht.

ISBN: 978-3-7504-0144-0

Als TB, eBook oder Audiobook
MP3 CD od. Audio-Streaming

Urlaubsvergnügen
Für die abwechslungsreiche Zeit des Jahres

Jay Kay
Kinder der Erde
Die Vignetten

Geschichten
der
Kinder der Erde

HC /eBook / TB
104 Seiten

Eine Neuauflage der besten kompakten Geschichten aus dem Universum der Kinder der Erde. Sie sind die Legenden und Fabelwesen, die wir schon seit Urzeiten besingen. Aus ihren Abenteuern bestehen unsere Sagen. Und doch ist die Wirklichkeit noch viel abenteuerlicher.

Geschichten: 104 S.
ISBN: 978-3-7583-8801-9

Jay Kay
Native American Girl
Roman

Die Luxusausgabe
HC, erweitert

Hardcover-Edition,
422 Seiten, gebunden,
kaschiert,
Lesebändchen,
6 Abbildungen

ISBN: 978-3-7439-6412-9
Auch als eBook erhältlich

»Ein Buch wie eine mittlere Naturgewalt.«
Lovelybooks.de

Melanie hat sich mit ihrem Erbe einen Traum erfüllt. Die eigene Hotelanlage in den Rocky Mountains. Dort endet der Ferientrip der Harpers im Desaster und in einem Fluch, der die Familie bis ins heimische Denver verfolgt. Um den Fluch abzuwenden, werden die Harpers in die Berge zurückkehren. Das weiß Melanie ganz sicher, schließlich hat sie den Fluch verhängt. Denn sie ist ein Native American Girl.

Ein Mystic Thriller in der Tradition des Magischen Realismus

Die erweiterte Ausgabe des Debüterfolgs von Jay Kay
mit exklusiven 16 Seiten Nachwort

Even Terms Press